DONGSUH MYSTERY BOOKS 130

ASHENDEN
# 어센덴
윌리엄 서머싯 몸/신상웅 옮김

동서문화사

옮긴이 신상웅(申相雄)
중앙대 영문학과 졸업. 동 대학원 문학박사. 〈세대〉지 《히포크라테스 흉상》 당선. 한국펜클럽 사무국장, 중앙대 문창과 교수, 예술대학원장 역임. 지은 책 《분노의 일기》《쓰지 않은 이야기》《심야의 정담》《배회》옮긴 책 반 다인 《딱정벌레 살인사건》 크래싱 《요리인》 등이 있다.

## DONGSUH MYSTERY BOOKS 130

### 어센덴

윌리엄 서머싯 몸 지음/신상웅 옮김
초판 발행/1977년 12월 1일
중판 발행/2003년 11월 1일
발행인 고정일/발행처 동서문화사
창업 1956. 12. 12. 등록 16-345(윤)
서울강남구신사동540-22 ☎ 546-0331~6 (FAX) 545-0331
www.epascal.co.kr

\*

이 책의 출판권은 동서문화사(동판)가 소유합니다.
의장권 제호권 편집권은 저작권 법에 의해 보호를 받는 출판물이므로
무단전재와 무단복제를 금합니다.

편찬·필름·제작 일체 「동판」 자본으로 이루어짐에 따라
출판권 소유권자 「동판」에서 제조출판판매 세무일체를 전담합니다.
사업자등록번호 211-90-02201
ISBN 89-497-0226-6 04840
ISBN 89-497-0081-6 (세트)

# 어센덴

## 차례

1 첩보대장 R …… 11
2 가택수색 …… 14
3 미스 킹 …… 31
4 털 없는 멕시코인 …… 55
5 검은 머리의 여인 …… 76
6 그리스인 …… 88
7 파리 여행 …… 104
8 줄리아 라차리 …… 125
9 구스타프 …… 152
10 매국노 …… 160
11 무대 뒤 …… 199
12 각하 …… 206
13 동전던지기 …… 242
14 여행동반자 …… 249
15 사랑과 러시아 문학 …… 264
16 해린튼 씨의 세탁물 …… 278

어센덴의 첩보 모험 …… 299

등장인물

1 첩보대장 R······R 대령
2 가택수색······두 형사, 버나드(스파이)
3 미스 킹······미스 킹, 히긴스 남작의 딸, 알리 전하, 파샤
4 털 없는 멕시코인······마뉴엘 카모나(멕시코 장군)
5 검은 머리의 여인······멕시코의 미인 스파이
6 그리스인······콘스탄티네 안드레아디
7 파리 여행······찬드라 랄(인도 지사)
8 줄리아 라차리······줄리아 라차리(이탈리아 무용수)
9 구스타프······구스타프(스위스인 스파이)
10 매국노······그랜틀리 케이퍼 부부(영국인 스파이)
11 무대 뒤······허버트 위더스폰 경(영국 대사)
12 각하······알렉시(여배우)
13 내던진 동전······헤르바르토스(스파이)
14 여행길 동반자······해린튼(미국 상사인)
15 사랑과 러시아 학문······아나스타샤 알렉산드로브나(혁명가의 딸)
16 해린튼 씨의 세탁물······해린튼 씨와 아나스타샤

어센덴······작가. 영국 비밀첩보부원

# 어센덴

## 1 첩보대장 R

제1차 세계대전이 일어났을 때 해외에 있던 작가 어센덴이 영국으로 돌아온 것은 9월 초였다. 귀국한 뒤 곧 그는 어느 파티에 초대받아 거기서 어떤 중년 대령을 소개받았으나 이름은 흘려버렸다. 어센덴은 그와 몇 마디 얘기를 나누고 막 돌아가려고 하는데, 그 장교가 다가와서 말을 걸었다.

"저, 실례지만 저에게 한번 들러 주실 수 없을까요? 좀 얘기하고 싶은 것이 있어서요."

"좋습니다, 언제든지 좋으실 때에……."

"내일 11시면 어떻겠습니까?"

"좋습니다."

"제 주소를 적어 드리죠. 명함이 있습니까?"

어센덴이 명함을 주자, 대령은 그 위에 거리 이름과 집 번지를 갈겨 써 주었다.

이튿날 아침, 약속대로 찾아 가보니 그곳은 좀 저속한 붉은 벽돌집들이 들어서 있는 거리였다. 이 구역은 한때는 고급 주택가였으나 이제는 좋은 집을 찾는 사람에게는 인기가 없었다. 어셴덴에게 찾아오라고 했던 집은 '팔 집'이라는 표지가 붙어 있었고 덧문이 닫혀 있어서 사람이 살고 있는 것 같은 기척이 없었다.

그는 벨을 울렸다. 그러자 갑자기 문이 홱 열리며 한 하사관이 나타나 어셴덴은 깜짝 놀랐다. 그는 무슨 용무냐고 묻지도 않고 즉시 뒤쪽에 있는 좁다랗고 긴 방으로 안내해 주었다.

그 방의 화려한 장식은 얼마 되지 않는 초라한 사무용 가구류와 묘한 대조를 이루고 있었다. 그 방은 어셴덴에게 차압당한 듯한 인상을 주었다.

나중에 안 일이지만 그 대령은 정보부에서 R이라는 이름으로 알려져 있었다. 방에 들어서자마자 R은 일어서서 손을 내밀었다. 그는 중키보다 조금 더 키가 크고 깡마른 편이었다. 황색 얼굴에는 주름이 깊이 패어 있었고 머리는 숱이 적은데다 하얗게 세었으며 칫솔 같은 콧수염을 기르고 있었다. 그를 보자마자 바로 눈에 띄는 점은 파란 두 눈동자 사이의 간격이 몹시 좁다는 것이었다. 사팔뜨기를 겨우 면할 정도였다. 무정하고 잔인한 눈이었고 빈틈없는 눈이었다. 그런 두 눈은 그에게 교활하고 책략이 풍부한 인상을 주었다. 처음 보아서는 호감도 신뢰감도 느낄 수 없는 남자였다. 그러나 태도는 쾌활하고 친절했다.

잠시 어셴덴에게 이것저것 질문을 하고 나서 R은 불쑥 말을 꺼냈다.

"당신은 비밀첩보원으로서는 특별한 자격을 갖추었소."

어셴덴은 유럽의 여러 나라 말을 알고 있는데다가 작가라는 그의 직업은 위장하는데 안성맞춤이었다. 소설의 자료를 수집한다는 구실로 사람 눈을 끌지 않고 어떤 중립국에도 갈 수 있으니까. 이 점이 화제에 오르고 있을 때 R은 말했다.
"게다가 당신의 작업에 있어서도 귀중한 자료를 얻게 될 겁니다."
"그 점은 나쁘지 않겠군요."
"바로 일전에 생긴 사건을 말씀드리지요. 조금도 거짓 없는 실화입니다. 아주 좋은 애깃거리가 될 거라고 생각합니다. 프랑스의 어느 공사가 감기 요양차 니스에 갔답니다. 그런데 그 사람은 어떤 중요한 문서를 가방에 넣어 가지고 갔지요. 그 서류는 매우 중요한 서류였습니다. 그런데 니스에 도착해서 하루 이틀 지난 후 댄스파티가 있었던 어느 레스토랑에서 노랑머리의 여자를 알게 되어 친해졌습니다. 간단히 말하면 그녀를 그가 묵고 있는 호텔에 데리고 간 겁니다. 물론 아주 경솔한 짓이었지만……. 그런데 아침에 정신이 들었을 때 그 여자는 가방과 함께 사라져 버리고 없더라는 얘기입니다. 그 방에서 한두 잔 마신 모양인데, 그분 말에 의하면 잠시 등을 돌린 사이에 그의 잔 속에 약을 넣었다는 것입니다."

R은 말을 끝내고는 가까이 붙어 있는 두 눈동자를 번쩍이면서 어센덴을 빤히 바라보았다.

"극적이지요?"
"그 사건이 며칠 전에 생겼다는 얘깁니까?"
"지지난 주의 일이지요."
"그것 놀라운 일이군요." 어센덴은 외쳤다. "그런 사건은 우리 작가들이 60년 동안이나 무대에 상연해 왔고, 그런 줄거리의 얘기는 수없이 소설로 써 왔습니다."

R은 좀 당황해했다.
"글쎄요, 필요하면 당사자의 이름과 날짜를 대드릴 수도 있습니다. 정말이지 연합군 측은 그 가방 속에 든 서류의 분실로 한없이 낭패를 보고 있지요."

"그렇지만 첩보 기관이 그 정도의 일밖에 못한다면, 소설가에게 영감을 줄 만한 자료로서는 실망입니다. 그런 이야기는 더 이상 써 먹을 수 없습니다." 어센덴은 한숨을 쉬며 말했다.

그러나 두 사람 사이에는 얼마 안 가 타협이 이루어졌다. 어센덴이 R의 지령을 조심스럽게 메모하고 나서 가려고 막 일어섰을 때, 마지막으로 R이 아무렇지 않은 듯이 했던 말이 그의 마음에 걸렸다.

"이 일을 맡기 전에 꼭 알아 두어야 할 것이 한 가지 있소. 잊지 말아 주시오. 일을 만족스럽게 완수하더라도 고맙다는 말 한마디도 듣지 못할 뿐더러 곤경에 빠져도 아무런 도움을 바랄 수 없습니다. 그래도 좋겠습니까?"

"물론입니다."

"그럼 안녕히!"


### 2 가택수색

어센덴은 제네바로 돌아가는 길이었다. 그날 밤은 날씨가 험하여 물결이 높은 편이었고 산에서 불어오는 바람도 싸늘했다. 승객을 가득 실은 조그마한 증기선은 거칠게 울부짖는 레만호의 파도를 완강하게 헤치고 나아갔다. 휘몰아치던 비가 막 진눈깨비로 변하면서 끈질기게 바가지를 긁어대는 계집처럼 한바탕, 또 한바탕 바람이 세차게 불어 갑판을 휩쓸었다.

어센덴은 보고서를 작성하여 급히 서둘러 보내려고 프랑스령으로 갔다 오는 길이었다.

한 이틀 전 오후 5시에 부하인 인도인 첩보원이 그의 방으로 찾아 왔다. 그때 마침 방에 있었던 것은 천만다행이었다. 왜냐하면 사전에 약속이 없었고, 그 첩보원은 지령이 긴급하고 중요한 경우에만 호텔에 찾아오게 되어 있었기 때문이었다. 그의 보고에 의하면 독일 측

첩보부의 한 벵골인이 검은 등나무 트렁크 속에 영국 첩보부에 관심거리가 될 만한 많은 서류를 넣어 가지고 최근 베를린에서 왔다는 것이었다.

그 무렵 독일 오스트리아 측은 인도에 난리를 일으켜서 영국 군대를 인도에 묶어 두고, 또 가능하면 프랑스 전선으로부터도 증원 부대를 파견하도록 만들려고 기를 쓰고 있었다. 그런데 그 벵골인을 한동안 근신하도록 할 만한 죄과를 씌워서 베른에서 구속할 수는 있었으나 문제의 그 검은 등나무 트렁크는 찾을 수 없었다.

어셴덴의 첩보원은 용감하고 똑똑한 사나이여서 영국의 이익에 반감을 품고 있는 인도인들과도 자유롭게 접촉을 하고 있었다. 그는 그들에게서 벵골인이 베른에 오기 전에 만전을 기하기 위해서 그 트렁크를 취리히 역의 수화물 예치소에 맡겼다는 것을 알아 냈다. 그러나 본인이 구금되어 재판을 기다리고 있는 터여서 그 예치 증명서를 인수할 수는 없었다. 그리고 그 증명서만 있으면 그 트렁크는 적의 손으로 들어갈 수도 있을 것이었다.

이 트렁크 속의 것을 즉시 되찾는다는 것은 독일 측 첩보국으로서도 긴급한 문제였다. 그러나 정상적인 합법 수단으로서는 입수할 수 없으므로 그들은 그날밤 역에 침입하여 그 트렁크를 훔쳐내기로 결정했다. 그 계획은 대담하고도 교묘한 것이었다.

어셴덴은 그 계획을 듣고 유쾌한 흥분을 느꼈다. 그의 임무의 대부분은 따분하기 짝이 없었기 때문이었다. 어셴덴은 베른에 근거를 둔 독일 첩보 기관 지도자의 대담하고 거리낌 없는 수법을 알아볼 수 있었다. 게다가 그 침입 계획은 그날 밤 새벽 두 시로 결정되어 있어 조금의 여유도 없었다. 베른에 있는 영국군 관리와 연락을 취해야 하지만 정보도 전화도 믿을 수 없었고 그렇다고 그 인도인 첩보원을 보낼 수도 없었다. 그가 어셴덴을 찾아 온 것만도 목숨을 건 것이었다.

이 방에서 나가는 걸 들키기라도 하면 등에 칼이 꽂힌 채 레만 호수에 언젠가 떠오르게 될 것이 뻔하기 때문이었다. 어셴덴이 직접 가는 도리밖에 없었다.

간신히 탈 수 있는 기차가 있었다. 그는 계단을 뛰어 내려가면서 모자와 웃옷을 걸치고 택시에 뛰어올라 탔다. 그리고 네 시간 후 어셴덴은 첩보 사령부의 벨을 울렸다. 사령부에서 그의 이름을 알고 있는 사람은 한 사람밖에 없다. 그 사람에게 면회를 신청했다. 초면인, 키가 크고 피로한 안색의 남자가 나와서 묵묵히 그를 방으로 안내했다. 어셴덴은 용무를 말했다. 그 키 큰 남자는 손목시계를 보고 나서 말했다.

"손을 쓰기에는 좀 늦었습니다. 시간 안에 취리히에 닿는 건 도저히 불가능합니다."

그 남자는 생각에 잠겼다.

"스위스 당국에 의뢰해 봅시다. 그들이 전화로 수배해 두면 그 녀석들의 침입을 시도할 때에는 역은 물샐 틈 없이 경비되어 있을 겁니다. 어떻든 당신은 제네바로 돌아가는 것이 좋겠소."

그 남자는 어셴덴과 악수를 나누고 그를 전송하였다. 사건의 전개에 관해서 자기는 알 길이 없다는 것을 어셴덴은 잘 알고 있었다. 말하자면 그는 방대하고도 복잡한 기계 속의 한갓 대갈못에 지나지 않기 때문에 그 기계 전체의 움직임을 관찰할 기회는 한 번도 없었다. 그는 사건의 시초나 결말, 또는 중간의 어떤 부수 사건과 관련되고 있겠지만 자기 행동이 어떤 역할을 했는지를 알 기회란 거의 없었다. 그건 마치 아무런 연관이 없는 에피소드를 독자 앞에 나열해 놓고 그것들을 연결해서 머릿속에서 하나의 일관된 얘기를 구성하기를 기대하는 현대 소설과 같아서 도무지 납득이 되지 않는 것이었다.

어셴덴은 모피 외투와 머플러로 몸을 감싸고 있었으나 냉기는 뼛속까지 스며들었다. 배 안의 살롱은 따사롭고 독서하기에 충분한 전등불이 있었으나, 그는 그곳에 들어가는 것을 삼갔다. 만일 그곳에 정기적인 여행자가 있어서 그를 알아보고, 왜 그가 정기적으로 스위스의 제네바와 프랑스의 트농 사이를 왕복하는가 하고 의아하게 여길지도 모를 일이었다. 그래서 가능한 한 어둡고 바람이 적은 곳을 찾아서 지루한 시간을 보냈다.

제네바 쪽으로 눈길을 보냈으나, 등불은 하나도 보이지 않았다. 눈으로 바뀌기 시작한 진눈깨비 때문에 육지 쪽을 더욱 볼 수 없었다. 레만 호는 날씨가 좋을 때면 프랑스 정원에 있는 연못처럼 온화하고 인공적인 모습을 보이지만, 이같이 험악한 날씨에는 바다처럼 신비롭고 위협적이었다. 호텔에 돌아가는 즉시 거실에 불을 피우게 하고 뜨거운 물로 목욕한 다음, 파자마에 가운을 걸치고 난롯가에서 편안히 저녁을 먹어야지 하고 생각했다. 파이프와 책과 함께 고즈넉이 하룻밤을 보낼 수 있다고 생각하니, 호수를 횡단하는 괴로움도 확실히 보람 있는 것으로 여겨졌다.

선원 두 사람이 마구 휘몰아치는 진눈깨비를 피하려고 목을 움츠리고 무거운 걸음걸이로 옆을 지나갔다. 그 중 한 사람이 소리쳤다.

"오래잖아 도착합니다."

그 두 사람은 뱃전으로 가서 트랩의 통로를 열기 위하여 빗장을 뽑았다. 다시 눈여겨보니 울부짖는 듯한 암흑을 통해서 부두의 불빛이 어렴풋이 어센덴에게 보였다. 반가운 광경이었다. 2, 3분 후에 기선은 꽉 동여매어졌다. 눈만 남기고 얼굴을 온통 머플러로 감싼 어센덴은 상륙을 기다리는 승객들 틈에 끼었다.

매주 한 번씩 보고를 전달하고 지령을 받기 위해서 프랑스령으로 호수를 횡단한다는 것이 그의 의무였다. 그는 이런 여행을 몇 번이고 해왔지만 언제나 군중에 섞여 트랩에 서서 상륙을 기다릴 때에는 어렴풋이 불안감을 느꼈다. 그의 여권에는 프랑스령에 체류했다는 것은 전혀 적혀 있지 않았다. 기선은 프랑스령에 두 군데 기항하면서 호수를 한 바퀴 도는 것이었으므로 결국 스위스령에서 스위스령으로 가게 되니까 베베나 로잔에 갔다 왔다고 말하면 그만이었다. 그러나 그는 비밀경찰이 그를 주목하고 있지 않다고 단언할 순 없었다. 만일의 경우 미행당해서 프랑스령에 상륙하는 것을 들키게 되면 여권에 스탬프가 없다는 사실은 해명하기 어려울 것이다. 물론 변명할 핑계는 준비하고 있었으나 그것으론 충분히 납득이 가지 않으리라는 것을 자신도 잘 알고 있었다. 설령 스위스 당국이 그를 결코 단순한 관광객은 아니라는 것을 증명하기는 불가능할지 모르지만, 잘못하면 2, 3일 동안 구류 생활을 각오해야 하고 그것만으로도 불쾌할 터에 국경까지 강제 송환당한다면 그것 또한 굴욕적일 것이었다.

스위스 측은 자기네 나라가 온갖 음모의 무대로 되어 있고, 첩보기관의 첩보원, 스파이, 혁명주의자, 선동자들이 중요 도시 호텔에 들끓고 있다는 것을 알고 있었다. 스위스 당국은 자기네 중립을 유지하기 위하여 어떤 교전국과도 분규를 일으킬 수 있는 행위는 단호히 방지할 방침이었다.

부두에서는 언제나 그렇듯이 승객의 하선을 감시하는 형사 두 사람이 진을 치고 있었다. 어셴덴은 그 앞을 가능한 한 태연한 태도로 무사히 통과하고 안도의 한숨을 내쉬었다.

밤의 어둠이 그를 삼켜 버렸다. 그는 활기차게 호텔 쪽으로 걸었다. 사나운 날씨는 경멸에 찬 태도로 정연한 산책 길에서 모든 산뜻함을 휩쓸어 가버렸다. 간혹 지나가는 행인도, 보이지 않는 신의 맹목적 노여움에서 도망이나 치듯이 어깨를 움츠리고 옆걸음으로 지나고 있었다. 이런 칠흑 같은 험악한 밤에는 문명이 그 인공미를 창피하게 여기고 자연의 노여움 앞에 움츠러드는 것같이 보였다. 눈은 우박이 되어 어셴덴의 얼굴을 때렸다. 보도는 젖고 미끄러워 조심해서 걸어야만 했다.

호텔은 호숫가에 있었다. 호텔에 도착하자 도어맨이 문을 열어 주었다. 문이 열리자 세찬 바람이 휙 불어 들어와서 프런트 데스크 위의 서류가 마구 흩날렸다. 어셴덴은 불빛에 눈이 부셨다. 프런트에 자기에게 온 편지가 있나 물어보니 아무것도 없었다. 엘리베이터에 타려니까 짐꾼이, 손님 두 분이 방에서 기다리고 있다고 말했다. 그는 제네바에 아는 사람이라곤 없었다.

"아니, 대체 누구일까?" 그는 어지간히 놀라서 말했다.

그는 평소에 짐꾼과 붙임성 있게 지내도록 유의했고 사소한 서비스에도 팁을 두둑이 주었다. 짐꾼은 신중한 미소를 지었다.

"선생님이시니까 말씀드리는데 경찰에서 오신 분들 같습니다."

"무슨 용무로?"

"말을 하지 않더군요. 어디 계시냐고 묻기에 산책하러 나가셨다고 말했습니다. 그랬더니 돌아오실 때까지 기다리겠다고 하더군요."

"내 방에 들어간 지 얼마나 되었지?"

"한 시간전쯤 됐습니다."

어셴덴은 가슴이 철렁 내려앉았으나 얼굴에 불안감을 드러내지 않으려고 조심했다.

"그럼 가서 만나 봐야지."

엘리베이터 기사가 그를 태우려고 비켜섰으나 어셴덴은 고개를 저었다.

"너무 추워서 걸어서 올라가겠어."

그는 천천히 생각할 시간을 갖고 싶었다. 그러나 3층까지 올라갈 때 그의 발은 납처럼 무거웠다. 왜 두 형사가 그토록 그를 만나고 싶어 하는지 이유는 명백했다. 그는 갑자기 몹시 피로함을 느꼈다.

질문 공세를 감당해 낼 자신이 없었다. 비밀 첩보원으로 체포되면 적어도 오늘 밤은 유치장에서 지내야 한다. 이렇게 생각하니 따뜻한 목욕과 난롯가의 만찬이 한층 더 간절해졌다. 다 집어치우고 뒤로 돌아서 호텔에서 나가 버릴까 하는 생각도 들었다. 여권은 호주머니에 들어 있고 국경행 열차의 발차 시간은 외우고 있었다. 스위스 당국이 태도를 결정하는 사이에 안전권으로 벗어날 수 있을 것이다.

그래도 그는 무겁게 터벅터벅 올라가고 있었다. 맡은 임무를 그렇게 쉽게 포기한다는 것이 싫었다. 이런 위험은 각오하고 제네바로 파견된 것이다. 이왕 내친걸음이니 끝을 보자는 생각이었다. 물론 스위스의 감옥에서 썩는다는 것은 그다지 반가운 일은 아닐 것이다. 일국의 왕에게도 암살이 있을 수 있는 것처럼 이런 일을 당할 가능성이란 그의 직업상 불가피한 액운의 하나였다.

그는 4층의 층계참에 올라서자 자기 방으로 갔다. 어센덴은 어딘가 사람을 업신여기는 부분이 있었다. 사실 그 때문에 비평가들에게 자주 얻어맞았던 것이다. 이때도 방문 밖에 잠시 서고 보니 자신이 처한 어려움이 갑자기 익살맞게 생각되어 오히려 용기가 솟아오르고 뻔뻔스럽게 밀고 나가보자는 마음이 생겼다. 손잡이를 돌려 방에 들어서면서 방문객들을 마주 대할 때 그의 입술에는 자연스런 미소가 감돌았다.

"자, 실례합니다." 그는 말했다.

방 안은 전등불이 다 켜져 있었기 때문에 훤히 밝았고 난로에는 불이 벌겋게 타고 있었다. 방 안 공기는 회색 연기로 탁했다. 그 낯선 손님들이 기다리기가 지루해서 강하고 값싼 시가를 피우고 있었기 때문이었다. 두 사람은 지금 막 들어온 것처럼 두꺼운 외투를 입고 중산모자도 쓴 채로였다. 그러나 테이블 위의 작은 재떨이에 쌓인 담배꽁초만 보아도 그들이 그 방을 충분히 관찰할 만큼 거기에서 시간을 보냈다는 걸 짐작할 수 있었다.

둘 다 강인해 보였다. 검은 구레나룻을 기르고 있었고 살찐 편에다 육중한 체구였다. 어셴덴은 그들을 보고 바그너의 가극 〈라인의 황금〉에 나오는 거인 파프너와 파솔트를 연상하였다. 멋없는 부츠, 육중하게 의자에 앉아 있는 태도, 그러면서 빈틈없는 묵직한 표정으로 미루어 보아 명백한 형사였다.

어셴덴은 방 안을 휘둘러보았다. 그는 정연한 성격이었다. 소지품은 흐트러져 있진 않았으나 외출할 때와 다르다는 것을 단번에 알았다. 가택 수색을 당했구나 하는 짐작이 들었다. 그러나 의심을 살 만한 문서는 두지 않았으므로 불안하지는 않았다. 암호는 암기한 다음 영국을 떠나기 전에 파기해 버렸고, 독일에서 오는 정보는 언제나 제삼자를 통해 직접 손으로 건네져 즉시 적당한 곳으로 이송하고 있었다. 따라서 수색당하더라도 두려워할 필요는 없었으나 수색을 당했다는 느낌은 비밀 첩보원으로서 당국에 밀고되었을 거라는 의구심을 짙게 해 주었다.

"무슨 용무이십니까? 방 안이 따뜻한데 외투와 모자를 벗지 않겠습니까?" 그는 상냥하게 물었다.

모자를 쓴 채 남의 방에 앉아 있다니 좀 화가 났다.

"잠깐 들른 거니까요. 이대로 자리를 뜨려고 했는데 수위가 곧 돌아오실 거라고 해서 기다리기로 한 것입니다." 그 중 한 사람이 말했다.

그 남자는 모자를 벗지 않았다. 어셴덴은 머플러를 풀고 거추장스럽고 무거운 외투를 벗었다.

"시가를 피우시지 않겠습니까?" 그는 상자째로 두 형사에게 차례로 내밀었다.

"사양하지 않겠습니다." 파프너같이 생긴 사나이가 시가 하나를 집으면서 말하자 파솔트 같은 자는 고맙다는 말 한마디도 없이 집어 들었다. 그러자 시가 상자의 담배 이름은 그들의 태도에 이상한 영향을 미쳐서 두 사람은 모자를 벗었다.

"이렇게 날씨가 궂어서 산책을 망쳤겠습니다." 파프너는 시가 끝을 반 인치쯤 깨물어 뜯어서 난로 속에 퉤 하고 뱉었다.

그런데 사정이 허락하는 한 항상 가능한 한 많은 진실을 말한다는 것이(정보부에서는 물론 생활에서도 좋은 일인데) 어셴덴의 주의였다. 그는 다음과 같이 얘기했다.

"아니 내가 뭐 괴짠 줄 아십니까? 이런 날씨엔 되도록이면 산책 같은 건 나가지 않습니다. 그렇지만 베베에 앓고 있는 친구가 있어서 문병을 가지 않을 수 없었어요. 배로 돌아왔는데 호수에는 날씨가 험합디다."

"우리는 경찰에서 왔습니다." 파프너같이 생긴 사나이가 지나가는 말처럼 얘기했다.

이제야 신분을 밝히는 것을 보면 사람을 완전히 바보 취급하는 것이 틀림없다고 어셴덴은 생각했지만 농으로 응수해도 괜찮을 얘기는 아니었다.

"예, 그래요?"

"여권을 갖고 계신가요?"

"예, 이런 전시에는 외국인은 노상 여권을 지니고 다니는 것이 상책이지요."

"현명하십니다."

어셴덴은 그 남자에게 깨끗한 새 여권을 내밀었다. 거기에는 석 달 전에 런던에서 왔다는 것, 그후 어떤 국경도 넘은 적이 없다는 것 이외의 거동에 관해서는 아무런 기재도 없었다. 그 형사는 주의 깊게 여권을 검토하고 나서 동료에게 넘겼다.

"이상 없는 것 같습니다."

어셴덴은 난로 앞에 서서 불을 쬐며 담배를 피우고 있었는데 응답은 하지 않았다. 그리곤 주의 깊게 그러면서도 속으로 우쭐해진 정도의 상냥하고 태연스러운 표정으로 형사들을 주시했다. 파솔트는 파프너에게 여권을 건네주었고 파프너는 그것을 굵은 집게손가락으로, 이리저리 생각해 보는 듯이 가볍게 쳤다.

"실은 서장 명령으로 왔습니다. 몇 가지 물어보기 위해서입니다."

어셴덴은 두 사람이 주의해서 시선을 집중하고 있다는 것을 의식했다.

적당한 얘기가 없을 때는 입을 다물고 있는 것이 상책이라는 것을 어셴덴은 알고 있었다. 대답을 기대하고 말을 걸었을 때 상대방이 묵묵부답이면 말을 건 쪽이 좀 당황하게 된다. 그는 형사가 다음 말을 하기를 기다렸다. 잘은 알 수 없으나 상대방은 망설이는 것 같았다.

"최근에 밤늦게 카지노에서 나오는 사람들이 소란을 피운다고 불평이 자자한 것 같습니다. 선생께서도 그 소란 때문에 피해를 입으셨는지 알고 싶습니다. 이 방은 호수에 면하고 있어 법석대는 사람들이 이 창 밑을 지나다니니까 요란스러운 소리들을 들으셨을 텐데요."

어셴덴은 잠시 어이가 없었다. 소위 형사라는 작자가 하필이면 그 따위 헛소리를 하다니! (그 가극의 무대에서 거인이 무대를 쿵쿵거릴 때 울리는 큰 북소리가 귀에 들려오는 듯한 기분이었다) 게다가 경찰서장이라는 자가 부하를 보내서 시끄러운 도박꾼들 때문에 안면 방해를 받고 있나를 알아내도록 하다니 도대체 무엇 때문일까?

아무래도 함정 같았다. 그러나 표면상 한갓 하찮은 것에 깊은 뜻을 부여하는 것만큼 어리석은 일은 없다. 이것은 많은 순진한 비평가들이 무모하게 빠져드는 함정이다. 어셴덴은 인간이라는 동물의 우둔성에 대해서 어떤 확신을 갖고 있었다. 이 신념은 그가 인생을 살아가는 과정에서 크게 도움이 되었다.

형사가 이런 질문을 해오는 것은 그가 불법적인 직무에 종사하고 있다는 증거는 조금도 없기 때문이 아닌가 하는 생각이 어셴덴의 머리를 스쳐갔다. 분명히 밀고당한 것은 틀림없으나 아무런 증거가 제시되지 않았던 것이었고 그의 방 수색도 아무 성과가 없었던 것이다.

그러나 얼마나 어리석은 방문 구실이었던가! 그런 구실은 정말 허구의 빈곤을 나타내는 것이었다. 갑자기 어셴덴은 그 형사들이 자기와의 면회를 청하는 구실로서 제시할 만한 이유를 생각해 보았다. 만약에 그들과 좀 친근한 사이라면 그런 힌트를 줄 수도 있을 텐데 하고 생각해 보았다. 이것은 정말 첩보기관에 대한 모욕이었다. 그들은 상상 이상으로 어리석은 자들이었다. 그러나 어떤 경우에나 마음 한구석에는 어리석은 자에 대한 온정을 가지고 있었던 어셴덴은 뜻밖이라고 생각될 정도의 다정한 감정으로 그들을 눈여겨보았다. 가능하면 가볍게 어깨라도 다독거려 주고 싶었다. 그러나 그는 신중한 어조로 그들의 질문에 답했다.

"사실을 말씀드리자면 나는 잠이 깊게 드는 편입니다(이것은 곧 결백한 마음과 양심의 가책이 없다는 증거이다). 그래서 아무 소리도 들은 적이 없습니다."

이런 말을 하면 틀림없이 상대방이 엷은 미소라도 한번쯤은 보여줄 거라고 생각하여 두 사람을 바라보았으나 그들의 표정은 멍청했다. 어셴덴은 영국 정부의 첩보원인 동시에 유머를 아는 인간이었다. 그는 치밀어 오르는 한숨을 겨우 참았다. 이번에는 좀 당당한 태도를 취하고 한층 진지한 어조를 띠었다.

"그러나 설령 사람들이 소란스럽게 굴어서 안면방해를 받았다고 할지라도 불평할 생각은 꿈에도 없습니다. 번뇌나 재난이나 불행이 너무나 많은 이 세상에서 용케 즐길 수 있는 기회를 가진 사람들이 재미보고 있는 것을 방해한다는 것은 정말 죄가 된다고 생각하니까요."

"지당한 말씀입니다. 그러나 주민들이 피해를 입었다는 것은 사실이고 서장께서는 실정 조사를 해봐야 한다고 생각한 것입니다."

그때까지 꼭 스핑크스와 같은 침묵을 지켜왔던 그의 동료가 이때 입을 열었다. "무슈, 여권을 보니 작가이신 것 같은데요."

어셴덴은, 여태까지의 불안감에 대한 반동으로 극히 쾌활한 기분이 되어서 싹싹하게 대답했다.

"그렇습니다. 어려움이 많은 직업이지만, 때때로 보답을 받을 때도 있습니다."

"명예를 얻는 것이겠지요." 파프너가 정중하게 말했다.

"명예라기보다는 악평이라고 할까요?" 어셴덴은 아무렇게나 말했다.

"헌데 제네바에선 무엇을 하십니까?"

이 질문은 하도 유쾌하게 던진 것이기에 어셴덴은 경계하는 것이 마땅하다고 느꼈다. 현명한 사람에게는 공세로 나오는 경관보다는 상냥한 경관이 위험한 것이다.

"희곡을 쓰고 있습니다." 어셴덴이 말했다.

그는 손짓으로 테이블 위의 종이를 가리켰다. 네 개의 눈이 그의 동작을 좇았다. 흘끗 보니 벌써 형사들이 그의 원고를 훑어보고 메모를 했다는 것을 알 수 있었다.

"그렇지만 뭣 때문에 이런 외국에서 희곡을 써야 합니까?"

어셴덴은 전보다 한층 더 상냥한 미소를 지었다. 그런 질문이라면 오래 전부터 준비가 되어 있었고 이미 준비된 답을 대는 것은 마음놓이는 것이었다. 상대방이 어느 정도까지 믿어 줄지 그 반응이 알고 싶어졌다.

"뭐니 해도 전쟁이니까요. 우리나라는 혼란에 빠져 있어서, 도저히 조용히 앉아서 희곡 같은 걸 쓸 수 없지요."

"쓰시는 것은 희극입니까, 아니면 비극입니까?"

"아니, 희극입니다. 그것도 가벼운 것이죠. 예술가에게는 평화와 고요가 필요합니다. 완전한 평온을 누릴 수 없다면, 창작에 꼭 필요한 세속에 초연한 정신을 갖게 하는 것은 기대할 수 없지 않겠습니까? 스위스는 다행히도 중립국이니까, 제네바에서는 내가 바라던 환경을 찾을 수 있을 거라는 생각이 들었던 것입니다." 어셴덴이 응답했다.

파프너는 파솔트에게 가볍게 고개를 끄덕였다. 그러나 어셴덴을 바보라고 생각하는 건지, 난리중인 세상을 피해서 안전한 은신처를 찾는 그의 심정에 공감하는 건지 어셴덴은 알 도리가 없었다. 여하튼 그 형사는 더 이상 얘기를 해 봤자 아무것도 얻을 것이 없으리라는 결론에 이른 것이 분명했다. 말도 점점 산만해지고 몇 분 후에는 자리를 뜨기 위해 일어섰다.

어셴덴은 그들과 따뜻한 악수를 나누고 그 두 사람을 내보내고 문을 닫았을 때, 안도의 한숨을 크게 내쉬었다. 그는 이내 욕탕물을 견딜 수 있을 정도로 생각될 만큼 한껏 뜨겁게 틀어 놓고 옷을 벗으면서 마음 푹 놓고 구사일생의 기쁨을 만끽했다.

그 전날에 한 가지 사건이 생겨서 그 때문에 경계를 해왔던 터였다. 부하 중에 정보부에서 버나드라는 이름으로 알려진, 독일에서 온 지 얼마 안 된 스위스인이 있었다. 어셴덴은 그 남자를 만나고 싶어서 어떤 시각에 어떤 카페에 가 있으라고 지령을 해 두었다. 전에 만난 적이 없었기 때문에 실수 없도록 하기 위해서 미리 중개자를 통해서 서로 주고받을 암호 말을 알려 두었던 것이다. 그 카페가 붐비지 않을 것 같아서 점심 시간을 택해서 만나기로 했다.

  카페에 들어서니 마침 버나드와 거의 같은 또래의 남자는 한 사람밖에는 보이지 않았다. 그 남자는 혼자 앉아 있었다. 다가가서 어셴덴이 지나가는 말처럼 미리 정해진 질문을 해보았다. 상대방도 암호 말을 대었다. 어셴덴은 그 곁에 앉아서 듀보네를 한 잔 주문했다. 그 스파이는 땅딸막한 남자로서 옷차림은 초라하고, 뾰죽한 머리에 짧게 깎은 금발이었고, 두름성 있는 푸른 눈과 혈색 나쁜 피부를 가진 사람이었다. 아무리 보아도 신뢰감을 느낄 수 없는 남자였다. 자진해서 독일에 입국하겠다는 인간을 찾기가 얼마나 어려운가를 자기 경험으로 알고 있지 않았더라면, 어셴덴은 선임자가 이런 남자를 채용했다는 사실에 놀랐을 것이다. 그 사람은 독일계 스위스인이고 강한 악센트가 있는 프랑스 말을 했다.

  그는 즉시 보수를 달라고 요청했다. 어셴덴은 보수를 봉투에 넣어서 그에게 넘겨 주었다. 돈은 스위스 프랑이었다. 남자는 자기의 독일 체재에 관해서 개괄적인 얘기를 했고, 어셴덴의 세심한 질문에 답했다. 그는 본업이 웨이터였고 라인 강의 어느 다리 근처에 있는 레스토랑에 취직을 했는데, 거기서 근무한 덕택으로 필요한 정보를 입수할 기회가 많았다. 2, 3일간 예정으로 스위스에 오는 이유도 그럴 듯했고 돌아가는 길에 국경을 횡단하는데도 별반 곤란한 점은 없을 것 같았다. 어셴덴은 그의 행동에 대해서 만족의 뜻을 표하고, 지령을 주어서 그 면담을 끝내려고 했다.

  "좋습니다. 하지만 독일로 돌아가기 전에 2천 프랑을 주셨으면 합니다." 버나드가 말했다.

  "2천 프랑을요?"

  "예, 그것도 지금 당장 부탁드립니다. 이 카페를 나가시기 전에요. 그 액수의 돈을 꼭 지불해 주셔야 하겠습니다. 지금 그 돈이 있어야 하겠습니다."

"줄 수 없는데요."

얼굴을 잔뜩 찌푸렸기 때문에 그의 흉한 얼굴이 한층 더 보기에 흉해졌다.

"꼭 주셔야겠습니다."

"왜 그러시는 거요?"

그 스파이는 몸을 앞으로 숙이고, 언성은 높이지 않았으나 어셴덴만 들을 수 있도록 화를 터뜨렸다.

"선생이 주는 그 거지 같은 푼돈으로 계속 목숨을 걸 것이라고 생각합니까? 열흘도 안 되었지요, 한 사람이 마인츠에서 잡혀서 총살되었습니다. 선생의 앞잡이가 아니었습니까?"

"마인츠에는 아무도 없는데" 하고 어셴덴은 괘념치 않는 듯이 말했다. 듣고 보니 마음에 짚이는 것이 있었다. 마인츠에서 오는 평소의 정보를 받지 못해서 궁금해 하던 차였다. 버나드의 정보가 그것을 해명해 주는 것인지도 모른다.

"이 일을 맡을 때에 정확히 보수를 얼마나 받게 될지 알았을 겁니다. 그것에 승복하지 않았으면, 일을 맡을 필요가 없었을 테니까요. 나로서는 이 이상 한 푼도 더 드릴 수 없습니다."

"여기에 내가 가진 것이 뭔지 아시겠어요?" 버나드가 말했다.

그는 호주머니에서 조그마한 권총을 꺼내어 의미심장하게 만지작거렸다.

"그걸 어쩌겠다는 거요? 전당 잡히려오?"

그 남자는 성난 듯이 어깨를 으쓱하면서 권총을 호주머니에 도로 집어넣었다. 만약 버나드가 조금이라도 무대기술에 대한 지식이 있었더라면, 그런 의미 없는 동작을 한다는 것이 아무 소용 없다는 것을 알았을 것이라고 어셴덴은 다시 생각해 보았다.

"그럼 돈은 아무래도 안 되겠습니까?"
"그럼요."
처음에는 비굴하던 스파이의 태도가 상당히 포악해졌으나 이성만은 잃지 않고 한시도 언성은 높이지 않았다. 대단한 악당이지만 앞잡이로서는 신뢰할 수 있겠다고 어셴덴은 생각했다. 이자의 급료를 인상하도록 R대령에게 얘기해 보겠다는 생각을 했다. 기분풀이가 되는 장면이었다. 조금 떨어진 곳에 검은 턱수염을 기른 뚱뚱한 제네바 시민 두 사람이 도미노 놀음을 하고 있었다.

그리고 그 반대쪽에는 안경을 낀 한 젊은 남자가 한 장 또 한 장 굉장한 속도로 한없이 긴 편지를 쓰고 있었다. 부부와 아이 넷으로 이루어진 어떤 스위스인 가족이(아마도 로빈슨인가 하는 이름이겠지만) 테이블 하나를 차지하여 커피 두 잔을 주문해 놓고 버티고 있었다. 카운터 뒤에 있는 회계원은 풍만한 가슴을 검은 실크 드레스로 감싼 흑발의 당당한 여인이었는데 지방 신문을 읽고 있었다. 그런 평화로운 주위 환경 때문에 어셴덴이 말려든 일막의 장면이 아주 괴기하게 여겨졌다. 자신이 쓴 희곡이 훨씬 더 현실감 넘치는 것처럼 생각되었다.

버나드는 싱긋 웃었다. 보기 좋은 웃음은 아니었다.
"내가 경찰에 가기만 하면 당신을 곧 체포할 수 있다는 것을 아시죠? 스위스 감옥이 어떤지 아십니까?"
"글쎄요, 최근에 와서 어떤 곳일까 하고 가끔 생각해 보았습니다만, 당신은 아세요?"
"물론이죠, 선생에게는 별로 마음에 들지 않을 겁니다."
어셴덴의 마음에 항상 걸리는 것은 희곡을 다 끝내기도 전에 체포당하지 않을까 하는 것이었다. 오랜 기간 동안 쓰던 작품을 중단하게 될 것이라는 생각을 하면 견딜 수 없었다. 자신이 정치범으로 취급될 것인지 혹은 일반 범죄인으로 취급될 것인지도 알 수 없었다. 만일에 일반범으로 취급된다면(버나드가 안다면 이 일반 범인의 경우뿐일 테니까) 필기도구는 허락되는지 버나드에게 물어보고 싶은 생각이 들었다. 그런 말을 물으면 버나드가 자기를 비웃는다고 오해할 것이 염려가 되었다. 그러나 비교적 기분이 편안했기 때문에 버나드의 협박을 가볍게 응수할 수 있었다.

"물론 나를 2년간 감옥생활을 하도록 할 수는 있겠지요."
"적어도 그렇지요."
"아니요, 기껏일 겁니다. 그 정도면 충분하겠지요. 교도소 생활이 극히 불쾌하리라는 것은 나도 짐작이 갑니다. 하지만 당신만큼 고생이 되지는 않을 겁니다."
"무슨 수를 쓰려고요?"
"어떻게 하든지 당신을 붙잡을 겁니다. 그리고 뭐니 해도 전쟁이 언제까지나 계속되는 것은 아닐 테니까요. 당신은 직업이 웨이터니까 행동의 자유가 필요하겠지요. 분명히 말해 두지만 만일 내가 체포되기라도 하면 당신은 평생 동안 연합국에는 절대 입국이 허락되지 못할 겁니다. 그렇게 되면 상당히 난처하겠지요."

버나드는 그 말에는 답을 않고 시무룩한 표정으로 대리석으로 된 테이블을 내려다보았다. 어센덴은 이때야말로 계산을 치르고 떠나야 할 순간이라고 생각하였다.

"잘 생각해 보세요, 버나드 씨. 만약에 당신이 일을 계속할 생각이라면 지령도 조금 전에 말해 준 대로이고, 정해진 급료는 평소 때와 같은 방법으로 지불될 것입니다."

스파이는 어깨를 으쓱했다. 이 대화의 결말이 어떻게 될 것인지 어센덴은 전혀 알 수 없었지만 위엄을 갖춰 당당하게 걸어 나가야 한다고 느꼈다.

어셴덴은 뜨거운 욕탕물을 견딜 수 있을까 염려하면서 한쪽 발을 탕 안에 넣고는, 결국 버나드가 어느 쪽으로 결심했을까 하고 생각했다. 욕탕물은 데지 않을 정도로 뜨거웠다. 그는 천천히 물 속에 들어갔다. 그 스파이는 아마도 지금까지대로 임무를 다해나가는 것이 좋으리라고 생각했을 것이다. 그리고 보면 밀고한 자는 달리 있을 것이다. 아무래도 이 호텔이 수상하다. 어셴덴은 반듯이 드러누워서 몸이 욕탕물의 온도에 익숙하게 되었을 때 만족스런 한숨을 내쉬었다.

'정말 인생에는 저 태곳적부터 지금의 나 자신에 이르기까지의 모든 야단법석이 묘하게도 보람 있는 것처럼 여겨지는 때가 있군' 하고 어셴덴은 곰곰이 생각해 보았다.

그날 오후에 말려 들었던 궁지에서 용케도 빠져나온 것은 아무리 생각해도 운이 좋았다는 생각이 들었다. 만일에 재수 없이 체포되어 드디어 형 선고를 받았을지라도, R대령은 어깨를 으쓱하면서 그저 얼빠진 바보로 취급해 버리고, 후임자를 물색하는데 착수했을 것이다. 어셴덴은 이미 상사의 성격을 너무나 잘 알고 있었다. 곤경에 빠져도 도와줄 것을 기대하지도 말라고 얘기한 것은 조금도 에누리 없는 말이었던 것이다.

### 3 미스 킹

어셴덴은 편안히 욕조 안에 누워서, 그래도 희곡을 무사히 완성할 수 있겠다고 생각하니 즐거웠다. 경찰은 허탕을 치게 되었고 비록 그네들이 지금부터 주의를 기울여서 그를 감시한다 할지라도, 어떻게 해서 제3막을 대충 마무리할 때까지는 그 이상 손을 쓸 것 같지는 않았다. 신중히 행동하는 것보다 안전한 것은 없다. 바로 2주 전에도 로잔에 있던 동료가 금고형을 선고받았던 것이다. 그렇다고 흠칫흠칫 놀란다는 것은 어리석은 짓이다. 제네바에 있던 그의 선임자는 자신의 중요성을 지나치게 생각했던 탓에, 밤낮 미행당하고 있다고 착각한 나머지 신경쇠약에 걸려서 부득이 경질하지 않을 수 없었던 것이다.

 매주 두 번씩 어셴덴은 시장까지 나가서 프랑스령 사보이에서 오는 버터와 계란을 파는 농부 노파로부터 지령을 받아야만 했다. 노파는 다른 시장에 다니는 여인들 틈에 끼어서 들어오기 때문에 국경에서의 검색은 형식적인 것에 그쳤다. 여인들이 국경을 건너올 때는 겨우 동이 틀 무렵이어서 경비원들도 시끄럽게 수다를 떠는 여인들을 검문하는 것을 빨리 마치고 따뜻한 불 곁으로 돌아가서 시가를 피우는 편이 좋았던 것이다. 사실 이 노파는 뚱뚱한 몸집이나, 혈색 좋은 얼굴이나, 미소가 넘치는 호인형의 입으로 보아 너무나 온화하고 천진스러워 보였다. 아무리 기민한 형사라도, 이 노파의 풍만한 유방 사이에 깊이 손을 넣기만 하면, 한 정직한 노파와 중년에 가까운 영국인 작가를 법정에 세우게 될 조그마한 종이쪽지를 찾아낼 수가 있을 것이라고는 꿈에도 생각해 보지 못했을 것이다. 물론 그녀는 이런 위험을 무릅씀으로써 자기 자식을 참호 속으로 보내지 않을 수 있었던 것이지만 말이다.

 어셴덴은 아침 9시경에 제네바 가정 주부들이 대체로 그날 장을 다 볼 무렵에 시장에 나가서, 비가 오건 바람이 불건, 덥건 춥건, 바구니를 옆에 놓고 앉아 있는 그 끈질긴 노파 앞에서 걸음을 멈추고 반 파운드의 버터를 샀다. 10프랑을 내고 그 거스름돈을 받을 때 노파는 쪽지를 그의 손에 쑥 넣어줬다. 그러면 그는 아무 일도 없던 것처럼 어슬렁거리며 사라진다. 단 한 가지 위험한 순간은 그 쪽지를 호주머니에 넣고 호텔까지 걸어갈 때였으나 이 아슬아슬한 사건이 있은 후부터는 쪽지를 몸에 지니는 시간을 가능한 한 단축시킬 것을 결심했다.

어센덴은 한숨을 쉬었다. 욕탕물은 이제 그렇게 뜨겁지 않았으나 수도꼭지에 손이 닿지 않았고 발가락으로 틀어도 되지 않았다. 물론 조종이 잘된 꼭지라면 틀어질 테지만. 그렇다고 뜨거운 물을 틀기 위해서 일어설 바에는 차라리 나와 버리는 것이 좋을 것이다. 또 욕탕물을 뽑기 위해 바닥의 마개를 발로 뽑아 욕조를 비우고 억지로 나오기도 싫었다. 그렇다고 사나이답게 밖으로 뛰쳐나올 의지력도 없었다. 세상 사람들이 흔히 그를 평하여 용기 있는 인물이라고들 말했지만, 생각해보면 세상 사람들이란 충분한 증거도 없이 경솔히 인생사를 판단한다. 아무도 그가 뜨거운, 아니 점점 식어가는 욕탕 속에 들어 있는 것을 목격한 사람은 없었던 것이다.

그의 마음은 다시금 희곡으로 돌아가서 조크나 재치 있는 즉답을 이것저것 생각해 보았다. 물론 그도 쓰라린 경험을 통해서 일단 그런 것들이 인쇄되거나 무대에 상연되면 완전히 예상했던 효과를 상실하게 된다는 것은 알고 있었다. 그는 욕탕물이 거의 미지근할 정도까지 되었다는 사실을 잊고 있었다.

그런데 그때 노크소리가 들렸다. 누구든 들어오는 것을 원치 않았기 때문에 들어오라고 대답할 기분이 아니었다. 그러나 노크 소리는 되풀이되었다.

"누구세요?" 성난 듯이 소리 질렀다.

"편지입니다."

"그럼, 들어오시오. 잠깐 기다려요."

침실 문이 열리는 소리가 들렸다. 어센덴은 욕탕에서 나와서 타월을 허리에 두르고 방에 들어갔다. 사환이 편지를 가지고 기다리고 있었다. 말로써 회답을 전하면 되는 편지였다. 이 호텔에 체재중인 어떤 부인이 보낸 것인데 만찬 후 브리지 상대를 해 달라고 요청하는 사연이었다. 유럽식으로 드 히긴스 남작 부인이라고 서명되어 있었다.

 어센덴은 슬리퍼를 신고 독서용 램프에 책을 기대어 세워놓고 자기 방에서 오붓한 식사를 하고 싶었기 때문에 거절하려고 했다. 그런데 이런 입장에서는 그날 밤 식당에 모습을 나타내는 것이 현명한 일일지도 모른다고 생각을 고쳐먹었다. 경찰의 방문을 받았다는 소식이 아직도 그 호텔에 퍼지지 않았으리라고 생각한다는 것은 어리석은 일이리라. 호텔 손님들에게 자신이 당황하고 있지 않다는 것을 보여 주는 것이 좋을 것이다. 혹시 밀고한 것은 이 호텔에 묵고 있는 사람일지도 모르고 그 쾌활한 남작 부인의 이름도 이것과 관련되어 있을지 모른다는 생각이 그의 머리를 스쳤다.

 만약에 그를 밀고한 것이 그녀라면 그 당사자와 브리지 노름을 하는 것도 흥미 있는 일이다. 그는 사환에게 기꺼이 응하겠다는 전갈을 주고 천천히 야회복을 입었다.

 드 히긴스 남작 부인은 오스트리아인이었으나 세계대전이 일어난 해 프랑스식으로 바꾸는 것이 유리하다는 걸 알았었다. 그녀는 영어와 불어를 완벽하게 구사했다.

 그녀의 성은 게르만계는 결코 아니고 조부에게서 물려받은 것이다. 그녀의 조부는 요크셔의 마부로 있다가 19세기 초에 블랑켄슈타인이라는 공작이 오스트리아로 데리고 왔던 것이다. 그는 재미있고 낭만적인 일생을 보낸 인물로, 한창때에는 대단한 미남이어서 어느 대공작부인의 눈에 들어 그 기회를 잘 포착하여 이용했기 때문에 말년에 가서는 남작이 되어 이탈리아 주재 전권대사로서 일생을 마쳤다. 그의 유일한 자손인 남작 부인은 불행한 결혼 후(그녀는 그 자초지종을 아는 사람들에게 들려주는 것을 좋아했지만) 처녀 때 성(姓)으로 돌아왔던 것이다. 할아버지가 대사였다는 사실은 시종 입에 담았지만 마부였다는 것은 언급한 적이 없었다. 어센덴도 이 흥미로운 내용을 비엔나에서 알아낸 것이다. 왜냐하면 이 부인과 친숙해짐에 따라서 그녀의 과거에 관하여 다소 상세히 알아둘 필요성을 느꼈기 때문이었다.

여러 가지 정보를 통해 그녀의 재산 수입으로는 지금 그녀가 제네바에서 하고 있는 것과 같은 상당히 사치스러운 규모의 생활은 도저히 불가능하다는 것을 알 수 있었다. 스파이로서 일하는데 여러 가지 이점을 가지고 있는 여인이었기 때문에 어떤 민활한 비밀첩보기관이 그녀를 이용하고 있다고 보아도 무리는 아닐 것이다. 어떻든 그녀도 나와 같은 일에 종사하고 있음이 틀림없구나 하고 어센덴은 생각했다. 두 사람의 친밀한 관계는 그것으로 인해서 더욱 두터워졌다.

식당에 들어가니 이미 만원이었다. 테이블에 앉아서, 그런 모험을 겪은 후이기 때문에 명랑한 기분이 되어 샴페인 한 병을 주문했다. 물론 영국 정부의 비용으로. 남작 부인이 눈이 부실 정도의 밝은 미소를 보냈다. 그녀는 40고개를 훨씬 넘은 여자였으나 매우 화려한 매너를 가진 눈에 띄는 미인이었다. 혈색 좋은 피부에 금속성 광택이 나는 금발……. 그러나 이 금발은 확실히 아름답기는 하나 매력적인 것은 아니었다. 어센덴은 처음부터 그것은 수프 속에 떠 있는 것을 좋게 여길 그런 종류의 머리카락은 아니라고 생각했다. 잘 생긴 이목구비, 파란 눈, 곧은 콧날, 연분홍빛 얼굴의 피부가 좀 팽팽하게 켕겨 있었다. 대담하게 어깨를 드러내고 있었고, 희고 풍부한 가슴은 대리석을 상기시켰다. 그러나 아무리 보아도, 정에 무른 남자들이 덤벼들면 무너질 것 같은 부드러운 구석이 없었다.

입은 옷이 화려한 데 비해서 보석은 빈약했다. 이런 일에 다소 밝은 어센덴은 그녀를 쓰고 있는 첩보기관의 상사들이 의상만은 그녀에게 양장점을 임의로 이용할 수 있는 백지 위임장을 주었으나, 반지나 진주목걸이까지 준다는 것은 현명치 못하거나 혹은 필요치 않다고 생각했으리라고 단정했다. 그러나 보석 없이도 충분히 화려한 여자였다. R이 들려주었던 예의 그 공사에 관한 얘기가 아니더라도, 이런 여자가 아무리 유혹하려 한들 상대는 한번 보기만 해도 뒷걸음질칠 게 뻔하다고 어셴덴은 생각했다.

요리가 나오는 것을 기다리는 동안에, 어셴덴은 좌중을 둘러보았다. 손님들 대부분은 구면이었다. 그 당시 제네바는 이를테면 음모의 온상이었고, 그 중에서도 어셴덴이 묵고 있는 이 호텔이 그 본거지였다. 프랑스인, 이탈리아인, 러시아인, 터키인, 루마니아인, 희랍인, 그리고 이집트인 등 각국 사람들이 모여 있었다. 망명자도 있고 분명히 어떤 국가를 대표하는 자도 있었다. 어셴덴의 연락원으로 일하는 불가리아인도 있었으나 만약을 위해 제네바에서는 한 번도 말을 건 적이 없었다. 그 불가리아인은 그날 밤 두 명의 불가리아인과 저녁 식사를 하고 있었는데, 하루이틀 목숨이 부지된다면 매우 흥미로운 연락을 해 올지도 모를 일이었다. 그리고 청자색의 눈과 인형 같은 얼굴의 몸집이 작은 독일인 매춘부의 모습도 보였다. 이 여자는 호수 연안의 마을이나 멀리는 베른까지 빈번히 손님을 끌기 위해서 나다니고 있었는데, 직업상 여러 가지 재미있는 정보 나부랭이를 입수하고 있었다. 베른에서는 그것을 받아서 신중하게 검토를 하고 있는 것임이 틀림없었다. 물론 그녀는 남작 부인과는 계급이 다르고 훨씬 수월한 사냥감을 찾았다.

그런데 어셴덴은 폰 홀즈민던 백작의 모습을 발견하고 놀랐다. 이 자는 베베에 있는 독일 측 스파이인데 제네바에는 간혹 한 번씩밖에는 모습을 나타내지 않는 자였다. 언젠가 어셴덴은 고요한 집들이 들어선 인적이 드문 거리의 구도시 구역의 모퉁이에서 이 남자가, 누가 보아도 스파이 같은 상대와 얘기를 하고 있는 것을 보았던 적이 있었는데, 서로 무슨 말을 하고 있는 것인지 꼭 알고 싶다는 생각이 들었던 적이 있었다. 이런 장소에서 백작을 우연히 만나게 된다는 것은 즐거웠다. 전쟁 전부터 런던에서 상당히 잘 알던 사람이었기 때문이다.

그는 명문 출신이었고 호헨토레른 집안과도 관계가 있는 사람이었다. 그는 영국을 좋아했고 춤이나 승마나 사격도 잘했다. 영국인보다 더 영국인답다는 평판이 나 있었다. 키가 크고 마른 남자로서 재단이 잘된 옷을 입고 있었고, 머리는 프러시아식으로 짧게 깎았고 마치 금방이라도 임금님을 배알하려는 것처럼 기묘하게 몸을 구부리고 있었다. 평생 궁정에서 지낸 사람들에게서 볼 수 있다기보다는 느낄 수 있는 그런 태도였다. 예의범절도 훌륭했고 미술에도 상당한 흥미를 갖고 있었다. 그러나 오늘밤은 어셴덴과 그 두 사람 다 서로 일면식도 없는 체하고 있었다. 물론 각자도 상대방이 어떤 일을 하고 있는지 잘 알고 있었다. 어셴덴은 그 점에 관해서 그를 놀려줄까 하는 생각이 들었으나 삼갔다. 여러 해 동안 간간이 마주쳐서 같이 식사를 한다거나 카드놀이를 한 구면인 사람에게 전혀 생소한 것처럼 행동한다는 것은 당치도 않는 일이었다. 그러나 상대방에게 전시에도 영국인의 경박성은 여전하구나 하는 인상을 줄지도 몰랐다. 어셴덴은 아차 싶었으나 홀즈민던은 전에 한 번도 이 호텔에 발을 디딘 적이 없었다. 오늘따라 갑자기 나타난 데는 분명히 특별한 이유가 있을 것이다.

게다가 오늘 밤에는 유달리 알리 전하가 식당에 모습을 나타내고 있는데 이 사건과 무엇인가 관계가 있는 것일까? 이런 경우에는 아무리 우연하게 보이는 사건이라고 할지라도 우연의 일치로 돌려 버리는 것은 경솔한 짓이었다. 알리 전하는 이집트인으로서 태수의 근친이었으나, 태수의 폐위와 동시에 망명을 해왔던 것이다. 그는 영국을 원수로 여겼고 이집트 국내에서는 반란을 획책하고 있다고 알려졌다.

그 전주에 태수가 극비리에 3일간 이 호텔에 머무르면서 두 사람이 전하의 방에서 계속 밀회를 열고 있었다.

알리 전하는 몸집이 작고 뚱뚱한 남자이며 짙고 검은 콧수염을 기르고 있었다. 두 딸과 무스타파라는 이름을 가진 비서역의 무관도 함께 살고 있었다. 그 네 사람이 지금 한자리에서 식사 중이었다. 샴페인을 마셨으나 무거운 침묵을 지키고 있었다.

두 공주는 자유분방한 젊은 여성들로서 매일 밤 레스토랑에서 제네바의 젊은 남성들과 춤을 추면서 보냈다. 두 여자는 키가 작고 땅딸하며 곱고 까만 눈과 까무잡잡한 얼굴이었다. 요란스런 옷차림은 파리의 뤼드라페 거리보다는 오히려 카이로의 어시장을 연상시켰다. 전하는 대개 2층 방에서 식사를 했으나 공주들은 매일 저녁 큰 식당으로 나왔다.

공주들에게 붙어 다니는 자그마한 영국인 노부인이 있었는데 미스 킹인가 하는 이름으로 두 공주의 가정교사를 하는 여자였다. 식탁에서는 따로 혼자 앉았고 공주들은 거들떠보지도 않았다. 한번은 어센덴이 복도를 지나가다가 살찐 공주 중에 언니가, 사람을 놀라게 할 정도로 난폭하게 그 가정교사를 불어로 꾸짖고 있는 것을 우연히 본 적이 있었다. 목청껏 소리 지르며 노부인의 뺨을 갑자기 찰싹 때렸다. 그러더니 어센덴이 곁에 서 있는 것을 알아차리고 무서운 얼굴로 노려보고는 방 안으로 뛰어 들어가면서 문을 쾅 닫았다. 그는 아무것도 보지 않은 것처럼 지나갔다.

어센덴은 이 호텔에 도착했을 때 미스 킹과 억지로 가까워지려고 노력했다. 그러나 그녀는 냉담했을 뿐 아니라 어딘가 비뚤어진 것처럼 그를 대했다. 언젠가 그녀를 만났을 때 어센덴이 모자를 벗었더니 그녀는 뻣뻣하게 답례를 했다. 그 다음에는 말을 좀 걸어 보았는데 그녀가 하도 짤막하게 답하는 폼이 그 이상 더 상관하고 싶지 않다는 태도였다. 그러나 이 정도로 좌절할 그가 아니었다. 가능한 한 뻔뻔스럽게 나가 그녀와 대화할 수 있는 첫 기회를 잡았다. 그녀는 몸을 사리면서 영어투가 섞인 불어로 말했다.

"낯선 분들과 가까이 하고 싶지 않아요."

그녀는 돌아서 버렸고, 다음번엔 만났을 때에도 짐짓 모르는 체했다.

그녀는 주름살투성이인 가죽 보자기 속에 조그마한 뼈가 몇 개만 들어있는 것 같은, 아주 작은 여자였다. 얼굴엔 주름살이 깊이 패였고 머리는 가발을 썼는데 쥐 같은 갈색으로 매우 정교한 것이었으나 이따금 비뚤어지게 쓰고 있었다. 대단히 짙은 화장을 했는데, 주름진 두 볼에 큼직하게 진홍색 연지를 바르고 입술도 진홍빛으로 번들거렸다. 그녀의 옷은 마치 헌옷 가게에서 닥치는 대로 산 것같이 보이는 화려한 것으로 괴상스러웠으며, 낮에는 굉장히 크고 어울리지 않는 소녀용 모자를 쓰고 다녔다. 그리고 몹시 뒷굽이 높고 아주 조그마한, 유행하는 구두를 신고 깡충거리면서 뛰듯이 걸어 다녔다. 그녀의 모습이 하도 그로테스크하기 때문에 보는 사람들은 우스워서 실소하기보다는 혼비백산하였다. 거리에서도 사람들이 돌아서서 어이없는 표정으로 바라보는 것이다.

미스 킹은 전하의 어머니의 가정교사로서 고용된 이래로 한 번도 영국에 온 적이 없다고 들었다. 그 오랜 세월 동안에 카이로의 후궁에서 별의별 사건을 목격했을 거라고 생각하니 끔찍하지 않을 수 없었다. 단명한 동양인의 주검이 얼마나 많이 그녀의 눈앞을 스쳐갔으며, 어두운 비밀을 얼마나 많이 체험했을 것인가! 어센덴은 궁금했다. 영국의 어느 지방 출신일까? 그토록 오랜 세월 타국에서 지내왔다면 고향에는 가족도 친구도 없을 것이다. 그녀의 감정이 반 영국적이라는 것은 알고 있었다. 그렇게 무뚝뚝하게 응수하는 것을 보니,

저 남자를 경계하라는 지시를 받은 것이라고 추측되었다. 불어로밖에는 얘기한 적이 없었다. 점심때나 저녁때나 저렇게 혼자 앉아 있을 때 무엇을 생각하고 있는 것일까? 독서라도 하는 것일까? 식사를 끝내면 곧장 2층 방으로 올라가서는 호텔의 넓은 거실에는 나타나지 않았다. 야한 옷을 입고 2류 카페에서 처음 보는 남자들과 춤추는 두 분방한 공주들을 어떻게 생각하고 있을까?

그런데 미스 킹이 식당에서 나가는 길에 어셴덴의 곁을 지나갈 때 그녀의 가면 같은 얼굴이 오만상을 찌푸린 것 같았다. 그를 몹시 싫어하는 눈치였다.

두 사람의 시선이 마주치게 되었고, 일순간 서로를 가만히 응시했다. 어셴덴은 그 응시 속에 말없는 모욕을 주입하려 하고 있다는 느낌이 들었다. 어딘지 모르게 가련한 인상을 주지 않았더라면, 화장으로 범벅이 된 주름진 얼굴 모습은 기껏해야 우스꽝스런 것으로 그쳤을 것이다.

이때 드 히긴스 남작 부인이 저녁 식사를 마치고 손수건과 핸드백을 들고 좌우에서 웨이터들이 굽실거리는 넓은 식당을 간드러지는 걸음으로 옮겨왔다. 그녀는 어셴덴의 테이블에서 멈추었다. 화려한 모습이었다.

"오늘 밤 브리지 노름의 상대를 해 주실 수 있지요? 기쁩니다. 식사를 마치고 저의 방에 오셔서 커피를 드시겠어요?" 부인은 완벽한 영어로 말했다. 독일 악센트는 거의 없었다.

"정말 아름다운 의상인데요."

"형편없는 겁니다. 입을 게 있어야죠. 파리에 못 가게 되었으니 어떻게 하면 좋을지 모르겠어요. 지겨운 프러시아인들이에요." 목소리를 높이니까 r음이 후두음으로 변했다. "무엇 때문에 그네들은 저희의 가엾은 나라를 무서운 전쟁 속으로 끌어 들이려 했을까요?"

그녀는 한숨을 쉬고 싱긋 미소를 짓고는 싹 나가 버렸다. 어셴덴은 마지막까지 테이블에 남아 있던 사람 중의 하나였다.

그가 나올 때에는 식당은 거의 비어 있었다. 홀즈민던 백작 곁을 지날 때 어셴덴은 쾌활한 기분이 되어 어렴풋한 윙크를 해보였다. 그 독일 스파이는 그것을 확실히 눈치채지 못한 것 같았다. 알아챘더라면 그것이 무슨 비밀의 전조인가 하고 머리를 싸고 고민했을 것이다. 어셴덴은 3층까지 걸어 올라가서 남작 부인의 방문을 노크했다.

"어서 들어오세요." 부인은 문을 활짝 열었다. 부인은 친절하게 그의 두 손을 잡고 방 안으로 안내했다. 그곳에는 브리지를 할 때 필요한 네 사람 중 두 사람이 이미 와 있었다. 알리 전하와 그의 비서였다. 어셴덴은 깜짝 놀랐다.

"전하, 어셴덴 씨를 소개 올리겠습니다." 남작 부인은 유창한 불어로 말했다.

어셴덴은 인사를 하고 내민 손을 잡았다. 전하는 흘끗 그를 보았으나 말은 하지 않았다. 드 히긴스 부인이 말을 이었다.

"파샤는 처음이신지요?"

"어셴덴 씨입니까? 뵙게 되어서 기쁩니다." 전하의 비서는 다정하게 악수하면서 말했다. "브리지 솜씨에 대해서는 우리 아름다우신 남작 부인에게서 말씀 들었습니다. 전하께서는 브리지에 열심이십니다. 그렇죠, 전하?"

"암, 그렇고말고." 전하가 말했다.

무스타파 파샤는 45세쯤 된 거구의 뚱뚱한 남자였다. 잘 움직이는 큰 눈과 크고 검은 콧수염을 달고 있었다. 와이셔츠의 앞가슴엔 큰 다이아몬드가 달린 턱시도를 입고 자기 나라의 터키식 모자를 쓰고 있었다. 그는 굉장히 입심이 좋아서 말이 그의 입에서 주머니에서 나오는 유리구슬처럼 떠들썩하게 굴러 나왔다. 그는 어셴덴에게 비위를 맞추려고 애를 쓰고 있었다. 전하는 묵묵히 앉아서 무거운 눈꺼풀 밑으로부터 침착하게 어센덴을 보고 있었다. 내성적인 사람 같았다.

"클럽에서는 뵈온 적이 없군요. 바카라(트럼프 놀이의 한 종류) 노름은 좋아하지 않습니까?" 파샤가 물었다.

"별로 하지 않습니다."

"남작 부인은 독서를 많이 하신 분인데, 선생은 비범한 작가라고 말씀하십니다. 유감스럽게도 저는 영어를 읽을 줄 모릅니다."

남작 부인은 어센덴에게 몇 마디 몹시 역겨운 치렛말을 늘어놓았다. 그는 그런 경우에 온당하게 감사하는 듯 공손한 태도로 경청했다. 곧 부인은 손님들에게 커피와 리큐어 술을 대접하고 나서, 카드를 꺼냈다.

어센덴은 무엇 때문에 자기가 카드놀이에 초대받았는지 의아스러웠다. 그는 자신에 관해서는 남에게 떠벌리는 일이 거의 없었다. 물론 스스로 그렇게 자부했지만 말이다. 더욱이 브리지에 관해 전혀 자신이 없었다. 자기가 2류 정도의 노름꾼이라는 것은 알고 있었으나 세계적 굴지의 노름꾼들과 종종 승부를 겨루어 본 적이 있었기 때문에 그들과 도저히 겨룰 수 없다는 것을 너무나도 잘 알았다. 오늘 저녁에 하는 노름은 그에게는 생소한 콘트랙트 브리지인데다 판돈이 고액이었다. 그러나 이 게임은 구실에 불과했다. 그렇다면 그 이면에서 은밀히 행해지고 있는 게임은 무엇인지 알 수 없었다. 그가 영국의 스파이라는 것을 알고 있는 전하와 그의 비서가 자신이 어떤 인간인지 궁금해서 만나고 싶었던 것인지도 모른다. 실은 이 하루이틀 동안 무엇인가 수상하다고 어센덴은 느꼈는데 이 모임은 그의 의심을 더욱 짙게 만들었다. 그러나 그 무엇인가가 어떤 성질의 것인지 추호도 짐작할 수 없었다. 부하 스파이들로부터 최근에 와서 그럴듯한 정보라고는 아무것도 입수된 것이 없었다. 결국 그 스위스 경찰관들의 내방은 남작 부인의 친절한 알선 덕택일 것이다. 아무래도 이 브리지 파티는 형사들이 공을 쳤다는 것을 알았을 때 황급히 계획된 것 같다. 수수께끼 같은 생각이지만 이렇게 생각하니 재미있었다. 어센덴은 쉴 새 없는 환담에 참견하면서 몇 번이나 3판 승부를 거듭하면서도 상대방 말뿐 아니라 자기 입에서 나오는 말에도 면밀한 주의를 기울였다. 전쟁이 계속 화제에 오르고 남작 부인과 파샤는 노골적으로 반독일적인 의견을 토로했다. 부인의 마음은 자기의 조상(요크셔의 마부)의 발상지인 영국에 있었고 파샤는 파리를 마음의 고향으로 생각했다. 파샤가 몽마르트와 그곳 밤생활의 얘기를 꺼냈을 때 전하도 침묵을 깨고 말했다.

"파리는 참 아름다운 도시죠."

"전하, 그곳엔 아름다운 아파트가 있습니다. 아름다운 그림과 사람 키만한 조각들이 즐비해 있지요." 파샤가 설명했다.

어센덴은 이집트의 독립에 대한 열망에는 최대의 동정심을 품고 있다고 설명하고 유럽에서 비엔나를 가장 쾌적한 도시로 본다고 말했다. 상대방이 우호적인 만큼 그에 못지않게 그도 우호적으로 대했다. 만일에 그들이 스위스 신문에서 보지 못한 정보를 얻어낼 것이라고 생각한다면 오산이었다. 순간적으로 어센덴은 자기를 매수할 수 있는 가능성을 타진 받고 있지 않나 하는 생각이 들었다. 너무나도 신중하게 일어난 일이라서 확실히 그렇다고는 할 수 없다. 그러나 만약에 인류애에 불타는 인간이라면 누구든지 충심으로 바라는 평화를, 동란의 세계에 안겨 줄 그런 어떤 타협에 응할 생각만 있다면, 현명한 작가는 조국에 높은 공헌을 할 수 있을 뿐 아니라 개인적으로도 막대한 돈을 벌 수 있다는 암시가 감돌고 있다는 느낌이 들었다. 처음 만난 저녁이니까 상세한 얘기는 나올 리가 없었지만 어센덴은 가능한 한 둘러대면서 말보다는 상냥한 태두로써 좀 더 상세한 얘기를 듣고 싶다는 뜻을 나타내려고 했다. 이와 같이 파샤와 오스트리아 부인을 상대해서 얘기를 하는 동안에도 그는 주의 깊은 알리 전하의 시선이 쏠려 있다는 것을 느꼈으며 그 두 눈은 이쪽 생각을 너무도 잘 꿰뚫어 봤구나 하는 불안감을 가졌다. 이 전하는 함부로 얕볼 수 없는, 경계해야 할 사람이라고 그는 생각했다. 잘 알지 못하지만 왠지 그런 느낌이 들었다. 아마 어센덴이 돌아가고 나면, 전하는 남은 두 사람에게 뜻밖의 시간 낭비였다고, 어센덴에겐 도무지 감당 안 된다고 불평할지도 모른다.

자정이 지나고 나서 곧 한 판이 끝났을 때 전하는 테이블에서 일어섰다.

"늦었군요. 어센덴 씨는 내일도 바쁘시겠지요. 너무 붙들어서는 안 되겠습니다."

어센덴은 이 말을 물러가라는 신호로 생각했다. 세 사람이 함께 정세를 토의하도록 내버려 두고 어센덴은 적지않게 어리둥절한 기분에 싸여서 물러났다. 그네들도 못지않게 당혹했다는 것은 상상할 수 있었다. 방에 돌아왔을 때 갑자기 녹초가 된 것을 깨달았다. 옷을 벗으면서도 거의 눈을 뜰 수 없었다. 침대에 뛰어들자마자 잠들어 버렸다.

잠든 지 5분도 채 되지 않았는데, 문을 노크하는 소리에 억지로 잠이 깨었다. 잠시 귀를 기울였다.

"누구요?"

"하녀입니다. 열어 주세요, 말씀드릴 게 있습니다."

어센덴은 혀를 차면서 불을 켜고, 숱이 적어진 헝클어진 머리를 쓰다듬고 나서(율리우스 시저처럼 보기 흉한 대머리를 보이기 싫었기 때문에) 고리를 풀고 문을 열었다. 문밖에는 헝클어진 머리의 스위스인 하녀가 서 있었다. 에이프런도 입지 않고 급히 옷을 걸쳐 입은 것처럼 보였다.

"이집트 공주님들의 가정교사이신 나이 많은 영국인 부인이 위독하신데 선생님을 뵙기를 원하십니다."

"나를? 그럴 리가 없지. 나는 그분을 모르는데. 저녁때는 아무 이상이 없었잖아." 어셴덴은 말했다.

그는 당황해서 생각이 나는 대로 지껄였다.

"꼭 선생님을 뵙고자 합니다. 의사 선생님도 선생님께서 와 주셨으면 하십니다. 얼마 견딜 것 같지 않습니다."

"틀림없이 잘못 알았을 거야. 나를 찾을 이유가 없으니까."

"선생님의 성함과 방 호수를 말했습니다. '빨리빨리'라고 말하고 있었어요."

어셴덴은 어깨를 으쓱했다. 방으로 돌아와서 슬리퍼를 신고 실내복을 입고, 뒤늦은 생각에서 소형 권총을 호주머니에 집어넣었다. 화기란 부적당한 순간에 뛰어나와서 소동을 일으키기 쉬워서 어셴덴은 그런 화기보다는 훨씬 더 자기의 예민한 머리를 믿는 편이었으나, 권총을 만지작거리면 자신감이 용솟음치는 경우가 있었다. 이 급한 호출은 너무도 불가사의했다. 그 정중하고 뚱뚱한 이집트 신사 두 사람이 모종의 함정을 파놓고 있다고 생각하는 것은 우스꽝스러운 일이지만, 어셴덴이 종사하고 있는 이 일에서는 상례적인 단조로움이 때로는 염치없이 1860년대풍의 멜로드라마로 빠져들게 하기 쉽다. 마치 연정에 불타는 자가 부끄러운 줄도 모르고 케케묵은 상투어를 사용하듯이 우연은 진부한 문학의 인습에 무감각하기 마련이다.

미스 킹의 방은 어셴덴의 방보다 두 층 더 위에 있었다. 하녀를 따라서 복도를 지나 계단을 오르면서 노 가정교사에게 무슨 일이 일어났느냐고 물었다. 하녀는 당황해서인지 멍청했다.

"졸도를 한 것 같아요. 잘 모르겠습니다만. 야간 당직이 저를 깨우며 브리데 씨가 저를 급히 부른다고 하더군요."

브리데 씨는 호텔의 부지배인이었다.

"지금 몇 시지?" 어센덴이 물었다.

"세 시일 거예요."

두 사람은 미스 킹의 방에 당도하였고 하녀가 노크했다. 브리데 씨가 문을 열어 주었다. 그도 자다가 깬 것처럼 보였는데, 맨발에 슬리퍼를 신고 파자마 위에 회색 바지, 프록코트를 입고 있었다. 엉망인 모습이었다. 평소 때 산뜻하게 붙어 있는 머리가 쭈뼛 서 있었다. 그는 몹시 두려워 긴장하고 있었다.

"무슈 어센덴, 주무시는데 소란스럽게 해서 뭐라고 용서를 빌어야 할지 모르겠습니다. 환자가 기어코 선생님을 뵙고 싶어하고, 의사도 꼭 모시고 오라고 해서요."

"괜찮습니다."

어센덴은 안으로 들어갔다. 작은 뒷방이었고 전등불이 다 켜 있었다. 창은 닫히고 커튼이 드리워져 있었는데 몹시 두려워서 답답했다. 의사는 턱수염을 기른 백발이 희끗희끗한 스위스인으로서 침대 곁에 서 있었다. 브리데 씨는 옷차림과 노골적인 당혹에도 불구하고, 빈틈없는 지배인답게 침착성을 잃지 않고 격식을 차려서 예의바르게 소개를 했다.

"이분이 미스 킹이 찾는 어센덴 씨입니다. 이쪽은 제네바 의사회의 아보스 박사이십니다."

의사는 말없이 침대를 가리켰다. 침대에는 미스 킹이 누워 있었다. 그녀의 모습을 보고 어센덴은 섬뜩했다. 그녀는 크고 하얀 목면 나이트캡을 턱 밑으로 매고, (방에 들어올 때 어센덴은 화장대 위의 받침대에 그 갈색 가발이 걸려 있는 것을 보았다) 게다가 목까지 올라오는 하얗고 부풀부풀한 잠옷을 입고 있었다. 나이트캡과 잠옷은 옛날 것들이고 찰스 디킨스의 소설에 나오는 크루크샹크(19세기 영국의 삽화 화가인 만화가)의 삽화를 생각나게 했다. 얼굴은 자기 전에 화장을 지우려고 사용한 크림으로 미끈미끈했으나 대충 지워서 눈썹 위의 검은 줄무늬 얼룩과 볼에도 붉은 줄무늬가 남아 있었다. 침대에 누워 있는 모습이 아주 작아서 어린아이 정도의 크기이고 몹시 늙어 보였다.

'여든은 훨씬 넘었겠군' 하고 어셴덴은 생각했다.

보기에 인간이라기보다는 풍자적인 장난감 제조업자가 모형을 제작하는 재미로 만든 늙어빠지고 익살맞은 마녀 같았다. 그녀는 반듯이 드러누워서 꼼짝하지 않는다. 아주 작은 몸집은 평평한 모포 밑에서 거의 흔적도 없었다. 의치를 뽑아 내어 얼굴은 평상시보다 한층 더 작아 보였다.

깜박거리지도 않고 응시하는 오그라든 얼굴에 이상할 정도로 커다란 검은 눈이 아니었더라면 죽은 것이라고 생각할 수밖에 없었을 것이다. 그를 보자 그 두 눈의 표정이 변하는 것 같다고 어셴덴은 생각하였다.

"그런데, 미스 킹, 이런 모습으로 뵙게 되어서 안됐습니다." 그는 억지로 유쾌하게 말했다.

"말을 못 하십니다. 하녀가 선생을 모시러 간 사이에 또 한 번 약간 발작을 했습니다. 막 주사를 놓았습니다. 잠깐 있으면 조금은 혀를 움직이게 될 것입니다. 부인께서는 선생님에게 뭔가 할 말이 있나 봅니다." 의사가 말했다.

"기꺼이 기다리겠습니다." 어셴덴이 말했다.

그는 그녀의 검은 눈에서 안도의 빛이 보인다는 느낌이 들었다. 잠시 동안 네 사람은 침대 주위에 서서 죽어가는 노부인을 주시했다.

"그러면 별 용무가 없다면 저는 잠자리로 돌아가도 좋겠습니까?" 그때 브리데 씨가 말했다.

"어서 그러세요, 당신은. 할 일은 없습니다." 의사가 말했다.

브리데 씨가 어센덴을 돌아보며 말했다.

"말씀드릴 게 있는데요."

"좋습니다."

의사는 미스 킹의 눈에 떠오르는 갑작스러운 공포의 빛을 보았다.

"염려 마십시오. 어센덴 씨는 가시지 않습니다. 언제까지라도 계실 겁니다." 의사는 친절히 말했다.

부지배인은 어센덴을 문까지 데리고 가서 방 안 사람들이 자기의 작은 소리를 듣지 못하도록 문을 약간 닫았다.

"어센덴 씨, 선생님의 양식에 맡겨도 되겠지요? 호텔에서 사람이 죽는다는 것은 대단히 불쾌한 겁니다. 다른 손님들이 싫어합니다. 손님들이 알지 못하도록 최선을 다해야겠는데요. 시체는 되도록 아침 일찍 치우도록 하겠습니다. 사람이 죽었다는 얘기는 않도록 해 주시면 대단히 감사하겠습니다."

"나를 믿어도 됩니다. 염려 마세요." 어센덴이 말했다.

"대단히 유감스럽게도 마침 오늘밤은 지배인이 안 계세요. 돌아오시면 대단히 언짢아 할 것입니다. 가능하면 구급차를 불러서 병원에 데리고 갔을 겁니다만 의사가 아래층으로 내리기도 전에 죽을지도 모른다고 하면서 절대로 그러지 못하게 했습니다. 호텔에서 죽어도 저의 실수는 아닙니다."

"죽음은 흔히 분별없이 그 시기를 택하지요." 어센덴이 중얼거렸다.

"뭐니 해도 고령이니 좀더 일찍이 돌아가셨어야 했어요. 그 이집트의 전하는 무엇 때문에 이런 고령의 가정교사를 데리고 오고 싶었을까요? 고국으로 돌려보냈어야 했을 겁니다. 동양인들은 항상 뭔가 난처한 일을 일으켜요!"

"그런데 그 전하는 어디 계십니까? 오랫동안 일해주었는데 전하를 깨워야 하지 않겠소?" 어셴덴이 물었다.

"호텔에 안 계십니다. 비서를 대동하고 나갔어요. 바카라 노름이라도 하고 있는지 모르겠습니다. 하여튼 제네바 전역으로 찾으러 보낼 수는 없어요."

"그리고 공주님들은?"

"돌아오지 않았습니다. 보통 새벽에야 돌아옵니다. 춤에 미쳤어요. 어디 있는지 모릅니다. 여하튼 가정교사가 졸도했다고 해서 재미 보는데 끌어오게 되면 달갑게 여기지 않을 겁니다. 그분들의 바탕을 아니까요. 돌아오면 야간 당번이 알려 줄 것이고 그러면 그분들이 알아서 하겠지요. 미스 킹도 만나고 싶어하지 않습니다. 야간 당번이 저를 데리러 왔기에 이 방에 들어와서 전하는 어디 계신가 하고 물었더니 전력을 다해서 싫다고 외칩디다."

"그때는 말을 할 수 있었군요?"

"예, 그럭저럭. 그런데 놀란 것은 영어로 말하는 겁니다. 언제나 불어를 고집했는데, 아시다시피 영국인을 싫어했으니까요."

"나에게 무슨 볼일이 있었을까요?"

"그 점은 저도 모르겠습니다. 당장에 선생님에게 꼭 얘기할 것이 있다는 것이었습니다. 이상한 것은 선생님 방 호수를 알고 있었어요. 처음엔 선생님을 불러 달라고 해도 사람을 보내지 않았습니다. 정신 나간 할머니가 부른다고 한밤중에 손님들을 깨울 수는 없으니까요. 주무실 권리가 있다고 봅니다. 그러나 의사가 와서 그렇게 하라고 주장하고 그녀는 사람을 못살게 굴었지요. 아침까지 기다리라고 했더니 웁디다."

어셴덴은 부지배인을 바라보았다. 자기가 얘기하는 그 장면에서 전혀 애처로운 것을 느끼지 못하는 것 같았다.

"선생님이 어떤 분이냐고 의사가 묻기에 알려 주었더니 그렇다면 같은 나라 사람이니까 만나고 싶어하는 것일 거라고 합디다."

"글쎄요." 어셴덴은 냉담하게 말했다.

"그럼 잠을 좀 자도록 하겠습니다. 야간 당번에게 일이 다 끝나면 깨워 달라고 시켜 두겠습니다. 다행히 요즘은 밤이 기니까 만사가 순조로우면 날이 새기 전에 시체를 치울 수 있을 것 같습니다."

어셴덴이 방으로 돌아가니까 곧 빈사상태인 여인의 검은 두 눈이 그를 바라보고 있었다. 뭔가 말을 해야 하겠다는 느낌이 들었으나, 새삼스럽게 환자에게 말할 때와 같은 그런 상투적인 말투가 신경이 쓰였다.

"미스 킹, 기분이 언짢으신 모양이지요?"

그녀의 눈에 순간적으로 노염의 빛이 스쳐가는 것같이 여겨졌다. 어셴덴은 그녀가 쓸데없는 말에 화가 난 거라고밖에 생각할 수 없었다.

"기다릴 수 있으시겠습니까?" 의사가 물었다.

"물론 기다리지요."

이 일의 자초지종은, 야간 당번이 미스 킹의 방에서 걸려온 전화 소리에 잠이 깬 모양이었다. 그런데 수화기를 들었을 때 아무것도 들리지 않았다. 벨은 계속 울리고 해서 아래층으로 내려가서 문에 노크를 했다. 그러나 아무 소리가 없어서 열쇠로 열고 들어가 보니 미스 킹이 마루에 쓰러져 있었다. 전화기도 떨어져 있었다. 아마도 건강상태가 좋지 않음을 느끼고 도움을 청하려고 수화기를 들고는 그대로 쓰러진 것 같았다. 야간 당번은 황급히 부지배인을 데리고 와서 두 사람이 그녀를 들어서 침대로 옮겼다. 그 다음에 하녀를 깨워서 의사를 데리러 보낸 것이다. 이런 전말을 미스 킹이 듣고 있는데서 의사가 얘기해 주는 것을 들으니 어셴덴은 묘한 기분이 들었다. 마치 노파는 불어를 알아듣지 못하기라도 하는 것 같았다. 의사는 노파가 이미 죽은 것처럼 얘기했다.

그러고는 의사가 말했다.

"자, 이 이상 더 내가 할 수 있는 일은 없습니다. 이대로 있어도 소용없지요. 용태에 변화가 생기면 전화 걸어 주세요."

어센덴은 미스 킹이 이 상태로 몇 시간이나 계속될 수도 있다는 것을 알고 어깨를 으쓱했다.

"좋습니다."

의사는 애기를 다루듯이 그녀의 연지 묻은 볼을 가볍게 두드렸다.

"잠들도록 하세요. 아침에 돌아올 테니까."

의사는 왕진 가방에 의료 기구를 챙겨 넣고, 손을 씻고, 무거운 외투를 꾸물꾸물 끼워 입었다. 어센덴이 문까지 그를 따라가서 악수를 나눌 때 의사는 그녀의 예후를 보여 주듯이 턱수염 있는 입을 삐죽거렸다. 어센덴은 방에 돌아와서 하녀를 보았다. 하녀는 의자 끝에 거북하게 앉아 있었다. 마치 사람이 죽어 가는데 무람없이 처신하기를 두려워하는 것 같았다. 그녀의 넓고 추악한 얼굴은 피로로 부어 있었다.

"자지 않고 있어도 소용없어요. 가서 자요." 어센덴이 그녀에게 말했다.

"선생님께선 이곳에 혼자 계시는 게 싫지요? 누군가가 같이 있어 드려야지 않겠어요?"

"뭐라고, 왜? 당신은 내일 할 일이 있잖아요."

"아무래도 다섯 시에는 일어나야 하긴 해요."

"그럼 지금이라도 좀 자 두지 그래. 일어나서 잠깐 들러주면 되니까, 자 어서."

하녀는 무겁게 일어섰다.

"선생님께서 원하시는 대로 하지요. 하지만, 있어도 상관 없습니다."

어셴덴은 미소를 짓고 고개를 저었다.

"편히 쉬세요, 가엾은 분." 하녀가 말했다.

하녀는 나가고 어셴덴만 혼자 남았다. 침대 곁에 앉아서 다시 미스 킹의 시선과 마주쳤다. 그 끄떡도 않는 응시에 당황스러웠다.

"걱정 마세요, 미스 킹, 가벼운 졸도였을 뿐입니다. 곧 말문이 열릴 것이라고 확신합니다."

그때 어셴덴은 그 검은 두 눈 속에서 말을 하려는 필사적인 노력을 확실히 보았다고 느꼈다. 착각일 리가 없었다. 마음은 다급하지만, 마비된 육체가 말을 듣지 않는 것 같았다. 그녀의 실망이 아주 뚜렷하게 드러나 눈물이 양쪽 볼을 타고 내렸다. 어셴덴은 손수건을 꺼내어 눈물을 닦아 주었다.

"기력을 잃지 마세요, 미스 킹. 조금만 참으면 틀림없이 하시고 싶은 말을 할 수 있을 겁니다."

그때 그녀의 눈에서 기다릴 여유가 없다는 절망적인 생각을 읽었다면 어셴덴의 지나친 상상이었을까. 혹은 그의 머리에 떠오른 생각을 그녀의 뜻으로 생각한 것에 불과한 것인지도 모른다.

화장대에는 이 가정교사의 소박한 화장품과 뒷면을 은으로 장식한 브러쉬, 은으로 테두리를 두른 거울이 놓여 있었다. 방구석에는 초라한 검은 트렁크가 있었으며, 옷장 위에는 번들거리는 가죽으로 된 큼직한 모자상자가 얹혀 있었다. 와니스 칠이 잘 된 자단 가구를 갖춘 말쑥한 호텔방이기에 그 모든 것이 빈약하고 초라하게 보였다. 눈 부시는 전등불이 견딜 수 없었다.

"전등 몇 개를 끄는 편이 마음 편하지 않겠어요?" 어셴덴이 물었다. 그는 침대 곁의 램프만 남겨 두고 나머지는 다 끄고 다시 앉았다.
 담배 피우고 싶은 생각이 간절했다. 또다시 그의 눈이 늙어빠진 여인의 남은 생명 전부가 담긴 그 시선으로 붙들렸다. 긴급히 그에게 전하고 싶은 무슨 말이 있음에 틀림없다. 그런데 그것이 뭘까? 대체 무엇일까? 어쩌면 그저 장구한 세월 동안 조국을 떠나 살아온 노파가 죽음이 임박함을 느끼고, 그렇게도 오래 잊고 지냈던 조국의 동포 곁에서 죽고 싶은 갑작스러운 동경심을 느꼈기 때문에 그를 부른 것인지 모른다. 의사는 그렇게 생각했다. 하지만 그렇다면 왜 하필 그를 불렀을까? 호텔에는 다른 영국인들도 있었다. 은퇴한 인도 문관과 그의 부인, 그런 노부부도 있었다. 이런 분들을 찾는 것이 더 자연스러웠을 것이다. 그녀에게는 어셴덴이 가장 인연이 먼 사람이었다.
 "미스 킹, 저에게 무슨 할 말이 있습니까?"
 그는 그녀의 두 눈에서 응답을 읽으려고 애썼다. 두 눈은 계속 의미 있는 듯이 그를 응시했다. 그러나 무슨 의미인지 그로서는 도저히 알 수 없었다. "걱정 마세요, 아무 데도 가지 않을 테니까. 언제까지라도 있어 드릴 테니까."
 아무런 반응도 없었다. 그 검은 눈. 바라보고 있으면 눈 뒤에 불꽃이 있는 듯이 신비롭게 번득이는 듯한, 그 눈이 치근치근한 응시로 그를 붙잡고 놓아주지 않는다. 언뜻 어셴덴은 노파가 자기를 부른 것은 그가 영국 첩보원이라는 것을 알았기 때문이 아닌가 생각되었다. 임종의 순간에 오랜 세월 그녀에게 중요했던 모든 일에 뜻하지 않게 감정의 반발을 느꼈던 것일까? 죽음을 목전에 두고 그녀의 조국에 대한 사랑, 반세기 동안 죽었던 조국애가 마음속에 되살아나서 뭐니 해도 조국인 영국을 위해서 뭔가를 하고 싶은 의욕에 사로잡힌 것이 아닌가? '나도 이런 어리석은 것을 생각하다니 바보로구나.' 어셴덴은 생각했다. '이건 값싼 허구야.' 그러나 이런 시기에는 누구든지 정상이 아니었고, 평화 시에는 정치가나 정치평론가, 그리고 바보에게 맡기는 것이 상책이지만, 전쟁의 암흑시대에는 심금을 쥐어짜는 감정인 애국심 때문에 묘한 짓을 하게 되는 것이다.

이 노파가 전하와 그의 따님들을 만나기를 꺼린 것은 이상하다. 갑자기 그네들이 가증스러워진 것일까? 그들 때문에 자신이 매국노라는 느낌이 들어서 최후의 순간에 보상을 하고 싶어진 것일까? 그럴 가능성은 전혀 없다. 그녀는 마땅히 오래 전에 죽었어야 할 어리석은 노파에 불과하다. 하지만 그런 가능성을 무시할 수는 없다. 어센덴은 상식적으로 납득하긴 어려웠지만, 그녀가 전하고 싶은 모종의 비밀을 갖고 있다고 이상하게 확신하게 되었다. 그의 신분을 알고서 이 사람이라면 그 비밀정보를 이용할 수 있다고 생각하고 데려오게 한 것이다. 죽어가는 사람에게는 두려울 것이 없다. 그런데 그 비밀이 과연 중요할까? 어센덴은 그녀의 눈이 전하고 싶어하는 바를 읽으려고 더욱 열심히 몸을 앞으로 기울였다. 혹시 그 비밀은 혼탁해진 노파의 머리에서만 중요한, 하찮은 것에 불과할지도 모른다. 어센덴은 무해한 통행인을 일일이 스파이라고 생각하고 전혀 상관 없는 일을 종합해서 음모로 보는 사람들에게는 질렸다. 가령 미스 킹이 말문이 트이더라도 아무에게도 쓸모없는 헛소리를 들려 줄 가능성은 십중팔구일 것이었다.

그런데 저 노파가 많은 것을 알고 있음은 틀림없을 것이다. 그토록 예리한 눈과 예민한 귀를 가졌으니까. 비교적 중요한 인물들로부터 엄중히 감추어진 사항들을 밝혀낼 기회임에는 틀림없다. 어센덴은 다시 정말 중대한 일이 신변에 일어나고 있다는 예감이 들었던 일이 생각났다. 홀즈민던이 오늘 이 호텔에 나타난 것도 이상했다. 그리고 왜 그 노름 미치광이들인 알리 전하와 파샤가 나와 함께 콘트랙트 브리지 노름으로 하루 저녁을 허송했을까? 어쩌면 어떤 새로운 계획이 문제되고 있는 것인지도 모르고, 혹은 최고로 중대한 사건이 진행중인지도 모른다. 어쩌면 노파가 말하고자 하는 것이 결정적인 전환을 초래할지도 모른다. 그 한마디가 패배나 승리를 좌우할지도 모른다. 어떤 중요한 것이 걸려 있을지 모른다. 그런데도 이 노파는 말할 힘도 없이 누워 있다. 한참동안 어셴덴은 말없이 그녀를 응시했다.

"전쟁과 어떤 관계가 있는 것입니까? 미스 킹?" 그는 갑자기 큰 소리로 말했다.

뭔가 그녀의 눈을 스쳐가고 전율이 그 작고 늙은 얼굴을 지나갔다. 분명한 반응이었다. 어떤 이상한 가증스러운 일이 생기고 있다. 어셴덴은 숨을 죽였다. 아주 작고 허약한 신체가 갑자기 경련을 일으키더니 그 노파는 마치 최후의 필사적인 의지로 노력한 듯 침대에서 몸을 일으켰다. 어셴덴은 뛰어가서 그녀를 부축했다.

그러나 그녀는 "영국!"이라는 단 한마디를 거칠게 금이 간 목소리로 외치고서는 그의 품속에 쓰러졌다.

### 4 털 없는 멕시코인

"마카로니를 좋아합니까?" R대령이 물었다.

"마카로니라니요? 그건 마치 시를 좋아하느냐고 묻는 것과 마찬가지로군요. 나는 키츠와 워즈워드와 베를렌과 괴테를 좋아합니다. 마카로니라고 할 때 어느 것을 뜻합니까? 스파게티, 탈리아텔리, 버미첼리, 페투치니, 투팔리, 팔팔리 등 여러 가지가 있어요. 아니면 그저 마카로니입니까?"

"마카로니." 말없는 R은 대답했다.

"단순한 것은 모두 좋아합니다. 삶은 계란, 굴, 캐비아, 연한 송어, 구운 연어, 익힌 양고기(가능하면 등심), 뇌조의 냉육, 당밀파이, 라이스푸딩, 다 좋아합니다. 그러나 모든 단순한 것 중에서도 언제나 먹어도 싫증나기는커녕 아무리 먹어도 식욕이 더욱 간절해지는 것은 마카로니죠."

"그것 잘됐군요. 이탈리아로 내려가기를 바랍니다."

어셴덴은 리옹에서 R과 만나기 위해서 제네바에서 왔던 것이다. 그보다 먼저 도착했기 때문에 그날 오후는 이 번영하는 도시의 단조롭고 변화하고 평범한 거리를 배회하면서 지냈다. 이제 두 사람은 광장에 면한 레스토랑에 앉아 있다. 프랑스의 이 지방에서는 최고의 요리를 한다는 평판이 난 곳이기 때문에 어셴덴은 R이 도착하자 곧 이곳으로 안내했다. 그러나 이렇게 사람들이 많이 모이는 장소에서는 (리옹인들은 식도락을 즐기니까), 캐기 좋아하는 사람들이 귀를 기울이고 무심결에 흘러나오는 유용한 정보 나부랭이를 붙잡을지 모르는 일이기 때문에 아무래도 좋은 세상사를 얘기하는 것으로 그쳤다. 이윽고 훌륭한 식사도 끝나게 되었다.

"브랜디 한 잔 더 하겠소?" R이 말했다.

"아닙니다. 잘 먹었습니다." 절제하는 기질인 어셴덴은 말했다.

"전쟁의 준엄성을 누그러지게 하기 위해서도 할 수 있는 것은 다 하지요, 술이든 뭐든." R이 병을 들고 자신과 어셴덴의 잔을 채우면서 한마디했다.

어셴덴은 더 이상 사양하는 것은 짐짓 꾸미는 태도일 것이라고 생각하고 하는 대로 내버려 두었으나, 술병을 보기 흉하게 잡는 것에 대해서는 상관이지만 한마디 충고하지 않을 수 없었다.

"젊었을 때 항상 배운 것인데, 여자는 허리를, 병은 목을 잡아야 한다는 겁니다." 그는 속삭였다.

"거참, 좋은 얘기를 들었군. 그래도 역시 계속 병은 허리를 잡고 여자는 경원할까 보다."

어센덴은 이 말에 뭐라 대답해야 할지 몰라서 가만히 있었다. 브랜디를 홀짝홀짝 마시는데 R이 계산서를 청했다. 사실 R은 수많은 부하들을 살리고 죽이고 할 힘을 쥔 중요인물이고, 국가의 운명을 수중에 장악한 수뇌들도 그의 의견을 경청하는 터였다. 그러나 웨이터에게 팁 주는 일에 접하게 되니까 그의 태도에는 거북함이 역력했다. 팁을 너무 많이 주어서 웃음거리가 되거나 너무 적게 주어서 웨이터의 냉소를 받게 될까 하는 두려움에 골치가 아팠으리라. 계산서가 왔을 때 그는 백 프랑 정도의 지폐를 어센덴에게 넘겨주면서 말했다.
"이것으로 치러 주겠소? 프랑스식 계산은 도무지 알 수 없군요."
웨이터가 두 사람의 모자와 코트를 갖고 왔다.
"호텔로 돌아가시겠습니까?" 어센덴이 물었다.
"그러는 게 좋겠습니다."
해가 진 지 얼마 되지 않았는데, 날씨는 갑자기 따뜻해졌다. 그들은 코트를 팔에 걸치고 걸었다.
어센덴은 R이 거실 같은 방을 좋아한다는 것을 알고 있었기 때문에 그런 방을 예약해 두고, 호텔에 도착하자 곧 그곳으로 갔다. 호텔은 구식이었는데 거실은 넓었다. 녹색 벨벳으로 덮개를 씌운 묵직한 마호가니 가구가 비치되었고, 의자는 큰 테이블 주위에 얌전히 놓여 있었다. 거무스름한 벽지를 바른 벽에는 나폴레옹 전투의 큰 동판화가 붙어 있고, 천장에는, 옛날에는 가스를 썼지만 이제는 전구를 단 대형 샹들리에가 걸려 있었다. 그것이 차갑고 딱딱한 빛을 그 쓸쓸한 방에 가득히 비추고 있었다.
"방이 참 좋군." 들어서면서 R이 말했다.
"아늑하지는 않지요." 어센덴이 넌지시 비쳤다.
"그래요, 하지만 이 호텔에서는 최고로 좋은 방 같습니다. 나에게는 다 좋아 보입니다."

R은 녹색 벨벳을 씌운 의자 하나를 테이블에서 꺼내어 앉으며 시가에 불을 붙였다. 허리띠를 풀고 웃도리 단추를 끌렀다.

"나는 항상 셔푸트(앞끝을 자른 시가)가 가장 마음에 들었는데 전쟁 이래로 아바나(쿠바산 시가)가 아주 좋아졌어. 물론 이것도 언제까지나 계속되진 않겠지만. 갑의 손해가 을의 이득이 되는 것이니까." R의 입 언저리에는 미소가 어른거렸다.

어셴덴은 의자 두 개를 갖고 와서 하나는 앉고 하나에는 두 발을 얹었다. R이 그것을 보고, "그것 나쁘지 않은 생각인데" 하고 테이블에서 또 하나의 의자를 끌어내어서 안도의 숨을 쉬면서 부츠 신은 두 발을 얹었다.

"저 옆방은 무슨 방이오?"

"대령님 침실입니다."

"또 한쪽은?"

"연회용 홀입니다."

R은 일어서서 방 안을 천천히 거닐었다. 창문을 지나칠 때 까닭 없는 호기심이 인 것처럼, 창을 가린 골이 지게 짠 두꺼운 천의 커튼 안을 엿보고 나서 의자로 돌아와 또다시 편안히 발을 얹었다.

"필요 이상의 위험은 무릅쓰지 않는 것이 상책이야."

R은 이리저리 생각하는 듯이 어셴덴을 바라보았다. 얇은 입술에는 가벼운 미소가 감돌았으나 가까이 몰린 그의 파란 두 눈동자는 여전히 강철같이 차가웠다. R의 시선에 어셴덴이 익숙하지 않았더라면 아마 당혹했을 것이다. 어셴덴은 R이 마음먹고 있는 화제를 어떻게 꺼낼까 하고 생각 중이라는 것을 알았다. 침묵은 잠시동안 지속될 게 틀림없다.

"실은 오늘밤에 한 남자가 나를 방문하러 오기로 되어 있습니다." 마침내 R이 입을 열었다. "그 기차가 열 시경에 도착합니다." 그러면서 그는 손목시계를 흘끗 보았다. "털 없는 멕시코인으로 알려진 자요."

"왜지요?"

"머리카락이 없고, 멕시코인이기 때문이죠."

"아주 그럴듯한 설명 같습니다." 어셴덴이 말했다.

"그 사람이 자신에 관한 얘기를 다 해줄 겁니다. 쉴 새 없이 지껄여대는 남자니까. 내가 처음 만났을 때는 초라한 모습이었습니다. 아마 멕시코 혁명운동에 연루되었다가 간신히 옷만 걸친 채 무일푼으로 빠져 나와야만 했던 것 같습니다. 그 걸친 옷마저 내가 그를 찾았을 때는 낡아 해어져 있었습니다. 그 사람 비위를 맞추고 싶다면 장군이라고 부르세요. 그의 주장에 의하면 웰터가 인솔하는 혁명군의 장군이었답니다. 틀림없이 웰터라고 말했던 것 같습니다. 여하튼 그 작자 말에 의하면 일들이 순조로왔다면 지금쯤은 국방장관으로서 대단한 거물일 거랍니다. 내가 보기에는 매우 쓸모 있는 인간입니다. 나쁜 작자는 아니지요. 딱 한 가지 거슬리는 점은 언제나 향수를 뿌리고 다닌다는 것입니다."

"그건 그렇고 이번에는 내가 어디에 나타나야 합니까?" 어셴덴이 물었다.

"그 사람이 이탈리아로 내려갈 겁니다. 그에게 맡길 좀 까다로운 일이 있는데 당신이 도와주기 바랍니다. 그에게 큰 돈을 맡기고 싶은 생각이 별로 없습니다. 그는 노름꾼이고 지나치게 여자를 좋아해요. 그런데 당신은 당신 명의로 된 여권으로 제네바에서 온 거지요."

"그렇습니다."

"또 하나의 여권을 준비했습니다. 외교관용인데 서머빌이란 이름으로 프랑스와 이탈리아 비자를 받은 겁니다. 그 사람과 함께 가는 것이 좋을 거라고 생각합니다. 마음만 내키면 재미있는 작자입니다. 그리고 서로 잘 알아 둬야 할 테니까요."

"그런데 무슨 일입니까?"

"그 일에 관해 당신이 어느 정도로 알아 두는 것이 과연 바람직할지 아직 결정을 못했습니다."

어센덴은 아무 말도 하지 않았다. 두 사람은 마치 찻간에서 같이 앉게 되어 상대방의 이름과 직업이 무엇일까 하고 의아스러워하는 남남처럼 냉담하게 시선을 주고받았다.

"만약에 내가 당신 입장이라면, 장군 쪽에서 꺼리는 일은 도맡아 하게 내버려 두겠어요. 당신 자신에 관해서는 꼭 필요하다고 생각하는 것 이외는 말하지 않겠습니다. 그자가 꼬치꼬치 캐묻지는 않을 것입니다. 그 점은 확언할 수 있어요. 그자는 자기 나름대로 신사라고 자부하고 있다고 생각합니다."

"그런데 그자의 본명이 뭡니까?"

"나는 언제나 마뉴엘이라고 부릅니다. 그 이름이 마음에 드는지는 모릅니다. 어쨌든 간에 이름은 마뉴엘 카모나입니다."

"말씀하지 않은 것이 있는 것으로 미루어 보아서, 그자는 불량배임에 틀림없는 것 같은데요."

R은 엷은 푸른 색깔의 눈으로 웃음을 지었다.

"그렇게까지 단정지을 수 있을지 모르겠습니다. 그는 퍼블릭스쿨 교육의 혜택은 받지 못했고, 도박을 할 때도 우리와는 다릅니다. 또 그가 가까이 있을 때 금으로 된 담배 케이스를 근처에 놔 둬도 좋을지는 의문스럽습니다. 그러나 포커에 지게 되면 미리 슬쩍 손에 넣어 둔 당신의 담배 케이스를 즉시 전당 잡혀서라도 잃은 돈을 치를 것입니다. 조금이라도 기회가 엿보이면 당신 부인을 건드릴 것입니다. 하지만 당신이 곤경에 빠지면 마지막 빵 조각까지 나누어 줄 사내입니다. 구노의 〈아베마리아〉의 디스크를 들을 때에는 눈물이 얼굴에 줄줄 흘러내리겠지만, 그의 위신을 손상시키면 개처럼 쏴 죽일 겁니다. 멕시코에서는 남자와 그 술 사이를 통과하는 것은 모욕이랍니다. 그자에게서 직접 들은 얘기인데, 한번은 이런 관습을 모르는 폴란드인이 술 마시고 있던 그와 바 사이를 지나갈 때 권총을 뽑아서 쏴 죽였답니다."

"그자에게는 아무 일도 없었나요?"

"예, 그렇습니다. 그는 명문 집안 출신인 것 같습니다. 그 사건은 쉬쉬 해버렸고, 신문에는 폴란드인이 자살한 것이라고 보도되었답니다. 사실 자살이나 다름없지요. 그 털 없는 멕시코인은 사람 목숨을 파리 목숨 정도로 생각하는 것 같습니다."

R을 딴 생각 없이 바라보고 있던 어센덴은 좀 흠칫했다. 상관의 지치고 주름진 누런 얼굴을 한층 더 주의 깊게 주시했다. 그가 아무 뜻 없이 이런 말을 할 사람이 아니라는 것을 알고 있었다.

"물론 인간 생명의 가치에 관해서 별의별 바보 같은 소리가 많습니다. 차라리 포커에서 사용하는 산가지에 본질적인 가치가 있다고 하는 편이 나을 것입니다. 산가지의 가치는 경우에 따라서 사람이 붙이는 것이니까. 전투하는 장군에게는 병사는 산가지에 불과하지요. 장군이 감상적인 이유로 병사를 인간이라고 생각한다면 그야말로 바보입니다."

"그렇지만 그들은 느끼고 생각하는 산가지입니다. 자신들이 개죽음을 당하는 것이라고 생각한다면 그 이상 이용당하는 것을 충분히 거절할 겁니다."

"어쨌든 간에, 그런 것은 아무래도 좋아요. 실은 콘스탄티네 안드레아디라고 하는 남자가 우리 측에서 꼭 입수하고 싶은 문서를 휴대하고 콘스탄티노플을 떠났다는 정보를 받았습니다. 희랍인인데

엔버 파샤(터키의 장군)의 첩보원으로 큰 신임을 받는 자입니다. 문서에 적을 수 없을 정도로 극비의 중요한 구두지령을 맡은 것 같아요. 그 첩보원이 이타카호라는 배로 피레우스항(그리스 아테네의 항구)을 출범하여, 브린디시(이탈리아의 항구)에 상륙하여 로마로 향할 예정입니다. 그는 그 지급문서를 독일 대사관에 전달하고 대사에게 직접 구두지령을 전하기로 되어 있습니다."

"알겠습니다."

당시 이탈리아는 중립이었다. 독일과 오스트리아 측은 그 중립을 계속 유지시키려고 전력을 다하고 있었으며, 연합국 측에서는 이탈리아를 유도해서 자기네 편에서 선전포고를 하도록 하려고 가능한 한 온갖 노력을 다하고 있었다.

"우리는 이탈리아 당국과 문제를 일으키고 싶지 않아요. 중대한 판국이 될지 모르니까요. 그러나 안드레아디가 로마에 도착하는 것은 막아야 합니다."

"어떤 희생을 걸어서라도요?" 어셴덴이 물었다.

"돈은 문제가 아니오." 입술을 비틀며 빈정대는 미소를 지으면서 R이 답했다.

"어떻게 할 계획입니까?"

"당신은 그 일에 머리를 썩일 필요가 없을 겁니다."

"나는 상상력이 풍부합니다." 어셴덴이 말했다.

"당신은 털 없는 멕시코인과 함께 나폴리로 내려가 주었으면 합니다. 그자는 동지들이 한바탕 거사를 꾸미고 있는데, 가능한 한 가까운 곳에 있다가 기회가 무르익으면 멕시코로 돌아갈 수 있다는 겁니다. 그래서 현금이 필요할 것입니다. 돈은 미국 달러로 갖고 왔으니까 오늘 밤에 당신에게 주겠소. 휴대하는 것이 좋을 겁니다."

"액수가 많습니까?"

"상당한 액수인데, 부피가 크지 않은 것이 휴대하기에 수월할 것 같아서, 천 달러 지폐로 했습니다. 안드레아디가 갖고 올 문서와 교환해서 털 없는 멕시코인에게 주시오."

한 가지 질문이 입안에서 맴돌았으나 어셴덴은 묻지 않고 그 대신에 다른 질문을 했다.

"그 사람이 자신의 임무를 압니까?"

"충분히 알고 있습니다."

노크 소리가 났다. 문이 열리더니 털 없는 멕시코인이 두 사람 앞에 섰다.

"막 도착했습니다. 안녕하십니까, 대령님. 만나서 매우 기쁩니다."

R은 일어섰다.

"여행은 즐거웠습니까, 마뉴엘? 이분은 당신과 함께 나폴리까지 동반할 서머빌 씨입니다, 카모나 장군."

"반갑습니다."

손을 너무 힘차게 흔들어서 어셴덴은 움찔했다.

"장군, 쇠 같은 손이군요."

멕시코인은 두 사람을 흘끗 보았다.

"오늘 아침에 손톱 손질을 시켰는데, 잘못된 것 같습니다. 손톱을 더 광나게 하는 것이 좋은데."

손톱이 뾰족하게 깎였고, 매니큐어를 칠해 새빨갛게 물들여져 있었다. 어셴덴이 보기에는 손톱이 마치 거울처럼 반짝거렸다. 춥지도 않은데 장군은 아스트라한(러시아의 아스트라한 지방에서 나는, 새끼 양의 탈가죽) 깃이 달린 모피외투를 입었고, 몸을 움직일 때마다 향수 냄새가 코를 찔렀다.

"장군, 외투를 벗고 시가 한 대 피우시죠." R이 말했다.

털 없는 멕시코인은 키가 크고 야윈 편이었지만, 매우 힘센 인상을 주었다. 감색 서지 옷을 스마트하게 입고, 웃도리의 가슴 호주머니에는 실크 손수건이 단정하게 꽂혀 있었다. 손목에는 황금팔찌를 끼고 있었다. 이목구비는 잘생겼으나 보통보다 좀 큰 편이었고 갈색 눈이 반짝였다.

몸에는 털이 전혀 없었다. 황색 피부는 여자처럼 매끄러웠고 눈썹도 속눈썹도 없었다. 기다란 엷은 갈색 가발을 썼는데, 그 머리털은 예술가풍으로 헝클어지게 손질한 것이었다. 이것과 주름살 하나 없는 황색 얼굴, 게다가 번드르르한 옷차림이 처음에 얼른 보기에는 좀 소름끼치게 하는 외관이었다.

그는 몹시 불쾌하고 우스꽝스러운 모습이었으나 그로부터 눈을 뗄 수 없었다. 그 이상한 모습에는 어떤 불길한 매력이 있었다.

그는 앉으면서 무릎 부분이 튀어나오지 않도록 바지를 끌어 올렸다.

"그런데, 마뉴엘. 오늘은 여자를 몇이나 울렸소?" R이 냉소 섞인 명랑한 투로 말했다.

장군은 어센덴을 향하여 말했다.

"우리 대령님께서는 내가 여자와 잘 지내는 것을 시기하십니다. 대령님도 내 말만 들으면 누구 못지않게 많은 여자들을 손에 넣을 수 있을 텐데요. 자신감, 그것만 있으면 됩니다. 퇴짜 맞아도 끄덕 않으면 퇴짜 맞지 않는 법입니다."

"난센스요, 마뉴엘. 당신 식으로 여자를 다루다니 무섭니다. 당신에게는 여자들이 저항할 수 없는 그 무엇이 있습니다."

털 없는 멕시코인은 노골적인 자기만족을 보이면서 웃었다. 그는 영어를 아주 잘했다. 스페인식 말투에 미국식 억양이 섞인 그런 영어였다.

"그러면 대령님, 물으시니까 말씀드리지만 오늘 기차에서 자그마한 여자와 얘기를 나누게 되었는데 시어머니를 만나려고 리옹까지 간다는 사람이었습니다. 그다지 젊지도 않고 내가 좋아하는 형보다는 야윈 편이었으나 쓸 만한 여자였습니다. 그녀 덕택에 즐거운 한 시간을 보냈지요."

"자, 그러면 일에 착수합시다." R이 말했다.

"무엇이든지 말씀만 하세요." 그는 어센덴을 한번 흘끗 보았다. "서머빌 씨는 군에 계시는 분입니까?"

"아닙니다, 작가이십니다." R이 말했다.

"세상에는 별의별 직업도 다 있군요. 서머빌 씨, 알게 돼서 반갑습니다. 당신이 흥미를 가질 만한 얘깃거리를 많이 알고 있습니다. 나와 잘 지내봅시다. 당신은 동정심이 많은 분 같군요. 나는 그런 점에는 민감하니까요. 사실을 말하자면 나는 한갓 신경으로 뭉쳐진 남자이기 때문에 나에게 반감을 품은 사람과 같이 있으면 전신이 무너져 버립니다."

"유쾌한 여행이 되면 좋겠습니다." 어센덴이 말했다.

"그 작자가 브린디시에 언제 도착하지요?" 멕시코인이 R을 향해 물었다.

"14일에 피레우스항을 이타카호로 출발합니다. 십중팔구는 낡아빠진 배이겠지만 일찌감치 브린디시로 내려가는 것이 좋을 겁니다."

"좋습니다."

R이 일어서서 두 손을 호주머니에 넣은 채로 테이블 가장자리에 걸터앉았다. 그렇게도 초라한 군복을 입고 상의의 단추를 끄르고 있으니, 산뜻하고 잘 차려 입은 멕시코인에 비해서 대령은 단정치 못한 인간으로 보였다.

"서머빌 씨는 당신이 맡은 임무에 관해서는 사실 아무것도 몰라요. 당신도 얘기 않기를 바라오. 당신 계획을 밝히지 않는 것이 좋을 거라고 생각해요. 일에 필요한 자금은 당신에게 전달하도록 지시를 했소. 당신이 취할 행동은 자신이 알아서 하십시오. 물론 그의 충고가 필요하면 요구하세요."

"나는 남의 충고를 구하지도 않고 받아들이지도 않소."

"만일에 일을 망치는 경우에도 그를 끌어들이는 일이 없도록 하시오. 절대로 그를 의심받게 해서는 안 됩니다."

"나는 신의의 사나이입니다, 대령. 동지를 배신하기보다는 이 몸을 갈가리 찢기도록 하겠소이다." 털 없는 멕시코인이 위엄 있게 말했다.

"그 점은 서머빌 씨에게 이미 얘기했습니다. 이에 반해서, 만사가 순조롭게 매듭지어지면 서머빌 씨가 말씀드린 문서와 교환해서 약속된 금액을 당신에게 주기로 되어 있습니다. 어떤 방법으로 그 문서를 입수하는가 하는 것은 그는 알 바가 아닙니다."

"그건 말할 나위도 없습니다. 단 한 가지 확실히 해두고 싶은 일이 있습니다. 당신이 맡긴 임무를 내가 맡은 것은 결코 돈 때문이 아니라는 것은 서머빌 씨도 알고 있겠지요?"

"물론이지요." R은 상대방의 눈을 똑바로 바라보면서 진지하게 대답했다.

"나는 몸과 마음을 바쳐서 연합국 편입니다. 벨기에의 중립을 침범하는 독일의 횡포를 용서할 수 없습니다. 말씀하신 돈을 받는 것은 무엇보다도 먼저 내가 애국자이기 때문입니다. 서머빌 씨는 절대적으로 신임해도 좋겠지요?"

R은 고개를 끄덕였다. 멕시코인은 어센덴 쪽으로 고개를 돌렸다.

"나는 착취와 파괴를 자행하는 독재 폭군으로부터 나의 불행한 조국을 해방시키기 위해서 원정군을 조직중입니다. 내가 받는 돈은 한 푼도 남김없이 전부 포와 탄약에 소비될 것입니다. 나 자신을 위해서는 돈이 필요 없습니다. 군인이기 때문에 빵과 올리브 몇 개로 살 수 있습니다. 신사에게 어울리는 일이 세 가지가 있지요. 전쟁과 카드와 여자입니다. 라이플 총을 어깨에 메고 산에 들어가는 데는 돈이 들지 않습니다. 그리고 이런 것이 진짜 전쟁이지요. 대부대를 움직이고 대포를 발사하는 것은 전쟁이 아니에요. 여자들은 이대로의 나를 사랑해 주고, 카드 노름에서는 대개 내가 땁니다."

어센덴은 향수 손수건을 휴대하고 금팔찌를 낀 이 이상한 사나이가 무척 마음에 들었다. 아무리 봐도 함부로 굴러다니는 흔해빠진 인간은 아니다. 이런 인간의 횡포를 사람들은 비난하지만 결국에는 굴복한다. 인간성의 기괴한 면을 연구하는 사람에게 이 사나이는 충심으로 고맙게 여겨야 할 진품이었다. 미사여구에 두 다리가 달린 인간이라고 할 수 있었다. 가발을 쓰고 털 없는 큰 얼굴을 하고 있으나 그에게는 확실히 풍격이 있었다. 황당무계했으나 가볍게 다룰 수 없는 남자라는 인상을 주었다. 자기만족은 대단했다.

"짐은 어디에 있습니까, 마뉴엘?" R이 물었다.

찬물을 끼얹은 듯한 이 갑작스러운 질문은 그의 웅변을 약간 경멸조로 무시해 버리는 것 같았기 때문에 순간적으로 멕시코인이 눈살을 찌푸리고 안색이 어두워진 것도 있을 수 있는 일이었다. 그러나 그 이상 불쾌한 표시는 없었다. 그 섬세한 감정에 둔감한 대령을 야만인으로 여겼으리라고 어센덴은 생각했다.

"역에 맡겼습니다."

"서머빌 씨는 외교관 여권을 소지했으니까, 원한다면 그 짐도 함께 검사 없이 국경을 통과할 수 있습니다."

"짐이라야 별것 아닙니다. 웃옷 몇 벌과 하의니까요. 그렇지만 서머빌 씨가 맡아 주시는 편이 좋겠습니다. 파리를 떠나기 전에 실크 파자마를 반 다스가량 샀어요."

"그리고 당신은 어때요?" 어셴덴을 돌아보고 R이 물었다.
"나는 가방 하나뿐입니다. 방에 있어요."
"사람이 있을 때 역으로 운반시키십시오. 1시 10분에 기차가 뜨니까."
"예?"
이 말을 듣고 그날 밤에 떠나기로 되어 있다는 것을 어셴덴은 처음으로 알았다.
"되도록이면 빨리 나폴리로 내려가는 것이 좋을 거라고 생각합니다."
"좋습니다."
R은 일어섰다.
"나는 자야겠습니다. 당신들은 어떻게 하고 싶은지 모르지만."
"나는 리옹 거리를 거닐어 보겠소. 나는 인생에 흥미가 있습니다. 대령님, 백 프랑쯤 빌려 주시겠어요? 마침 잔돈이 없습니다." 털 없는 멕시코인이 말했다.

R은 지갑을 꺼내서 요구한 지폐를 장군에게 주었다. 그리고 어셴덴에게 말했다.
"당신은 뭘 하시겠소? 여기서 기다리시겠소?"
"아닙니다. 나는 역에 가서 독서나 할까 합니다."
"출발 전에 두 분이 위스키소다라도 한잔 하는 게 좋을 것 같은데 어때요, 마뉴엘?"
"대단히 감사합니다만, 나는 샴페인과 브랜디 이외에는 마시지 않습니다."
"믹스해서요?" R이 냉담하게 물었다.
"반드시 그렇지는 않습니다." 상대방은 정중하게 답했다.
R은 브랜디와 소다를 주문했다. 그것이 왔을 때 R과 어셴덴은 두

가지를 섞어서 마셨으나, 털 없는 멕시코인은 섞지 않은 브랜디를 큰 컵에 4분의 3 정도 부어서 두 번 꿀떡꿀떡하고 마셔 버렸다. 그는 일어서서 아스트라칸 깃이 달린 코트를 입고 한 손에 그 기발한 검은 모자를 쥐고, 자기보다 훌륭한 남자에게 사랑하는 여자를 양보하는 로맨틱한 배우 같은 몸짓으로 다른 손을 R에게 내밀었다.

"그럼, 대령님, 잘 주무시고 즐거운 꿈을 꾸세요, 당분간 이별입니다."

"일을 그르치지 마세요, 마뉴엘. 혹시 그르치더라도 입은 열지 마시오."

"신사의 자식들을 해군사관으로 양성하는 당신네 나라의 어느 대학에는 '영국 해군에 불가능이라는 말은 없다'라고 금문자로 씌어 있다고 들었습니다. 나는 실패라는 말의 뜻을 모릅니다."

"실패라는 단어에는 많은 동의어가 있지요." R이 대꾸했다.

"그럼 서머빌 씨, 역에서 만나겠습니다." 털 없는 멕시코인이 말하고 과장된 몸짓을 하면서 나갔다.

R은 몹시 교활해 보이는 미소를 어렴풋하게 지으면서 어센덴을 바라보았다.

"자, 저 사람을 어떻게 생각합니까?"

"놀랐습니다. 그 사람이 사기꾼입니까? 공작처럼 자부심이 강하군요. 저 무서운 풍채로 자기가 자랑하듯이 정말 여자들에게 인기가 있는 것일까요? 어떤 점에서 그를 신뢰할 수 있다는 생각이 들었습니까?" 어센덴이 말했다.

R은 나직이 킬킬 웃고, 여위고 늙은이 같은 두 손을 비누로 씻듯이 손을 비볐다.

"마음에 들 것이라고 생각했는데요, 대단한 걸작이지요? 믿을 수 있다고 생각합니다." R의 눈은 갑자기 흐려졌다. "우리를 배반해도 이롭지는 못할 것입니다." R은 잠시 멈추었다. "어쨌든 이판사판입니다. 차표와 돈을 드리겠으니 떠나도록 하십시오. 나는 녹초가 되었으니까 잠자리에 들고 싶소."

10분 후에 어센덴은 가방을 짐꾼에게 지우고 역으로 떠났다.

발차 시간까지 거의 두 시간이나 남았기 때문에 어센덴은 대합실에서 편히 자리를 잡았다. 전등이 밝아서 소설책을 읽었다. 파리발 로마직행 열차의 도착시간이 다 되어가는데 털 없는 멕시코인은 나타나지 않는다. 어센덴은 약간 걱정스러워져서 플랫폼으로 찾으러 나갔다.

어센덴에겐 소위 열차병이라는 성가신 지병이 있었다. 기차가 도착하기 한 시간 전부터 기차를 놓칠까봐 두려움을 느끼기 시작하는 것이다. 호텔 방에서 수하물을 나르는데 꾸물대는 짐꾼 때문에 안절부절못하고, 호텔 버스가 왜 그렇게 아슬아슬하게 출발하는지 이해를 할 수 없다. 도로의 혼잡으로 차도가 조금만 막혀도 미칠 지경이고, 역 짐꾼들의 느릿한 동작은 그를 화나게 한다. 세계 전체가 그를 지연시키는 무서운 음모를 꾸미고 있는 것같이 여겨진다. 울타리를 지나갈 때는 사람들이 거슬린다.

매표소에서는 그와 다른 기차의 표를 사려고 사람들이 장사진을 치고, 기다리는데 짜증날 정도로 꼼꼼하게 거스름 돈을 센다. 수하물을 맡기고 짐표를 받는데 지루하게 긴 시간이 걸린다. 그리고 동행하는 사람이 있을 때, 그들은 항상 신문을 사러 간다거나 플랫폼에서 산보를 한다. 그러다가 기차를 놓칠 것이 틀림없다. 오다가다 만난 사람과 얘기를 한다거나 갑자기 전화를 걸고 싶은 욕구에 사로잡혀서 달음박질쳐 사라지거나 한다. 사실 전 우주가 공모해서 타고 싶은 기차는 다 놓치게 하려고 하고 있다. 발차 전 넉넉히 30분 전에 짐을 머리 위 선반에 얹고 차내 한구석에 자리 잡고 앉기까지는 마음이 놓이지 않았다. 때로는 역에 너무 일찍 나와서 예정된 열차보다 이른 열차시간에 맞추게 된 적도 있다. 그것 또한 그의 신경을 괴롭혔고 그 때문에 하마터면 열차를 놓칠 뻔했다고 걱정한 것이다.

로마행 급행열차 도착 신호가 울렸으나, 털 없는 멕시코인은 그림자도 보이지 않았다. 열차가 들어왔다. 그는 좀처럼 나타나지 않았다. 어센덴은 점점 애가 탔다. 그는 플랫폼을 빠른 걸음으로 오르내리고, 대합실을 다 들여다보고 수하물을 맡겨둔 수하물 보관소에도 가보았다. 침대차는 없었으나 많은 승객들이 내렸고 그는 일등 객차에 두 개의 좌석을 잡았다. 객차 입구에 서서 플랫폼을 아래위로 훑어보고 역 시계를 쳐다보았다. 동반자가 나타나지 않으면 혼자 가봤자 소용없었다. 짐꾼이 "승차!"를 외치면서 곧 수하물을 들어낼 것 같았다. 정말 그를 찾기만 하면 혼내줄 것이다. 3분이 남았다. 2분, 1분, 밤늦은 시간이기 때문에 플랫폼에는 사람이 별로 없었고 여행객은 모두 좌석에 앉아 있었다. 그때 털 없는 멕시코인이 나타났다. 짐을 든 짐꾼 두 명과 중산모를 쓴 남자를 거느리고 천천히 걸어온다. 그쪽에서도 어센덴을 보고 손을 흔들었다.

"오, 거기 있었군요. 어떻게 되었나 궁금했습니다."

"한심스럽군. 어서 타시오, 차 놓칩니다."

"놓치지 않습니다. 좋은 좌석을 잡았어요? 역장이 하필 오늘밤에 나가고 없더군요. 이 사람이 부역장입니다."

어센덴이 고개를 끄덕였을 때, 산고모자를 쓴 남자가 모자를 벗었다.

"그런데 이건 보통 객차군요. 이런 것을 탈 수는 없는데." 털 없는 멕시코인은 상냥한 미소를 지으면서 부역장을 돌아다보았다. "여보게, 좀더 나은 것으로 할 수 있겠지?"

"알겠습니다, 장군님. 특별 침대차로 모시겠습니다요."

부역장은 두 사람을 안내해서 침대 두 개가 있는 빈 방의 문을 열었다. 멕시코인은 만족스럽게 그것을 자세히 보고 짐꾼들이 짐을 정돈하는 것을 주시했다.

"여기면 괜찮겠어. 정말 수고했어요." 그는 중산모를 쓴 남자에게 손을 내밀었다.

"자네를 기억해 뒀다가 다음번에 장관을 만나면 자네가 나에게 베푼 배려에 대해서 얘기하겠네."

"황송합니다, 장군님. 대단히 감사합니다."

기적이 울리고 기차는 떠났다.

"보통 일등 객차보다는 좋지요, 서머빌 씨. 현명한 여행가는 만사를 최대한으로 이용하는 법을 익혀야 합니다." 멕시코인이 말했다.

그러나 어센덴은 여전히 시무룩했다.

"도대체 무엇 때문에 그렇게 아슬아슬한 짓을 했습니까? 기차를 놓쳤으면 우리는 좋은 웃음거리가 되었을 겁니다."

"이봐요, 그렇게 될 염려는 추호도 없었던 겁니다. 오늘 이곳에 도착했을 때 역장에게 말해 두었습니다. 나는 멕시코군의 총사령관인 카모나 장군인데, 영국 육군원수와 회합하기 위해서 몇 시간 동안 리옹에 하차하기로 되어 있다고. 만약에 내가 기차시간에 늦어지면 발차를 늦추어 달라, 그러면 멕시코 정부가 역장에게 훈장을 수여하는 방법을 강구하도록 주선할지 모른다고 넌지시 말했지요. 전에도 리옹에 와본 적이 있었는데 이곳 여자들이 마음에 듭니다. 파리지엔들 같은 멋은 없으나 형언할 수 없는 특징이 있습니다. 특유한 매력이 있다는 것은 아무리해도 부인할 수가 없습니다. 주무시기 전 브랜디 한 모금 드시겠어요?"

"아니요, 괜찮습니다." 어센덴이 시무룩하게 말했다.

"나는 자기 전에 반드시 한 잔 합니다. 신경을 안정시키지요."

그는 슈트케이스 안을 들여다보더니 쉽게 한 병을 찾았다. 그것을 입술에 갖다대고 길게 들이켜고는 손등으로 입을 닦고 담배에 불을 붙였다. 그러고는 부츠를 벗고 누웠다. 어센덴은 전등불을 어둡게 했다.

"아직도 양단간 결심하지 않았어요?" 털 없는 멕시코인은 되새기는 듯이 말했다. "미인의 키스를 받으면서 잠드는 편이 더 유쾌한지 혹은 입에 담배를 물고 잠드는 편이 나은지. 멕시코에 가본 적이 있나요? 멕시코에 관해서는 내일 얘기해 드리겠습니다. 잘 주무시오."

곧 어센덴은 규칙적인 숨소리로 그가 잠들었다는 것을 알았고 잠시 후 자신도 깜박 잠이 들었으나 이내 잠이 깨었다. 멕시코인은 잠이 깊이 들어서인지 꼼짝도 않고 있었다. 그는 모피 외투를 벗어서 담요로 사용하고 있다. 가발은 쓴 채였다. 갑자기 덜컹하더니 기차가 시끄러운 브레이크의 삐걱이는 소리와 함께 정거했다. 눈 깜빡할 사이에 무슨 일이 생긴 것을 어센덴은 알 수 있었다. 멕시코인은 재빨리 일어나 허리의 권총에 손을 얹고 섰다.

"무슨 일이야!" 그가 외쳤다.

"아무 일도 아닙니다. 정차 신호일 것입니다."

멕시코인은 침대에 털썩 주저앉았다. 어센덴은 불을 켰다.

"그렇게 깊이 주무시는데도 퍽 빨리 깨는군요."

"직업상 그럴 수밖에 없지요." 어센덴은 그 직업이 살인인지 음모인지 군대를 지휘하는 일인지 물어보고 싶었으나 경솔한 질문이 될 것 같아 그만두었다. 장군은 가방을 열어서 술병을 꺼냈다.

"한 모금 하시겠어요? 밤중에 갑자기 잠이 깰 때는 이것이 최고입니다."

어센덴이 거절하니까 그는 술병을 또다시 그의 입에 갖다 대고 상당한 양을 들이켰다. 그는 한숨을 쉬고 나서 담배에 불을 붙였다. 어센덴이 볼 때 지금 거의 반 병의 브랜디를 마셨고, 아마 차 타기 전에 시내를 돌아다니면서 훨씬 더 많이 마셨음이 틀림없는데도 그는 아주 멀쩡했다. 그의 태도며 말에도 그날 저녁에 레몬수 이외의 것을 마신 것 같은 기색이 전혀 없었다.

  기차는 움직이기 시작했고 어셴덴도 다시금 잠이 들었다. 깨고 보니 아침이었다. 게으르게 뒤척이다보니 그 멕시코인도 깨어 있었다. 그는 담배를 피웠다. 그의 곁의 마루에는 담배꽁초가 너저분하게 널려 있었고, 회색 연기로 공기는 탁했다. 밤공기는 위험하다고 말하면서 창문을 열지 말아달라고 간청했던 것이었다.

  "당신이 깰까봐서 일어나지 않았소, 세수는 먼저 하시겠습니까? 아니면 제가 먼저 할까요?"

  "나는 별로 급하지 않습니다." 어셴덴이 말했다.

  "나는 노병이니까 오래 걸리지 않을 겁니다. 양치질은 매일 하십니까?"

  "예." 어셴덴이 말했다.

  "나도 그렇습니다. 뉴욕에서 배운 습관이지요, 깨끗한 이는 남자를 돋보이게 하는 장식이라고 생각합니다."

  그 차칸에는 세면대가 하나 있었는데 장군은 콸콸 소리를 내며 원기왕성하게 양치질을 했다. 그 다음에 그는 가방에서 오데코롱 병을 꺼내서 타올에 좀 뿌리고 그것으로 얼굴과 두 손을 문질렀다. 이번에는 빗을 들고 조심스럽게 가발을 벗었다. 그 가발은 밤새 헝클어지지 않았거나 혹은 어셴덴이 깨기 전에 가지런히 해 두었던 것이었을 것이다. 그는 가방에서 분무기가 달린 또 하나의 병을 꺼내서 손잡이를 눌러 셔츠와 윗도리, 손수건에 향수를 듬뿍 뿌렸다. 그러고 나서 세상에 대한 자기 의무를 다하고 흐뭇해하는 사람처럼 얼굴 가득 미소를 띠고 어셴덴을 돌아보면서 말했다.

"자, 이제 오늘 일을 과감하게 해낼 준비가 되었습니다. 내 물건은 당신에게 맡기겠소. 오데코롱은 마음 놓고 사용하세요. 파리에서 구할 수 있는 최고급입니다."

"감사합니다만 나는 비누와 물만 있으면 됩니다." 어셴덴이 말했다.

"물? 나는 목욕할 때 이외에는 물은 쓰지 않습니다. 물만큼 피부에 나쁜 것은 없습니다."

열차가 국경에 가까워졌을 때, 지난밤에 갑자기 깼을 때 장군이 보여준 모범적인 동작을 상기하면서 어셴덴이 그에게 말했다.

"권총을 갖고 있다면 나에게 맡기는 것이 좋을 것 같습니다. 나에게는 외교관 여권이 있으니까 나를 조사하지는 않겠지만, 당신을 검색할 생각을 하게 될지 모르는 일입니다. 그런 일로 불필요하게 옥신각신하고 싶지 않으니까요."

"이건 무기라기보다는 장난감에 불과합니다." 멕시코인은 뒷주머니에서 완전히 장전된 만만치 않게 큼직한 권총을 꺼냈다. "한 시간이라도 이것과 헤어지기가 싫군요. 이것이 없으면 뭔가 옷을 제대로 입지 않은 것 같은 기분입니다. 그렇지만 당신 말이 옳아요. 필요 이상의 위험은 무릅쓰고 싶지 않으니까 비수까지 맡기겠소. 권총보다는 비수를 쓰는 편이 좋습니다. 훨씬 품위 있는 무기이지요."

"그건 습관의 문제일 따름이겠지요. 아마, 당신은 비수에 더 숙달된 것이겠지요." 어셴덴이 말했다.

"방아쇠는 누구든지 당길 수 있지만, 비수를 쓰는 것은 남자입니다."

멕시코인이 조끼를 홱 열어젖히고 벨트로부터 흉악한 모습의 기다란 비수를 와락 꺼내어 열어 보인 것이 순간적인 동작처럼 어셴덴은 생각되었다. 그는 크고, 추악하고 멀끔한 얼굴에 유쾌한 미소를 지으면서 어센덴에게 그 비수를 건네주었다.

"서머빌 씨, 천하일품을 당신에게 맡깁니다. 이런 칼은 평생 처음 봤습니다. 면도칼같이 예리한 날에 게다가 튼튼합니다. 이것으로 담배종이를 자를 수도 있고, 떡갈나무를 찍어 넘길 수도 있습니다. 고장 날 일도 없고, 접으면 초등학교 학생이 책상에 새김 눈을 내는데 사용하는 칼 같은 것입니다."

그는 째깍 소리를 내면서 칼을 접었다. 어센덴은 그것을 권총과 함께 호주머니에 넣었다.

"달리 또 뭔가 있습니까?"

"내 두 손이 있습니다. 그러나 이것만은 세관 관리들도 문제삼지 않겠지요." 멕시코인은 거만스럽게 대답했다.

어센덴은 전에 악수할 때 느꼈던 강철 같은 장력이 생각나서 좀 떨렸다. 두 손은 크고 길고 매끈했다. 손등에도 팔목에도 털은 한 가닥도 없고, 장미색으로 매니큐어를 바른 그 뾰죽한 손톱은 어쩐지 불길했다.

## 5 검은 머리의 여인

어센덴과 카모나 장군은 국경에서 형식 절차를 각자 별도로 거쳤다. 차내로 돌아왔을 때 어센덴은 맡았던 권총과 비수를 장군에게 돌려주었다. 장군은 한숨을 쉬었다.

"이제 마음이 좀 놓이는군. 카드놀이라도 하는 것이 어때요?"

"그렇게 하지요." 어센덴이 말했다.

털 없는 멕시코인은 다시 가방을 열어서 구석에서 프랑스제의 때 묻은 카드 한 벌을 꺼냈다. 에칼테를 하느냐고 묻기에 어센덴이 못한다고 했더니 피켓(32장의 카드를 사용해 두 사람이 승부하는 놀이)을 하자고 했다. 피켓은 어센덴이 할 줄 아는 거라서 내기 돈을 정하고 시작했다. 두 사람 다 빨리 해치우는 편이어서 네 사람이 하는 카드놀이를 1인2역으로 했다. 어셴덴은 썩 좋은 패가 들어왔으나 장군은 항상 보다 나은 패를 쥐는 것 같았다. 어셴덴은 눈을 밝히고 상대방이 혹시라도 나쁜 패를 바꿔치기 하는가를 주의했다. 그러나 공명정대하지 못한 점은 찾아 볼 수 없었다. 어셴덴은 연이어서 졌다. 전승을 당하거나, 백점도 따보지 못하고 참패당하는 것이었다. 잃은 금액이 쌓이고 쌓여서 드디어는 1천 프랑가량이 되었다. 당시에는 상당한 금액이었다. 장군은 수없이 담배를 피웠다. 손가락을 틀어서 침을 발라 믿기 어려운 빠른 솜씨로 담배를 말았다. 마침내 의자 등에 털썩 기대었다.

"그런데 임무 수행 중에는 노름에서 잃은 돈도 영국 정부가 지불합니까?"라고 물었다.

"그렇지 않습니다."

"그러면 그 정도 잃었으면 됐습니다. 만일에 그 돈이 필요 경비에서 나온다면 로마에 도착할 때까지 계속하고 싶지만, 당신이 나에게 호의적이고 당신 개인 돈이라니까 그 이상 더 따고 싶지 않습니다."

그는 카드를 거두어서 치웠다. 어셴덴은 좀 한스러운 듯이 지폐를 꺼내서 멕시코인에게 주었다. 그는 그 지폐를 세어서 언제나처럼 단정하게 접어서 지갑에 넣었다. 그러고는 앞으로 몸을 구부려서 어셴덴의 무릎을 정답게 두드렸다.

"당신이 마음에 듭니다. 당신은 수수하고 겸손하군요. 보통 영국 사람처럼 거만한 데가 없어요. 그러니까 당신은 내 충고를 뜻하는 그대로 받아들일 거라고 믿습니다. 낯선 사람과 피켓은 하지 마세요."

어셴덴은 좀 억울해서 그것을 내색했던 것 같다. 멕시코인은 그의 손을 붙잡고 말했다.

"어센덴 씨, 감정이 상한 건 아니겠죠. 그렇게 할 생각은 추호도 없습니다. 당신의 피켓 실력은 서툴지 않습니다. 그것은 솜씨 탓이 아니에요. 우리가 오랫동안 같이 있게 되면 카드노름에서 이기는 방법을 가르쳐 드리지요. 카느노름이란 돈 따기 위해서 하는 것이니까 잃는다는 것은 말도 안 됩니다."

"수단 방법을 가리지 않는 것은 사랑과 전쟁에서만이라고 생각했는데요." 어센덴이 픽 웃으면서 말했다.

"아아! 웃으시는 걸 보니 기쁩니다. 그렇게 깨끗이 져야지요. 당신은 유머도 있고 양식도 갖춘 분이군요. 내가 멕시코에 돌아가서 재산을 다시 찾으면 꼭 오셔서 같이 묵으십시다. 임금님처럼 모시겠습니다. 가장 좋은 말에 태워 드리고, 투우에도 안내해 드리겠습니다. 혹시 마음에 드는 여자라도 있으면 말씀만 하세요."

그는 어센덴에게, 그가 박탈당했던 멕시코의 광대한 영토나 목장이나 광산에 관해서 얘기했다. 그가 하는 얘기가 사실인지 아닌지는 상관없었다. 그의 낭랑한 말은 낭만적이고 풍요로운 향기로 그윽했다. 그는 현대와는 동떨어진 것 같은 광활한 생활을 묘사했다. 표정이 풍부한 그의 몸짓은 멀리 보이는 황갈색 경치와 광대한 녹색의 농원, 방목한 가축떼, 그리고 달밤, 대기 속에 퍼져드는 맹인가수들의 노래와 기타의 현음 등을 눈앞에 선하게 묘사했다.

"모든 것을 다 잃었지요, 모든 것을 전부. 파리에서는 푼돈을 벌기 위해서 스페인어를 가르치기도 하고, 미국인들에게——북미인들이죠——파리의 밤을 안내하기도 했습니다. 만찬에 1천 두로를 내던진 내가 맹인 인디언처럼 빵을 구걸하지 않을 수 없었습니다. 미녀의 손목에 다이아몬드 팔찌를 끼워주는데 쾌락을 느꼈던 내가 어머니 또래인 할멈에게서 옷 한 벌을 얻는 것을 기뻐해야 했습니다. 참아야지요, 불꽃이 위로 튀듯이 인간은 고생하려고 태어난 것이지요. 그러나 불행이 언제까지나 계속되지는 않습니다. 이제는 때가 되었습니다. 곧 반격을 가할 겁니다."

그는 때 묻은 카드를 거두어서 몇 개의 더미로 나누어 쌓았다.

"카드가 뭐라고 하는지 점쳐 봅시다. 카드는 거짓말을 않습니다. 아아! 카드를 좀더 믿었더라면 지금도 내 마음을 무겁게 짓누르는 내 인생의 유일했던 그 행동을 피했을 겁니다. 내 양심은 편합니다. 그런 경우에 누구라도 택했을 행동을 한 것입니다. 그렇지만 부득이 마음에도 없는 행동을 하게 된 것이 후회스럽습니다."

그는 카드를 훑어보더니 어센덴이 알 수 없는 방법으로 몇 장을 뽑아서 곁에 놓고, 나머지를 뒤섞어서 다시 몇 개의 작은 더미로 나누었다.

"카드가 경고했습니다. 결코 부인할 수 없습니다. 카드의 경고는 분명하고 명백했습니다. 사랑과 흑발의 여인, 위험, 배신, 죽음 등 모든 것이 분명했습니다. 아무리 바보라도 그 뜻을 알았을 것입니다. 평생 카드를 만져왔으니까요. 무슨 행동을 할 때에도 카드의 조언을 받습니다. 변명의 여지도 없습니다. 정신을 못 가누게 된 것입니다. 아아! 당신네 북국인은 사랑이 무엇인지 모릅니다. 사랑 때문에 어떻게 잠을 이루지 못하는지 어떻게 식욕을 빼앗아 사람을 열병으로 초췌하게 만드는지, 광란이 지나쳐서 마치 미친 사람처럼 되어 욕정을 충족시키기 위해서는 무슨 일이라도 망설이지 않게 된다는 것을 당신은 모를 겁니다. 나 같은 남자는 사랑에 빠지면 어떤 바보 같은 일도, 어떤 범죄도, 예! 어떤 영웅적 행동도 못할 것이 없습니다. 에베레스트보다 높은 산도 대서양보다 넓은 대양도 주름잡을 수 있습니다. 사랑에 빠진 남자는 신이며 또 악마입니다. 나는 여자 때문에 망한 사람입니다."

또 한 번 털 없는 멕시코인은 카드에 시선을 돌려 작은 더미에서 몇 장을 꺼내고 나머지는 그대로 두었다 다시 뒤섞었다.

"나는 수많은 여자들에게 사랑을 받았습니다. 허영으로 하는 말이 아닙니다. 설명할 수도 없습니다. 단순한 사실입니다. 멕시코시티에 가서 마뉴엘 카모나와 그의 승리담에 관해서 사람들에게 물어보세요. 마뉴엘 카모나에게 퇴짜를 놓은 여자가 몇 명이라도 있었던가 물어보세요."

어센덴은 미간을 좀 찌푸리고 생각해 보는 듯하며 그를 주시했다. 그토록 확실한 직관으로 부하를 고르는 빈틈없는 R도 이번만은 실수를 저지른 것이 아닌가 하는 생각이 들어서 불안스러웠다. 털 없는 멕시코인은 정말로 자신이 여자들을 꼼짝달싹 못하게 할 정도로 매력적인 남자라고 믿는 것일까? 혹은 허풍선이 거짓말쟁이일까? 카드를 다루던 그는 네 장만 남기고 나머지 전부를 팽개쳤다. 그 네 장의 패가 그의 앞에 뒤집힌 채로 나란히 놓였다. 그는 한 장 한 장 손대었으나 뒤집지는 않았다.

"운명이라는 것이 있습니다. 이승의 어떤 힘도 그것을 바꿀 수 없습니다. 나는 망설여집니다. 나도 불안에 넘치는 순간이 있습니다. 앞날에 재앙이 기다리고 있다는 패가 나올지도 모를 카드를 뒤집는데는 결심을 굳게 해야 합니다. 나는 용감한 남자지만, 때때로 이 단계에 이르러서 넉 장의 결정적인 카드를 뒤집어 볼 용기를 내지 못할 때가 있습니다."

사실 털 없는 멕시코인은 역력한 불안의 기색으로 뒤엎어진 카드를 눈여겨보았다.

"아까 내가 무슨 말을 하고 있었지요?"

"여자들이 당신 매력 앞에서 꼼짝달싹 못한다고 했지요." 어센덴이 무미건조하게 말했다.

"그런데 한 번 나를 거역한 여자가 있었습니다. 내가 처음 그 여자를 만난 것은 멕시코시티에 있는 유곽지대였습니다. 내가 계단을 올라가는데 그녀는 내려오고 있었지요. 대단한 미인은 아니었습니다. 더 아름다운 여자를 얼마든지 손에 넣었거든요. 그런데 그 여자는 내 마음을 끄는 무엇이 있었습니다. 나는 그 유곽을 경영하는 노파에게 그 여자를 보내라고 시켰습니다. 멕시코시티에 가면 곧 알 수 있는 노파인데 후작 부인이라는 별명으로 통하는 여자입니다. 노파 말에 의하면 그녀는 그곳에 있는 여자가 아니고 가끔 오는 여자인데 그날은 가버렸다는 것입니다. 그렇다면 내일 밤 이곳에 데리고 와서 내가 올 때까지 보내지 말라고 일러두었습니다. 그런데 그 다음날 밤 내가 늦게서야 도착했을 때 후작 부인이 말하길, 그 여자는 기다림에 익숙지 않다고 하고서 가 버렸다는 것입니다. 나는 사람 좋은 남자입니다. 여자가 변덕스럽고 괴롭혀도 개의치 않습니다. 그런 것이 여자의 매력의 일부이니까요. 그래서 나는 웃으면서 그녀에게 백 두로 지폐 한 장을 보내면서 그 다음날에 시간 맞춰 오겠다고 약속했지요. 그런데 그 다음날에 시간에 꼭 맞추어 갔더니 후작 부인이 나에게 그 백 두로 지폐를 돌려주면서 그 여자는 당신을 좋아하지 않는다고 했답니다. 나는 건방진 그녀를 비웃었습니다. 나는 끼고 있던 다이아몬드 반지를 뽑아서 노파에게 이것을 그녀에게 전하고, 그것으로 그녀의 마음이 돌아서는지를 보고 오라고 했습니다.

그 다음날 아침 후작 부인이 반지 대신 내게 가져온 것은 한 송이 붉은 카네이션이었습니다. 나는 웃어야 할지 화를 내야 할지 몰랐습니다. 나는 내 욕정이 좌절당하는데는 익숙하지 않습니다. 나는 결코 돈 뿌리기를 망설이진 않습니다. 돈이라는 것이 예쁜 여자에게 쓰는 것 외에 무슨 소용이 있습니까? 나는 후작 부인에게 시켰습니다. 그녀에게 가서 오늘밤 함께 식사를 한다면 천 두로를 주겠다는 것을 전하라고 했습니다. 이윽고 노파는 그녀의 답을 들고 돌아왔습니다. 저녁 식사 후 즉시 집으로 돌려보내 준다는 조건이면 오겠다는 것이었습니다. 나는 어깨를 으쓱하면서 수락했습니다. 본심이 아닐 거라고 생각했던 겁니다. 그런 말은 나를 더 안달나게 하기 위한 것에 불과하다는 생각이었습니다.

그 여자는 우리 집에 식사하러 왔습니다. 별로 미인이 아니라고 말했던가요? 그런데 그녀는 내 평생에 처음 보는 절세의 절묘한 미인이었습니다. 나는 도취되었습니다. 그녀는 매력과 재치를 겸비한 여자였습니다. 그녀는 안다루시아(스페인 남부 지방)인의 매력을 전부 갖추었습니다. 한마디로 말해서 그녀는 반할 만한 여자였습니다. 나는 그녀에게 왜 그렇게 무심하게 대했던가 물었더니 나를 똑바로 바라보며 웃기만 했습니다. 나는 그 여자의 마음에 들려고 온갖 수를 다 썼습니다. 평소에는 하지 않던 짓을 다했지요. 그런데도 식사가 끝났을 때 그녀는 자리에서 일어서서 작별을 고했습니다. 어디 가느냐고 물었지요. 그랬더니 하는 말이 보내 주겠다고 약속했고 그 약속을 지킬 체면 있는 사람이라고 믿는다는 것이었습니다. 나는 항의하고 타이르고 고함치고 날뛰었습니다. 그녀는 내 약속을 고집했습니다. 결국 내가 할 수 있었던 것은 그 다음날 밤에도 같은 조건으로 함께 식사하는데 동의하는 것뿐이었습니다.

어리석은 남자로 생각하겠지요. 나는 이 세상에서 가장 행복한 남자였습니다. 7일 동안 함께 저녁 식사를 하기 위해서 매일 천 두로씩 그녀에게 지불했습니다. 매일 저녁 가슴을 두근거리면서 마치 처음 투우장에 나가는 투우사처럼 조마조마해 하면서 그녀를 기다렸지요. 매일 저녁 여자는 나를 희롱하고 나를 조소하고 아양을 떨고, 나를 미치게 했습니다. 나는 그 여자에게 홀딱 반해 버린 것입니다. 전에도 후에도 그토록 여자에게 빠진 적은 없습니다. 다른 일은 생각할 수도 없었습니다. 미칠 것 같았고, 만사를 등한히 했습니다. 나는 조국을 사랑하는 애국자입니다. 몇 명의 동지들이 단결하여 더 이상 우리를 괴롭히는 악정을 참을 수 없다고 결의했던 차입니다. 당시 돈이 되는 주요한 자리는 모두 그들이 장악하고 있었고, 우리는 마치 상인처럼 세금 지불을 강요당하며 지독한 모욕을 받았지요. 그래서 우리는 자금과 인원을 갖추었습니다. 계획이 세워지고 공격을 가할 준비가 되었지요. 할 일이 한없이 쌓이고, 회의에 참석하고, 탄약을 조달하고, 명령을 계속 내리고 해야 했는데, 나는 이 여자에게 빠져서 아무 일에도 마음을 쓸 수가 없었습니다.

당신은 내가, 아무리 사소한 변덕이라도 충족시키지 못한 적이 없던 내가 그토록 희롱당했으니 그녀에게 당연히 화를 냈으리라고 생각하겠지요. 그러나 나는 그녀가 내 욕정을 불태우기 위해서 나를 거절한 것은 아니라고 믿었습니다. 나를 사랑하게 될 때까지는 몸을 맡기지 않겠다고 말했을 때, 진심을 솔직하게 얘기한 것이라고 나는 믿었습니다. 애정을 갖도록 만드는 것은 내 책임이라고 하더군요. 나는 그녀를 천사라고 생각했습니다. 언제까지라도 기다릴 작정이었습니다. 나의 정열은 너무나도 강렬한 것이니까 조만간 그녀를 감동시킬 것임에 틀림없을 것이라고 느꼈지요. 그것은 주변의 모든 것을 불태우는 초원의 불길 같은 것이지요.

마침내 그녀는 나를 사랑한다고 말했습니다. 무서운 감동 때문에 쓰러져 죽는 것이 아닌가 싶었습니다. 오! 그 환희, 오! 그 놀라움, 나는 이 세상 모든 것을 그녀에게 바치고 싶었습니다. 하늘의 별을 따다가 그녀의 머리를 장식해 주고 싶었습니다. 나의 엄청난 애정을 어떻게 해서라도 증명하고 싶었습니다. 나는 불가능한 것, 믿을 수 없는 것을 하고 싶었습니다. 나는 그녀에게 이 몸과 영혼과 명예, 내가 가진 모든 것을 주고 싶었습니다.

그날 밤 그녀가 내 품에 안겼을 때 나는 우리의 계획과 관련된 동지들에 대하여 얘기했습니다. 그때 그녀의 몸이 긴장으로 굳어지는 것을 느끼고 그녀의 눈꺼풀이 깜박이는 것을 의식했습니다. 잘 알 수는 없었지만 무언가가 있었습니다. 나의 얼굴을 쓰다듬는 그녀의 손길은 메마르고 차가웠습니다.

나는 갑자기 의심에 사로잡혔습니다. 돌연히 카드의 예언이 생각났습니다. 사랑과 흑발의 여인과 위험, 배신, 그리고 죽음. 카드는 세 번이나 그것을 고했지만 주의하지 않았던 것입니다. 나는 그 무엇을 눈치챈 기색을 보이지 않았습니다. 그녀는 내 가슴에 바싹 파고들면서 그런 얘기를 들으니 겁이 난다고 말하고 모모 남자도 관련되었느냐고 물었습니다. 그래서 나는 알려 줬지요. 그것은 확증을 얻고 싶었기 때문입니다. 한 가지 한 가지씩 정말 교활하게 간간이 입을 맞추면서 나를 구워 삶아서 우리 계획의 모든 세부사항을 캐내는 것이었습니다. 그것으로 나는 그녀가 스파이라는 것을 분명히 확신하게 되었습니다. 그녀는 대통령의 스파이로서 그 악마 같은 매력으로 나를 유혹하도록 지령을 받은 것입니다. 그리하여 그녀는 우리의 모든 비밀을 남김없이 알아냈습니다. 우리 동지들의 목숨은 그녀의 손아귀에 쥐어진 것이었고, 만일에 그녀가 이 방을 나간다면 24시간 내에 우리는 모두 황천객이 되리라는 것을 알았습니다.

그런데도 나는 그녀를 사랑했습니다. 아! 그 어떤 말도 나의 가슴을 불태웠던 욕정의 고뇌를 형언할 수 없습니다. 그와 같은 사랑은 쾌락이기는커녕 고통입니다. 그것도 모든 쾌락을 초월하는 강렬한 고통이었습니다. 성자들이 말하는 법열에 사로잡혔을 때의 거룩한 고뇌입니다. 이 여자를 방에서 그대로 내보내서는 안 된다는 것을 알았습니다. 망설이게 되면 용기가 꺾일까봐 두려웠습니다.

'잠이 와요'라고 그녀가 말했습니다.

'자요, 나의 비둘기' 하고 나는 대답했습니다.

'내 가슴의 혼이여!' 하고 나를 불렀습니다. 이것이 그녀의 마지막 말이었습니다. 그녀의 무거운 눈꺼풀, 포도처럼 검고 촉촉이 젖은 무거운 눈동자는 닫혔습니다. 곧 내 품에 안긴 그녀의 가슴의 규칙적인 율동으로 그녀가 잠든 것을 알렸습니다. 그녀를 사랑했습니다. 그녀가 괴로워하는 것을 참을 수 없었지요. 역시 그녀는 간첩이었습니다. 그러나 내 가슴은 닥쳐올 일을 미리 알려서 그녀에게 공포를 안겨 주고 싶지 않았습니다. 이상하게도 나를 배신한 여자에 대해서 조금도 노여움을 느끼지 않았습니다. 그녀의 상스런 행위에 대해서도 미워할 수 없었습니다. 단지 나의 영혼이 밤의 어두움에 감싸여 있다는 것을 느꼈을 뿐입니다. 가엾은 여자, 불쌍한 여자, 나는 그녀에 대한 연민의 정으로 울음이 터질 지경이었습니다. 나는 그녀를 안고 있던 팔, 그 왼팔을 살며시 뽑아 자유로운 오른팔로 내 몸을 일으켰습니다. 그러나 그녀는 너무나 아름다웠습니다. 혼신의 힘을 기울여서 비수로 그 아름다운 목을 찔렀을 때 나는 고개를 돌렸습니다. 그녀는 깨지도 않고 잠든 채로 죽어갔습니다."

그는 말을 멈추고 눈살을 찌푸리며 뒤엎인 채로 뒤집히기를 기다리는 네 장의 카드를 응시했다.

"그 모든 것이 카드에 나왔던 것입니다. 왜 내가 그 경고를 받아들이지 않았을까요. 이 따위 것은 보지 않겠습니다. 제기랄, 집어 치워!"

난폭한 몸짓으로 카드 전부를 마룻바닥으로 쓸어버렸다.

"나는 원래 자유사상가이지만 그녀의 영혼을 위해서 미사를 올리도록 했습니다."

　그는 의자에 몸을 기대고 담배를 말았다. 길게 한 모금 연기를 들이마시고 나서 어깨를 으쓱했다.

"대령 말에 의하면 당신은 작가라죠? 어떤 것을 씁니까?"
"소설을 씁니다." 어셴덴이 말했다.
"탐정소설입니까?"
"아닙니다."
"왜지요? 내가 읽은 것은 탐정소설뿐입니다. 내가 작가라면 탐정소설을 쓸 텐데요."
"그게 상당히 어렵습니다. 가지각색으로 많은 얘기를 꾸며내야 하니까요. 내가 한번 범죄소설을 꾸몄으나 그 살인이 지나치게 교묘해서 도저히 범인이 살인을 저질렀다는 것을 충분히 입증할 수 있는 줄거리를 만들 수 없었습니다. 결국 탐정소설에서는 마지막에 실마리가 풀리고 범인이 체포된다는 것이 하나의 관례이니까요."
"살인이 그렇게 교묘한 경우에는 범인의 죄를 증명하는 유일한 수단은 그 동기의 발견이겠지요. 일단 동기만 찾으면 그때까지 잡지 못한 증거를 찾게 되겠지요. 만일에 동기가 없다면 아무리 대단한 증거가 있어도 결말이 나지 않을 겁니다. 가령 달밤에 인적이 끊어진 거리에서 어떤 남자에게 다가가서 느닷없이 그 남자의 심장을 찌른다고 가정합시다. 대체 누가 당신을 의심하겠습니까? 그렇지만 그 남자가 당신 부인의 정부이거나 당신 형제이거나 혹은 당신에게 사기치고 모욕한 그런 남자라면 종이 한 조각, 노끈 한 가닥, 우연히 내뱉은 말 한마디만으로도 당신을 교수대에 보내기에 충분한 단서가 될 것입니다. 그 남자가 살해당했을 때 당신은 어떤 행동을 하고 있었던가, 사건 전후에 당신을 본 사람이 몇 명이나 있었던가. 그에 반해서 그 남자가 생면부지의 사람이라면 혐의를 받을 까닭이 없을 것입니다. 현장에서 체포되지 않는 한 살인마 잭 (19세기 말 런던에서 여러 살인을 저지른 남자)도 활개 치면서 모면했겠지요."

어셴덴은 여러 가지 이유 때문에 화제를 돌렸다. 두 사람은 로마에서 헤어지기로 되어 있었기에 그후의 각자 행동에 관해서 미리 이야기할 필요가 있다고 생각한 것이다. 멕시코인은 브린디시로 가고 어셴덴은 나폴리로 가기로 되어 있었다. 어셴덴은 벨파스트 호텔에서 묵을 생각이었다. 항구에 가까운 큰 이류 호텔인데 상용 여행자와 경비를 절약하는 여행자들이 자주 이용하는 곳이었다. 장군에게 그 호텔 방 번호를 알려 주는 것이 좋을 것 같았다. 그래야만 필요한 경우에 짐꾼에게 물을 필요 없이 직접 방으로 올 수 있을 것이다. 어셴덴은 다음 정거장에 도착하자 역매점에서 봉투를 사서 장군의 자필로 브린디시 우체국에서 장군 자신 앞으로 부치는 주소를 쓰게 했다. 이렇게 해두면 종이쪽지에 그 호텔 방 번호를 적어서 우체통에 넣기만 하면 된다.

털 없는 멕시코인은 어깨를 으쓱했다.

"내 생각에는 이런 모든 예비책은 좀 유치한 것 같습니다. 절대로 위험은 없어요. 무슨 일이 생기든 당신을 위태롭게 하지는 않을 것이니 안심하시오."

"이런 일엔 도무지 익숙하지 않거든요. 나는 대령의 지시에 따르고 꼭 필요한 것 외에는 알려고 하지 않는 것으로 하고 있습니다." 어셴덴이 말했다.

"지당한 말씀입니다. 혹시 비상사태가 발생하여 부득이 과감한 조치를 취하다가 곤경에 빠지더라도 나는 당연히 정치범으로 취급될 것입니다. 조만간 이탈리아가 연합국 측에 서서 참전하게 될 것이 틀림없고 그러면 나는 곧 석방될 것입니다. 나는 이것저것 다 생각이 있습니다. 여하튼 우리 임무의 결과에 관해서는 걱정 마세요.

템스 강에 소풍 가는 정도로 생각하기를 바랍니다."
마침내 그들이 헤어져서 어셴덴 혼자 나폴리행 열차에 몸을 실었을 때 그는 크게 안도의 숨을 내쉬었다. 그는 끊임없이 지껄여대는 끔찍하고 황당무계한 그 남자에게서 해방된 것이 기뻤다. 멕시코인은 브린디시에 콘스탄티네 안드레아디를 마중하러 떠났다. 만일에 저자가 얘기한 것이 반푼이라도 사실이라면, 그 희랍인 스파이의 입장이 되지 않은 것을 자축하지 않을 수 없었다. 그 희랍인이라는 자가 도대체 어떤 인간일까 궁금했다. 그 남자가 기밀 서류와 위험한 기밀을 가지고 그가 걸려들 올가미에 대해서는 전혀 알길 없는 푸른 이오니아 해를 건너올 것이라는 생각을 하니 어쩐지 소름이 끼쳤다. 그러나 이것이 전쟁이다. 키드 가죽장갑을 끼고 전쟁을 할 수 있다는 생각은 어리석을 뿐이다.

### 6 그리스인

어셴덴은 나폴리에 도착해서 호텔에 방을 정하고 나서 방 번호를 활자체로 종이에 써서 털 없는 멕시코인에게 부쳤다. 그리고 그는 영국 영사관으로 갔다. 어떤 지령이 있을 때 이곳으로 연락하겠다고 R이 정했던 것이다. 영사관에서는 그가 올 것을 알고 있었고 모든 일은 어김없었다. 일단 일은 잊고 기분풀이할 작정을 했다.

이곳 남부에서는 봄이 일러서 번화한 거리는 햇볕이 따가웠다. 어셴덴은 나폴리 지리에 밝았다. 번잡한 산 페르디난도 광장이나, 아름다운 교회가 있는 프레비스토 광장은 그의 가슴에 유쾌한 추억을 일깨웠다. 캐이아 거리는 여전히 소란스러웠다. 그는 거리 모퉁이에 서서 급경사인 좁은 길을 올려다보았다. 양쪽에 높다란 집들이 즐비하고 길을 가로질러서 세탁물이 내걸려 마치 축제일의 페넌트처럼 나부끼고 있었다. 나폴리 만을 배경으로 어렴풋이 카프리 섬이 윤곽을 드러내는 빛나는 바다를 바라보면서 어센덴은 해변을 끼고 어정거렸다.

마침내 포실리포에 이르렀다. 이곳에는 그가 젊었을 때 자주 로맨틱한 시간을 보냈던 낡고 터무니없이 너른, 때 묻은 궁전이 있었다. 왕년의 갖가지 추억이 심금을 울려주는 야릇하고 잔잔한 고통을 느꼈다. 그러고는 조그마한 말라빠진 조랑말이 끄는 마차를 타고 돌이 깔린 길을 덜컥거리면서 갈레리아로 돌아와서, 그늘에 앉아 아메리카노(각테일의 한 종류)를 마시고, 명랑한 몸짓으로 재잘거리며 어슬렁거리는 사람들의 그 모습을 바라보면서 그들의 생활을 짐작해 보기도 했다.

3일 동안, 어센덴은 이 기묘하고, 너절하고, 친절한 도시에 어울리는 한가한 생활을 했다. 아침부터 밤까지 발길 닿는 대로 배회만 했다. 구경할 만한 것을 찾아 눈을 번뜩이며 걸어다니는 여행자처럼이 아닌, 뭔가 도움이 될 만한 것은 없을까 하고 찾아돌아다니는(일몰을 보고 리듬있는 문구를 생각해내거나, 사람 얼굴 생김새를 보고 성격의 실마리를 포착하거나) 작가처럼도 아닌, 그저 그 주변에서 눈에 띄는 것을 즐기자는 방랑자로서 헤맨 것이다.

소 아그리피나의 조상을 보러 미술관에도 갔다. 이 상은 애정을 품고 회상할 만한 특별한 이유가 있었다. 그리고 또 화랑에 전시된 티티안과 브뤼겔의 작품도 또 한번 새삼스럽게 볼 기회를 가졌다.

그러나 그의 발길은 언제나 산타 카이아라 사원으로 돌아오는 것이었다. 그 사원의 우아함, 화려함, 종교에 대한 외관상의 경쾌한 야유, 그리고 그 이면에 엿볼 수 있는 관능적인 정열, 그 호화스러움과 우아한 선. 어센덴에게는 이 사원 전체가 이를테면 터무니없고 엄청난 은유로써 햇볕 휘황한 먼지투성이인 아름다운 도시와 번잡한 주민들을 표현하는 것같이 여겨졌다. 그것은 또한 인생의 희로애락을 애기하고 또 이렇게 말하는 것 같았다. '돈이 없다는 것은 안됐지만 돈이 전부가 아니다. 어쨌든 오늘 여기 있다가 내일 가버릴 인생을 왜

번민할 것인가? 인생은 지극히 신나고 즐겁다. 뭐니 해도 실컷 인생을 즐겨야한다. 자! 우리 사이좋게 팔짱을 끼지 않겠는가.'

그러나 나흘째 날 아침, 어센덴이 욕탕에서 막 나와 전혀 물기가 없는 마른 타월로 몸을 닦으려고 하는데 문이 홱 열리더니 한 남자가 방으로 쑥 들어섰다.

"무슨 용무요?" 어센덴이 소리쳤다.

"염려 마세요. 나를 못 알아보겠습니까?"

"아니, 멕시코 장군 아니오! 그 모습은 어떻게 된 겁니까?"

멕시코인은 가발을 바꾸어서 이번에는 모자처럼 꼭 맞는 짧게 깎은 검은 것을 쓰고 있었다. 가발 하나로 그의 모습은 완전히 바뀌었다. 여전히 이상했으나 전과는 아주 딴판이었다. 초라한 회색 옷을 입고 있었다.

"길게 얘기할 수는 없습니다. 그자가 지금 면도하고 있습니다."

어센덴은 갑자기 얼굴이 붉어지는 것을 느꼈다.

"그럼 그를 찾았단 말이오?"

"어렵지 않았습니다. 그 배를 탔던 희랍인은 그자뿐이었으니까요. 배가 들어왔을 때 곧 배에 올라가서 피레우스에서 탄 친구를 찾았지요. 조지 디오게니디스 씨라는 분을 마중하러 왔다고 했습니다. 그 친구가 오지 않아서 무척 당혹하는 체하면서 안드레아디에게 말을 걸었지요. 그는 가명으로 여행하고 있었는데 롬발도스라고 하더군요. 그자가 상륙했을 때 그 뒤를 따랐지요. 상륙하자 맨 처음에 뭘 했는지 알겠어요? 이발소에 들어가서 수염을 깎더군요. 이것을 어떻게 생각하십니까?"

"별로 생각할 것도 없는데, 누구든지 면도는 할 법한 일이니까."

"나는 그렇게 생각하지 않습니다. 그는 모습을 바꾸고 싶었던 것입니다. 정말 교활한 자입니다. 나는 독일인에게 감탄합니다. 절대로

요행을 믿지 않아요. 앞뒤가 맞는 안성맞춤의 말을 준비하고 있지요. 나중에 말씀드리겠습니다만."
"그런데 당신도 모습이 바뀌었는데요."
"아, 예, 가발을 쓰고 있는데, 달라 보입니까?"
"못 알아보겠는데요."
"조심해야 하니까요. 그자와는 친구입니다. 브린디시에서 하루를 보내야 했는데, 그자는 이탈리아어를 못하기 때문에 내가 도와주니 기뻐했고 줄곧 함께 여행도 했습니다. 실은 그를 이 호텔로 데리고 왔습니다. 내일 로마로 갈 거라고 지껄이고 있지만 놓치지 않을 것입니다. 슬그머니 달아나진 못할 겁니다. 나폴리 구경을 하고 싶다기에 볼 만한 곳은 다 안내하겠다고 했지요."
"왜 오늘 로마에 안 갈까요?"
"그런 건 별 거 아닙니다. 그자는 전쟁 동안에 부자가 된 희랍 실업가로 가장하고 있습니다. 그의 말에 의하면 두 척의 연안 무역선을 갖고 있다가 최근에 팔았다는 겁니다. 그는 이제 파리에 가서 실컷 놀아볼 생각입니다. 그는 평생 동안 파리에 가기를 소원해 오다가 마침내 소원을 풀게 되었답니다. 그는 입이 무거워서 말을 시키려고 애를 썼습니다. 나는 스페인 사람인데 터키와의 군수물자 거래를 협상하기 위해서 브린디시까지 갔다 오는 길이라고 했지요. 그는 내 말을 곧이듣고 관심을 갖는 기색이었으나 아무런 말은 하지 않았고, 물론 나로서도 무리하게 입을 열게 하는 것은 현명치 않다고 생각했습니다. 그자는 비밀서류를 몸에 지니고 있습니다."
"그걸 어떻게 알지요?"
"그는 손가방에는 신경을 쓰지 않지만 때때로 배 근처를 만집니다. 짐작건대 그 서류는 허리띠 속에 있거나 조끼 안에 있는 것 같습니다."

"도대체 무엇 때문에 이 호텔로 데리고 왔지요?"

"그 편이 더 편리할 거라고 생각했습니다. 그의 수하물을 뒤져볼 필요가 있을지도 모르니까요."

"당신도 여기에 묵을 작정이오?"

"아닙니다. 나는 그렇게 바보는 아닙니다. 야간 열차로 로마에 갈 거니까 호텔 방은 잡지 않겠다고 말했지요. 자, 그럼 나는 가야겠습니다. 25분 후에 이발소 밖에서 만날 약속을 했으니까요."

"좋아요. 만일에 일이 생기면 오늘밤 어디 가면 만날 수 있습니까?" 어셴덴은 잠깐 털 없는 멕시코인을 눈여겨보고 나서 약간 얼굴을 찌푸리면서 고개를 돌렸다. "오늘 저녁은 방에 있을 겁니다."

"좋습니다. 복도에 누가 있나 좀 봐 주시겠습니까?"

어셴덴은 문을 열고 내다보았다. 아무도 없었다. 사실상 요즘 같은 철에 호텔은 거의 비어 있었다. 나폴리에는 외국인은 별로 없고 장사도 불경기였다.

"괜찮겠습니다." 어셴덴이 말했다.

털 없는 멕시코인은 대담한 걸음걸이로 나갔다. 어셴덴은 곧 문을 닫았다. 그리고 면도를 하고 천천히 옷을 입었다.

태양은 여느 때나 마찬가지로 찬란하게 광장을 비추고 있었고, 지나가는 사람들과 앙상한 말이 끄는 초라한 마차들도 전과 다름없는 모습이었으나 전처럼 어셴덴을 즐겁게 하지는 못했다. 그는 마음이 편치 않았다. 그는 호텔을 나와서 늘 그러하듯 영사관에 가서 자기에게 온 전보가 있나 물었다. 아무것도 없었다. 그길로 쿡 여행 안내소에 가서 로마행 열차를 알아보았다. 자정이 지난 뒤에 곧 하나가 있고 새벽 5시에 또 하나가 있었다. 가능하면 빠른 것을 타고 싶었다. 멕시코인의 계획이 어떤 것인지 몰랐지만 만일에 그가 정말로 쿠바에 가고 싶다면 먼저 스페인 쪽으로 가는 것이 좋을 것이었다. 안내소의 게시판을 보고 그 다음날 나폴리에서 바르셀로나로 가는 배 하나가 있다는 것을 알았다.

어셴덴은 이제 나폴리에 진력이 났다. 거리의 강력한 햇빛이 눈을 피로하게 했고, 먼지는 참을 수 없었으며 소음 때문에 귀가 멍멍할 지경이었다. 그는 갈레리아에 가서 한잔 들이켰다. 오후에는 극장에 갔다. 호텔에 돌아왔을 때 사무원에게 내일 아침 일찍이 출발하니까 지금 계산하는 것이 좋겠다고 말했다. 그는 방에는 암호책과 한두 권의 책이 든 서류가방만 남겨두고 수하물을 역으로 갖고 갔다. 식사를 마치고 호텔에 들어와서 의자에 앉아 털 없는 멕시코인을 기다렸다. 그는 자신이 극도로 흥분해 있다는 사실을 감추지 못했다. 책을 읽기 시작했으나 지루한 책이었다. 다른 책을 집어 들었으나 주의가 집중되지 않았다. 시계를 보았다. 시간은 무던히도 일렀다. 그는 책을 다시 집어 들고 30페이지를 읽을 때까지는 시계를 보지 않겠다고 결심을 했다. 그러나 성실하게 한 페이지씩 읽어갔으나 무엇을 읽었는지 제대로 알 수 없었다. 다시 시계를 보았다. 겨우 열 시 반이었다. 털 없는 멕시코인은 어디 있으며 무엇을 하고 있는지 궁금했다. 그가 일을 망칠까봐 두려웠다. 끔찍스런 일이었다. 그때 언뜻 창문을 닫고 커튼을 치는 것이 좋겠다는 생각이 떠올랐다.

그는 무수히 담배를 피웠다. 시계를 보니까 2시 15분이었다. 한 가지 생각이 떠올랐다. 심장이 뛰기 시작했다. 호기심에서 맥을 짚어보았더니 뜻밖에도 정상적이었다. 따스한 밤이었고 방은 답답했으나 그의 손발은 얼음같이 차가웠다. 조금도 보고 싶지 않은 광경을 불러일으키는 공상을 한다는 것은 정말 귀찮은 것이라고 짜증스럽게 되씹었다. 작가인 입장에서 지금까지 종종 살인을 생각해 보았는데 이제 그의 마음에는 《죄와 벌》에 나오는 그 무서운 살인에 대한 묘사가 생각났다. 살인에 관해서는 생각하고 싶지 않았지만 아무리 해도 해결책이 머리에 떠올랐다.

손에 든 책은 어느새 무릎으로 떨어지고 너저분한 장미 무늬의 갈색 벽지가 발라진 눈앞의 벽을 바라보면서 그는 나폴리에서 살인을 꼭 해야 할 경우에 어떻게 하겠는가 스스로 물어보았다. 물론 장소는 빌라공원이 안성맞춤일 것이다. 만(灣)을 면한 나뭇잎이 우거지고 수족관이 있는 큰 정원이다. 거기는 밤에는 인적이 끊어지고 칠흑같이 어둡다. 대낮에는 있을 수 없는 일들이 거기서는 일어나고 있고 분별 있는 사람들이면 일몰 후에는 그 불길한 길을 피한다.

포실리포를 지나면 길은 매우 외지고 밤이면 사람 그림자도 볼 수 없는 산 위로 통하는 샛길이 있다. 그러나 한 소심한 인간을 어떻게 해서 그곳으로 끌고 갈 것인가. 만에서 보트를 타자고 유혹할 수도 있다. 그러나 보트를 대절한 사공이 얼굴을 보게 될 것이다. 그리고 보트 한 척만을 바다에 내어 줄 것인지도 의심스러웠다. 항구 근처에는 수하물 없이 밤늦게 도착하는 사람들에게도 일일이 캐묻지 않고 숙박시키는 평판 나쁜 호텔이 있다. 그러나 여기서도 방으로 안내하는 웨이터가 당신을 자세히 보게 될 가능성이 있고 호텔에 들어설 때 면밀한 질문서에 서명을 해야 한다.

어셴덴은 또 한번 시계를 보았다. 그는 몹시 지쳐 있었다. 책 읽을 생각조차도 않고 마음은 텅 빈 채로 앉아 있었다.

그때 문이 살며시 열렸다. 그는 벌떡 일어섰다. 소름이 좍악 끼쳤다. 털 없는 멕시코인이 그 앞에 서 있었다.

"놀랐습니까?" 멕시코인이 미소를 띠며 물었다. "노크하지 않는 편이 좋을 거라 생각했지요."

"들어오는 것을 본 사람은 없습니까?"

"야간 당번이 문을 열어 줬는데 벨을 울렸을 때 그는 잠들어 있어서 내 얼굴을 보지 못했습니다. 늦어서 미안합니다. 변장하는데 시간이 좀 걸렸죠."

털 없는 멕시코인은 여행할 때 입었던 옷을 입고 금발의 가발을 쓰고 있었다. 놀라울 정도로 달라보였다. 전보다 더 커 보이고 화려했다. 얼굴 모양까지도 달랐다. 두 눈은 빛나고 몹시 기분이 좋은 것 같았다. 그는 어센덴을 흘끗 보았다.

"당신 얼굴이 대단히 창백한데요. 걱정이 있는 것은 아니겠지요?"

"서류는 입수했습니까?"

"아니요. 서류는 그에게 없었습니다. 그가 가진 것은 이것뿐입니다."

그는 테이블 위에 두툼한 지갑과 여권을 내려놓았다.

"이런 것은 필요 없습니다. 당신이나 가지세요." 어센덴이 빨리 말했다.

어깨를 으쓱하면서 털 없는 멕시코인은 그것들을 호주머니에 넣었다.

"허리띠에는 뭐가 있었던가요? 계속 배를 만지더라고 했잖아요."

"돈뿐이었습니다. 지갑도 뒤져봤습니다. 사적인 편지와 사진뿐이었습니다. 오늘 저녁에 나와 같이 나오기 전에 서류가방 속에 그 서류를 넣고 잠근 것이 틀림없어요."

"제기랄." 어센덴이 말했다.

"그의 방 열쇠를 갖고 있습니다. 같이 가서 그의 수하물을 뒤져보는 게 좋겠습니다."

어센덴은 뱃속에 메스꺼움을 느꼈다. 그는 망설였다. 멕시코인은 인정스럽게 웃었다.

"위험할 것 없습니다."

그는 마치 어린 소년을 달래듯이 말했다.

"만일에 기분이 좋지 않으면 나 혼자 가겠소."

"아니요, 같이 가겠소." 어셴덴이 말했다.

"호텔에는 깨어 있는 사람은 아무도 없고 안드레아디 씨도 방해하지 않을 겁니다. 뭣하면 신을 벗으시지요."

어셴덴은 대답하지 않았다. 그는 얼굴을 찌푸렸다. 자기 손이 약간 떨리는 것을 느꼈기 때문이다. 그는 구두끈을 풀고 신을 벗었다. 멕시코인도 같이 신을 벗었다.

"먼저 가는 것이 좋을 겁니다. 왼쪽으로 돌아서 복도로 곧장 가세요. 38호실입니다." 그는 말했다.

어셴덴은 문을 열고 방을 나왔다. 복도는 불빛이 희미했다. 동료인 멕시코인은 완전히 침착하다는 것을 깨달았을 때 자기 혼자 그렇게 조마조마한 것이 짜증스러웠다. 그 방 앞에 닿았을 때 털 없는 멕시코인은 열쇠를 꽂아서 문을 열고 들어갔다. 멕시코인이 전등을 켰다. 어셴덴은 따라 들어가서 문을 닫았다. 그는 덧문이 닫힌 것을 알았다.

"이제 괜찮습니다. 천천히 합시다."

멕시코인은 호주머니에서 열쇠 꾸러미를 꺼내어 하나 둘 꽂아 보더니 마침내 맞는 것을 찾았다. 여행 가방은 옷으로 꽉 차 있었다.

"값싼 옷들이군." 멕시코인이 옷을 꺼내보면서 경멸조로 말했다. "최고품을 사는 것이 결국은 싼 것이라는 것이 내 생각입니다. 결국 신사냐 아니냐 하는 차이는 이런 점에 있는 겁니다."

"꼭 지껄여야 하겠어요?" 어셴덴이 물었다.

"위험이라는 양념이 끼치는 영향은 사람에 따라 다르군요. 나는 흥분되는데 당신은 기분이 나빠지는 것 같군요."

"나는 겁에 질리는데 당신은 예삿일이로군요." 어셴덴이 솔직히 말했다.

"단지 신경에 관한 문제이겠지요."

그러는 동안에도 멕시코인은 옷을 꺼내면서 민첩하면서도 조심스럽게 훑었다. 여행 가방 속에는 서류라고는 아무것도 없었다. 이번에는 그의 비수를 꺼내서 가방 안을 찢었다. 값싼 가방이어서 안은 고무풀로 거죽에 발라 붙인 것이었다. 아무것도 그 속에 감추어져 있을 것 같지 않았다.

"여기엔 없는데요. 틀림없이 방 안 어딘가에 감춘 겁니다."

"어딘가 사무실에 맡겼다고 생각되지 않습니까? 가령 영사관 같은 곳에?"

"그가 면도할 때 외에는 한시도 내 눈을 벗어난 적이 없습니다."

털 없는 멕시코인은 서랍과 찬장을 열었다. 방바닥에는 카펫도 없었다. 그는 침대 밑과 속, 또 매트리스 밑까지 조사했다. 그의 검은 두 눈은 숨긴 장소를 찾아 방구석을 살폈다. 어셴덴은 어떤 것도 그의 시선을 벗어날 수 없다는 것을 느꼈다.

"혹시 아래층 사무실에 맡긴 것이 아닐까요?"

"그렇다면 내가 모를 리가 없는데요. 그리고 감히 그러지는 못할 겁니다. 그 서류가 여기 없다니 이해가 안 가는데……."

그는 망설이는 듯이 방 안을 둘러보았다. 이 수수께끼의 해결책을 생각해 내려는 노력으로 얼굴을 찌푸렸다.

"여기서 나갑시다." 어셴덴이 말했다.

"잠깐만."

멕시코인은 무릎을 꿇고 그 옷을 재빨리 단정하게 접어서 다시금 쌓았다. 그는 가방에 자물쇠를 채우고 일어섰다. 그러고는 전등을 끄고 천천히 문을 열고 밖을 살폈다. 그는 어셴덴에게 손짓을 하고 복도로 빠져나갔다. 어셴덴이 쫓아가니까 그는 걸음을 멈추고 문에 자물쇠를 채우고 나서 열쇠를 호주머니에 넣고는 어셴덴과 함께 방으로 돌아왔다. 방 안에 들어선 뒤 문을 채우고 나서 어셴덴은 끈적끈적한 손과 이마를 닦았다.

"아, 됐다. 이제 빠져나왔다."

"추호의 위험도 없었습니다. 그런데 이제 어떻게 해야 합니까? 서류를 찾지 못했으니 대령이 노여워하겠지요?"

"나는 다섯 시 열차로 로마에 갑니다. 거기서 전보를 치고 지령을 기다리도록 하죠."

"좋습니다. 나도 동행하겠습니다."

"당신은 좀 빨리 이탈리아를 빠져 나가는 것이 좋지 않을까요. 내일 바르셀로나로 가는 배가 있습니다. 그 배를 타도록 하고 필요하면 내가 그곳으로 당신을 만나러 가는 것이 좋을 텐데요."

털 없는 멕시코인은 약간 미소를 띠었다.

"당신은 나를 쫓아 버리고 싶은 모양이군요. 그렇다면 그 뜻을 거역하지 않겠습니다. 당신은 이런 일에 미숙하니까 할 수 없지요. 바르셀로나로 가겠습니다. 스페인 비자가 있으니까요."

어셴덴은 시계를 보았다. 새벽 두 시를 조금 지난 때였다. 열차 출발 시간까지 거의 세 시간이나 기다려야 했다. 멕시코인은 마음 편히 담배를 말았다.

"간단한 저녁 식사라도 하는 것이 어때요? 배가 고파 죽을 지경입니다."

음식 생각만 해도 어셴덴은 메스꺼웠으나 지독한 갈증을 느꼈다. 털 없는 멕시코인과 같이 나가고 싶지 않았지만 그렇다고 혼자서 호텔에 남아 있기도 싫었다.

"이런 늦은 시간에 어디로 가겠어요."

"따라 오세요. 찾아볼 테니까."

어셴덴은 모자를 쓰고 서류 가방을 들었다. 두 사람은 아래층으로 내려갔다. 홀에는 짐꾼이 마룻바닥에 매트리스를 깔고 깊은 잠에 빠져 있었다. 짐꾼을 깨우지 않으려고 살며시 걸어서 데스크 곁을 통과할 때 어셴덴은 그의 서류장에 편지가 한 통 있는 것을 보았다. 꺼내 보니까 그에게 온 것이었다. 두 사람은 발뒤꿈치를 들고 호텔을 나온 뒤 문을 닫았다. 두 사람은 걸음을 재촉했다. 백 야드가량 간 뒤에 어셴덴은 가로등 밑에서 걸음을 멈추고 그 편지를 호주머니에서 꺼내어 읽었다. 영사관에서 보낸 편지인데 이와 같이 씌어 있었다.

동봉한 전보는 오늘밤에 도착했습니다. 긴급한 것이라고 생각해서 심부름꾼을 통해 호텔로 보냅니다.

그 편지는 어셴덴이 방에 있을 때 자정이 되기 조금 전에 전해진 것 같았다. 전보를 펴보니까 암호로 되어 있었다.
"자, 이건 나중에 봐야겠군." 그것을 호주머니에 넣으면서 어셴덴은 말했다.
털 없는 멕시코인은 인적이 끊어진 거리에서 갈 길을 아는 듯이 걸었고 어셴덴은 그와 나란히 걸었다. 마침내 두 사람은 악취가 풍기는 수상쩍은 막다른 골목의 주점에 이르렀다. 멕시코인은 그 안으로 들어갔다.
"리츠와 같은 곳은 아니지만 이런 늦은 시간에 무언가 먹을 것을 얻을 수 있는 곳은 이런 곳밖에 없습니다." 그는 말했다.
어셴덴이 따라 들어간 곳은 기다랗고 더러운 방인데 그 한 구석에는 말라빠진 청년이 피아노 앞에 앉아 있었다. 벽에 붙은 테이블이 양쪽에 있고 맞은편에 벤치가 있었다. 사람들이 맥주나 포도주를 마시고 있었다. 여자들은 나이 들고 화장을 짙게 한 끔찍한 인상들이었다. 그들의 거친 교성은 소란스럽고 맥 빠진 것이었다. 어셴덴과 털 없는 멕시코인이 들어왔을 때 여자들은 일제히 그들을 주시했다. 한

테이블에 앉았을 때 어셴덴은 금방이라도 미소를 머금을 것같이 환심을 사려고 짓궂게 추파를 던지는 눈을 피하려고 고개를 돌렸다. 그 말라깽이 피아니스트가 서투르게 한 곡을 치자 몇 쌍의 남녀가 일어서서 춤추기 시작했다. 여자들에게 돌아갈 남자 수가 모자라서 여자끼리 춤추는 패들도 있었다. 장군은 스파게티 두 쟁반과 카프리산 포도주 한 병을 주문했다. 술이 왔을 때 그는 게걸스럽게 한 잔을 마셨다. 마시고 나서 스파게티를 기다리는 동안 나머지 테이블에 앉아 있는 여자들을 유심히 보았다.

"춤출 줄 아십니까?" 그는 어셴덴에게 물었다. "저기 있는 여자에게 한 바퀴 돌자고 청해 보렵니다."

그는 일어서서 어셴덴이 지켜보는 가운데 한 여자에게 다가섰다. 그 여자는 반짝이는 두 눈과 흰 치아가 제법이었다. 여자는 일어섰고 그는 그녀를 팔로 감았다. 그의 춤 솜씨는 상당했다. 어셴덴이 보니까 그 여자에게 얘기를 시작하는 것 같았다. 여자는 웃고 그가 춤을 신청하는 것을 수락했을 때의 무관심한 표정은 관심 있는 것으로 바뀌었다. 곧 두 사람은 즐겁게 지껄여댔다. 춤이 끝나자 그 여자를 그 테이블에 데려다 놓고 어셴덴이 있는 곳으로 돌아와서 또 한 잔의 포도주를 들이켰다.

"저 여자 어때요?" 그는 물었다. "나쁘지 않죠? 댄스는 좋은 겁니다. 한번 청해 보는 게 어때요. 제법 좋은 곳이지요. 이런 곳을 찾으려면 언제나 나에게 맡기세요. 나에게는 본능이 있습니다."

피아니스트가 또 건반을 두드리기 시작했다. 아까 그 여자가 털 없는 멕시코인을 바라보았다. 그가 엄지손가락으로 마루를 가리켰을 때 그 여자는 재빨리 일어섰다. 그는 웃도리의 단추를 채우고 등을 구부리고 테이블 곁에 일어서서 여자가 오는 것을 기다렸다. 그는 여자를 스윙식으로 안고 추기 시작했다. 지껄이고 웃고 벌써 그는 방 안의 모든 사람들과 친숙해졌다. 스페인투가 섞인 유창한 이탈리아어로 이 사람 저 사람과 농담을 주고받았으며, 그의 익살에 다들 웃었다. 곧 웨이터가 수북이 쌓인 마카로니 두 접시를 날라왔다. 멕시코인은 그 음식을 보자 느닷없이 춤을 멈추고, 여자를 그 테이블로 돌아가게 내버려 두고 식사하러 달려왔다.

"나는 굶주렸습니다, 저녁은 잘 먹었는데도. 어디서 식사했습니까? 마카로니를 좀 드시겠어요?"

"식욕이 없습니다." 어셴덴이 말했다.

그러나 먹기 시작하니까 의외로 배가 고프다는 것을 알았다. 털 없는 멕시코인은 입안 가득히 마카로니를 넣어서 아주 맛있게 먹었다. 눈은 빛나고 수다스러웠다. 같이 춤추었던 여자는 그 짧은 시간 동안에 그녀의 모든 신상 얘기를 털어 놓았기에 이번에는 그가 어셴덴에게 그녀의 얘기를 되풀이해 주었다. 큼직큼직한 빵 조각을 입에 밀어 넣고 포도주를 또 한 병 주문했다.

"포도주?" 장군은 경멸하는 듯이 외쳤다. "포도주는 술이 아닙니다. 아마 샴페인이 좋을겁니다. 포도주 따위로는 목을 축이지도 못합니다. 그런데 당신, 기분은 좀 나아졌소?"

"아까보다 나아졌다고 할 수밖에." 어셴덴이 미소를 지었다.

"숙련입니다. 당신에게 필요한 것은 숙련뿐입니다." 그는 손을 뻗어서 어셴덴의 팔을 두드렸다.

"그게 뭐요? 소맷자락에 그 얼룩이 뭐요?" 어셴덴이 깜짝 놀라서 소리쳤다.

털 없는 멕시코인은 자기 소매를 흘끗 보았다.

"이거요? 별것 아닙니다. 그저 피지요. 약간 사고가 생겨서 베었습니다."

어셴덴은 입을 다물었다. 그는 문 위에 걸려 있는 벽시계를 보았다.
"열차 시간이 걱정입니까? 한 번 더 추고 나서 역까지 바래다 드리지요."

멕시코인은 일어서서 의기양양한 자신감으로 가장 가까이 앉아 있는 여자를 끌어안고 추기 시작했다. 어센덴은 침울하게 그를 바라보았다. 금발의 가발을 쓴 그 털 없이 미끈한 얼굴의 남자는 기괴하고 무서운 모습이었으나 비길 데 없는 우아한 맵시로 몸을 움직였다. 발은 작아서 마치 고양이나 호랑이 발처럼 마룻바닥을 움키는 것같이 보였다. 놀라운 리듬이었다. 같이 춤추는 잔뜩 꾸민 여자가 그의 몸짓에 매료되었음은 누가 보아도 명백했다. 그의 발끝에도, 굳세게 여자를 안은 긴 두 팔에도 음악이 있고, 허리 부분에서 기묘하게 움직이는 것 같은 긴 두 다리에도 음악이 있는 것 같았다.

사악하고 그로테스크한 남자였지만, 그에게는 고양이 같은 품위와 아름다움이 있었다. 헤아릴 수 없는 잡스러운 매력을 느낄 수 있었다. 어센덴은 그의 모습에서 멕시코의 원주민인 아스텍의 석공이 만든 조각품을 연상했다. 야만성과 생명력, 뭔가 무섭고 잔인한 것, 그리고 그 위에 사색에 잠기는 의미심장한 아름다움을 풍기는 조각이었다. 그래서 되도록이면 멕시코인을 그 더러운 댄스홀에서 혼자서 밤을 새우도록 내버려두고 싶었으나, 사무적인 대화를 더 나누어야 했다. 그것을 생각하니 일말의 불안을 느꼈다. 그는 모종의 서류와 교환해서 일정한 금액을 마뉴엘 카모나에서 전달하도록 지령을 받은 것이다. 그런데 그 서류는 나타날 것 같지 않았다. 선후책에 대해서는 어센덴은 전혀 아는 바가 없었다. 그가 알 바가 아니었다. 털 없는 멕시코인은 곁을 지나면서 유쾌하게 손을 흔들었다.

"음악이 끝나는 즉시 가겠습니다. 계산을 해 주시면 대령하겠습니다."

어셴덴은 그의 마음을 뚫어보고 싶었다. 그 정신 상태는 종잡을 수가 없었다. 이윽고 멕시코인이 향수를 뿌린 손수건으로 이마의 땀을 닦으면서 돌아왔다.

"즐거웠어요, 장군?" 어셴덴은 그에게 물었다.

"나는 언제나 즐겁습니다. 쓰레기 같은 여자들이지만 상관치 않습니다. 나는 이 팔에 여체를 느끼기를 좋아하지요. 나에 대한 욕정이 마치 햇볕 속의 버터처럼 여자의 마디마디 골수를 녹일 때 두 눈이 나른해지고 두 입술이 벌름거리는 것을 보면 기분이 좋습니다. 쓰레기이지만 여자니까요."

두 사람은 그곳을 나왔다. 멕시코인은 걸어가자고 했다. 그런 구역이고 시간이 그러하니 택시를 잡을 수 있을 것 같지 않았다. 밤하늘은 별이 총총했다. 여름밤이었고 대기는 고요했다. 적막이 두 사람 곁을 망령처럼 따랐다. 역에 가까워졌을 때 집들이 갑자기 더 한층 엷은 회색의 뚜렷한 선을 띠게 되고 동이 틀 때가 가까웠음을 느끼게 했다. 희미한 전율이 밤의 어둠을 타고 흘러갔다. 걱정되는 순간이었다. 일순간 영혼은 불안에 떨었다. 그것은 마치 아득한 몇백만 년 전부터 물려받았던 두려움, 혹시 내일이 새지 않으려나 하는 우둔한 의구심을 느끼는 것 같았다. 역에 들어가니까 또다시 밤의 어둠이 두 사람을 휩쌌다. 한두 명의 짐꾼이 막이 내리고 무대장치가 제거된 뒤의 무대 단원들처럼 빈둥거리고 있었다. 칙칙한 제복을 입은 두 군인이 부동자세로 서 있었다.

대합실은 비어 있었으나, 어셴덴과 털 없는 멕시코인은 가장 구석진 곳에 가서 앉았다.

"출발 시간까지 한 시간이 있습니다. 이 전보 내용을 좀 보겠습니다."

그는 호주머니에서 전보를 꺼내고 서류가방에서 암호책을 꺼냈다.

그때는 매우 복잡한 암호는 사용하지 않았다. 암호책은 두 개로, 한 부는 얇은 책이고 또 한 부는 한 장의 종이에 쓴 것인데 모두 암기한 뒤에 연합국 영토를 떠나기 전에 없애버린 것이었다. 어셴덴은 안경을 끼고 해독에 착수했다. 털 없는 멕시코인은 의자 모퉁이에 앉아서 손수 담배를 말아서 피우고 있었다. 그는 어셴덴이 하는 것은 거들떠보지도 않고 침착하게 앉아 노력해서 번 휴식을 만끽하고 있었다. 어셴덴은 숫자의 무리를 하나하나 해독할 때마다 한 단어씩 종이 위에 적었다. 그의 해독법은 해독을 다 끝낼 때까지는 전체의 의미를 생각지 않는 것이었다. 지금까지의 경험으로 미루어 해독할 때마다 그 뜻에 주의하면 종종 속단을 내리게 되고 때때로 오독을 범하기 때문이었다. 그래서 그는 아주 기계적으로 한 단어 한 단어 쓸 때마다 그 단어에 주의를 기울이지 않았다. 마침내 다 끝났을 때 전문 전체를 읽었다. 그것은 다음과 같이 씌어 있었다.

콘스탄티네 안드레아디는 질병으로 피레우스에서 대기중. 여행 불가능임. 제네바로 돌아가서 지령을 기다릴 것.

처음에 어셴덴은 무슨 영문인지 몰랐다. 그는 다시 읽었다. 온몸이 떨렸다. 그러고는 완전히 자제력을 잃고 격노한 작은 음성으로 내뱉었다.
"이 더러운 바보, 딴 사람을 죽였잖아!"

### 7 파리 여행

어셴덴은 한 번도 지루한 적이 없다고 항상 말했다. 무취미한 사람들만이 지루함을 느끼는 것이고 오락을 외부 세계에 의존하는 것은 어리석은 자들이라는 것이 그의 생각이었다. 어셴덴은 자신에 관해서

자만심이라고는 전혀 없었고 그가 거둔 문단에서의 성공에도 도취되지 않았다. 그는 명성과 소설이나 희곡 한 편을 히트한 작가가 받는 평판을 분명히 구별했다. 실질적인 이익이 수반되지 않는 한 이런 평판에는 무관심했다. 가령 배를 타는 경우에 지불한 뱃삯 이상의 특실을 얻을 수 있다면, 자기 명성을 이용하기를 서슴지 않았으며 세관 관리가 그의 단편소설을 애독한 적이 있었기 때문에 수하물을 열어 보지도 않고 통과시켜 준다면 작가란 직업도 보람이 있다는 것을 기꺼이 시인했다. 그러나 열성적인 젊은 연극학도들이 연극의 기교를 토론하자고 청할 때는 한숨이 앞섰으며 환상적인 부인들이 작품에 대한 찬사를 떨리는 목소리로 그의 귀에 속삭일 때에는 죽고 싶을 때가 흔히 있었다. 스스로 이지적이라고 자부하기 때문에 지루함을 느낀다는 것은 어리석다고 생각했다. 사실 그는, 어떤 사람들과도 재미있게 얘기를 나눌 수 있었다. 지독히 지겨운 인간이라고 여러 사람에게 평가받고 친구들마저도 빚진 돈이라도 있는 것처럼 도망치게 만드는 그런 사람이라도 말이다. 그런 경우는 좀처럼 잠든 적이 없는 직업적인 본능을 만족시킨 것에 불과한 것인지도 모른다. 지질학자가 화석에 싫증을 느끼지 않는 것처럼 그는 연구 자료인 인간들에게 싫증을 느끼지 않았다.

  그런데 지금 그는 분별 있는 인간이 흥취를 위해서 바랄 수 있는 모든 것을 갖추었다. 좋은 호텔에 쾌적한 방을 잡았고, 제네바는 유럽에서는 가장 살기 좋은 도시의 하나이다. 보트를 빌려서 호수로 노를 저어 나가기도 하고, 말을 빌려 타고 도시 근교의 밤자갈이 깔린 길을 따라 조용히 달리기도 했다. 산뜻하게 정돈된 이곳에서는 말을 전속력으로 달릴 수 있는 잔디가 깔린 경마 코스가 없었기 때문이다. 그는 고색창연한 거리를 여기저기 배회하며 고요하고 위엄 있는 회색 석조 가옥 사이에서 먼 과거시대의 정신을 포착하려고도 했다. 루소의 《참회록》을 새삼스럽고 즐겁게 읽었고, 두 번 세 번 결국 허사로 그쳤지만 《신엘로이즈》와 친해 보려고도 해보았다. 그는 글을 쓰기도 했다. 표면에 나서지 않는 것이 직업이었기 때문에 아는 사람도 별로 없었지만, 같은 호텔에 묵고 있는 몇몇 사람들과 한담을 나눌 정도로 사귀었기에 외롭지는 않았다. 하루하루의 생활은 충실하고 다양했다. 별 볼일이 없을 때에는 그 나름대로 사색을 즐겼다.

이런 환경에서 도저히 지루할 수는 없었다. 그런데도 하늘에 뜬 한 조각 외로운 구름처럼 심심하고 따분함에 권태의 가능성이 보였다. 전해 오는 얘기에 의하면 루이 14세가 어떤 의식에 참석하기 위해서 신하 한 사람을 수행하도록 불렀는데 그 신하가 나타났을 때 왕은 이미 떠나려고 하고 있었다. 왕은 신하를 돌아보고 냉담한 위엄을 갖추고 '제 페이아탕들'이라고 쏘아붙였다. 서툴지만 내가 할 수 있는 유일한 번역은 이와 같다. '내가 자네를 기다릴 뻔했군.' 이처럼 어센덴도 하마터면 지루할 뻔했다고 자인했을지도 모를 일이다.

호수를 끼고 궁둥이가 큰 얼룩진 말, 옛 그림에서 볼 수 있는 껑충 뛰는 준마를 닮은 말을 타고 가면서(그런데 이 말은 껑충거리기는커녕, 빠른 걸음으로 달리게 하는데도 박차를 세게 가해야 했다) 생각에 잠겼다.

런던 본부에 있는 비밀첩보 기관의 간부들은, 이 큰 기구의 조절판을 쥐고, 스릴에 찬 생활을 하는지도 모른다. 장기말을 이리저리 옮기고 무수히 많은 실에 의해서 무늬가 짜여지는 것을 보고(어센덴은 은유를 함부로 썼다), 다양한 조각들을 맞추어서 그림을 만들고 있을 것이다. 그러나 솔직히 말해서 그와 같은 조무래기가 비밀첩보 기관의 일원이 된다는 것은 일반 대중이 생각하듯이 모험에 찬 것은 아니었다. 어센덴의 공적 생활은 시청 서기처럼 질서 있고 단조로운 것이었다. 일정한 기간에 스파이들을 만나서 급료를 지불한다. 새 사람을 구하면 스파이로 채용해서 지령을 주어 독일에 보낸다. 정보가 오기를 기다렸다가 본부로 급히 보낸다. 매주 한 번씩 프랑스에 가서 국경 저편의 동료들과 협의하고 런던에서 보내는 명령을 받는다. 장날에는 장터에 가서 그 버터 장수 노파가 호수 건너편으로부터 전해 주는 전갈이 있으면 그것을 받는다. 눈과 귀는 항상 밝히고 있었다. 아무도 읽지 않을 것이라고 확신하면서도 긴 보고서를 썼다. 한번은 실수로 농담을 한마디 어느 보고서에 적어 넣었다가 경솔하다고 통렬한 힐책을 받은 적도 있었다. 그가 종사하는 일은 확실히 필요하지만, 단조롭다고밖에는 말할 수 없었다.

한때는 좀더 재미있는 일을 위해서, 드 히긴스 남작 부인과 농탕치기라도 해볼까 생각했다. 그녀가 오스트리아 정부의 스파이인 것은 확실했고, 그가 예측한 재치겨룸에서 어떤 흥취가 기대되었다. 그녀와 재치를 겨루어 보면 재미있을 것이었다. 그에게 함정을 걸려고 할 것이고 함정에 대한 대책을 강구하노라면, 머리에 녹이 스는 것을 예방하는 것이 될 것이었다. 남작 부인 쪽에서도 이 승부 놀음에 생각이 없는 것은 아니었다. 그가 꽃을 보냈을 때 감정이 넘쳐흐르는 답장을 보내왔다. 함께 호수에 보트 타러 갔을 때 그녀는 길고 흰 손을 호수에 담그고 사랑을 얘기하고 실연을 암시했다. 두 사람은 같이 저녁 식사를 하고 불어 산문체로 된 〈로미오와 줄리엣〉 공연을 보러가기도 했다.

어센덴이 어느 정도로 깊이 교제를 할까 결심이 서지도 않았는데 R한테서 무엇을 장난치고 있나 하는 매서운 편지가 왔다. 어센덴이 독일, 오스트리아 측의 스파이 드 히긴스 남작 부인과 친교를 맺고 있다는 정보가 들어왔다는 것이다. 그는 형식적인 예의 이외의 어떤 교제를 하는 것은 삼가라고 했다. 어센덴은 어깨를 으쓱했다. R은 어센덴을 자신이 생각하는 것만큼 영리하다고 보지 않는 것이다. 그러나 전에는 몰랐는데 제네바에는 그를 감시하는 것을 임무의 일부로 삼는 사람이 있다는 것을 알고 흥미를 느꼈다. 그가 임무를 소홀히 하거나 장난치지 않게 살피도록 명령받은 사람이 분명히 있다. 어셴덴은 무척 즐거웠다. 참으로 R이란 자는 얼마나 빈틈없고 거리낌 없는 인간인가! 결코 위험은 무릅쓰지 않고 사람을 믿지 않고, 부하를 도구로 이용하나, 높게건 낮게건 사람을 쳐 주지 않는다. 어셴덴은 자기가 하는 짓을 R에게 알린 장본인을 점찍을 수 있나 하고 주위를 둘러보았다. 호텔의 웨이터 중의 한 사람일까? R이 웨이터를 크게 신용한다는 것은 그도 알고 있었다. 웨이터는 많은 것을 볼 수 있는 기회가 있고 정보를 마음대로 줍도록 깔려 있는 장소에 용이하게 출입할 수 있다. 아니면 남작 부인한테서 직접 R이 소식을 들었을까 하는 생각도 들었다. 결국 그녀가 연합국 중에서 한 나라의 비밀첩보부에 고용된 것이라면 이상할 것도 없을 것이다. 어셴덴은 여전히 남작 부인에게 공손히 대했으나 더 이상 관심을 기울이지는 않았다.

어셴덴은 말을 돌려서 천천히 제네바로 달렸다. 말 조련장의 마부가 호텔 현관 입구에서 기다리고 있었기 때문에 어셴덴은 안장에서 미끄러지듯이 내려 호텔로 들어갔다. 데스크에서 짐꾼이 그에게 전보 한 통을 주었다. 그것은 다음과 같은 내용이었다.

> 매기 숙모 중태. 파리 호텔 로티에 체재중. 가능하면 문병하기 바람. 레이몬드

레이몬드는 R의 익살스런 가명의 하나였다. 어셴덴에게는 불행히도 매기라는 숙모는 없었기 때문에 이것은 파리로 가라는 지령이라고 해석했다. 어셴덴이 항상 생각했던 바와 같이 R은 많은 여가 시간을 탐정소설을 읽는 데 보냈고, 특히 기분이 좋을 때는 저속한 스릴러

소설의 문체를 모방하는 것을 묘하게도 즐거워하는 것 같았다. 만일에 R이 기분이 좋다면 그것은 어떤 대사를 거행하려 한다는 것을 의미했다. 한 가지 일을 성취했을 때에 그는 의기소침했고 울화를 부하들에게 터뜨리는 것이었다.

어셴덴은 일부러 부주의하게 그 전보를 데스크 위에 내버려 둔 채 자리를 뜨며 파리행 급행열차 출발 시간이 몇 시냐고 물었다. 영사관이 문 닫기 전에 비자를 받을 시간이 있을까 하고 시계를 보았다. 여권을 가지러 방에 올라갈 때 마침 엘리베이터 문이 닫히려고 하는 순간, 짐꾼이 그를 불렀다.

"선생님 전보를 잊으셨군요."

"이런 실수가 있나." 어셴덴이 말했다.

이렇게 해 두면 만일에 오스트리아 남작 부인이 무엇 때문에 그가 황급히 파리로 떠났나 하고 혹시 의아스럽게 생각하더라도 여자 친척의 병 때문이었다는 것을 알게 될 것이다. 이런 난세에는 만사를 분명히 공명정대하게 해 두는 것이 상책이다. 프랑스 영사관에서는 다들 그를 알고 있었기 때문에 지체되지 않았다. 짐꾼에게 표를 부탁해 두었기 때문에 호텔에 돌아오자마자 목욕을 하고 옷을 갈아입었다. 그는 뜻하지 않았던 여행에 대한 기대에 적잖이 흥분되었다. 그는 여행을 좋아했다. 침대차에서도 잘 자며 덜컹하는 흔들림에 잠이 깨어도 괜찮았다. 드러누워서 담배를 피우고 조그마한 객실에서 황홀한 고독감을 느끼는 것도 즐거웠다. 기차 바퀴가 레일 위를 덜커덕덜커덕 달릴 때의 그 리드미컬한 반향은 상상력을 불러일으키는 즐거운 배경이었다. 광막한 들판과 밤의 어둠을 뚫고 달리는 것은 공간을 흐르는 유성 같았다. 그리고 여행의 종착지에는 미지의 세계가 기다리고 있었다.

어셴덴이 파리에 도착했을 때 공기는 차가웠고, 가랑비가 내리고 있었다. 어쩐지 수염이 길어진 것 같았고 목욕하고 깨끗한 내의로 갈아입고 싶었으나 기분은 썩 좋았다. 역에서 R에게 전화를 걸어 매기 숙모가 좀 어떠냐고 물었다.

"지체 없이 이곳에 달려 올 만큼 숙모에 대한 애정이 깊다니 기쁘군요." R은 웃음을 참으며 대답했다. "숙모님은 매우 의기소침해 계시지만 당신을 보면 틀림없이 나아질 겁니다."

직업적인 유머 작가에 비해서 아마추어 작가가 흔히 저지르는 실수란 이런 것이라고 어센덴은 생각했다. 농담을 꺼내면 몇 번이고 같은 것을 되뇌인다. 농담과 농담하는 사람과의 관계는 꽃과 꿀벌의 관계처럼 신속하고 변덕스러워야 한다. 농담을 한 후에는 끝내야 한다. 물론 벌이 꽃에 접근할 때처럼 조금은 윙윙거려도 괜찮을 것이다. 왜냐하면 둔한 사람들에게는 농담을 한 것이라는 것을 알려 주는 게 좋기 때문이다. 그러나 어센덴은, 흔히 있는 직업적 유머 작가들과는 달리 남의 유머에 대해서 이해심 있는 아량이 있어서 이제 R에게도 그 대사에 맞게 답했다.

"숙모님은 몇 시에 시간이 나는지요? 안부를 전해 주시겠어요?"

R은 아주 또렷하게 낄낄 웃었다. 어센덴은 한숨이 나왔다.

"당신이 오기 전에 몸치장할 시간이 좀 필요할 거요. 숙모를 알잖아요, 가능한 한 좋게 보이고 싶어하니까. 열 시 반쯤으로 할까요? 숙모님과 얘기가 끝나면 같이 나가서 어딘가에서 점심이나 합시다."

"좋습니다. 열 시 반에 로티로 가겠습니다." 어센덴이 말했다.

어센덴이 깨끗하고 상쾌한 기분으로 호텔에 도착했을 때, 낯익은 전령병이 홀에서 그를 마중해서 R의 방으로 안내했다. 그는 문을 열고 어센덴을 안으로 인도했다. R은 활활 타는 장작불을 등지고 서서 뭔가 비서에게 받아쓰게 하고 있었다.

"앉으세요." 이렇게 말하고 R은 받아쓰기 구술을 계속했다.

가구가 잘 비치된 거실에 놓여진 수반에 꽂은 한 다발의 장미는 여자의 손길을 느끼게 했다. 큰 테이블 위에는 서류가 어수선하게 흩어져 있었다. R은 지난번에 만났을 때보다 늙어 보였다. 그의 야위고 누런 얼굴은 주름이 늘고 머리는 더 하얬다. 일 때문에 피폐해진 것이다. 몸을 아낄 줄 몰랐다. 매일 아침 일곱 시에 일어나서 밤늦게까지 일했다. 말쑥한 새 제복도 그가 입으면 초라했다.

"이제 됐어! 서류를 다 치우고 이제 타자를 치게. 점심 식사 하러 나가기 전에 서명을 다할 테니까."

다음에는 전령병을 향해서 말했다.

"아무도 들여보내지 말게."

비서는 명백히 민간인으로 임시 징집된 30대 중위인데, 서류 무더기를 거두어서 방을 나갔다. 전령병도 따라 나가는데 R이 말했다.

"밖에서 기다리게, 필요하면 부를 테니까."

"알겠습니다."

두 사람만 남았을 때 R이 그로서는 친절하게 어센덴을 향해서 말했다.

"여행은 즐거웠습니까?"

"예!"

"이 방이 어때요? 나쁘지 않지요? 전쟁의 고난을 완화시키기 위해서 최선을 다하는 것은 나쁠 게 없다고 생각합니다." 그는 방을 둘러보면서 말했다.

필요 없는 얘기를 지껄여대면서도, R은 이상하게 시선을 고정시켜서 어센덴을 바라보았다. 가까이 있는 그의 파란 두 눈은 상대방의 마음속을 들여다보고 그것을 변변치 않게 생각하는 것 같았다. 거리낌 없이 이야기할 때에는 R은 부하를 바보나 악당으로 간주한다는 사실을 숨기지 않았다. 이런 점이 R에게는 직업상 결점이었다. 그는 부하들이 악당인 편을 대체로 좋아했다. 상대자가 악당이면 그에 대해 적절한 조치를 취할 수 있었다. 그는 직업 군인이었고, 인도와 다른 여러 식민지에서 근무해 왔다. 세계대전 발발 당시에 그는 자메이카에 주재하고 있었는데, 그와 교제가 있었던 국방성의 어떤 이가 그를 기억하고 본국에 소환해서 정보부에 근무시켰다.

그는 빠르고 재치 있는 일처리를 인정받아 곧 중요한 직책을 맡았다. 그는 대단한 활동력과 조직적 재능을 지녔으며 대담무쌍하고, 기략과 용기와 결단력을 겸비했다. 그에게 단 한 가지 결점이 있다면 평생을 통해서 사회적 지위를 가진 사람들, 특히 여자들과 교제한 적이 없었다는 것이다. 그가 아는 여자란 동료 장교들의 부인들과 정부 관리나 사업가들의 부인들 정도였다. 전쟁 초기에 런던에 왔을 때 업무 관계로 재기 있고 아름다운 상류계 부인들과 접하게 되었을 때 R은 지나치게 현혹되었다. 그들 앞에서 수줍음을 탔지만 그들과의 교제를 자청했다. 그는 곧 여성들 사이에 인기 있는 사람이 되었다. R에 관해서는 본인이 생각하는 이상으로 더 잘 아는 어셴덴에게 그 수반의 장미는 특별한 의미를 뜻하는 것이었다.

날씨나 농작물에 관한 이야기를 하려고 불러낸 것이 아니라는 것을 어셴덴은 알고 있었기에 언제 R이 본론을 꺼낼 것인가 궁금했다. 그 궁금증은 오래 가지 않았다.

"제네바에서는 일을 잘했더군요." R이 말했다.

"그렇게 생각해 주니 기쁩니다." 어셴덴이 답했다.

갑자기 R의 표정이 싸늘하게 굳어졌다. 그것으로 한가한 얘기는 끝낸 것이다.

"부탁할 일이 한 가지 있습니다."

어셴덴은 묵묵부답이었지만 명치 근처에 즐거운 흥분을 느꼈다.

"찬드라란 이름을 들은 적이 있습니까?"

"모르겠는데요."

일순간 대령은 짜증스럽게 얼굴을 찌푸렸다. 알아 주었으면 싶은 일은 뭐든지 알아 주기를 부하들에게 기대하는 것이었다.

"그동안 어디에서 살았습니까?"

"메이페어시 체스터필드 거리 36번지입니다." 어센덴이 응답했다.

미소의 그림자가 R의 누런 얼굴을 스쳤다. 그 무례한 응답이 그의 냉소적인 성격과 맞았다. 그는 큰 테이블 쪽으로 가서 그 위에 놓여 있는 서류 가방을 열었다. 그러고는 사진 한 장을 꺼내서 어센덴에게 건네주었다.

"그 남자요."

동양인의 얼굴에 생소한 어센덴에게는 그것은 지금까지 보았던 수많은 여느 인도인과도 다르지 않아 보였다. 정기적으로 영국을 방문하여 삽화가 든 신문에 사진으로 나오는 인도의 어느 추장의 사진이라고 하면 그럴듯했을 것이다. 살찐 얼굴에 거무튀튀한 남자로서 입술이 두껍고, 코는 주먹코며, 술이 많은 검은 머리는 뻣뻣했다. 그의 큰 눈은 사진으로 보아도 소눈처럼 젖어 있었다. 양복을 입고 있는 것이 불편해 보였다.

"이 사진에는 인도 옷을 입고 있습니다." 또 한 장의 사진을 어센덴에게 주면서 R이 말했다.

첫 번째 것은 머리와 어깨만을 찍은 것이었지만 이것은 전신상으로서 몇 년 전에 찍은 것임이 분명했다. 그 사진은 더 야위고, 크고 진지한 두 눈이 그의 얼굴을 삼켜 버릴 것 같았다. 그 사진은 캘커타의 인도인 사진사가 찍은 것인데 배경이 순박하게 그로테스크했다. 찬드라 랄은 침울한 야자수와 바다가 그려진 배경을 등지고 서 있었다. 한 손은 고무나무 화분이 얹힌 서툰 조각을 얹은 테이블 위에 놓여 있었다. 그러나 터번을 걸치고 길고 흰 튜닉을 입고 있어, 위엄이 없지 않았다.
"그 사람을 어떻게 생각합니까?" R이 물었다.
"개성이 강한 남자 같습니다. 어딘지 확고한 힘이 있습니다."
"여기 그의 신상 조서가 있습니다. 읽어 보겠어요?"
어셴덴은 R이 주는 타자로 친 두 장의 서류를 받아서 자리에 앉았다. R은 안경을 끼고 그의 서명을 기다리고 있는 편지를 읽기 시작했다. 어셴덴은 그 보고서를 대충 훑어 읽고 나서 한 번 더 주의 깊게 읽었다. 찬드라 랄은 위험한 선동가 같았다. 직업이 변호사였으나 정치에 관심을 갖게 되어 영국의 인도 통치에 강렬한 적의를 품고 있었다. 무장 반란군의 일당으로서 폭동을 일으킨 적이 한두 번이 아니었고, 인명도 잃었다. 한 번 체포되어 재판을 받고 2년간의 금고형이 선고되었으나 전쟁발발시에 석방되어, 기회를 포착해서 적극적인 반란 조장에 착수했다. 인도 주재 영국군을 괴롭히고 그럼으로써 그들이 유럽 전장으로 이동하는 것을 방해하는 계획의 중심이 되었고, 독일 첩보원들에 의해서 제공되는 막대한 자금의 도움으로 일대 동란을 일으킬 실력이 있었다. 그는 두세 차례의 폭파사건에도 관계되어 몇몇 죄 없는 사람들을 죽이는 정도로 끝났으나 민심을 동요케 하고 사기를 해쳤다. 그를 체포하려는 모든 노력도 무색케 했다. 그의 활동은 만만치 않았다.

그는 신출귀몰했다. 그렇기에 경찰 당국은 손을 쓸 수 없었다. 모 도시에 나타났다는 보고가 들어왔을 때에는 그는 이미 일을 끝내고 사라져 버린 뒤였다. 마침내 살인 혐의로 그의 체포에는 거액의 현상금이 걸렸다. 그러나 그는 망명하여 미국으로 가서 스웨덴을 거쳐 마침내 베를린에 도착했다. 베를린에서 그는 유럽에 파견된 인도 원주민 군대 사이에 불만을 야기하려는 계획에 전념했다. 이 모든 사실은 주석이나 설명도 없이 무미건조하게 진술되었으나 그 딱딱한 기술로 미루어서 신비와 모험, 위기일발의 탈출, 아슬아슬하게 닥치는 위험 등을 감지할 수 있었다. 그 보고서는 다음과 같이 끝맺었다.

찬드라는 인도인 부인과 두 아이를 두고 있다. 여자들과의 교제는 알려진 것이 없다. 술도 담배도 하지 않는다. 성실한 인간으로 알려져 있다. 상당한 액수의 돈이 그의 손을 거쳤고 그가 적당히 이용하지 않았다는 문제를 일으킨 적이 없다. 의심할 여지없는 용기를 가졌고, 그는 대단히 근면한 일꾼이다. 약속은 언제나 지킨다는 것을 자랑으로 삼고 있었다.

어셴덴은 서류를 R에게 돌려주었다.

"어떻습니까?"

"광신자로군요. 그는 매우 위험한 인물인 것 같습니다." 어셴덴은 그 남자에게는 어쩐지 로맨틱하고 매력적인 데가 있다고 생각했지만 그런 허튼 소리는 R이 원치 않는다는 것을 알고 있었다.

"그는 인도 안팎을 통해서 가장 위험한 음모가입니다. 그를 제외한 나머지 전체를 합친 것보다 더 많은 피해를 끼쳤습니다. 아시겠지만, 베를린에는 그런 인도인들의 일당이 있습니다. 그런데 그자가 그 일당의 수뇌입니다. 그자만 제거하면 나머지는 무시할 수 있겠습니다. 뼈가 있는 것은 그자뿐입니다. 내가 지난 1년간 그를 잡으려고 노력해 왔지만 가망 없어서 체념했지요. 그런데 이제 마침내 기회가 왔습니다. 맹세코 잡을 겁니다."

"그래서 어떻게 하겠습니까?"

R은 험상궂게 웃었다.

"쏴 죽입니다. 단번에 쏴 죽입니다."

어셴덴은 답하지 않았다. R은 작은 방 안을 한두 번 왔다갔다 하고 나서 다시 난롯불을 등지고 어센덴을 마주 보았다. 그의 얇은 입이 빈정대는 미소로 비틀렸다.

"아까 보여준 보고서 끝에서 그가 여자들과는 전혀 상종하지 않는 것으로 알려져 있다고 한 것을 눈여겨봤습니까? 그것은 사실이었습니다. 그러나 이제는 다릅니다. 그 저주받은 바보가 여자에게 반했어요."

R은 서류 가방이 있는 곳으로 걸어가서 파르스름한 리본으로 묶은 다발을 꺼냈다.

"보세요, 여기에 그자의 연애 편지가 있습니다. 당신은 소설가이니까 읽으면 재미있을 겁니다. 사실은 꼭 읽어 봐야 합니다. 일을 처리하는데 도움이 될 겁니다. 갖고 가십시오."

R은 그 깨끗한 작은 다발을 서류가방 속에 도로 집어넣었다.

"그처럼 유능한 인물이 일개 여자에게 빠지게 되다니 정말 이상하군요. 그런 일이 생기리라고는 꿈에도 생각지 못했습니다."

어센덴의 시선은 테이블 위에 놓인 아름다운 수반의 장미에게로 쏠렸으나, 아무런 말도 하지 않았다. 빈틈없는 R은 그 시선을 보고 표정이 갑자기 어두워졌다. 어센덴은 도대체 무엇을 보고 있는지 묻고 싶어하는 R의 심중을 알았다. R은 그 순간에 그의 부하에게 적개심을 느꼈으나 한마디도 하지 않았다. 문제의 화제로 돌아갔다.

"여하튼 그것은 아무래도 좋은데, 찬드라가 줄리아 라차리라는 여자에게 미친 듯이 반한 것입니다. 그 여자에게 빠진 것이지요."

"어떻게 아는 사이가 되었는지 아십니까?"

"물론 압니다. 여자는 스페인 무용을 하는 무희인데 실은 이탈리아인입니다. 예명으로 라 말라게냐고 부릅니다. 흔히 볼 수 있는 것이지요. 통속적인 스페인풍 음악과 만틸라(머리부터 어깨에 걸치는 커다란 베일)와 부채와 큰 빗을 가지고 지난 10년간 유럽 전역을 춤추고 다닙니다."

"잘 춥니까?"

"아니에요, 형편없어요. 영국 지방을 순회했고 런던에서도 몇 군데 계약을 받은 적이 있었는데, 주당 10파운드 이상은 받은 적이 없었습니다. 베를린의 틴겔탄겔이 어떤 곳인지 아시지요? 값싼 뮤직홀의 일종이지요. 거기서 그녀를 만난 것입니다. 그녀가 대륙에서 춤추는 것은 매춘부로서 가치를 올리려는 목적이 아닐까 짐작합니다만."

"전쟁 중인데 어떻게 베를린까지 들어왔을까요?"

"한때 스페인 사람과 결혼했던 적이 있었습니다. 별거는 하고 있지만 지금도 그 남자의 처로 되어 있을 겁니다. 그래서 스페인 여권으로 들어 온 거지요. 찬드라가 그녀에게 정신없이 푹 빠져 있었던 모양입니다."

R은 다시 그 인도인의 사진을 집어 들고 생각에 잠기듯이 보았다.

"이런 지방덩어리인 작은 검둥이에겐 그다지 매력이 있는 것 같지는 않은데요. 정말 그녀는 뚱뚱합니다. 사실은 여자 편에서도 그에 못지않게 빠진 겁니다. 여자의 편지도 갖고 있습니다. 물론 사본이지만, 원본은 그자가 갖고 있는데 핑크색 리본에 매어서 간직하고 있을 겁니다. 여자도 그 남자에게 미쳐 있습니다. 나는 문학도는 아니지만, 진실인지 거짓인지는 압니다. 하여튼 당신이 읽어 보고 의견을 말해 주시오. 흔히들 첫눈에 반하는 사람은 없다고 합니다만."

R은 희미한 아이러니가 담긴 미소를 지었다. 오늘 아침은 확실히 기분이 좋았다.

"그런데 어떻게 해서 그 편지들을 입수했습니까?"

"어떻게 입수했느냐고요? 어떻게 했다고 생각하십니까? 이탈리아 국적 때문에 줄리아 라차리는 결국 독일에서 추방당했습니다. 그래서 네덜란드 국경으로 넘겨졌습니다. 영국에서 무대에 나갈 계약이 있었기 때문에 비자를 받았지요." R은 서류 사이에서 날짜를 찾아 확인하고 말했다. "지난 10월 24일에 로테르담에서 할위치로 건넜습니다. 그 이래로 런던, 버밍엄, 포츠머스 등에서 춤을 추었는데, 2주 전에 헐에서 체포되었습니다."

"무슨 일로?"

"간첩 행위이지요. 그녀는 런던으로 이송되었는데, 내가 직접 할러웨이(런던 북부의 여자 미결<br>수를 수용하는 교도소)까지 그녀를 만나러 갔지요."

어센덴과 R은 잠시 동안 말없이 서로를 바라보았다. 서로가 상대방의 생각을 간파하려고 한껏 애를 쓰는 것이었는지도 모른다. 어센덴은 이 사건의 진상이 궁금했고, R은 진상을 어느 정도까지 상대방에게 알려주는 것이 좋을까 하고 생각했다.

"어떻게 그 여자의 냄새를 맡았습니까?"

"독일 측이 그 여자를 몇 주 동안이나 말없이 베를린에서 춤추게 내버려 두었다가 특별한 이유 없이 국외 추방을 결정한 것은 이상하다고 생각했지요. 이것은 첩보 활동을 위한 좋은 예비조치일 수 있습니다. 품행이 그다지 방정치 못한 무희라면 베를린의 어느 누가 상당한 값을 주고 사도 괜찮을 만한 정보를 입수할 기회는 얼마든지 있을 것입니다. 그 여자를 영국으로 오게 해서 무엇을 노리나 보는 것이 좋겠다는 생각이 들었습니다.

나는 그 여자의 뒤를 밟았지요. 그랬더니 그녀가 네덜란드의 어느 주소로 매주 두세 번씩 편지를 보내고, 주에 두세 번씩 네덜란드에서 답장을 받고 있다는 것을 알았습니다. 그녀의 편지는 불어, 독일어, 영어를 기묘하게 혼합해서 쓴 것이었습니다. 그녀는 영어를 조금 하고 불어는 썩 잘하는데 답장은 전적으로 영어였습니다. 능숙한 영어였으나 영국인의 영어가 아니고 문체가 화려하고 과장이 많은 편이었습니다. 누가 쓰는 것일까 궁금했지요. 그저 평범한 러브레터인 것처럼 여겨졌으나 상당히 열렬한 것이었습니다. 분명히 독일에서 오는 것이었으나 보내는 사람은 영국인도, 프랑스인도, 독일인도 아니었습니다. 왜 영어로 쓰는 것일까? 유럽의 어느 언어보다 영어를 잘 아는 외국인은 동양인이지만 터키인이나 이집트인은 아니다. 그들은 불어를 아니까. 일본인이라면 영어를 쓰겠고 인도인도 영어를 쓸 것이다. 나는 줄리아의 애인은 베를린에서 분란을 일으키고 있는 인도인 일당 중 한 사람이라는 결론에 도달했습니다. 그러나 사진을 입수할 때까지는 그자가 찬드라라는 것은 몰랐습니다."

"사진은 어떻게 입수했습니까?"

"그녀가 갖고 있었는데, 그게 아주 교묘했어요. 그녀는 그 사진을 희극가수나 어릿광대나 곡예사들의 많은 무대사진과 함께 트렁크에 넣어서 잠가 두었습니다. 무대의상을 입은 뮤직홀 예능인의 사진이라고 해도 믿었을 겁니다. 사실 그녀가 체포되어 그 사진이 누구냐고 신문받을 때 모른다고 하면서, 어느 인도인 마술사가 준 것인데, 그 이름이 무엇인지는 모르겠다고 했습니다. 여하튼 나는 아주 명석한 청년에게 일을 맡겼습니다. 그 청년은 그 많은 사진들 중에서 그 사진만이 캘커타에서 찍은 것이라는 점이 수상쩍다고 생각했습니다. 사진 이면에 번호가 찍힌 것을 보고 그걸 찍었지요. 그 번호를 말입니다. 물론 그 사진은 그 상자 속에 돌려 놨지요."

"그런데 그저 호기심에서 묻는 것인데, 그 명석한 청년은 대체 어떻게 해서 그 사진에 접근했습니까?"

R의 눈이 깜빡거렸다.

"그건 당신이 알 필요가 없어요. 그 청년이 미남이었다는 것은 알아도 무방하지만, 여하튼 그것은 아무래도 좋습니다. 사진 번호를 알았을 때에 우리는 곧 캘커타에 전보 문의했고 곧 줄리아의 사랑의 대상이 다름 아닌 청렴결백한 지사인 찬드라 랄이라는 기쁜 소식을 받았습니다. 그래서 나는 줄리아를 좀더 엄중히 감시할 필요를 느꼈습니다. 그녀는 해군 장교들에게 은근히 마음이 쏠리는 것 같았습니다. 그런 것도 무리가 아니지요, 해군들은 매력적이니까요. 바람둥이에다가 국적이 수상쩍은 여자들이 전시에 그들과 교제를 기피하는 것은 어리석습니다. 이내 나는 그녀를 고발할 수 있는 상당한 증거를 잡았습니다."

"그녀는 어떤 방법으로 정보를 보내고 있었습니까?"

"정보는 보내지 않았습니다. 보내려고 하지도 않았습니다. 독일 측은 정말로 그녀를 추방했던 것입니다. 그녀는 독일 측을 위해서가 아니고 찬드라를 위해서 일하고 있었던 것입니다. 영국에서의 계약 기간이 끝난 후에 그녀는 다시 네덜란드에 가서 그를 만날 계획이었습니다. 그녀는 일에는 그다지 교묘하지 못했습니다. 소심했지만 쉬워 보였던 거지요. 아무도 그녀에게 신경 쓰지 않았고, 일은 점점 재미있었지요. 전혀 위험 없이 온갖 재미있는 정보를 수집하고 있었던 것입니다. 한 편지에서 그녀는 말했습니다. '여보! 할 얘기가 너무 많아요. 당신이 아시면 몹시 흥미로워 하실 얘기가요.' 그녀는 '몹시 흥미로운'이라는 불어 말에 밑줄을 그었습니다."

R은 말을 멈추고 두 손을 문질렀다. 그의 피로한 얼굴은 자신의 교활함을 악마처럼 즐기는 기색이었다.

"손쉬운 첩보활동이었지요. 나는 물론 여자는 개의치 않았습니다. 내가 쫓는 것은 남자였지요. 여하튼 꼬리를 잡자마자 그녀를 체포했습니다. 한 연대의 스파이를 유죄로 만들 만한 충분한 증거를 잡았던 것입니다."

R은 두 손을 호주머니에 넣었다. 창백한 두 입술은 비틀어져 우거

지상에 가까운 미소를 지었다.

"할러웨이는 그다지 즐거운 곳은 아니지요."

"감옥이 즐거운 곳은 아니지요." 어센덴이 한마디 했다.

"그녀를 일주일간 자업자득의 고생을 맛보게 한 후에 만나러 갔지요. 그녀는 그동안에 상당한 신경과민 상태에 빠져 있었습니다. 여간수 말에 의하면 줄곧 맹렬한 히스테리를 일으켜 감당하기가 힘들었다는 것이었습니다. 악마 같은 형상이었다고밖에 말할 수 없습니다."

"미인입니까?"

"직접 보면 알겠지만, 내가 좋아하는 타입은 아닙니다. 화장 같은 것이라도 하면 아마 낫겠지요. 나는 그녀에게 네덜란드 아저씨처럼 엄하게 꾸짖었고, 신에 대한 두려움을 주입시켰습니다. 징역 10년은 받을 거라고 해 두었더니 깜짝 놀란 것 같았습니다. 그렇지 않아도 놀라게 할 생각이었지요. 물론 그녀는 모든 것을 부인했습니다만 증거가 엄연했고, 발뺌은 할 수가 없다고 말해 주었습니다. 세 시간을 옥신각신했습니다.

그녀는 자제력을 잃고 마침내 자초지종을 다 불었습니다. 그때 그녀에게 만약 찬드라를 프랑스로 오게 해 준다면 무죄 석방시켜 주겠다고 했지요. 그녀는 단호히 거절했고, 차라리 죽는 편을 택하겠다고 했습니다. 대단히 히스테리를 일으키고 성가시게 굴었으나 떠들어대게 내버려 두었지요. 나는 그녀에게 잘 생각해 보라고 하고, 한 이틀 후에 올 테니까 다시 얘기하자고 했습니다. 실은 1주간을 내버려 두었지요, 명백히 이리저리 생각해 볼 여유가 있었겠지요. 다시 왔을 때에는 내가 제의하는 조건이 무엇이냐고 아주 침착하게 묻더군요. 2주간이나 콩밥을 먹었으니까 물릴 때가 되었을 것이라고 생각했지요. 내가 분명하게 조건을 내세웠더니 그녀가 수

락했습니다."
"이해가 안 되는 점이 있는데요." 어셴덴이 말했다.
"그래요? 아무리 용렬한 머리라도 이해되었을 것이라고 생각하는데요. 그녀가 찬드라를 스위스 국경을 넘어서 프랑스에 오게 할 수 있다면, 그녀를 스페인이건 남미이건 뱃삯을 붙여서 자유로이 보내주겠다는 것입니다."
"그런데 그녀가 도대체 어떻게 찬드라를 오게 할 수가 있다는 겁니까?"
"그는 그녀에게 반해 빠져 있습니다. 그녀를 보고 싶은 일념은 간절합니다. 편지를 보아서 알 수 있는 바와 같이 거의 미쳤습니다. 그녀는 그에게 편지를 써서 네덜란드 비자는 받을 수 없으나(아까 말한 바와 같이 순회가 끝날 때 네덜란드에서 만날 약속이 되어 있었지요), 스위스 비자는 받을 수 있다고 말했습니다. 스위스는 중립국이고 거기라면 안전하니까. 그는 그 기회에 덤벼들었지요. 결국 두 사람은 로잔에게 만나기로 했습니다."
"그렇군요."
"그자가 로잔에 도착하면 그녀가 보낸 편지를 받을 것인데, 프랑스 당국이 국경을 넘는 걸 허용치 않아 로잔에서 호수 건너편에 있는 프랑스령 도논으로 가니 제발 도논까지 와달라는 사연입니다."
"어떻게 그자가 그렇게 하리라고 생각하십니까?"
R은 잠시 말을 멈추고 유쾌한 표정으로 어셴덴을 바라보았다.
"그 여자가 10년간의 징역살이를 원치 않는다면 그를 그렇게 하도록 만들어야 합니다."
"알겠습니다."
"그녀가 오늘밤에 영국에서 호송되어 옵니다. 당신이 도논까지 야간열차로 그녀를 데리고 가주었으면 합니다."

"내가요?" 어셴덴이 말했다.

"예, 당신에게 썩 잘 어울리는 일이라고 생각했습니다. 아마도 인간성에 관해서는 다른 사람들보다 잘 알 것이고, 도논에서 1, 2주간 보내는 것은 유쾌한 기분전환이 될 것입니다. 아름다운 곳이고 상류층이 많이 오는 곳이기도 하지요. 평화시에 그렇다는 겁니다. 목욕도 즐길 수 있습니다."

"그런데 그 여자를 도논까지 데리고 가서 어떻게 하라는 겁니까?"

"그 점은 당신의 판단에 맡기겠소. 도움이 될 수 있는 몇 가지 메모를 해 두었는데, 읽어 드릴까요?"

어셴덴은 주의 깊게 들었다. R의 계획은 간단명료했다. 어셴덴은 그렇게도 교묘하게 계획을 세운 두뇌에 대해서 내키지 않았지만 찬탄을 아끼지 않을 수 없었다.

곧 R은 점심을 하자고 말하고 어셴덴에게 멋쟁이들을 볼 수 있는 곳으로 안내해 달라고 요청했다. 임무수행에는 그렇게 빈틈없고 자신만만하고 기민한 R이 레스토랑에 들어갈 때에는 수줍음을 타는 것이 어셴덴에게는 재미있었다. 그렇지 않다는 것을 보이기 위해서 다소 큰소리로 얘기하고 필요 이상으로 스스럼없는 태도를 취했다. 그의 태도에서, 우연히 전쟁 덕택에 그가 중요한 지위에 오르기 전까지 그가 보낸 초라하고 평범한 생활을 짐작할 수 있었다. 그런 일류 레스토랑에서 유명인들과 나란히 있는 것이 기뻤으나, 처음에는 실크모자를 쓴 학생처럼 느껴져서 지배인의 강철 같은 시선을 의식하고 몸이 움츠러 들었다. 그러나 그의 민첩한 시선은 여기저기를 왔다갔다 하며 그 누런 얼굴이 자신도 화끈해질 정도의 자기만족에 빛나고 있었다. 어셴덴이 R의 주의를, 아름다운 몸매에 검은 옷을 입고 긴 진주목걸이를 한 못생긴 여자에게로 끌었다.

"저분이 드 브리드 부인입니다. 데오도르 대공작의 애인인데, 아마 유럽 굴지의 유력 여성이고, 확실히 가장 영리한 여성 중 한 분입니다."

R의 영리한 시선이 그녀에게 쏠리더니 얼굴을 약간 붉혔다.

"아아! 이것이 인생이다." 그는 말했다.

어센덴은 이상한 듯이 그를 지켜보았다. 사치를 해본 적이 없는 인간에게는 너무 갑자기 그 유혹이 뻗쳐오는 것은 위험하다. 저 모질고 냉소적인 인간인 R이 목전의 저속한 매력과 겉보기만 화려한 장면에 매혹당하고 있다. 마치 교양을 갖추면 난센스도 가려서 말할 수 있듯이, 사치가 몸에 배면 허식이나 주름 장식을 적당히 낮추어서 생각할 수가 있다.

식사도 끝나고 커피를 마시면서 어센덴은 R이 좋은 식사와 분위기에 기분이 무르익은 것을 보고, 머리 속에서 생각하던 화제로 말머리를 돌렸다.

"그 인도인은 상당히 비범한 인물임에 틀림없어요."

"물론 머리는 좋지요."

"거의 단신으로 인도의 전체 영국군을 상대할 만한 용기를 가진 인물이니 감동하지 않을 수 없습니다."

"내가 당신이라면 그에 대해서 감상적인 생각은 않겠는데요. 그는 한갓 흉악범에 불과합니다."

"그도 포병 2, 3개 중대와 보병 6개 대대를 구사할 수만 있다면 폭탄 따위는 사용하지 않을 것입니다. 그로선 이용할 수 있는 온갖 무기를 이용하는 것이니까, 그 때문에 그를 나무랄 수는 없을 것입니다. 결국은 자기 자신을 위한 것이 아니고 조국의 해방을 목표로 하는 것이니까, 액면대로 받아들인다면 그의 행동도 정당한 것 같습니다."

그러나 R은 어센덴이 무엇을 지껄이고 있는 것인지 알 수 없었다.

"그건 아주 억지이고 불건전한 생각입니다. 그런 것을 왈가왈부하면 끝이 없습니다. 우리의 임무는 그자를 잡는 것이고, 잡으면 쏴 죽이는 것입니다."

"물론이겠지요. 그가 선전포고를 했으니까 거기에 따르는 위험은 각오하겠지요. 나는 당신 지령을 수행하겠습니다. 그것이 내가 이곳에 온 목적이니까요. 그러나 적이라도 감탄하고 존경할 점이 있다는 것을 인정해도 해로울 것은 없을 것입니다."

R은 또 다시 냉정하고 날카롭게 부하를 판단하는 사람으로 돌아왔다. "도대체 이런 임무에 적합한 것은 정열적인 사람인지 냉정을 잃지 않는 사람인지 아직 확신이 서지 않습니다. 개중에는 우리가 대항하는 적에 대한 증오심에 찬 사람들도 있어서 적을 이길 때에는 개인적인 원한을 푼 듯이 만족감을 느낍니다. 물론 이런 사람들은 일에 열심입니다. 당신은 다르지요? 당신은 이런 일은 마치 장기 게임 정도로 생각하고 어떻게 되든 감동을 느끼지 않지요. 나는 도저히 이해할 수 없습니다. 물론 일에 따라서는 그런 사람이 적격일 때도 있습니다만."

어센덴은 대답하지 않았다. 계산서를 가져오게 하고 R과 함께 호텔로 걸어서 돌아왔다.

### 8 줄리아 라차리

기차는 8시에 떠난다. 어센덴은 가방을 맡기고 나서, 플랫폼을 걸어갔다. 줄리아 라차리가 탄 객차를 찾았으나, 그녀가 전등불에서 고개를 돌리고, 구석에 앉아 있었기 때문에 얼굴을 볼 수 없었다. 그녀는 볼로냐의 영국 경찰에서 그녀를 인계받았던 두 형사에게 감시를 받고 있었다. 그 중 한 사람은 레만 호의 프랑스령에서 어센덴과 같이 일하는 형사여서, 어센덴이 다가왔을 때 끄덕하고 인사를 했다.

"부인에게 식당차에서 식사하겠느냐고 물었더니, 객실에서 하는 편이 좋겠다고 해서 도시락을 주문했습니다. 그래도 좋겠습니까?"
"좋습니다." 어셴덴이 말했다.
"부인이 혼자 있지 않도록 하기 위해서 동료 형사와 교대로 식당차에 가겠습니다."
"그것 참 친절하군요. 차가 출발하면 나도 인사드리겠습니다."
"별로 얘기할 마음이 내키지 않는 것 같습니다." 형사가 말했다.
"그러기를 기대하는 것은 무리이지요." 어셴덴이 응답했다.

어셴덴은 두 번째의 식권을 사러 갔다가 객차로 돌아왔다. 줄리아 라차리한테로 가니까 마침 식사를 끝내는 중이었다. 도시락을 한번 흘끗 보고 식욕이 그다지 나쁘지 않음을 알 수 있었다. 그녀를 감시하던 형사가 어셴덴이 나타났을 때 문을 열어 주었고, 어셴덴의 신호에 따라 두 사람만 남겨두고 나가 버렸다. 줄리아 라차리는 어셴덴에게 시무룩한 표정을 지었다.

"식사는 마음에 드시는 것을 드셨습니까?" 그는 그녀 앞에 앉으면서 말했다.

그녀는 약간 고개를 숙였으나 말은 없었다. 그는 시가 케이스를 꺼냈다.

"한 대 피우시죠."

그녀는 그를 흘끗 보고, 주저하는 것 같더니 여전히 말없이 하나를 뽑았다. 그는 성냥을 그어서 불을 붙이면서 그녀를 보았다. 그는 놀랐다. 어쩐지 그는 그녀가 살결이 흰 금발 여인이라고 생각했던 것이다. 동양인은 금발 여인에게 매혹되기 쉽다는 선입견 때문인지도 모른다. 그런데 이 여자는 거무스름했다. 머리는 꼭 맞는 모자로 가려져 있었으나 눈은 석탄처럼 검었다. 결코 젊지도 않았다. 35세는 되었을 것이다. 피부는 주름지고 혈색이 나빴다. 마침 화장도 안했기 때문에 초췌해 보였다. 그 멋진 검은 눈 말고는 아름다운 데가 조금도 없었다. 게다가 큰 몸집이었다. 이렇게 큰 몸집으로는 우아하게 춤출 수가 없을 것이라고 어셴덴은 생각했다. 하기는 스페인 의상이라도 입으면 뚜렷하고 눈부신 자태일지 모르지만, 초라한 옷차림으로 기차에 앉아 있으니 그 인도인이 반한 이유를 알 수 없었다. 그녀는 어셴덴을 한참 동안 재면서 응시했다. 분명히 어떤 남자인가 궁금히 여기는 것 같았다. 그녀는 코에서 담배 연기를 내뿜어서 연기를 한번 흘끗 보고 어셴덴에게 시선을 돌렸다. 무뚝뚝한 표정은 겉보기에 불과한 것이고 실은 조마조마하고 겁먹고 있다는 것을 알 수 있었다. 그녀는 이탈리아 말투가 섞인 프랑스 말을 했다.

"누구세요?"

"내 이름을 말씀드려도 소용없을 것입니다, 마담. 도논까지 가는 사람입니다. 당신을 위해서 라프라스 호텔에 방을 잡아 두었습니다. 요즈음 열고 있는 호텔은 그곳뿐입니다. 마음에 드실 겁니다."

"아아! 대령님이 말씀하신 분이 당신이군요. 나를 지키는 간수지요."

"단지 형식상입니다. 방해하지는 않겠습니다."

"그래도 간수임에는 틀림없죠."

"잠시 동안만일 것입니다. 내 호주머니에는 당신이 스페인으로 갈 수 있는 모든 수속이 끝난 여권이 있습니다."

그녀는 객차 구석에 몸을 기댔다. 어둑한 불빛 속에서 크고 검은 두 눈에 창백해진 그녀의 얼굴은 갑자기 절망의 표정으로 변했다.

"파렴치합니다. 아아, 그 노틀 대령을 죽일 수만 있다면 죽어도 한이 없겠어요. 냉혹한 자식, 아! 불행한 내 신세."

"정말 불행한 처지에 놓였습니다. 첩보 활동이 위험한 유희라는 것을 몰랐습니까?"

"나는 기밀을 판 적이 없습니다. 나쁜 짓은 안 했어요."

"그렇겠지요. 그럴 기회가 없었을 뿐이겠지요. 그러나 자술서에 서명을 한 것으로 알고 있는데요."

어셴덴은 마치 환자에게 얘기를 거는 것처럼 가능한 한 부드럽게 그녀에게 말을 했다. 그의 목소리에 거친 투는 조금도 없었다.

"그래요, 웃음거리가 될 거예요. 대령이 시키는 대로 편지를 썼어요. 그것으로 충분치 않아요? 만일에 찬드라가 답장을 하지 않으면 나는 어떻게 됩니까? 그가 오기 싫어한다면 억지로 오게 할 수는 없잖아요."

"그가 답장을 보내왔습니다. 지금 가지고 있습니다." 어셴덴이 말했다.

그녀는 숨이 막혀 목소리가 변했다.

"보여 주세요, 제발 부탁입니다."

"그래도 상관 없지만 돌려 주셔야 합니다."

그는 호주머니에서 찬드라의 편지를 꺼내어 그녀에게 주었다. 그녀는 그 편지를 와락 낚아챘다. 그리고 빨아들일 듯이 편지를 읽어 내렸다. 여덟 장으로 된 편지였는데 읽으면서 눈물이 양볼을 타고 흘러내렸다. 그녀는 흐느껴 울면서 프랑스어와 이탈리아어로 연인의 애칭을 부르면서 사랑의 탄성을 발했다. 이것이 그녀가 R의 명령으로 스위스에서 상봉하겠다고 써 보낸 편지의 답장으로 찬드라가 쓴 편지였다. 찬드라는 그녀와 만난다는 기대에 즐거움으로 들떠 있었다. 정열적인 문구로 두 사람이 헤어진 후 세월이 얼마나 지루하게 생각되었던가, 그녀를 만나기를 얼마나 갈망해 왔던가, 이제 다시금 곧 만나게 될 거라고 생각하니 그 조바심을 어떻게 견디어야 할지 모르겠다고 씌어 있었다. 그녀는 편지를 다 읽고 나서 바닥에 떨어뜨렸다.

"그분이 얼마나 나를 사랑하는지 아시겠죠? 의심할 여지가 없어요, 정말이에요. 나는 알고 있습니다."

"진정으로 그 남자를 사랑합니까?" 어셴덴이 물었다.

"그분은 나에게 친절하게 대해준 유일한 사람입니다. 유럽 방방곡곡을 돌아다니면서 쉴 새 없이 뮤직홀에서 보내는 생활은 즐겁지 못합니다. 더욱이 그런 곳을 드나드는 남자들은 변변찮지요. 처음에는 찬드라도 다른 남자나 마찬가지라고 생각했어요."

어셴덴은 편지를 주워서 수첩에 넣었다.

"당신이 이달 14일에 로잔의 기본 호텔에서 기다리겠다는 전보를 네덜란드 주소로 당신 이름하에 발송했습니다."

"그렇다면 내일이네요."

"그렇습니다."

그녀는 고개를 번쩍 들었고 두 눈은 빛났다.

"아, 당신네들이 나에게 강요하는 일은 파렴치합니다. 창피스러워요."

"억지로 할 필요는 없습니다." 어셴덴이 말했다.

"만일에 싫다면요?"

"거기에 따르는 책임을 져야겠지요."

"감옥에는 절대 갈 수 없어요." 갑자기 외쳤다. "싫어요. 못합니다. 나도 앞날이 많이 남지 않았습니다. 10년 형이라고 대령이 말하던데 내가 10년 형을 받아야 하다니 그럴 수 있어요?"

"대령이 그렇게 말했다면 그대로 할 것입니다."

"네, 나는 그 대령을 알아요. 그 잔인한 얼굴, 피도 눈물도 없을 거예요. 그런데 10년이 지나면 나는 어떻게 되겠어요? 싫어요, 싫어요."

그때 기차가 어느 역에서 멈추고 복도에서 대기중이던 형사가 유리창을 두들겼다. 어셴덴이 문을 여니까 형사가 한 장의 엽서를 주었다. 프랑스와 스위스 간 국경의 역인 폰탈리에의 지루한 풍경이 그려져 있었다. 중앙에 동상이 있고 몇 그루의 플라타너스가 서 있는 먼지 낀 광장의 그림이었다. 어셴덴은 그녀에게 연필을 건네주었다.

"이 그림 엽서를 당신 연인에게 보내겠습니까? 폰탈리에서 부칠 것입니다. 주소는 로잔의 호텔로 해주시오."

그녀는 어셴덴을 흘끗 한번 보고 나서 말없이 엽서를 받아 시키는 대로 주소를 썼다.

"그러면 뒷면에 그렇게 쓰시오. '국경에서 지연되었으나 이상이 없습니다. 로잔에서 기다리세요' 그 다음에는 무엇이든지 좋을 대로 쓰시오. 가령 사랑하는 분이라든지……."

어셴덴은 엽서를 받아서 그녀가 시키는 대로 썼나를 확인하기 위해서 읽어 보고는 그의 모자에 손을 뻗었다.

"자, 그럼 이 정도로 실례합니다. 잠을 자 두세요. 내일 아침 도논에 도착하면 모시러 오겠습니다."

또 한 사람의 형사가 식사를 마치고 와 있었다. 어셴덴이 객실에서 나오니까 두 형사는 안으로 들어갔다. 줄리아 라차리는 좌석 구석에 몸을 움츠렸다. 어셴덴은 그 엽서를 폰탈리에로 갖고 가려고 기다리고 있던 첩보원에게 넘겨주고 나서 붐비는 열차 속을 지나서 침대차로 갔다.

다음날 아침 목적지인 도논에 도착했을 때 날씨는 추웠으나 햇살이 밝게 빛나고 있었다. 어셴덴은 가방을 짐꾼에게 맡기고 줄리아 라차리와 두 형사가 서 있는 플랫폼을 걸어갔다. 어셴덴은 형사들에게 머리를 끄덕이면서 말했다.

"굿 모닝, 이제 가도 좋습니다."

그들은 모자에 손만 대고, 여자에게는 한마디 작별을 고하고 떠났다.

"저분들은 어디로 갑니까?" 그녀가 물었다.

"저 친구들은 임무를 완료했습니다. 이젠 더 괴롭히지 않을 겁니다."

"그럼 이제부터는 당신에게 감시받는 것입니까?"

"당신은 누구의 감시도 받지 않습니다. 호텔까지 당신을 데려다 주고 나도 떠납니다. 푹 쉬도록 하십시오."

어셴덴의 짐꾼이 그녀의 손가방을 받아들었고 그녀는 그에게 트렁크 인수증을 주었다. 두 사람은 역 밖으로 나왔다. 택시가 기다리고 있었고 어셴덴은 그녀에게 어서 타라고 했다. 호텔까지는 상당히 긴 드라이브였다. 때때로 어셴덴은 그녀가 자기를 곁눈질해서 훔쳐보는 것을 느꼈다. 그녀는 막연한 표정이었다. 어셴덴은 말없이 앉아 있었다. 호텔에 도착했다. 조그마한 산보길의 모퉁이에 아담하게 자리 잡은 작은 호텔이었으나 전망은 좋았다. 호텔 주인이 마담 라차리를 위해서 잡아둔 방으로 두 사람을 안내했다. 어셴덴이 호텔 주인을 돌아보았다.

"이만하면 아주 좋습니다. 곧 내려가겠습니다."

호텔 주인은 인사를 하고 물러갔다.

"편하게 해 드리도록 최선을 다 하겠습니다, 마담. 여기서는 절대적으로 자유로이 행동할 수 있습니다. 필요한 것이 있으면 뭐든지 주문하세요. 호텔 주인에게는 당신은 다른 손님이나 조금도 다름이 없습니다. 당신은 완전히 자유롭습니다." 어셴덴이 말했다.

"자유로이 외출해도 좋습니까?" 그녀는 급히 물었다.

"물론입니다."

"양쪽에 순경이 따르고요?"

"천만에요. 이 호텔에서는 당신 집에 있는 것처럼 자유롭고, 내키실 때에 마음대로 나가든지 들어오든지 하세요. 그러나 나 몰래 편지를 쓴다거나 내 허락 없이 도논을 떠날 시도를 않겠다는 보증을 받아야겠습니다."

그녀는 어센덴을 한참 동안 노려보았다. 도저히 이해할 수 없었다. 마치 꿈 같다는 표정이었다.

"지금 나의 입장은 당신이 요구하는 어떤 보증이라도 하지 않을 수 없습니다. 당신 몰래 편지를 쓰거나 이곳을 떠나는 일은 않겠다는 맹세를 드립니다."

"감사합니다. 자, 이것으로 실례합니다. 내일 아침에 뵙겠습니다."

어센덴은 머리를 끄덕이고 나왔다. 그는 5분 동안 경찰서에 들러서 모든 일이 순조로운지 확인하고 나서 택시를 타고 작은 산을 올라 교회의 외진 작은 집으로 왔다. 도논을 정기적으로 방문할 때마다 묵는 집이었다. 목욕하고, 면도하고, 실내화를 갈아 신으니 상쾌했다. 그는 게으름을 느끼고 소설을 읽으면서 남은 오전 시간을 보냈다.

어두워진 뒤 곧——왜냐하면 도논은 프랑스령이었으나 가능한 한 어센덴에게 주의가 쏠리지 않도록 하는 것이 바람직스럽다고 생각되었기 때문에——경찰서에서 첩보원 한 사람이 그를 만나러 왔다. 그의 이름은 펠릭스였다. 눈이 날카롭고 몸집이 작은 거무스레한 프랑스인이었는데, 턱수염은 기른 채였고 초라한 회색옷을 입었으며 뒤축이 닳은 신을 신고 있었다. 마치 실직한 변호사 서기같이 보였다. 어센덴은 포도주 한 잔을 권했고 두 사람은 난로 곁에 앉았다.

그 남자는 말했다.

"그런데 그 부인은 조금도 지체하지 않았습니다. 도착한 지 15분도 안 되어 의류와 장신구를 넣은 꾸러미를 가지고 호텔을 빠져 나와서 시장 근처의 가게에서 팔았습니다. 오후에 배가 들어왔을 때 그녀는 부두로 나와서 에비앙까지 배표를 샀습니다."

에비앙에 대해 설명해 둘 필요가 있는데, 레만 호수 근처의 프랑스령 다음번 마을로서 배는 거기서 호수를 횡단하여 스위스로 갈 수 있다.

"물론 그녀는 여권을 가지고 있지 않았기 때문에 승선 허가가 거부되었습니다."

"여권이 없는 이유를 어떻게 설명하던가요?"

"잃어버렸다고 말했습니다. 에비안에 있는 친구들을 만날 약속이 있다고 말하면서 담당 관리를 보내 달라고 설득하려 했습니다. 그녀는 그 관리 손에 일백 프랑을 쥐어 주려고 했습니다."

"내가 생각했던 것보다는 어리석은 여자군요." 어셴덴이 말했다. 그러나 다음날 아침 11시경에 그녀를 방문했을 때 그녀의 탈출 시도에 대해서는 조금도 언급하지 않았다. 그녀는 몸을 단정히 할 시간적인 여유가 있었던 것이었다. 머리를 정성들여 빗고 입술과 양볼에 연지를 바르고 해서인지 처음 보았을 때보다는 덜 야위어 보였다.

"책을 몇 권 가져왔습니다. 할 일이 없어서 심심하실 것 같아서요." 어셴덴이 말했다.

"그것이 당신에게 무슨 상관이에요?"

"필요 이상의 괴로움을 당하는 것을 원치 않습니다. 여하튼 책은 두고 갈 테니 읽든지 말든지 좋을 대로 하세요."

"얼마나 내가 당신을 증오하는지 모르는군요."

"그걸 안다면 나로서도 매우 불쾌할 것입니다. 하지만 왜 날 증오하는지 정말 이해가 안 되는군요. 나는 단지 명령받은 바를 이행하고 있습니다."

"이번에는 무슨 용무인가요? 설마 문안하러 들른 것은 아니겠지요."

어셴덴은 미소를 지었다.

"당신의 연인에게 편지를 써 주었으면 합니다. '여권에 몇 가지 미비된 점이 있기 때문에 스위스 당국은 국경을 넘는 것을 허용치 않으니 당신이 이곳으로 오세요. 이곳 도논은 아주 깨끗하고 조용합니다. 너무나 조용해서 전쟁이 있다는 것마저 의식을 못할 정도입니다'라고 쓰고서 찬드라에게 와 달라고 하세요."

"그분을 얼빠진 바보로 생각하세요? 거절할 겁니다."

"그러면 그를 설득하도록 최선을 다해야겠지요."

그녀는 대답하기 전에 한참 동안 어센덴을 주시했다. 어센덴은 그녀가 편지를 쓰고 유순하게 보임으로써 시간을 벌 수 있지 않을까 하고 마음속에서 저울질하고 있는 것이라고 느꼈다.

"좋아요, 부르세요. 말씀하신 대로 받아쓰겠어요."

"당신 말투대로 써 주었으면 합니다."

"30분만 여유를 주세요. 그러면 써놓겠습니다."

"여기서 기다리겠습니다."

"왜요?"

"그렇게 하는 편이 좋기 때문입니다."

그녀의 눈은 노여움으로 이글거렸으나 자신을 억제하고 아무 말도 하지 않았다. 장롱 위에 필기도구가 있었다. 그녀는 화장대에 앉아서 쓰기 시작했다. 다 쓴 편지를 어센덴에게 넘겨줬을 때 그녀의 얼굴은 연지를 발랐음에도 불구하고 심히 창백해 보였다. 그것은 펜과 잉크로 자기 뜻을 표현하는데 그다지 익숙하지 못한 사람의 편지였으나 충분히 잘된 것이었다. 특히 편지 마지막 부분에 얼마나 그 남자를 사랑하는가를 쓰기 시작할 때는 그녀는 도취되어서 온 마음을 기울여 썼고 참으로 정열에 넘쳐 있었다.

"자, 마지막으로 이렇게 덧붙여 주시오. '이 편지를 가지고 가는 사람은 스위스인인데 절대적으로 신뢰할 수 있는 사람입니다. 검열관에게 보이고 싶지 않아서 이분에게 부탁했습니다'라고."

그녀는 일순간 망설였으나 그가 시키는 대로 썼다.
"'절대적으로'라니 어떻게 씁니까?"
"적당히 쓰세요. 그리고 봉투에 주소, 성명을 쓰면 이 반갑지 않은 사람은 물러가겠습니다."

그는 그 편지를 레만 호 건너편으로 가져 가려고 기다리고 있던 첩보원에게 넘겨줬다. 그날 저녁에 어센덴이 그 답장을 그녀에게 갖다 줬다. 그녀는 그것을 어센덴의 손에서 낚아채더니 잠시 동안 가슴에 꼭 묻었다. 그 편지를 다 읽고 나서 그녀는 안도의 소리를 질렀다.

"그분은 안 오신답니다."

그 인도인의 화려하고 과장된 영어로 된 편지는 비통한 실망을 나타내고 있었다. 얼마나 열렬히 그녀와의 재회를 학수고대하고 있는지를 말하고, 국경 횡단을 막고 있는 난점을 제거하기 위해서 가능한 모든 수단을 강구할 것을 간청하고 있었다. 자기가 온다는 것은 도저히 불가능하다, 목에는 현상금이 걸려 있으니 그런 위험을 무릅쓴다는 것은 미친 짓일 것이라고 적혀 있었다. 그러면서 농담조로 '당신은 작은 뚱보 애인이 총살당하는 것은 원치 않지요?'라고 적혀 있었다.

"그이는 오지 않을 거예요. 그이는 오지 않아요." 그녀는 되풀이했다.

"그에게 편지를 써서 위험은 없다고 말하세요. 위험이 있다면, 꿈에라도 오라고 청하지 않겠다고 하세요. 만일에 사랑한다면 망설이지 말라고 쓰세요."

"그럴 수 없어요. 못해요."

"어리석은 소리 마십시오, 반드시 써야 합니다."

그녀는 갑자기 울음을 터뜨렸다. 마룻바닥에 몸을 던져서, 어센덴의 무릎을 붙잡고 자비를 베풀어 달라고 애원했다.

"나를 놓아 준다면 세상에 무슨 짓이라도 하겠어요."

"어리석은 소리 마시오. 내가 당신 애인이라도 되고 싶은 줄 아십니까? 자 어서, 농담 마십시오. 시키는 대로 하지 않으면 어떻게 되는지 아시죠?" 어셴덴이 말했다.

그녀는 일어서더니 갑자기 격노하면서 어셴덴에게 연이어 욕설을 퍼부었다.

"그러는 편이 훨씬 어울립니다. 자, 쓰겠어요? 경찰을 부를까요?" 그는 말했다.

"그이는 오지 않아요. 소용없어요."

"그를 오게 하는 편이 훨씬 이로울 텐데요."

"그건 무슨 말씀이세요? 내가 최선을 다해도 실패한다면, 그러면
……."

그녀는 사나운 눈으로 어셴덴을 보았다.

"그렇습니다. 당신과 그 남자 둘 중 하나입니다."

그녀는 비틀거렸다. 가슴에 손을 대었다. 그러고는 말없이 펜과 종이에 손을 뻗쳤다. 그러나 편지가 어셴덴의 마음에 들지 않아서 다시 쓰게 했다. 다 쓰고 나서 그녀는 침대 위에 몸을 던지고 또 다시 맹렬하게 울음을 터뜨렸다. 그녀의 비탄은 거짓이 아니었다. 그러나 그 표현이 연극조였기 때문에 어셴덴에게는 특별히 마음이 울리지 않았다. 그는 그녀와의 관계가, 덮어줄 수 없는 환자의 고통 앞에 선 의사처럼 비인간적인 것으로 느꼈다. 왜 R이 이 이상한 일을 그에게 맡겼는지 이제야 알 만 했다. 이 일은 냉정한 머리와 정에 약하지 않은 굳은 자세가 필요한 것이다.

그 다음날은 그녀를 찾지 않았다. 편지의 답장은 저녁 식사 후에야 펠릭스가 어셴덴의 작은 집으로 갖고 왔다.

"자, 무슨 소식이라도 있어요?"

그 프랑스인이 웃었다. "그 부인이 점점 필사적입니다. 오늘 오후에 마침 리옹행 열차가 발차하려는데, 그녀가 역에 나타났습니다. 갈피를 못 잡고 두리번거리고 있기에 그녀에게 다가가서 도와드릴 일이 있냐고 물었지요. 경찰서에서 왔다고 제 소개를 했습니다. 눈 표정으로 사람을 죽일 수가 있다면, 나는 여기에 살아서 서 있지도 못했을 것입니다."

"자, 앉아요." 어셴덴이 말했다.

"감사합니다. 그 여자는 걸어 가버렸습니다. 열차를 타려고 해도 소용없다고 생각한 것입니다. 그런데 더 재미있는 얘기가 있어요. 그녀가 호수의 사공에게 천 프랑을 주면서 로잔까지 건네 달라고 했습니다."

"사공이 뭐라고 했나요?"

"그런 모험은 할 수 없다고 했습니다."

"그래서?"

그 작은 첩보원은 어깨를 약간 으쓱하고 나서 싱긋 웃었다.

"그녀가 오늘 밤 10시에 에비앙으로 통하는 길에서 만나 다시 상의하자고 사공에게 청했습니다. 그리고 남자의 유혹에도 심하게 거절하지 않겠다는 뜻을 비쳤지요. 나는 사공에게 마음대로 해도 좋으니까, 중요한 점은 모두 알려 달라고 해 두었습니다."

"그 남자는 신용할 수 있어요?" 어셴덴이 물었다.

"예, 그럼요. 물론 그는 그녀가 감시를 받고 있다는 것밖에는 아무 것도 모릅니다. 염려하실 필요는 없습니다. 좋은 아이입니다. 어릴 적부터 알고 있습니다."

어셴덴은 찬드라의 편지를 읽었다. 간절하고 열렬했다. 가슴에서 우러나오는 비통한 동경으로 괴상하게 고동치고 있었다. 사랑인가, 그렇다. 만일에 어셴덴이 조금이라도 사랑을 안다면 이것이야말로 진실한 사랑이었다. 찬드라는 그녀에게 호소하고 있었다. 호반을 거닐며 프랑스령 연안 쪽을 바라보면서 그 오랜 시간을 어떻게 보냈던가, 그토록 두 사람이 가까이 있으면서 그렇게도 절망적으로 떨어져 있는 것일까, 그는 되풀이 되풀이하면서 자기는 갈 수 없으니 오라고 조르지 말아달라고 애원했다. 당신을 위해서라면 온갖 일을 다 하겠으나 그곳으로 가는 것만은 할 수 없다, 그래도 우긴다면 어떻게 거절할 수 있겠는가? 이런 처지를 살펴달라고 간청하고 있었다. 그러고는 만나지 못하고 떠나야 한다는 생각을 하면 한참 동안 울부짖게 된다, 몰래 빠져나올 수 있는 수단이 없는지, 만약에 다시 그녀를 품속에 안을 수가 있다면 다시는 놓지 않겠다고 맹세하고 있었다. 편지의 공들인 화려한 문장도 편지지를 불태우는 뜨거운 정염을 흐리게 할 수는 없었다. 그것은 미친 사람의 편지였다.

"여자가 사공과 만난 결과는 언제 듣게 됩니까?" 어센덴이 물었다.

"오늘밤 2시와 3시 사이에 부잔 다리에서 만나기로 정했습니다."

어센덴은 시계를 보았다. "나도 같이 가지요."

두 사람은 산을 내려가면서 부두에 도착했을 때, 찬 바람을 피해서 세관 건물의 풀밭에 섰다. 마침내 한 남자가 다가오는 것을 보고 펠릭스가 어둠 속에서 걸어 나왔다.

"앙투안."

"펠릭스 씨, 편지를 갖고 왔습니다. 내일 아침 첫 배로 로잔까지 갖고 가기로 약속했습니다."

어센덴은 그 남자를 흘끗 보았으나 줄리아 라차리와의 사이에 무슨 일이 오고 갔냐는 묻지 않았다. 편지를 받아서 펠릭스의 회중전등 빛으로 읽었다. 편지는 틀린 곳이 많은 독일어로 씌어 있었다.

절대로 오지 마세요. 내 편지는 무시하세요. 위험해요. 사랑합니다. 내 사랑에게. 오지 마세요.

어셴덴은 편지를 호주머니에 넣고, 사공에게 50프랑을 주고 집에 와서 잤다. 다음 날 줄리아 라차리를 찾아갔을 때 문이 잠겨 있었다. 잠깐 동안 노크를 했으나 답이 없었다. 불러보았다.

"마담 라차리! 문을 여세요. 할 얘기가 있습니다."

"누워 있습니다. 편치 않아서 아무도 만날 수가 없어요."

"죄송합니다만, 꼭 열어야겠습니다. 편찮다면 의사를 부르겠습니다."

"괜찮아요. 가 주세요. 아무도 만나고 싶지 않아요."

"열지 않으면 자물쇠 장수를 불러서 부수고 열겠습니다."

잠시 침묵이 흐르더니 이윽고 열쇠를 돌리는 소리가 들렸다. 그는 안으로 들어갔다. 그녀는 화장옷을 입었고, 머리는 흐트러져 있었다. 침대에서 막 나온 것이 분명했다.

"나는 기진맥진해요. 더 이상 아무것도 할 수 없어요. 보기만 해도 알 수 있지요, 건강이 나쁜 것을? 밤새 줄곧 앓았습니다."

"오랫동안 붙들지는 않겠습니다. 의사의 진찰을 받겠습니까?"

"의사가 무슨 소용이 있겠어요?"

어셴덴은 호주머니에서 그녀가 사공에게 주었던 편지를 꺼내서 그녀에게 넘겨주었다.

"이건 어떻게 된 것입니까?"

그녀는 그것을 보고 숨이 막혔다. 혈색 나쁜 그녀의 얼굴이 새파래졌다.

"도망치거나 나 몰래 편지를 쓰는 짓은 않겠다고 약속했을 텐데요."

"내가 약속을 지킬 것이라고 생각했어요?" 그녀는 경멸에 찬 목소리로 소리쳤다.

"압니다. 사실을 말하자면, 당신을 시골 감옥보다 편안한 호텔에 넣어둔 것은 당신 편의만을 위한 것은 아닙니다. 얘기해 두고 싶은 것은 마음대로 출입할 자유는 있으나 도논을 빠져 나갈 가망성은 없습니다. 마치 감옥 독방에서 사슬로 다리를 묶인 상태나 마찬가지입니다. 배달되지도 못할 편지를 쓰는데 시간을 낭비하는 것은 어리석어요."

"개새끼!"

그녀는 한껏 맹렬하게 상스러운 욕설을 그에게 내뱉었다.

"자, 앉아서 틀림없이 배달될 수 있는 편지를 쓰세요."

"못해요, 더 이상 아무것도 않겠어요. 더는 한 자도 쓰지 않겠어요."

"당신은 시키는 일을 하겠다는 약속으로 이곳에 온 겁니다."

"못하겠어요. 다 끝났지 않아요?"

"다시 생각해 보는 게 좋을 겁니다."

"다시 생각해 보라고요? 잘 생각해 보았어요. 좋을 대로 하세요, 개의치 않으니까."

"좋습니다. 생각을 바꾸도록 5분의 여유를 드리겠습니다."

어셴덴은 시계를 보고 나서, 너저분한 침대 가장자리에 앉았다.

"아아, 신경에 거슬려요, 이 호텔은. 왜 감옥에 처넣지 않았어요? 왜, 왜! 가는 곳마다 스파이들이 바싹 뒤따르지요. 당신네들이 나에게 강요하는 짓은 파렴치해요. 정말 파렴치해요! 내 죄가 뭐예요? 묻겠는데요, 내가 뭘 했다는 거예요? 나는 여자 아니에요? 나에게 그런 요구를 하는 것은 파렴치해요. 파렴치해요!"

그녀는 날카롭고 끈질긴 소리로 지껄였다. 계속 지껄여댔다. 마침내 5분이 지났다. 어셴덴은 한마디도 하지 않았다. 그는 일어섰다.
"그래요, 나가세요, 가세요." 그녀가 그에게 악을 썼다.
그녀는 상스런 욕설을 그에게 퍼부었다.
"곧 돌아오겠소." 어셴덴이 말했다.
그는 방을 나갈 때 문 열쇠를 뽑아서 밖에서 잠갔다. 계단을 내려가면서 그는 바삐 쪽지를 갈겨써서 사환을 불러 급히 경찰서에 전달하게 했다. 그러고는 다시 올라갔다. 줄리아 라차리는 침대 위에 몸을 던지고 얼굴을 벽 쪽으로 돌리고 있었다. 그녀의 몸은 히스테리컬한 흐느낌으로 떨리고 있었다. 그가 들어오는 소리를 들은 기색이 없었다.
어셴덴은 화장대 앞 의자에 앉아서 어질러져 있는 잡동사니를 멍하니 바라보았다. 화장도구는 값싸고 야하고 깨끗지 못했다. 조그만 낡은 립스틱 통과 콜드크림, 눈썹에 바르는 작은 검은 마스카라 병으로 지저분했다. 머리핀은 불쾌할 만큼 기름기로 더러웠다. 방은 누추하고 공기도 값싼 냄새로 답답했다. 이 나라에서 저 나라로 지방 도시를 헤매던 방랑생활 동안에 묵었던 삼류호텔의 수많은 방을 어셴덴은 상상해 보았다. 그녀의 바탕은 무엇이었을까? 그녀는 조야하고 저속한 여자였다. 그러나 젊었을 때는 어떤 여자였을까? 그녀는 그런 직업을 택했으리라고 생각할 만한 타입은 아니었다. 왜냐하면 그녀에겐 그런 일에 도움이 될 만한 장기라고는 없는 것 같았기 때문이다. 혹시 그녀가 예능인 집안의 출신이 아닐까——세계 도처에는 가족들이 대대로 무용사나 곡예사나 희극가수가 된 집안들이 있었다. 혹은 한동안 무대에서 파트너였던 애인 때문에 우연히 이런 생업에 빠진 것이 아닌가 하고 의문스럽기도 했다. 그리고 그 모든 세월 동안 얼마나 많은 각양각색의 남자들을 알았을 것인가. 쇼에 같이 참가한 동료들, 무용수를 농락하는 것을 하나의 부수입이라 생각하는 대리인과 매니저, 상인이나 넉넉한 실업가들, 그녀가 공연했던 여러 도시들의 젊은 미남자들, 그들은 무희의 매력이나 여자의 야한 육감에 당장 끌렸을 것이다. 그녀에게 있어서 이들은 돈벌이가 되는 손님들이었고, 빈약한 수입을 벌충하는 당연한 부수입원으로서 냉담하게 남자들을 받았으나 남자들에게는 아마도 그녀가 로맨스였을 것이다. 그들은 돈 주고 산 그녀의 품속에서 잠시나마 도시의 화려한 생활을 받아들이고, 미지의 드넓은 세계로의 모험과 매력을 제멋대로 상상하면서 희망을 맛보는 것이다.

갑자기 문을 두들기는 소리가 들렸고, 어셴덴은 곧 소리쳤다.

"들어오시오."

줄리아 라차리는 침대에서 벌떡 일어나 앉았다.

"누구세요?"

그녀는 두 형사를 보자 숨이 막혔다. 그녀를 볼로냐에서 호송해 와서 도논에서 어셴덴에게 인계했던 형사들이었다.

"당신들, 무슨 용무예요?" 그녀가 비명소리를 질렀다.

"자! 일어나!" 한 형사가 말했다. 그 음성에는 허튼 수작은 허용치 않겠다는 뜻을 비치는 매서운 열기가 있었다.

"안됐지만, 일어나야겠습니다, 마담 라차리. 당신을 한 번 더 이분들에게 인계합니다." 어셴덴이 말했다.

"어떻게 일어나겠어요? 아프다고 말했잖아요. 설 수도 없습니다. 나를 죽이고 싶으세요?"

"옷을 갈아 입지 않겠다면 우리가 입혀 드려야 할 것입니다. 그런데 잘 하지는 못할 겁니다. 자, 어서. 소란을 피워도 소용없습니다."

"어디로 데리고 갈 작정이에요?"

"영국까지 데리고 갈 겁니다."

형사 한 사람이 그녀의 팔을 붙잡았다.

"손대지 말아요. 가까이 오지 마세요." 그녀가 미친 듯이 외쳤다.

"내버려 두세요. 가능한 한 소란을 피우지 않는 것이 좋으리라는 것을 알게 될 겁니다." 어센덴이 말했다.

"내가 입겠어요."

어센덴은 그녀가 화장옷을 벗고 드레스를 머리부터 뒤집어쓰는 것을 지켜보았다. 그녀는 두 발을 아무리 보아도 지나치게 작은 신발에 억지로 끼우고 머리를 손질했다. 이따금 시무룩한 시선을 흘끗 형사들에게 던졌다. 어센덴은 과연 그녀가 화장을 끝마칠 만한 용기가 있을까 하고 궁금했다. R이 들었더라면 제기랄 바보 녀석이라고 하겠지만 어센덴은 그만한 용기를 가졌으면 싶은 기분이었다. 그녀는 화장대로 가고 어센덴은 그녀를 앉히기 위해서 일어섰다. 그녀는 재빨리 얼굴에 콜드크림을 바르고 나서 더러운 타월로 그것을 닦아내고 분을 바르고 눈 화장을 했다. 그러나 손은 떨렸다. 세 남자는 묵묵히 지켜보았다. 그녀는 볼에 연지를 바르고 입술을 그렸다. 그 다음에는 모자를 푹 눌러 썼다. 어센덴이 첫 번째 형사에게 손짓을 하니까 그는 호주머니에서 수갑을 꺼내 그녀에게로 다가갔다.

수갑을 보자 그녀는 기겁을 하면서 얼른 물러서서 두 팔을 크게 벌렸다.

"아니, 아니, 아니에요. 그러지 마세요. 그건 싫어요, 싫어요."

"자, 아가씨, 어리석게 굴지 말아요." 그 형사가 거칠게 말했다.

마치 감싸듯이(그가 깜짝 놀라도록) 그녀는 두 팔로 어센덴을 와락 껴안았다.

"나를 데리고 가지 못하게 하세요. 제발 부탁입니다. 싫어요, 싫어요."

어센덴은 애써 뿌리쳤다.

"당신을 위해서 이 이상 더는 아무것도 할 수 없습니다."

형사가 그녀의 두 손목을 잡고 막 수갑을 채우려고 했다. 그러자 그녀는 고함을 지르면서 방바닥에 몸을 던졌다.

"하라는 대로 하겠습니다. 뭐든지 하겠어요."

어셴덴이 신호를 하자 형사들은 방을 나갔다. 그는 그녀가 평정을 찾을 때까지 잠시 기다렸다.

"무엇을 하란 말입니까?" 그녀는 헐떡거렸다.

"찬드라에게 또 한번 편지를 써 주시오."

"머리가 빙빙 돌아서 말을 이을 수 없을 것 같아요. 시간을 주세요." 그러나 어셴덴은 그녀가 공포에 질려 있는 동안에 편지를 쓰게 하는 편이 좋다고 느꼈다. 그녀에게 마음을 가다듬을 시간을 주고 싶지 않았다.

"부르는 대로 쓰세요. 내가 말하는 대로만 쓰면 됩니다."

그녀는 깊은 한숨을 쉬었으나 펜과 종이를 집고는 화장대 앞에 앉았다.

"만일에 내가 이것을 쓰고, 그리고 당신네가 성공한다고 할지라도 내가 풀려난다는 것을 어떻게 믿습니까?"

"대령이 당신을 풀어 준다고 약속했습니다. 그의 지령을 실행한다는 내 말을 믿어야 합니다."

"만약에 찬드라를 배반하고 게다가 10년 징역살이까지 하게 된다면 무슨 좋은 꼴일까요?"

"당신이 충분히 안심하도록 하기 위해서 드리는 말씀인데, 찬드라 때문이 아니라면 당신은 우리에게 조금도 소용이 없습니다. 우리에게 아무런 해도 끼칠 수 없는데 무엇 때문에 번거롭게 비용까지 들여서 감옥에 가두겠습니까?"

그녀는 잠시 동안 생각에 잠겼다. 이제는 침착해졌다. 마치 감정이

고갈되고 나서야 갑자기 분별 있고 실제적인 여자가 된 것 같았다.
"내가 써 주었으면 하는 것을 불러 주세요."
어센덴은 주저했다. 다소 그녀가 자연스럽게 표현할 수 있는 식으로 불러줄 수 있을 거라고 생각했으나 한참 고려하지 않으면 안 되었다. 그 편지는 유창하거나 문학적이어서는 안 된다. 흥분된 순간에는 누구든지 멜로드라마식이거나 과장하는 경우가 있다. 소설에서나 무대에서는 이것은 항상 허구로 들린다. 그래서 작가는 등장인물에게는 실재보다도 간결하고 겸손하게 말해야 한다. 정말 중대한 순간이었다. 그러나 어센덴은 그 가운데에서도 코믹한 요소가 있다고 느꼈다.
어센덴은 부르기 시작했다. "제가 겁쟁이를 사랑하는 줄은 몰랐습니다. 저를 사랑한다면 와달라고 청할 때에 망설일 수는 없을 것입니다……. 그럴 수는 없을 것이라는 말에 밑줄을 두 번 그으시오." 그는 계속했다. "제가 괜찮다고 약속하면 위험은 없습니다. 당신이 저를 사랑하지 않는다면 오지 않는 것이 타당하지요. 오지 마세요. 안전한 베를린으로 돌아가세요. 이제는 지겨워요. 여기에 홀로 있으니까요. 당신을 기다리면서 병이 났습니다. 매일 혼자서 말했지요, 그분은 오실 거라고. 정녕 나를 사랑한다면 그렇게 망설이지 않을 것입니다. 당신이 저를 사랑하지 않는 것이 분명해요. 당신이 진절머리 나요. 돈도 다 떨어졌어요. 이 호텔에 있을 수 없어요. 여기에 있을 까닭이 없습니다. 파리에서는 계약을 받을 수 있습니다. 파리에는 저에게 진지한 제의를 하는 분이 한분 있습니다. 제가 당신 때문에 오랜 세월을 허비했어요. 그래서 얻은 결과가 무엇인지 보세요. 이제 다 끝났어요. 안녕히 계세요. 제가 당신을 사랑해 온 것처럼 당신을 사랑할 여자는 결코 없을 겁니다. 저도 파리의 그분의 제의를 거절할 수 없어요. 그래서 그분에게 전보를 쳤습니다. 회답을 받는 즉시로 파리에 갑니다. 당신이 저를 사랑해 주지 않는다고 해서 당신을 책망

하지는 않겠습니다. 그건 당신의 잘못이 아니니까요. 그렇지만 이대로 평생을 허송한다면 바보가 아니겠어요. 이해하시겠지요? 언제까지나 젊은 것은 아니잖아요. 안녕. 줄리아."

어셴덴은 다 쓴 편지를 읽어 보았으나 그다지 만족스럽지는 못했다. 그러나 그것으로 최선을 다한 것이었다. 영어를 잘 모르기 때문에 발음대로 받아썼고 철자는 엉망이고 글씨도 어린애 글씨 같았지만, 그러기에 한층 더 말로써 표현될 수 없는 박진감이 있었다. 군데군데 말을 지우고 다시 고쳐 쓴 곳도 있었다. 몇 군데 어셴덴이 불어로 표현했던 곳도 있었다. 한두어 군데는 그녀의 눈물이 떨어져서 잉크가 번진 곳도 있었다.

"이제 작별하겠습니다. 아마도 다음번에 만날 때에는 당신이 마음대로 가고 싶은 곳으로 가도 좋다는 것을 전할 수 있을 겁니다. 어디로 가고 싶으세요?" 어셴덴이 말했다.

"스페인."

"좋습니다, 모든 것을 다 갖추어 두겠습니다."

그녀는 어깨를 으쓱했다. 그는 그녀를 두고 나갔다.

어셴덴은 이제 기다리는 수밖에 달리 도리가 없었다. 그날 오후 로잔에 심부름꾼을 보내고 다음날 아침에는 배를 마중하기 위해 부두로 내려갔다. 매표소 곁에는 대기실이 있었고 그는 형사들에게 거기서 대기하라고 시켰다. 배가 도착했을 때 승객들은 줄을 지어서 잔교를 따라 건너왔고 상륙 허가를 받기 전에 여권 검사가 있었다. 만일에 찬드라가 와서 여권을 보이면, 물론 십중팔구는 중립국에서 발행된 위조여권으로 여행하고 있겠지만, 그를 대기 시켜놓고 어셴덴이 직접 그를 확인하기로 되어 있었다. 그리고 나서 체포할 것이었다. 배가 들어오는 것을 보았을 때 어셴덴은 약간의 흥분을 느꼈다. 소수의 사람들이 트랩으로 몰렸다. 그는 승객들의 얼굴을 면밀히 살폈으나 조금이라도 인도인처럼 생긴 사람은 볼 수 없었다. 찬드라는 오지 않은 것이었다. 어센덴은 어찌할 바를 몰랐다. 그는 마지막 패까지 쓴 것이다. 도논까지의 승객은 기껏 6명 정도였고, 그들이 검사를 마치고 뿔뿔이 떠났을 때 어센덴은 부두를 천천히 거닐었다.

"아무래도 가망이 없습니다. 기다리던 사람은 나타나지 않는군요." 그는 여권을 검사하고 있던 팰릭스에게 말했다.

"편지 온 것이 있습니다."

그는 어센덴에게 마담 라차리에게 부친 봉투를 건네었다. 거미가 기어간 것 같은 찬드라 랄의 필적을 단번에 알아보았다. 그때 로잔과 호수의 끝까지 가는 제네바에서 출발한 기선이 보이기 시작했다. 매일 아침 반대 방향으로 가는 배가 출항한 20분 후에 도논에 도착하는 배였다. 어센덴은 어떤 생각이 문득 떠올랐다.

"이 편지를 가져 온 사람은 어디 있습니까?"

"매표소 안에 있습니다."

"그 사람에게 이 편지를 주고 편지를 보낸 사람에게 돌려주라고 하세요. 그 편지를 부인에게 가지고 갔더니 되돌려 주더라고 말하게 하세요. 만일에 다른 편지를 갖고 가라고 하면 부인은 짐을 꾸리고 도논을 떠나려고 하기 때문에 별 소용이 없을 거라고 말해야 합니다."

편지가 심부름꾼에게 넘겨지고 지시 사항이 전달되는 것을 보고 나서 어센덴은 교외에 있는 작은 집으로 걸어서 돌아갔다.

찬드라가 타고 올 것 같은 다음 배는 다섯 시경에 도착하는 것이었다. 어센덴은 바로 그 시간에 독일에서 활약하는 첩보원과 중대한 약속이 있었기 때문에 팰릭스에게 몇 분 늦을지도 모른다고 예고했다. 그러나 만일에 찬드라가 온다면 쉽사리 억류할 수 있었다. 찬드라를 파리로 호송하기로 되어 있는 기차는 8시 좀 지날 때까지는 떠나지 않는 것이기 때문에 크게 서두를 것은 없었다. 어셴덴은 일을 끝냈을 때 호수 쪽으로 천천히 걸어 내려갔다. 사방은 아직도 밝았고 산꼭대기에서 기선이 항구를 빠져나가는 것이 보였다. 불안한 순간이었다. 그는 본능적으로 걸음을 재촉했다. 그때 갑자기 어떤 사람이 이쪽으로 달려오고 있었다. 편지를 가져갔던 사람이었다.

"빨리 빨리요, 그자가 왔습니다." 그 남자가 외쳤다.

어셴덴의 심장은 고동쳤다.

"드디어!"

어셴덴도 뛰기 시작했다. 두 사람이 뛰면서 그 심부름꾼은 헐떡이며 그 인도인이 개봉되지 않은 편지를 돌려받았을 때의 일을 얘기했다. 그가 편지를 손에 쥐어 주었을 때 인도인은 무서울 정도로 창백해지더라는 것이었다.

"저도 인도인의 그 검은 색깔이 변하리라고는 생각지도 못했습니다. 그 인도인은 정신없이 편지를 몇 번이고 뒤집었습니다. 눈물이 눈에 솟아오르고 양 볼을 타고 흘러내렸지요. 그로테스크했습니다. 있잖아요, 비대한 사람이니까요. 그 인도인은 알아들을 수 없는 말로 뭔가를 얘기하고는 불어로 도논으로 가는 배가 언제 있느냐고 물었습니다. 배를 타고 두리번거려 찾아보았지만 인도인은 보이지 않았지요. 그런데 이윽고 인도인이 모자를 깊이 눌러 쓰고 얼스터 외투를 입고 곱송그리면서 혼자서 뱃머리에 서 있는 것이 눈에 띄었습니다. 호수를 횡단하는 동안 그는 시선을 도논 쪽으로 고정시키고 있었지요."

"지금 어디에 있어요?" 어셴덴이 물었다.

"제가 먼저 내렸는데 팰릭스 씨가 선생님을 모시고 오라고 합디다."

"아마 대합실에다 붙들어두고 있겠지요?"

부두에 도착했을 때 어셴덴은 숨이 찼다. 그는 대합실로 뛰어 들어갔다. 목청껏 소리치고 거친 몸짓을 하면서 사람들이 바닥에 누워 있는 한 남자를 둘러싸고 있었다.

"무슨 일입니까?" 그는 외쳤다.

"보세요." 펠릭스 씨가 말했다.

찬드라 랄은 그곳에 누워 있었다. 눈을 활짝 뜨고 입술에는 가느다랗게 거품을 뿜으며 죽어 있었다. 몸은 무섭게 비틀어져 있었다.

"자살했습니다. 의사를 데리러 보냈지만 너무 빨라서 감당 못했습니다."

갑작스러운 공포의 전율이 어셴덴의 등골을 서늘하게 했다.

인도인이 상륙했을 때 펠릭스는 인상서로 이자가 수배된 남자임을 알았다. 승객은 넷뿐이었다. 찬드라는 맨 마지막에 내렸다. 펠릭스는 다른 세 사람의 여권을 조사하는데 지나치게 시간을 끌고 나서 인도인의 여권을 받았다. 스페인 여권인데 미비점은 없었다. 펠릭스는 통례적인 질문을 하고 세관 용지에 기입했다. 그러고는 쾌활하게 그를 보고 말했다.

"잠시 대합실에 들어오세요. 한두 가지 수속할 게 있습니다."

"여권에 미비점이라도?" 인도인이 물었다.

"그 점은 완벽합니다."

찬드라는 망설이다가 대합실 문까지 그를 따라갔다. 펠릭스는 문을 열고 비켜섰다.

"들어오세요."

찬드라가 안에 들어가니까 두 형사가 일어섰다. 그 즉시 찬드라는 그들이 경관이며 자기는 함정에 빠진 것을 깨달았던 것이다.

"앉으세요. 한두 가지 물어볼 것이 있습니다." 펠릭스가 말했다.

"이곳은 덥군요. 괜찮으시다면 외투를 벗겠습니다." 그는 말했다.

사실 대합실에는 작은 스토브가 있었고 방 안은 화덕 같았다.
"그러세요." 팰릭스가 공손히 말했다. 인도인은 보기에 힘겨운 듯이 외투를 벗고 의자 위에 걸치려고 고개를 돌렸다. 그러고는 아차 하는 사이에 그가 비틀하더니 털썩 바닥에 쓰러졌다. 외투를 벗으면서, 아직도 손에 꽉 쥐고 있는 병의 내용물을 삼켜 버린 것이다. 어센덴은 병에 코를 대어 냄새를 맡아보았다. 편도(장밋과의 낙엽교목, 열매는 식용 또는 약용함. 아몬드)의 아주 강한 냄새가 났다.

잠시 동안 사람들은 마루에 누워 있는 남자를 바라보았다. 팰릭스는 사죄하는 투였다.

"본부에서 노여워하겠지요?" 그는 걱정스러운 듯이 물었다.

"당신 잘못이 아니지요. 여하튼, 그도 더는 해를 끼치지는 못합니다. 나로서는 그가 자살해서 기쁩니다. 그가 사형집행을 받게 되리라는 생각만 해도 기분이 썩 좋지는 못하니까요." 어센덴이 말했다.

몇 분 지나서 의사가 도착하자 목숨이 끊어졌다고 확인했다.

"청산가리입니다." 의사가 어센덴에게 말했다.

어센덴은 고개를 끄덕였다.

"나는 마담 라차리를 만나러 가겠습니다. 그녀가 하루이틀 더 머물고 싶어한다면 그렇게 해 주고 만일 오늘 밤에 떠나고 싶다면 그러라고 하겠습니다. 역에 나가 있는 첩보원들에게 그녀를 통과시켜 주라는 지령을 전해 주겠소?" 어센덴은 말했다.

"제가 직접 역으로 나가지요." 팰릭스가 말했다.

어센덴은 한 번 더 산을 올라갔다. 벌써 해는 지고 구름 한점 없는 하늘에 춥고 맑은 밤이었다. 하얗게 빛나는 실오라기 같은 초승달이 떠 있는 모습에 그는 호주머니 속에서 은전을 세 번 뒤집었다(초승달을 보면 경의를 표하고 은화를 호주머니 속에서 뒤집으면 만사에 행운이 온다는 미신).

호텔에 들어왔을 때 그는 갑자기 그 싸늘한 진부성에 혐오감을 느졌다. 호텔 안은 캐비지와 양고기를 삶은 냄새가 풍겼다. 홀의 벽에는 그레노블과 칼카송과 그 외 기타 노르망디의 해수욕장을 선전하는 철도 회사의 천연색 포스터가 붙어 있었다. 그는 2층으로 올라가서 가볍게 노크를 하고 줄리아 라차리의 방문을 열었다. 그녀는 화장대 앞에 앉아서 그저 멍청하게 절망한 듯이 분명히 아무것도 하지 않고 거울 속의 자기 모습을 바라보고 있었다. 어셴덴이 들어오는 것을 본 것은 거울을 통해서였다. 그의 얼굴이 보였을 때 그녀의 안색은 갑자기 변했고 거칠게 벌떡 일어섰기 때문에 의자가 뒤집혔다.

"무슨 일입니까? 왜 그렇게 창백하지요?" 그녀가 외쳤다.

그녀는 돌아서서 그를 응시했다. 그녀의 얼굴은 점차 비뚤어지더니 공포의 빛으로 변했다.

"붙잡혔지요?" 그녀가 침을 삼켰다.

"죽었어요." 어셴덴이 말했다.

"죽었다고요. 독을 마셨지요? 그럴 시간이 있었군요? 결국 당신네 손을 벗어난 것이지요."

"그건 무슨 뜻이오? 어떻게 그 독에 관해서 알았습니까?"

"그는 언제나 독을 지니고 다녔지요. 언제나 말했어요, 절대로 영국인의 손에는 생포되지 않을 거라고."

어셴덴은 잠깐 생각에 잠겼다. 그 비밀을 용케도 지켜왔구나. 그는 이런 일이 자기 몸에 닥칠 경우를 생각해 보았다. 어떻게 이와 같은 멜로드라마적인 책략을 예상할 수 있었겠는가?

"자, 이제 당신은 자유입니다. 어디든지 좋은 데로 가도 좋습니다. 결코 방해하지 않겠습니다. 여기에 차표와 여권이 있습니다. 그리고 당신이 체포되었을 때 소지했던 돈도 있습니다. 찬드라를 보고 싶습니까?"

그녀는 흠칫했다.

"아니에요, 아니에요."

"그럴 필요가 없겠지요. 혹시 그럴 생각이 있을까 해서였습니다."

그녀는 울지 않았다. 아마도 모든 감정이 메말라 버린 것이라고 어센덴은 생각했다. 그녀는 무감각한 것 같았다.

"오늘 밤 스페인 국경에 전보를 쳐서 당국에게 당신의 여행을 방해하지 말라는 지령을 해 두겠습니다. 내 충고를 받아들이겠다면 가능한 한 빨리 프랑스를 벗어나는 것이 좋을 겁니다."

그녀는 말이 없었다. 더 이상 할 말도 없었기 때문에 자리에서 일어섰다.

"지금까지 당신에게 너무 심하게 해 드려서 미안합니다. 이제 당신의 최악의 고생이 끝났다고 생각하니 기쁩니다. 그 사람이 죽은 것 때문에 틀림없이 가슴이 아플 것이라고 짐작합니다만 시간이 흐르면 슬픔도 가셔지겠지요." 어센덴은 그녀에게 가볍게 고개를 숙이고 문 쪽으로 향했다. 그런데 그녀가 그를 불렀다.

"잠깐만, 한 가지 부탁이 있습니다. 들어 주시겠지요?" 그녀가 말했다.

"내가 할 수 있는 것이라면 뭐든지 해 드리지요."

"그분의 소지품은 어떻게 됩니까?"

"글쎄요. 왜 그러시죠?"

그러자 그녀는 어센덴을 곤혹케 하는 말을 꺼냈다. 어센덴으로서는 전혀 예상치 못했던 말이었다.

"그분은 작년 크리스마스 때에 내가 준 손목시계를 가졌습니다. 12파운드나 든 것입니다. 그것을 돌려받을 수 있겠습니까?"

## 9 구스타프

스위스를 근거로 해서 활약하는 상당수의 스파이들의 책임자로서 어셴덴이 처음 스위스에 파견되었을 때, R이 이런 식의 보고서를 보내 주기를 바란다고 하면서 타자로 친 한 묶음의 서류를 넘겨주었다. 첩보기관에서 구스타프라는 이름으로 통하는 남자의 보고서이다.

R은 말했다. "이자가 우리 부하들 중에서 가장 유능한 친구입니다. 그의 정보는 언제나 충실하고 자세합니다. 이 보고서에 최상의 주의를 기울이시기 바랍니다. 물론 구스타프는 영리한 자이지만, 다른 첩보원에게서도 그에 못지않게 좋은 보고를 못 받을 이유는 없습니다. 요컨대 우리가 요구하는 것이 어떤 것인가를 확실히 설명해 주는 것이 문제입니다."

구스타프는 바젤에 살고 있었는데, 프랑크푸르트, 만하임, 쾰른에 지점을 갖고 있는 스위스의 어떤 상사회사를 대표하고 있었으며, 그 사업 덕택에 아무런 위험 없이 독일에 출입할 수 있었다. 그는 라인강을 오르내리면서 군대의 이동, 군수품의 생산 상황, 민심상태(R은 이 점에 힘을 주었다), 기타 연합국 측에서 구하고 있는 정보에 관해서 여러 가지 자료를 수집했다. 빈번히 부인에게 보내는 편지에는 교묘한 암호 전보가 숨겨져 있었고 부인이 바젤에서 그것을 받으면, 곧 제네바에 있는 어셴덴에게 보내왔다. 어셴덴은 그 중에서 중요한 점을 뽑아서 적당한 부서에 보고했다. 두 달에 한 번씩 구스타프는 집에 돌아와서 그 분야의 첩보기관에서 활약하는 동료들의 모범이 되는 이 보고서를 작성하는 것이었다.

그를 고용한 측에서도 구스타프에 만족하고 있었으나 구스타프도 고용주들에 대해서 만족해하는 것은 이유가 있었다. 그의 활동은 매우 유용하기 때문에 다른 자들보다 높은 보수를 받을 뿐 아니라 특종 정보에 대해서는 때때로 상당한 보너스를 받았다.

이런 상태가 1년 이상이나 계속되었다. 그런데 무슨 일로 R의 민감한 의심을 사게 되었다. R은 놀라울 정도로 민감한 사람으로 그것도 머리보다는 본능으로 느끼는 편이었는데, 어떤 수상쩍은 일이 진행되고 있다는 느낌이 들었던 것이다. 어셴덴에게 어떤 확실한 말은 하지 않았지만(원래 R은 생각하는 일이 있어도 혼자 속에 간직해 두는 성질이었다), 구스타프는 독일에 있을 테니까 그저 바젤까지 가서 구스타프의 부인과 한번 얘기를 나누고 오라고 명령했다. 무슨 얘기를 나눌지는 어셴덴에게 맡겼다.

어셴덴이 바젤에 도착했을 때, 묵어야 할지 어떨지 몰라서 가방을 역에 맡기고 전차로 구스타프 집이 있는 길모퉁이까지 가서, 미행당하고 있지 않나를 확인한 후에 찾는 집 쪽으로 걸어갔다. 보기에도 초라해 보이는 아파트 구역이라서 서기들과 소상인들이 살고 있는 것이라고 어셴덴은 짐작했다. 입구로 들어서니 바로 안쪽에 구두 수선점이 있기에 어셴덴은 걸음을 멈추었다.

"그라보 씨가 이곳에 삽니까?" 어셴덴은 결코 유창하지는 못한 독일어로 물었다.

"예, 몇 분 전에 올라가는 것을 봤습니다. 집에 있을 겁니다."

어셴덴은 깜짝 놀랐다. 바로 그 전날에 부인의 손을 거쳐서 만하임에서 보낸 구스타프의 편지를 받았기 때문이다. 그 편지에는 최근 라인 강을 횡단한 연내의 번호가 암호로 적혀 있었다. 어셴덴은 입안까지 질문이 나왔으나 이 구두 수선공에게 묻는 것은 현명치 못하다고 생각하고서, 고맙다고 말하고 4층으로 올라갔다. 구스타프가 4층에 살고 있다는 것은 이미 알고 있었다. 벨을 눌렀더니 안에서 찌르릉 찌르릉 하는 소리가 들렸다. 곧 문이 열리더니 깨끗이 면도를 한 둥근 얼굴의 안경 낀 남자가 나왔다. 단정하고 몸집이 작은 남자였고, 실내화를 신고 있었다.

"그라보 씨입니까?"

"그렇습니다만."

"들어가도 좋겠습니까?"

구스타프는 빛을 등지고 있어서 어셴덴에게는 그 표정이 보이지 않았다. 잠깐 망설인 후에 독일에서 오는 구스타프의 편지를 받을 때의 이름을 대었다.

"어서 들어오십시오, 뵙게 되어서 반갑습니다."

구스타프는 답답한 조그마한 방으로 안내했다. 조각이 새겨진 떡갈나무의 가구가 육중하게 들어섰고 녹색 비로드 테이블보가 덮인 큰 테이블 위에는 타자기가 놓여 있었다. 구스타프는 확실히, 그 귀중한 보고서를 작성하는 중이었던 것 같았다. 열린 창 곁에 여자가 앉아서 양말을 깁고 있었는데 구스타프가 무슨 말을 하니까 일어서서 이것저것 거두어서 방을 나갔다. 어셴덴은 단란한 부부의 예쁜 한 폭의 그림을 방해한 것이었다.

"어서 앉으세요, 마침 바젤에서 돌아와 만나뵙게 되어 정말 다행입니다. 실은 오래 전부터 당신과 만나기를 바랐습니다. 지금 막 독일에서 돌아왔습니다." 그는 타자기 곁에 있는 몇 장의 종이를 가리켰다. "이번에 입수한 뉴스는 마음에 꼭 드실 겁니다. 귀중한 정보가 들어왔습니다. 보너스는 언제 받아도 나쁘지 않아요." 그는 킬킬 웃었다.

구스타프는 몹시 정중했으나 어셴덴이 보기에는 그의 정중함이 거짓으로 보였다. 안경 뒤에서 미소 지으면서도 눈은 주의 깊게 어셴덴에게 쏠려 있었고, 일말의 불안을 담고 있는 것 같았다.

"독일에서 이곳으로 부친 편지가 부인 손을 거쳐서 제가 있는 제네바에 도착하고, 그 수시간 후에 당신이 이곳에 도착하다니 굉장히 빠른 여행입니다."

"그런 일이 충분히 있을 수 있습니다. 꼭 말씀드려야 할 것은, 독일 측에서 정보가 상용통신 형식으로 흘러나가고 있다고 생각해서 국경에서 모든 우편물을 48시간 압류하기로 결정한 것입니다."

"그렇군요. 그래서 그 편지의 발송 날짜를 일부러 48시간 늦게 적었습니까?" 어셴덴이 상냥하게 말했다.

"그랬던가요? 그것은 실수한 것입니다. 날짜를 잘못 짚은 것이 틀림없습니다."

어셴덴은 미소를 지으면서 구스타프를 바라보았다. 뻔한 거짓말이었다. 사업가인 구스타프니 날짜의 정확성이 얼마나 사업상 중요한가는 너무도 잘 알고 있을 것이었다. 독일에서의 정보는 우회해서 들어오도록 되어 있어서 아무래도 뉴스는 지연된다. 따라서 어떤 사건이 언제 발생했는지를 정확히 알 필요가 있었다.

"잠깐 당신의 여권을 보여 주세요." 어셴덴이 말했다.

"여권은 왜요?"

"당신이 언제 독일에 들어가서 언제 나왔나를 보고 싶소."

"하지만 출입국은 내 여권에 표시가 되어 있지 않습니다. 국경을 횡단하는 데 여러 가지 방법이 있으니까요."

어셴덴은 이 문제에 관해서는 환하게 알고 있었다. 독일 측과 스위스 측은 국경을 엄중히 경비하고 있을 터이었다.

"오, 어째서 정상적인 방법으로 국경을 넘지 않습니까? 당신이 고용된 것도 독일에 필수 물자를 공급하는 스위스 상사와 관계하기 때문에 의심받지 않고 왕래할 수가 있기 때문인데요. 독일 측 검문소는 묵인하에 통과할 수 있겠지만, 스위스 측은 어떻습니까?"

구스타프는 분개하는 표정을 지었다.

"무슨 말씀인지 모르겠군요. 내가 독일 측에서 일하고 있다는 말씀이신가요? 맹세코 그런 일은……. 나의 정직성을 의심받을 수는 없습니다."

"양쪽에서 돈을 받고 어느 쪽에도 귀중한 정보를 제공하지 않는 것은 당신만은 아닐 테니까요."

"내 정보가 무가치하다고 생각하십니까? 그러면 무엇 때문에 지금까지 다른 첩보원들보다 많은 보너스를 주었습니까? 대령께서도 내 활약에 대해서는 누차 비상한 만족을 표명했습니다."

이번에는 어센덴이 우호적으로 나올 차례였다.

"자, 자, 그렇게 으스대지 맙시다. 여권을 보여 주기 싫다면 굳이 우기지는 않겠소. 설마 당신은 우리가 부하의 보고를 확인하지도, 행동을 감시하지도 않고 있다고 생각하고 있는 것은 아니겠지요? 아무리 능란한 농담이라도 한없이 반복할 수는 없습니다. 평화로운 시기였다면 유머작가로 일하고 있을 터이니, 내 괴로운 경험에서 그렇게 말씀드리는 겁니다."

이때야말로 한번 공갈을 쳐야 할 때가 왔다고 어센덴은 생각했다. 그는 힘은 들어도 아주 효과적인 포커의 수를 좀 알고 있었다.

"우리에게는 당신이 이번뿐이 아니고 우리 측에 고용된 이래로 한 번도 독일에 가 보지도 않고 이 바젤에 앉아서 모든 보고서를 당신의 풍부한 창작력으로 조작했다는 정보가 들어왔습니다."

구스타프는 어센덴의 얼굴을 보았다. 그의 얼굴에서는 너그럽고 싹싹한 표정밖에는 볼 수 없었다. 구스타프의 얼굴에는 천천히 미소가 떠오르고 그는 약간 어깨를 으쓱했다.

"하루에 50파운드 받고서 목숨을 버릴 바보라고 생각했습니까? 나는 처를 사랑합니다."

어센덴은 큰소리로 웃었다.

"우리 첩보부를 1년 동안이나 우롱한 것을 자찬하는 사람은 그다지 많지 않겠지요."

"힘 안들이고 돈을 벌 수 있는 기회였습니다. 전쟁이 터졌을 때 회사에서는 나를 독일로 보내는 것을 중지했습니다. 그러나 여러 여행객들로부터 가능한 한 많은 것을 알아낼 수 있었습니다. 레스토랑이나 비어홀에서 귀동냥했고 독일 신문도 읽었지요. 당신들에게 보고서나 편지를 보내는 것이 큰 낙이었습니다."

"그렇겠지요." 어셴덴이 말했다.

"어떻게 하시렵니까?"

"어떻게 할 것도 없습니다. 어떻게 할 수 있겠어요? 설마 앞으로도 계속 급료를 받게 될 거라고 생각지는 않겠지요?"

"예, 물론입니다."

"그런데 이런 것을 물어서 실례가 될지 모르지만, 당신은 독일에도 똑같은 수작을 해왔습니까?"

"천만에! 어떻게 그런 생각을 하십니까? 내 진심은 절대적으로 연합국 측에 있습니다. 충심으로 당신네 편입니다." 구스타프는 강력하게 말했다.

어셴덴이 물었다. "그렇게 생각할 것만은 아니지요? 독일 측은 세상 돈을 다 갖고 있으니까. 조금 분담을 받아도 괜찮겠지요. 독일 측에서 기꺼이 대금을 치를 만한 정보를 때때로 우리 측에서 당신에게 제공할 수도 있습니다."

구스타프는 손가락으로 테이블을 북 치듯이 했다. 이제는 무용지물이 된 보고서 한 장을 집어 들었다.

"독일인과 관계를 맺기에는 위험합니다."

"당신은 영리한 사람이오. 여하튼 급료는 끊겨도 쓸 만한 정보만 갖고 오면 언제라도 보너스를 받을 수 있습니다. 하지만 이제부터는 확실한 것이라야 합니다. 앞으로는 결과를 보고 지불할 테니까요."

"생각해 보겠습니다."

잠시 동안 어셴덴은 구스타프에게 생각할 시간을 주고, 담배에 불을 붙여서 빨아들인 연기가 공중에 사라지는 것을 바라보았다. 그도 생각했다.

"특별히 알고 싶은 것이 있습니까?" 구스타프가 갑자기 물었다.

어셴덴은 미소를 지었다.

"루체른(스위스 중부의 마을)에 독일 측 스파이 한 사람이 있는데 그 동향을 알려 주면 스위스 프랑으로 2천 프랑은 줄 거요. 영국인인데 그랜틀리 케이퍼라는 남자입니다."

"이름은 들었습니다." 구스타프가 말했다. 잠시 생각하더니 말했다. "이곳에 언제까지 머무르실 겁니까?"

"필요한 만큼요. 호텔에 방을 잡고 호수를 알리겠소. 할 말이 있다면 매일 아침 9시나 저녁 7시에 오면 틀림없이 있겠습니다."

"호텔에 가는 것은 위험하니까 편지를 쓰지요."

"좋습니다."

어셴덴이 일어서니까 구스타프가 문까지 전송했다.

"그러면 나쁜 감정 없이 작별하는 거지요?" 그가 물었다.

"물론입니다. 당신의 보고서는 우리 공문서 보관소에 보고서란 이래야 한다는 표본으로 남을 것입니다."

어셴덴은 2, 3일 구경삼아 바젤에 머물렀다. 그다지 즐거운 곳은 아니었다. 서점에 가서, 만일에 일생이 천년이나 계속되는 것이라면 읽어도 좋을 만한 책장을 뒤적이면서 많은 시간을 보냈다. 한번 거리에서 구스타프를 보았다. 나흘째 되는 아침에 커피와 함께 한 통의 편지가 전달되었다. 봉투는 그가 모르는 상사의 것이었고 안에는 타자로 친 종이 한 장이 들어 있었다. 발신인 주소도 이름도 없었다. 타자로 쳐도 육필과 마찬가지로 쓴 사람을 알 수 있다는 것을 구스타프는 모르는 것일까 하는 생각이 들었다. 두 번 세심하게 그 편지를 읽고 나서 그는(추리소설의 탐정이 항상 그렇게 한다는 것 이외에는

달리 이유는 없었으나) 밝은 쪽으로 돌려서 제조 회사를 살펴보고 성
냥을 그어서 편지가 타는 것을 주시했다. 새까맣게 탄 부스러기를 손
에 쥐고 으깼다.

  그는 일어서서(이번 경우는 다행히도 침대에서 아침을 먹고 있었
는데) 짐을 꾸리고 다음 열차로 베른으로 향했다. 베른에서 R 앞으
로 암호 전보를 칠 수가 있었다. 그리고 이틀 후, 아무도 복도를 걷
고 있을 것 같지 않은 시각에 R의 호텔 침실에서 R에게서 직접 구두
로 지령을 받았다. 그러고는 24시간 이내에 서둘러 루체른에 도착했
다.

### 10 매국노

  지시받은 호텔에 방을 잡고 나서 어센덴은 밖으로 나갔다. 8월 초
순의 활짝 개인 날이라 구름 한 점 없이 맑은 하늘에는 태양이 이글
거리고 있었다. 어릴 적 이후로는 루체른에 한 번도 온 적이 없었으
나 지붕이 있는 다리, 커다란 돌사자, 지겨워 하긴 했지만 오르간 연
주에 감동하며 앉아 있었던 교회 등이 어렴풋이나마 기억났다. 그늘
진 부둣가를 따라 거닐었는데 호수는 마치 그림엽서처럼 번지르르 해
서 비현실적으로 보였다. 거의 잊어버린 추억을 그다지 더듬진 않았
지만, 그 옛날 그곳을 산책했던, 수줍음을 잘 타며 그러면서도 인생
의 희망에 열중하여 조바심치던(그 희망은 당시 청년시절에는 이루
지 못하고 장차 성인이 되어서야 겨우 이루었다) 소년의 모습이 마음
속에 떠올랐다. 그러나 가장 선명한 추억은 자신에 관한 것이 아니라
수많은 군중에 관한 것이었다. 그 태양과 열기와 사람의 물결이 기억
속에 떠올랐다. 예전에는 기차와 호텔, 기선 모두가 만원이었고, 항
구와 길거리에서도 휴가를 즐기려는 온갖 사람들, 뚱뚱하고 늙고 추
하고 기묘하며 게다가 고약한 채취를 풍기는 사람들을 헤치고 나아가

야 했다.

　그러나 지금 전시의 루체른은 스위스가 유럽의 관광지가 되기 전에는 이랬으리라고 생각될 만큼 황량했다. 호텔은 거의 다 문을 닫았고 거리도 한산했으며, 전세 보트는 물가에서 물결에 밀려 흔들리고 있을 뿐이었다. 보트를 타는 사람은 아무도 없었고 호반의 길에 보이는 사람이라고는, 산책에 함께 데리고 다니는 사냥개처럼 중립을 지키는 진지한 스위스인뿐이었다. 어셴덴은 그 한적함 때문에 오히려 기분이 유쾌해져 호수에 면한 벤치에 앉아 의식적으로 그 분위기 속에 빠져들려고 하였다. 호숫물은 누르디누른데 주위의 산은 흰 눈이 잔뜩 쌓여 있어서, 호수의 아름다움도 자세히 관찰해 보면 감동시킨다기보다는 사람을 자극시키는 것이었다. 그래도 비록 그렇긴 하나, 이 풍경에는 무언가 유쾌한 점, 그러니까 멘델스존의 '무언가(無言歌)'처럼 꾸밈없이 솔직한 점이 있어서 어셴덴은 흡족한 미소를 띠었다. 루체른을 보면 그는 유리상자 속의 조화와 뻐꾸기 시계와 베를린 털실로 짠 편물이 떠올랐다.

　어쨌거나 좋은 날씨가 계속되는 한 맘껏 즐기려고 작정했다. 나라에 이익이 되는 일을 하면서 동시에 개인적인 즐거움을 찾지 못할 까닭이 대체 뭐란 말인가? 그는 가명을 사용한 새 여권을 소지하고 여행하고 있었기에 마치 새 사람이 된 듯 즐거운 기분이 들었다. 종종 자신에게 넌더리가 날 때면 R이 멋대로 만들어낸 인물로 행세하는 것이 한동안은 기분전환이 되었던 것이다.

　얼마 전에 있었던 일도 그의 예리한 유머 감각을 꽤 자극했지만 R은 그걸 재미있다고는 여기지 않을 것이 분명했다. R의 유머는 늘 남을 비웃기만 했지 자신이 남의 농담의 대상이 될 만한 도량은 없었다. 그렇게 하려면 자기를 외부에서 관찰할 줄 알아야 하고, 인생이란 유쾌한 희극 속에서 구경꾼과 연기자를 동시에 겸할 줄도 알아야

한다. 그런데 R은 군인이어서 자신을 관찰한다는 것은 불건전하고 비영국적이고 비애국적이라 생각하고 있었다.

어셴덴은 일어나 호텔 쪽으로 천천히 걸어갔다. 그 호텔은 2류급의 조그만 독일식 호텔인데 더없이 깨끗하고, 침실은 전망이 아주 좋았다. 방은 와니스를 환하게 칠한 소나무 가구로 장식되어, 춥고 비 오는 날에는 몹시 울적하겠지만 이런 따뜻하고 화창한 날씨에는 밝고 상쾌하였다. 홀에는 테이블이 몇 개 있었다. 그는 자리에 앉아 맥주를 한 병 주문했다.

호텔의 마담은 왜 관광객이 오지 않는 이때에 그가 여행 왔는지 몹시 궁금해 하였다. 그래서 그는 장티푸스에 걸렸다가 최근에 나았기 때문에 요양하러 루체른에 왔다고 말해 주어 기꺼이 그녀의 호기심을 만족시켜 주었다. 그리고 검열부에서 일하고 있는데 서툰 독일어를 배울 기회가 온 듯하니 독일어 선생을 소개해 줄 수 있느냐고 물어보았다. 마담은 금발머리에 얼굴이 불그레한 스위스인인데 유머가 풍부하고 수다스러웠다. 그래서 어셴덴은 자기가 들려주는 말을 적당히 퍼뜨려 주리라고 믿어 의심치 않았던 것이다.

이번엔 그가 질문할 차례였다. 마담은, 이맘때면 호텔이 꽉 들어차서 이웃 민가에 관광객을 알선할 정도였건만 전쟁 때문에 텅텅 비어 버린 형편이라고 잘도 지껄였다. 음식을 먹으러 오는 외부의 손님이 약간 있을 뿐, 묵고 있는 손님은 두 패뿐이라는 것이었다. 한 패는 베베에 사는 아일랜드인 노부부인데 루체른엔 여름을 지내러 왔다 했고, 다른 한 패는 영국인 부부로 아내가 독일인이라 어쩔 수 없이 중립국에 살러 온 처지라 했다. 어셴덴은 영국인 부부에 대해서 특별한 관심을 보이지 않으려고 조심했지만——마담의 이야기로 미루어 남편은 그랜틀리 케이퍼임이 분명했기 때문이다——그녀는 아랑곳없이 그 부부는 거의 온종일 산속에 처박혀 지낸다고 말하면서, 케이퍼 씨는 식물학자라 이 지방의 식물에 관심이 대단하다고 하였다. 그의 부인은 아주 좋은 사람으로, 현재 처지가 딱하긴 하지만 전쟁이 오래 끌지는 않을 것이라고 하면서 마담은 부산스럽게 나가 버렸다. 어센덴도 위층으로 돌아갔다.

저녁 식사는 일곱 시부터였다. 그는 맨 먼저 식당에 들어가서, 들어오는 숙박객을 찬찬히 살펴보려고 벨이 울리자마자 식당으로 내려갔다. 식당은 간소하고 딱딱하며 깨끗한 방이었고 침실에 있는 것과 같은 소나무로 만든 번쩍번쩍하는 의자가 놓여 있었다. 그리고 벽에는 스위스 호수를 그린 석판화가 걸려 있었고, 조그만 테이블마다 꽃이 꽂혀 있었다. 이렇게 모든 것이 청결하게 정돈되어 있는 것으로 보아 음식 맛은 형편없을 것으로 보였다. 어센덴은 그대신, 호텔에 있다면 고급 라인산 포도주를 청하고 싶었으나 사치를 하여 남의 주의를 끌 행동은 삼가기로 하였다. 몇몇 테이블에 반쯤 남은 백포도주병이 놓여 있는 것으로 보아 숙박객들이 비싼 술을 마시지 않는다는 것을 알 수 있었던 것이다. 그래서 어센덴은 저장 맥주로 만족하기로 했다.

잠시 뒤, 한 사람 두 사람 들어오기 시작했다. 한 사람은 루체른에서 직장에 다니는 사람인데 분명히 스위스인이었다. 각자 테이블을 잡자, 점심 때 단정하게 접어 두었던 냅킨을 펴고는, 모두들 물병에 신문을 기대어 세워 놓고 수프를 소리 내어 마시며 읽기 시작했다. 다음엔 흰 머리에 흰 수염을 늘어뜨리고 키는 크지만 몹시 늙어 허리가 구부정해진 노인이, 까만 옷을 입은 몸집이 작고 역시 머리가 하얗게 센 노파와 함께 들어왔다. 이 사람들은 마담이 말한 아일랜드인 대령 부부이리라. 자리에 앉자, 대령은 부인에게 포도주를 조금 따르더니 자기 잔에도 조금 따랐다. 그리고 두 사람은, 뚱뚱하고 친절한 하녀가 식사를 날라 오기를 묵묵히 기다렸다.

마침내 어센덴이 기다리던 부부가 들어왔다. 그들이 들어왔을 때, 어센덴은 흘끔 쳐다보기만 하고는 독일어 교본을 읽는데에만 최선을 다하려고 애를 썼다. 그 사나이는 마흔 다섯가량 되는데 검은 머리를 짧게 깎았고, 중키에 뚱뚱한 몸이며, 벌겋고 넙적한 얼굴을 깨끗이 면도하고 있었다. 큼직한 깃이 달리고 목 부분이 오픈된 형의 셔츠에 회색 상하의를 입은 그는, 부인보다 앞서 들어왔다. 그의 아내는 전형적인 독일 부인답게 수수하고 무미건조한 인상을 풍겼다. 그랜틀리 케이퍼는 의자에 앉자마자 큰 목소리로 웨이트리스에게 오늘은 꽤 많이 걸었노라며 무슨 산엔가 올라갔었다고 했는데, 어센덴에겐 아무런 의미도 없는 산 이름이었으나 웨이트리스는 놀라워하며 경탄해 마지 않는 것이었다. 케이퍼는 영어식 악센트가 강한 독일 말로, 너무 늦어지는 바람에 세수하러 올라가지도 못하고 밖에서 손만 씻었다고도 말했다. 음성은 맑고 쩡쩡하며 태도는 쾌활했다.

"빨리 빨리 갖다 줘. 배가 고파 죽을 지경이라고. 그리고 맥주도 세 병 줘. 목이 몹시 타는군!"

케이퍼는 활력이 치솟는 사람 같았다. 그가 오자, 나른하고 지나치게 청결하기만 하던 이 식당에 생기가 돌고 숙박객들 역시 활발해져 보였다. 그는 아내에게 영어로 말하기 시작했는데 그의 말은 모든 사람에게 다 들릴 정도였다. 그런데 얼마 후 부인이 나지막한 소리로 무어라고 하며 그의 말을 막자, 케이퍼는 입을 다물고 어센덴 쪽을 바라보는 것이었다. 케이퍼 부인은 낯선 사람이 있는 것을 보고 남편의 주의를 거기로 쏠리게끔 한 것이다. 어센덴은 읽는 체하고 있던 책의 페이지를 넘겼으나, 케이퍼의 시선이 집요하게 자기에게로 쏠려 있다는 것을 느끼고 있었다. 이번에는 케이퍼가 아내에게 말을 하는 것이었는데 소리가 너무 작아 어느 나라 말인지도 알 수 없을 정도였다. 그리고 웨이트리스가 수프를 가져오자 케이퍼는 여전히 나직한 소리로 그녀에게 물었다. 어셴덴이 어떤 사람이냐고 물은 것이 분명하겠지만, 웨이트리스의 대답에서 들을 수 있었던 말은 '시골 사람'이란 한마디뿐이었다.

 식사를 끝마친 사람들이 하나둘 이쑤시개로 이빨을 쑤시며 나갔다. 식사를 하면서 한마디도 주고받지 않은 아일랜드인 늙은 대령 부부도 일어섰다. 대령은 비켜 서서 아내를 지나가게 하였다. 노부인은 천천히 문 쪽으로 걸어갔으나 대령은 이 고장의 변호사인 듯한 스위스인 곁에 서서 무슨 이야기를 하고 있었다. 부인은 문에 이르자 거기 멈춰 서서 고개를 숙인 채, 양같이 순한 표정으로 끈기 있게 남편이 와서 문을 열어 주기를 기다리고 있었다. 어셴덴은 이 부인은 자기 손으로 문을 연 적이 없었으리라 생각했다. 어쩌면 열 줄도 모르는 것이리라. 이윽고 대령이 어정어정 걸어와 문을 열자 부인이 먼저 나가고 대령이 뒤따라 나갔다. 이 사소한 일이 그 부부의 모든 생활을 푸는 열쇠가 되어, 어셴덴은 그들의 경력, 살림 형편, 성격 등을 상상해 보았으나 이내 그만두어 버렸다. 사치스럽게 창작이나 하고 있을 수는 없었기 때문이었다. 그는 얼른 식사를 마쳤다.

 홀에 들어가 보니, 테이블 다리에 불테리어종의 개가 매여 있어, 지나치면서 축 처진 부드러운 귀를 만져 주었다. 마담이 계단 앞에 서 있었다.

 "요 귀여운 놈은 누구네 거죠?" 어셴덴이 물었다.

 "케이퍼 씨네 개예요. 프리츠라고 부르는데 케이퍼 씨 말로는, 영국 왕보다도 더 혈통이 길다더군요."

 프리츠는 어셴덴의 다리에 몸을 비벼대고 코끝으로 손바닥을 간지럽혔다. 어셴덴이 위층으로 올라가서 모자를 갖고 내려오니까, 케이퍼가 현관께에 서서 마담과 이야기를 하고 있었다. 갑자기 말을 멈추고, 긴장하는 품으로 보아 그에 대해서 묻고 있었던 것 같았다. 두 사람 사이를 지나서 밖으로 나와 모퉁이에 숨어 살펴보니, 의심스런 눈초리로 쏘아보고 있었다. 그 솔직하고 쾌활하던, 불그레한 얼굴에 침착하지 못하고 교활한 표정이 떠올라 있었다.

어셴덴은 거리를 거닐다가 실외에서 커피를 마실 수도 있게 돼 있는 술집을 찾아내었다. 저녁 식사 때 직책상 어쩔 수 없이 맥주 한 병만 마셨던 것을 보충하려고, 그 집에 있는 것 중에서 제일 좋은 브랜디를 주문하였다. 얘기로만 전해 듣던 그 장본인을 마침내 만났고, 더욱이 며칠 안에 그 사내와 사귈 수 있을 것 같아 퍽 기분이 좋았다. 개를 기르는 사람과 사귀기란 어렵지 않은 일이다. 그러나 서둘 필요는 없다. 형편 닿는 대로 두면 된다. 일단 목표를 정해 놓으면 서둘러서는 안 된다.

어셴덴은 상황을 재검토해 보았다. 여권에 의하면, 그랜틀리 케이퍼는 버밍엄 태생의 영국인이며 나이는 마흔 둘이고, 11년 전에 결혼한 아내는 독일 태생이며 양친도 독일인이다. 여기까지는 공적인 사실이고, 비공개 서류에는 그의 경력에 관한 조사 내용이 들어 있다. 이 조사에 따르면, 그는 버밍엄의 어느 법률사무소에서 사회에 첫 발을 내딛었고 그후 저널리즘의 세계로 옮겼으며, 카이로와 상하이의 영자 신문에 관계했던 적도 있었다. 그리고 금전을 사취하려다 실패, 단기간이긴 하나 금고형을 선고받은 적 있다. 출감 후 2년간의 행적은 확인불명이며, 그 다음 마르세유의 선박회사에 나타났다. 그후에도 해운사업에 종사하였고, 함부르크에 가서 결혼하여 런던으로 돌아갔다. 런던에서는 독자적으로 무역항을 하다가 얼마 후 실패, 도산해 버리고는 다시 저널계로 돌아갔다. 그런데 대전이 발발하자, 다시 해운회사에 들어가 1914년 8월에는 독일인 아내와 함께 사우샘프턴에서 평온한 생활을 하였다. 그러나 이듬해 초 아내의 국적 때문에 자신의 지위를 감당해 내기 어려워졌다고 회사에 진정하였으며 회사 측은 그의 거북한 처지를 인정, 제노바에 전근하고 싶다는 희망을 받아들였다. 그런데 이탈리아가 참전하자 사표를 내고 서류를 잘 정리한 다음 국경을 넘어 스위스로 와 살고 있는 것이다.

이상의 행적을 보면, 그는 의심이 많고 정직하지 못하며 불안정한 성격의 사나이로서, 아무런 자산도 없어 보였으므로, 대전이 일어나자 훨씬 전부터 독일 첩보부의 일을 하고 있었다는 것이 밝혀지기까지는 실상 누구도 개의치 않았던 것이다. 그는 그 일로 한 달에 40파운드의 보수를 받고 있었다. 위험하고 약삭빠른 자이긴 했지만, 이자가 스위스에서 얻어낼 수 있는 정보를 보내는 것에만 만족했다면 그를 처리할 조치는 조금도 필요치 않았을 것이다. 왜냐하면 별 손해 볼 일은 없을 것이고 오히려 적이 알았으면 하는 정보를 전하는데 그를 활용할 수도 있을 것이기 때문이다. 그는 자기가 이미 탄로났다는 것을 전혀 모르고 있었다. 그가 보내는 편지도 받은 편지도 꽤 많았는데, 모두 면밀히 검열을 받고 있었다. 암호 전문가가 해독하지 못하는 암호는 거의 없었고, 조만간 그를 통하여 영국 내에서 활동하는 스파이 조직에 손을 댈 수도 있었던 터였다. 그런데 그는 R의 주의를 끄는 짓을 하고 말았다. 만약 그것을 그가 알았다면 그는 벌벌 떨었을 것이고, 그가 떤다 해서 비웃을 사람은 아무도 없었을 것이다. 그만큼 R은 적의 입장에서 볼 때엔 무서운 존재인 것이다.

케이퍼는 취리히에서 고메츠라는 젊은 스페인인과 알게 되었다. 이 고메츠는 최근에 영국 정보부에 들어온 자인데, 케이퍼는 영국인이란 점을 이용, 자신을 신용하게끔 하여, 고메츠가 스파이 노릇을 하고 있다는 것을 캐내었던 것이다. 아마도 그 스페인인은, 자신이 주요인물인 양 보이고 싶어 하는 인간 본연의 욕망으로, 은근히 암시를 보였을 따름이리라. 하지만 케이퍼의 통보 때문에 그자는 독일에 들어가자마자 감시를 받게 되었고, 어느 날 암호 편지를 부치려는 순간

검거되어 버렸다. 그래서 결국 암호는 해독되었고, 그는 재판을 받아 유죄 선고로 총살되었다. 이 일로 해서, 유능하고 정직한 첩보원 한 사람을 잃었을 뿐만 아니라, 안전하고 간단한 암호를 변경하지 않을 수 없게 되었던 것이다.

　R은 불쾌했다. 그러나 R은 복수 때문에 본래의 목적에 어긋나는 짓을 할 사람이 아니었다. R은 만일 케이퍼가 단지 돈 때문에 조국을 배반하고 있는 것이라면 더 많은 돈을 주어 독일 측을 배반하게 할 수도 있으리란 생각을 하였다. 그가 연합국의 스파이를 독일 측에 성공적으로 넘겨준 일로 해서, 독일은 틀림없이 그를 더욱 신용하고 있을 것이니 매우 쓸모가 있을 것이었다. 그러나 R은 케이퍼가 어떤 사나이인지를 몰랐다. 케이퍼는 초라하고 은밀한 생활을 해왔고, 그의 유일한 사진은 여권용으로 찍은 것뿐이었던 것이다. 어셴덴이 받은 지시는 케이퍼와 우선 사귀어 봐서, 영국을 위해 충심으로 일할 가능성이 있는지 없는지를 알아내라는 것이었다. 만약 그럴 수 있다고 생각되면 말을 붙여 볼 것이고, 그 암시가 좋은 반응으로 나타날 경우에는 어떤 제안을 해도 좋다는 것이었다. 이것은 기지와 인간에 대한 견문을 필요로 하는 일이었다. 그리고 반대로, 매수할 수가 없다는 결론을 얻으면, 그를 감시하여 행동을 보고해야 한다. 어셴덴이 구스타프에게서 얻을 정보는 막연한 것이긴 했으나 중요한 것이었다. 그 가운데 재미있는 대목이 하나 있었는데, 베른에 있는 독일군 정보부의 보스가 케이퍼의 활동이 부진하다고 역정을 낸다는 것이다. 케이퍼는 보수의 인상을 요구하고 있으나, 폰 P. 소령은 그렇다면 그만한 일을 하라고 회신했다 한다. 그만한 일이란 케이퍼더러 영국으로 가라고 종용하는 것인지도 모른다. 그가 스위스만 떠나면 어셴덴의 임무는 끝나는 것이다.

　"스스로 교수형을 받으러 가라고 그를 설득시키란 겁니까?" 어셴덴의 물음에 R은 이렇게 대답하였다.
"교수형이 아니오, 총살형일 거요."
"케이퍼는 약삭빠른 친굽니다."
"그럼 당신이 더 약게 굴면 되지."

어센덴은 자기가 먼저 케이퍼에게 접근하지 않고, 그가 먼저 접근해 오게끔 하려고 마음먹었다. 만약 케이퍼가 성과를 올리라는 요구를 받고 있는 중이었다면 검열부에 근무하고 있다는 영국인과 사귀는 것이 좋다고 판단할 것이다. 어센덴은 넌지시 알려 줄 정보까지 미리 준비해 두었는데, 그것은 독일 당국에 넘어가더라도 하등 쓸모없는 것들이었다. 가명을 썼고 여권도 가짜였으므로, 그가 영국 첩보원이란 것을 케이퍼가 눈치챌 염려는 전혀 없었다.

어센덴은 오래 기다릴 것도 없었다. 이튿날 점심을 배불리 먹고 나서 호텔 입구에 앉아 커피를 마시다 말고 꾸벅 졸고 있으려니까, 케이퍼가 식당에서 나왔다. 케이퍼 부인은 위층으로 올라가 버리고 케이퍼는 개를 풀어 주었는데, 그 개란 놈이 쪼르르 달려와서는 아주 다정한 몸짓을 하며 어센덴에게로 껑충 뛰어 올랐던 것이다.

"이리 와, 프리츠." 케이퍼는 그렇게 소리치고 나서 어센덴에게 말했다. "죄송합니다, 아주 얌전한 놈인데, 그만."

"뭐 괜찮습니다. 내게 덤벼든 건 아니니까요."

케이퍼는 입구에 멈춰 섰다.

"이놈은 불테리어입니다. 대륙에선 좀처럼 보기 힘든 편이지요." 그는 이렇게 이야기를 하면서도 어센덴을 저울질하고 있는 듯 말했다.

"커피 한 잔만 줘." 그는 하녀에게 외쳤다. "지금 막 도착하셨지요?"

"아니 어제 왔습니다."

"그래요? 어제 저녁엔 식당에서 뵙지 못한 것 같은데요. 오래 묵으실 생각입니까?"
"어떻게 될는지 모르겠군요. 아팠었기 때문에 요양하러 왔습니다만."
하녀가 커피를 가지고 와서 케이퍼가 어센덴과 이야기를 하고 있는 것을 보자, 어센덴이 앉아 있던 테이블에다 쟁반을 놓고 갔다. 케이퍼는 좀 당황한 듯한 웃음을 지으면서 말했다.
"이거 방해하려 한 건 아니었는데, 하녀 아이가 어쩌자고 제 커피를 댁의 테이블에 놓고 갔는지, 이거."
"앉으시죠." 어센덴이 말했다.
"감사합니다. 대륙에서 오래 살다 보니, 영국 사람들은 남에게, 함부로 얘기 거는 것을 건방지다고 여기기 쉽다는 걸 늘 잊어먹곤 한답니다. 헌데 댁은 영국인이신가요? 아니면 미국인이신가요?"
"영국인입니다." 어센덴이 대답했다. 어센덴은 원래 몹시 수줍음을 타는 사람이라 이 나이에 어울리지 않는다 하여 그 결점을 고치려고 무진 애를 쓰기도 했건만 고쳐지지도 않았고 해서, 어떤 때는 그것을 백분 활용하는 요령을 터득하고 있는 터였다. 그는 계면쩍은 듯이 어물거리며 전날 마담에게 했던 말을 되풀이했다. 그리고 마담이 그 얘기를 이미 케이퍼에게 말했다는 것을 확실히 알 수가 있었다.
"이 루체른보다 좋은 곳은 다시 없을 겁니다. 전란으로 황폐해진 세계의 평화로운 오아시스 같은 곳이죠. 여기 있으면 지금 전쟁 중이란 걸 거의 잊게 되거든요. 그래서 이곳으로 온 것이랍니다. 제 직업은 저널리스트입니다."
"글을 쓰시는 줄은 정말 몰랐습니다그려." 어센덴은 어름한 미소를 띠며 말했다. 그러나 '전란으로 황폐해진 세계의 평화로운 오아시스'라는 말은 해운회사에서 배운 것이 아니라는 것은 확실하다.

"전 독일 여자와 결혼했어요."

"호오, 그러세요?"

"하지만 누구도 저보다 더 조국을 사랑할 수는 없을 겁니다. 저는 순수한 영국 사람이고, 대영제국이야말로 세계사상 선을 위해 가장 위대한 공헌을 한 나라라는 제 의견에 추호도 거리끼는 바가 없습니다만, 독일인 아내를 맞음으로 해서 자연히 문제의 양면성을 많이 깨닫게 되었지요. 물론 독일인에게 결점이 있다는 것은 말할 필요도 없겠지만, 솔직히 말해서 저들이 악마의 화신이라고는 인정할 수 없어요. 전쟁이 터졌을 때 가엾은 제 처는 영국에서 아주 시달림을 받았었는데, 그 일로 해서 처가 원한을 느꼈다 해도 저로서는 처를 꾸짖을 수 없었습니다. 모두들 처가 스파이일 거라고 생각했었거든요. 제 처를 보시게 되면 아마 웃으실 겁니다. 전형적인 독일의 가정주부여서, 가정의 일과 저와 우리 외아들인 프리츠를 돌보는 것 말고는 아무것도 모른답니다."

케이퍼는 개를 어루만져 주면서 가만히 웃었다.

"그래, 프리츠, 너는 우리 자식이지? 그렇지? 자연히 제 입장이 거북하게 되었지요. 몇몇 유력한 신문에 관계하고 있었는데 편집장들도 그 문제엔 그다지 도움이 되지 않더군요. 하여간 간단히 말해서, 일단 사퇴하고 폭풍우가 지나갈 때까지 중립국에 가 있는 것이 최선의 방법이라고 생각했던 거죠. 집사람과 저는 전쟁 얘기를 전혀 하지 않습니다. 그렇지만 그건 아내를 생각해서라기보다 저 때문이랍니다. 집사람은 저보다 훨씬 아량이 넓어 이 지긋지긋한 사태를, 제가 아내를 생각하는 것보다는 더 제 입장에 서서 생각해 주려 한답니다."

"그것 참 대단하네요. 대개 남자보다 여자가 감정적일 텐데요." 어센덴이 말했다.

"제 처는 정말 놀랄 만한 사람이에요. 꼭 당신을 소개하고 싶습니다. 그런데 제 이름을 아시는지 모르겠군요. 그랜틀리 케이퍼라고 합니다."

"저는 서머빌이라고 합니다." 어셴덴이 말했다.

어셴덴은 검열부에서 하고 있는 일에 대해서 얘기했다. 그러자 어쩐지 케이퍼의 눈이 열심히 지켜보고 있는 듯 느껴졌다. 이윽고 그는, 잊어버린 독일어를 연마하기 위해서 독일어 회화선생을 찾고 있다고 말했다. 그렇게 말하면서 문득 어떤 생각이 떠올랐다. 케이퍼를 보니 그도 역시 같은 생각을 한 모양이었다. 두 사람이 거의 동시에, 어셴덴의 선생으로는 케이퍼 부인이 좋겠다는 생각이 들었던 것이다.

"마담에게 사람을 구해 달라고 부탁했더니 알아 봐 주겠다더군요. 한 번 더 부탁해 봐야겠어요. 하루에 한 시간 정도 와서, 독일 말로 내게 얘기를 해 주면 되니까 구하기가 어렵지 않을 겁니다."

"마담이 권하는 사람은 좋지 않을 것 같은데요. 결국 당신은 북독일식 발음을 하는 사람을 찾으실 텐데, 마담은 스위스식이거든요. 제 아내에게 마땅한 사람이 있는지 물어보지요. 아내는 교육을 많이 받은 여자니까 아내가 추천하는 사람이면 믿을 만할 겁니다." 케이퍼가 말했다.

"정말 감사합니다."

어셴덴은 마음 놓고 그랜틀리 케이퍼를 관찰했다. 어젯밤에는 깨닫지 못했으나, 작고 회록빛을 띤 눈이 쾌활하고 솔직해 보이는 불그레한 얼굴과는 모순된 인상을 풍겼다. 그 눈은 재빠르고 신속하게 움직이다가도 눈 뒤의 마음이 갑작스런 어떤 생각에 사로잡히게 되면 별안간 정지하는 것이었다. 그 모양은 뇌의 작용이 기묘하다는 것을 느끼게 해 주었다. 여하튼 남의 신용을 얻을 수 있는 눈은 아니었다. 그러나 케이퍼는 그 점을, 명랑하고 호인다운 웃음과 넓적하고 볕에 그을은 얼굴에 보이는 솔직함과 마음을 편안히 해주는 뚱뚱한 체구와 크고 굵직한 목소리의 쾌활성 등으로 얼버무리고 있었다. 그는 지금 상냥하게 대하려고 최선을 다하고 있다. 어센덴은 이야기를 하는 동안 역시 수줍어 하긴 했으나 사람을 편안하게 해주는 쾌활하고 진정 어린 태도로써 신임을 얻었다. 이 사나이가 스파이인가 하고 생각하니 어센덴은 호기심이 솟구쳤고, 매달 40파운드밖에 안 되는 돈 때문에 이자는 조국을 팔고 있구나 하는 생각이 들자, 이자의 얘기에 흥미가 생겼다.

어센덴은 케이퍼가 팔아넘긴 고메츠라는 스페인 청년을 알고 있었다. 그는 모험을 좋아하는 혈기왕성한 젊은이였고, 돈벌이를 위해서가 아니라 로맨스를 열렬히 좋아했기 때문에 그 위험한 임무를 떠맡았던 것이다. 재치 없는 독일인을 속여먹는 것이 재미있었고, 값싼 선정소설류의 등장인물과도 같은 역할을 맡는 것이 유머러스한 그의 기질에 맞았던 것이다. 그 젊은이가 지금은 교도소 내의 지하 6피트 되는 곳에 묻혀 있다는 생각을 하니 마음이 몹시 언짢았다. 그는 한창 젊은 나이였으며 행실도 기품이 있었던 자였다. 케이퍼는 그 청년을 죽음의 세계로 팔아 넘겼을 때 양심의 가책을 받지 않았는지 어센덴은 궁금했다.

"독일 말을 조금은 하시죠?" 케이퍼는 이 새로 사귄 사람에게 흥미를 느낀 듯이 물었다.

"네, 독일에서 수학한 적이 있어서 제법 유창하게 말할 줄 알았었는데, 이미 오래 전의 일이라 다 잊어 버렸습니다. 아직 독서는 그런 대로 해나갈 수 있지만요."

"참 어젯밤 독일 책을 읽고 계셨지요." 얼간이 같은 녀석! 어제 저녁 식사 때에는 보지 못했다고 조금 전에 말해 놓고서는. 어센덴은 그가 이런 실수를 깨닫지 못하는 것이 이상했다. 하긴 실수 한번 안

한다는 것이 쉬운 일은 아니지만 어셴덴도 주의를 단단히 해야 한다. 그가 제일 신경 쓰이는 일은, 가명인 서머빌로 그리고 어셴덴이 무언가 알고 있지나 않나 표정을 살펴보려고 케이퍼가 일부러 실언했을 가능성도 있는 것이었다.

"집사람이 저기 오는군요. 매일 오후가 되면 산에 올라가기로 하고 있습니다. 좋은 산길을 가르쳐 드릴까요? 요즘도 꽃이 피어 있는 곳이 있답니다."

"아무래도 몸이 좀더 회복될 때까지 기다려야 할 것 같습니다." 어셴덴은 한숨을 쉬며 말했다.

그는 원래 안색이 창백해서 퍽 쇠약하게 보이는 편이었다. 계단을 내려온 케이퍼 부인은 남편과 함께 거리로 나갔고 프리츠는 그들 주위를 뛰어 다니고 있었다. 어셴덴은, 케이퍼가 곧 뭔가 수다를 떨기 시작하는 것을 볼 수 있었다. 분명 어셴덴과 만난 결과를 아내에게 얘기하는 것이리라. 어셴덴은 호수 위에서 화사하게 빛나는 햇빛을 바라보았다. 푸르른 나뭇잎이 미풍을 받아 산들거리고 있었고 모든 것이 산책하기에는 안성맞춤이었지만, 그는 일어나서 자기 방으로 돌아가 침대에 엎드려 낮잠을 즐겼다.

그날 밤, 식당에 들어가 보니 케이퍼 부부는 식사를 거의 마쳐가고 있었다. 어셴덴은 식사 때 나올 감자 샐러드를 마주 대하려면 아무래도 칵테일을 한 잔은 해야 될 것 같아, 우울한 기분으로 루체른 시가를 헤매다녔던 것이다. 케이퍼는 식당에서 나가려다 말고 어셴덴 앞에 멈춰 서더니 함께 커피를 마시지 않겠느냐고 물었다.

얼마 후 홀에 있는 부부에게로 다가갔더니, 케이퍼가 일어나서 그를 아내에게 소개했다. 그녀는 딱딱하게 고개를 숙였을 뿐, 어셴덴의 정중한 인사에 답례의 미소조차 띠지 않았다. 그녀의 태도가 확실히 적의를 품은 태도라는 것은 쉽게 알 수가 있었지만 어셴덴은 도리어 마음이 편했다. 그녀는 마흔 살 가까운 평범한 여자인데, 살갗은 거칠고 얼굴도 윤곽이 뚜렷하지 못했다. 다갈색 머리는 《나폴레옹 전기》에 나오는 프러시아 왕비처럼 땋아 둘둘 감고 있었다. 몸은 네모꼴로, 뚱뚱하다기보다는 통통하게 살쪄 있어 건강하게 보였다. 통통했지만 어리석어 보이진 않았다. 오히려 총명한 여자로 보였다. 어센덴은 독일에서 한동안 산 적이 있어서 이런 타입의 여자를 잘 알고 있었다. 이런 타입은 집안일도 잘 해내고 요리도 잘하며 등산도 하는 데다가, 또 엄청나게 박식하기까지 하다. 그녀는 볕에 그을은 목을 드러낸 흰 블라우스에 검은 스커트를 입고, 묵직한 산책용 구두를 신고 있었다. 케이퍼는 어센덴이 자신에 관해 한 말을 그녀가 아직 모르고 있기라도 한 양 쾌활하게 영어로 얘기했지만, 그녀는 뚱한 얼굴로 듣고 있었다.

"독일 말을 알아들을 줄은 아신댔죠?" 케이퍼가 커다랗고 불그레한 얼굴에 웃음을 띠고 말했다. 그러나 그의 작은 눈은 침착하지 못하게 두리번거리고 있었다.

"예, 하이델베르크에서 얼마간 공부한 적이 있어서."

"어머, 그러세요?" 케이퍼 부인이 영어로 말했는데, 얼마간 호기심으로 얼굴엔 뚱하던 표정이 풀려 있었다. "하이델베르크는 잘 알아요, 저도 그곳에서 1년쯤 공부를 했었거든요." 그녀의 영어는 정확하긴 했으나 쉰 듯한 음성과, 발음을 너무 또박또박 하는 것이 귀에 거슬렸다. 어센덴은 전통 깊은 대학가와 그 근교의 아름다운 경치를 침이 마를 정도로 칭찬하였다. 그녀는 게르만적 우월감에서 가만히 듣고 있었는데 열심히 귀를 기울인다기보다는 겨우 참고 들어주는 것 같은 표정이었다.

"잘 알려진 바이지만, 네카 계곡은 전 세계에서도 경치 좋은 곳으로 손꼽히는 곳이지요." 그녀는 말했다.

"여보, 아직 당신에게 얘기하진 않았지만 말이오," 케이퍼가 말참견을 했다. "서머빌 씨는 여기 묵으시는 동안 회화 지도를 해줄 만한 선생을 찾고 있는 중이라오. 그래서 아마 당신이 선생을 소개해줄 거라고 말씀드렸소."

"글쎄요, 올바르게 추천할 만한 사람이 없어요. 스위스식 발음은 귀에 거슬리거든요. 서머빌 씨도 스위스 사람과 이야기를 나누다가는 오히려 손해만 볼 거예요."

"서머빌 씨, 제가 당신이라면 제 아내에게 지도해 주도록 청해 볼 텐데요. 이런 말을 하면 어떨지 모르겠지만 제 아내는 아주 교양 있고 교육도 많이 받은 여자이니까요."

"어머나, 그랜틀리, 전 짬이 없어요. 제 일도 해야 하잖아요."

어센덴은 마침내 기회가 왔다고 생각했다. 올가미를 쳐 놓았으니 그가 할 일이란 그 속에 뛰어드는 것뿐이다. 그래서 어센덴은 예의 바르게 케이퍼 부인 쪽으로 돌아서서 수줍어하며, 겸손하게 부탁하는 태도로 말했다.

"물론 부인께서 가르쳐 주신다면 아주 좋겠지요. 정말이지 영광으로 생각하겠습니다. 전 이곳에서 요양하는 중이니 달리 할 일도 없으니까 시간은 부인께서 편리하실 대로 맞추겠습니다."

어센덴은 부부 사이에 만족한 듯한 눈빛이 오가는 것을 느꼈고, 케이퍼 부인의 파란 눈이 야릇하게 타오르는 것을 본 듯했다.

"단순한 비즈니스라고 생각하는 게 좋겠군. 집사람이 용돈 벌이를 해서 나쁠 건 없으니까요. 한 시간에 10프랑이면 너무 비쌀까요?"

"아닙니다. 10프랑으로 일류 선생을 맞게 되어 얼마나 다행스러운지 모릅니다."

"여보, 뭐라고 말 좀 해요. 한 시간쯤은 틈을 낼 수 있겠지? 당신이 이 분에게 친절을 베풀면, 독일 사람 모두가, 영국에서 생각하는 것처럼 악마의 화신은 아니라는 걸 알게 될 거거든."

케이퍼 부인은 불쾌한 듯 이맛살을 찌푸렸다. 그것을 보고 어센덴은 앞으로 그녀와 마주 대하게 될, 매일의 회화 시간이 염려되지 않을 수 없었다. 이 따분하고 까다로운 여자와 마주앉아 얘깃거리를 찾아내려면 머리를 짜내야 할 것이고, 이 여자 역시 많이 애를 써야 할 것이다.

"그럼 기꺼이 서머빌 씨에게 회화 지도를 해 드리겠어요."

"축하하오. 서머빌 씨. 한 턱 내셔야겠소. 그런데 언제부터 시작하겠습니까? 내일 11시부터가 어떨까요?" 케이퍼가 떠들썩하게 말했다.

"부인께서 좋으시다면 저는 괜찮습니다만."

"아, 저도 그 시간이면 좋겠어요." 그녀는 대답했다.

어센덴은 곧 자리를 떴다. 두 부부는 자신들의 사교술 덕분에 얻게 된 다행한 성과를 마음껏 즐겼을 것이다.

이튿날 아침 11시 정각 문을 노크하는 소리를 들었을 때(케이퍼 부인이 어센덴의 방에서 레슨을 하도록 결정했던 것이다) 문을 열면서 그는 어쩐지 떨렸다. 솔직하고 다소 지각 없는 듯해야 했었는데, 충분히 이지적이면서도 충동적인 독일 여자와 대하니 아무래도 조심스러워졌다. 케이퍼 부인의 얼굴은 어둡고 뚱하였으며 어센덴과 접촉하는 걸 분명히 싫어하는 눈치였다.

자리에 앉자 그녀는 거만스러운 태도로 독일 문학에 관한 지식을 질문하기 시작했다. 그녀는 어센덴이 잘못을 저지르면 정확하게 고쳐 주고 독일어 구문의 어려운 점을 물으면 간단명료하게 설명해 주었다. 그에게 레슨을 해 주는 것은 싫지만, 양심적으로 하려고 마음먹은 것이 분명했다. 가르치는 데에 재능이 있는데다 가르치는 것에 정열을 느끼는 듯, 시간이 흐름에 따라서 더욱 열성적으로 가르쳤다. 이미 그가 야만스런 영국인이라는 것을 깜박 잊고 있는 모양이었다. 어센덴은 그녀 마음속의 무의식적인 갈등을 알아채고 흐뭇해 하였다. 나중에 케이퍼가 레슨이 어떻더냐고 물었을 때, 매우 만족스럽다고 대답했는데 그것은 진심이었다. 케이퍼 부인은 훌륭한 교사요, 아주 흥미로운 인물이었다.

"제가 말씀드렸죠. 집사람은 무척 뛰어난 여자랍니다."

케이퍼가 마음에서 우러나는 태도로 환하게 웃으며 이렇게 말했을 때, 비로소 그의 거짓 없는 참모습이 드러났다고 어센덴은 생각하였다. 며칠이 지나자, 케이퍼 부인이 그에게 레슨을 해 주는 것은 오로지 남편을 그에게 더욱 친밀하게 접근시키기 위해서라는 것을 알게 되었다. 그녀는 문학, 음악, 미술에만 화제를 국한시켰고, 어쩌나 보려고 전쟁으로 얘기 방향을 슬쩍 돌렸더니 여지없이 말을 막아 버리는 것이었다.

"그 얘긴 피하는 게 좋을 것 같아요, 서머빌 씨."

그녀는 계속, 아주 철두철미하게 가르쳐 주었으므로 어센덴은 돈이 아깝지 않았다. 그러나 그녀는 매일같이 뚱한 얼굴을 하고 방으로 들어섰고, 가르친다는 즐거움만으로 그에 대한 본능적인 혐오감을 잠시 잊어버리는 것뿐이었다. 어센덴은 여러 모로 농간을 부려 보았으나 모두 허사였다. 비위를 맞춰 보기도 하고, 순진한 척하기도 하고, 겸손하게 대하기도 하고, 소박하고 수줍어하는 양 해보기도 하였지만, 그녀의 싸늘한 적개심은 그대로였던 것이다. 그녀는 광신적이어서, 그녀의 애국심은 사심 없이 강렬하기만 하였고, 독일이 모든 면에서 우월하다는 생각에 사로잡혀 있었다. 그러한 그녀가 독일의 발전을 저해하는 큰 장애가 영국에 있다고 보았으므로 영국을 지독하게 증오하는 것이었다. 그녀의 이상은 독일인의 세상을 구축하여 그 밖의 나라들은 로마제국보다도 훨씬 강대한 지도권 밑에서 독일의 과학, 예술, 문화를 향수하게 하는 것이었다. 이 생각은 그야말로 뻔뻔스러운 것이라 어센덴의 유머 감각을 몹시 자극했다. 그러나 그녀도 어리석진 않았다. 여러 나라 말에 능통하여 독서도 많이 했고, 자신이 읽은 책을 아주 재치 있게 평할 줄도 알았다. 현대미술과 현대음악에도 조예가 깊어 어센덴은 적잖이 놀랐다. 한번은 점심 전에, 그녀가 드뷔시의 아름다운 소품 하나를 연주하여 감상한 적도 있었다. 프랑스인의 작품이라 너무 가볍다는 이유로 경멸하는 듯 연주하였으나, 그 곡이 우아하고 화려하다는 것은 어쩔 수 없이 인정하고 있었다. 어센덴이 그녀의 솜씨를 칭찬하자 어깨를 으쓱하고는 말했다.

"퇴폐적인 나라의 퇴폐적인 음악이에요." 그렇게 말하고 베토벤의 어느 소나타의 제일절의 화음을 힘차게 치기 시작했으나 곧 손을 떼고 말았다.

"잘 안 되는군요, 연습을 하지 않아서. 그런데 당신네 영국인도 음악을 아나요? 퍼셀 이후 작곡가다운 작곡가는 한 사람도 없잖아요!"

"이 말을 어떻게 생각하십니까?"

어센덴은 곁에 서 있는 케이퍼에게 웃으며 물었다.

"사실은 인정해야죠. 제가 음악에 관해 다소나마 알고 있는 것도 집사람이 가르쳐 준 거거든요. 집사람이 연습할 때 한번 들어 보시죠." 케이퍼는 손가락이 뭉툭하고 투실투실한 손을 아내의 어깨에 얹었다. "너무나 아름다워서 심금을 울릴 정도랍니다."

"어머, 이이가. 흉보시는 줄도 모르고." 그녀는 부끄럽게 타박했다. 그녀의 입술이 순간 파르르 떨렸으나 이내 냉정을 되찾았다. "당신네들 영국 사람은 그림도 그릴 줄 모르고, 조각도 할 줄 모르고 작곡도 못하더군요."

"간혹 재미있는 시를 쓰는 사람은 있죠." 화를 내어서는 안 되기 때문에 어셴덴은 유머러스하게 대답했다. 그리고 자기도 모르게 머리에 떠오르는 시를 두 구절만 읊었다.

어디로 가는가, 오오 멋진 배여,
하얀 돛을 달고, 불어오는 서풍의 품에 안겨.

"그렇군요. 영국 사람도 시는 지을 줄 아는 군요, 왜 그럴까요?" 케이퍼 부인은 기묘한 몸짓을 하며 말했다.
그러고는 놀랍게도, 걸걸한 목소리의 영어로, 그가 막 읊었던 그 시의 다음 두 구절을 암송하는 것이었다.
"자, 그랜틀리, 점심 준비가 다 되었을 거예요. 식당에 갑시다."
두 사람이 간 후 어셴덴은 생각에 잠겼다. 어셴덴은 선인(善人)을 찬미하기는 하나 그렇다고 악인에게 분격하지는 않는다. 사람에게 애착을 느끼기보다는 객관적인 흥미의 대상으로 삼는 경우가 많아서 때로 주위 사람들은 그를 냉혹하다고 생각한다. 또 가끔 어떤 사람에게 애착을 느끼더라도 상대의 장점과 단점을 명확히 분간한다. 사람을 좋아하게 되었더라도 그 사람의 결점이 보이지 않았다거나——그는 결점에 신경을 쓰지 않고 어깨를 으쓱하며 받아들인다——상대가 가지지 않은 장점을 멋대로 부여해 놓아서가 아니다. 그는 솔직 담백하게 친구들을 판단하므로 친구가 그를 실망시키는 일도 없거니와 친구를 잃어버리는 일도 없다. 그는 자신이 해 줄 수 있는 이상의 것을 상대방이 요구해 오게끔 하지는 않는 것이다. 그래서 케이퍼 부부에 대해서도 편견과 감정을 배제하고 관찰할 수 있었다. 케이퍼 부인은 개성적인 사람이라 이해하기 쉬웠다. 그녀는 확실히 그를 싫어한다. 그녀로서는 그에게 상냥하게 대해야 하건만 혐오감이 너무 강렬해서 이따금 무례한 태도를 보이는 것이다. 무사히 해치울 수만 있다면 서슴지 않고 그를 죽여 버렸을 것이다. 그러나 케이퍼가 투실투실한 손을 그녀의 어깨에 지그시 얹는 모습이나 그 밑에서 그녀가 입술을 약간 떠는 모습으로 보아, 이 무뚝뚝한 여자와 천박하고 뚱뚱한 남자가 깊고 진지한 애정으로 맺어져 있다는 것을 간파할 수 있었다. 그것은 감동적이기까지 했다.

어센덴은 지난 며칠 동안 관찰한 것, 눈치는 챘으나 별로 의미가 없다고 생각된 것 등을 종합해 보았다. 케이퍼 부인이 남편을 사랑하는 것은, 그녀가 남편보다 개성이 강하고 남편이 그녀에게 의지하고 있기 때문이라고 생각되었다. 그녀는 남편이 자기를 존경하기 때문에 그를 사랑하고 있는 것이다. 머리는 좋으나 유머가 없고, 뚱하고 못생기고 침울한 이 여자는, 그를 만날 때까진 사나이의 사랑을 받은 일이 없었던 것이다. 그녀는 그의 원기 왕성한 태도와 떠들썩한 익살을 재미있어 했을 것이고, 그의 혈기가 그녀의 잠자던 정열을 일깨운 것이리라. 케이퍼는 덩치만 커다란 개구쟁이 소년일 뿐 아무것도 아니기에 그녀는 그러한 그에게 모성애적인 애정을 품고 있는 것이다. 오늘의 그를 만들어 낸 것은 그녀며, 그는 그녀의 남편으로, 그녀는 그의 아내로 살아간다. 그녀는 남편의 결점에도 불구하고(명석한 두뇌를 가진 여자이니 그 결점이야 이미 알고 있을 것이다) 그를 사랑하고 있다. 그야말로 이졸데가 트리스탄을 사랑한 것처럼 사랑하고 있는 것이다. 그러나 그에게는 스파이라는 오점이 있다. 인간의 약점에 관대한 어센덴마저도, 돈 때문에 조국을 배반한다는 것은 용납하기 어려웠다. 물론 그녀는 그것을 알고 있었다. 그리고 어쩌면 그가 애초에 접촉하게 된 것도 그녀를 통해서일지도 모른다. 그녀가 권장하지 않았던들 그는 그런 일을 맡을 위인이 못 되었던 것이다. 그녀는 그를 사랑하며, 근본은 솔직하고 정직한 여자이다. 남편더러 이런 야비하고 불명예스러운 일을 하게 할 때, 대체 어떻게 스스로를 납득시켰을까? 어셴덴은 그녀의 마음을 더듬어 보려 애썼으나 미로에 빠질 뿐 추측할 길이 없었다.

그랜틀리 케이퍼의 경우는 좀 다르다. 그에게는 이렇다 할 장점이 없다. 하긴 어셴덴도 그에게서 장점을 찾으려는 것은 아니다. 그렇지만 이 뚱뚱하고 비속한 자에게는 특이한 점, 엉뚱한 점이 많다. 어셴덴은 이 스파이가 은근히 자기에게 올가미를 씌우려 하는 것을 재미있어 하며 바라보고 있었다. 레슨이 시작되고 며칠 지난 어느 날, 케이퍼는 저녁을 먹고 난 후, 부인이 2층에 올라가자 어셴덴 곁의 의자에 털썩 앉았다. 그러자 애견 프리츠가 이내 쫓아와서는 까만 코를 한 기다란 주둥이를 그의 무릎에 얹었다.

케이퍼는 말했다. "이 놈은 머리가 나빠요. 하지만 마음은 착하답니다. 이 조그만 핑크색 눈을 보십시오. 멍청하기 짝이 없잖아요? 게다가 못생기고. 그런데도 어쩔 수 없는 매력이 있답니다!"

"기른 지 오래 되나요?" 어셴덴이 물었다.

"1914년, 그러니까 전쟁이 일어나기 직전에 얻었지요. 참, 그런데 오늘 뉴스를 어떻게 생각하나요? 집사람하고 나는 전혀 전쟁 얘길 안 해서, 마음을 털어 놓을 수 있는 우리나라 사람을 만나서 얼마나 기뻤는지 모르실 거예요."

그는 어셴덴에게 값싼 스위스제 시가를 건넸는데 어셴덴은 이 유감천만인 제물을 임무 탓으로 돌리며 어쩔 수 없이 받아들였다.

"물론 독일군은 승산이 없어요. 그럴 가능성은 전혀 없지요. 아군이 들어오는 날엔 여지없이 밀리고 말 겁니다." 케이퍼는 말했다.

그의 태도는 진지하고 성실하고 자신에 차 있었고 어셴덴은 그저 응대만 할 따름이었다.

"아내의 국적 때문에 전쟁 일에 관여하지 못한다는 건 일생일대의 한입니다. 전쟁이 일어나자마자 지원했지만 나이 탓에 퇴짜를 맞았지요. 그러나 장담해 두지만요, 전쟁이 더 오래 지속되면 아내에 상관치 않고 무슨 일이든 할 겁니다. 저는 여러 나라 말을 할 줄 아니까, 검열부에서 일할 수 있을 것 같은데 당신은 그곳에서 근무하신댔죠?"

그가 노렸던 것은 바로 이것이었다. 그의 교묘한 질문에 대한 대답으로, 어셴덴은 미리 준비해 두었던 정보를 말해 주었다. 그러자 케이퍼는 의자를 바싹 당겨 앉으며 언성을 낮춰 말했다.

"기밀에 속하는 얘긴 안 하시는 게 좋습니다. 이 근처의 스위스 사람은 모조리 친독파니까요. 엿듣기라도 하면 곤란하거든요."

그리고 그는 화제를 바꾸어, 비밀 비슷한 것을 어셴덴에게 몇 가지 말해 주었다.

"누구에게도 이런 말을 해 주지 않았는데 말이오. 나는 꽤 중요한 지위에 있는 사람들을 몇 사람 알고 있어요. 물론 그 사람들은 나를 믿고 있지요." 이 말에 용기를 얻은 어셴덴은, 계획대로 몇 가지를 더 털어 놓았다. 그래서 두 사람이 헤어질 때는 둘다 만족하게 되었다. 아마 내일 아침쯤이면 케이퍼의 타자기는 바쁘게 될 것이고, 베른에 있는 정력적인 소령은 곧 흥미진진한 보고를 받을 것이다.

어느 날 밤, 식사를 마치고 위층으로 가던 어셴덴은 열려 있는 욕실 앞을 지났다. 그 안에는 케이퍼 부부가 있었다.

"들어오시죠." 케이퍼가 명랑하게 외쳤다. "프리즈를 씻겨 주고 있습니다." 그 불테리어는 노상 몸을 더럽히고 있었으나, 케이퍼는 개를 깨끗하고 하얗게 해주는 것을 자랑으로 여겼다. 어셴덴은 안으로 들어갔다. 소매를 걷어 올리고 하얀 색깔의 커다란 에이프런을 두른 케이퍼 부인이 욕조 옆에 서 있고, 바지와 내의를 입은 케이퍼는 굵직하고 주근깨투성이인 팔을 드러내 놓고 더러운 개를 비누로 씻어 주고 있었다.

"밤이 되어야 이놈을 씻겨 줄 수 있습니다. 피츠제럴드 부부도 이 욕실을 쓰시니까요. 아마 여기서 개를 씻어 준 걸 아신다면 난리 날걸요. 그래서 그분들이 잠들 때까지 기다린답니다. 자, 프리츠, 이리 와. 얼굴 씻을 때도 얼마나 얌전하게 있는지 이분한테 뵈 드려야지."

그 가엾은 개는 끙끙거리려다가, 저에게 해 주려는 이 일이 아무리 싫더라도 하느님께 맹세코 대들지 않겠다는 것을 보이듯이, 힘없이 꼬리를 흔들면서 6인치가량 물이 찬 욕조 속에 서 있었다. 개는 온몸이 비누거품으로 덮였고 케이퍼는 얘기를 하면서도, 굵직한 손으로 개를 씻겨 주고 있었다.

"요놈도 눈보라처럼 새하얗게 되면 제법 산뜻해진답니다. 그러면 주인인 나도 펀치만큼이나 우쭐거리며 데리고 다니겠죠. 조그만 암캐들이 이렇게 말할 거예요. '어럽쇼, 스위스가 온통 제 것인 양 걷고 있네. 저 잘생기고 귀족적인 불테리어는 누구일까?' 하고요. 자, 귀를 씻어 줄 테니 가만히 있어라. 귀에 때를 묻힌 채 거리에 나다닐 수는 없잖아, 안 그래? 더러운 스위스 꼬마들처럼 말이다. 체통은 지켜야 하거든. 자, 이번엔 코, 아이고 비누거품이 귀여운 핑크색 눈에 들어갔잖아, 눈이 쓰라릴 텐데."

케이퍼 부인은 그의 농담 때문에 넙죽하고 못생긴 얼굴에 재미있는 듯 조용한 미소를 띠며 듣고 있다가 이윽고 가만히 수건을 집어 들었다.

"자, 물 속에 들어갑니다, 머리부터."

케이퍼는 개의 앞다리를 잡고서 한번 또 한번 물에 처박았다. 개가 놀라 버둥거리는 바람에 물이 튀었다. 케이퍼는 욕조에서 개를 꺼냈다.

"자, 엄마한테 가서 닦아 달라고 해라."

케이퍼 부인은 앉아서 힘센 다리 사이에 개를 끼우고 이마에 땀이 송알송알 맺힐 때까지 박박 닦았다. 숨이 막힐 듯하여 바동거리던 프리츠는, 마침내 일이 완전히 끝나자 하얗게 반짝이는 얼굴을 멍청히 내밀었다.

"역시 혈통이 문젭니다." 케이퍼가 의기양양해서는 외쳤다. "요놈의 조상은 64대 전까지 알려져 있습니다. 모두 혈통이 좋은 것들뿐이죠."

어센덴은 얼마간 어수선한 심정으로 계단을 올라가면서 부르르 몸을 떨었다. 그후 어느 일요일, 케이퍼가 아내와 함께 소풍을 나가 산속의 조그만 레스토랑에서 점심을 먹기로 하였다고 얘기하면서 비용은 각자 부담으로 하고, 함께 가자고 제의해 왔다. 루체른에 온 지 3주일이 넘었으니 그의 체력이 그 정도의 산책은 견뎌낼 수 있다 해도 괜찮으리라.

그들은 일찍 출발하였다. 케이퍼 부인은 산책용 구두에 티롤 모자, 그리고 등산용 지팡이를 든 퍽 실용적인 차림이었고, 케이퍼는 반바지에다 스타킹을 신은 영국적인 옷차림이었다. 어센덴으로서는 요즘의 상황이 퍽 재미있고 해서, 그날은 마음껏 즐기기로 작정하였다. 그러나 언제나 주의를 기울여야만 한다. 케이퍼 부부가 그의 정체를 눈치채지 못했다고 확신할 수는 없으니, 절벽 가까이는 가지 않는 것이 좋을 것이다. 케이퍼 부인은 주저 없이 그를 떠밀어 버릴 것이고, 케이퍼는 쾌활하긴 하지만 다루기 힘든 녀석이기 때문이다. 그러나 겉으로는 이 찬란한 아침에 상쾌한 어센덴의 기분을 망칠 것은 아무것도 없었다. 공기는 향기롭고 케이퍼는 내내 이야기를 하고 있었다. 명랑하고 쾌활하게 익살맞은 얘기를 해 주었다. 크고 불그레한 얼굴은 땀투성이고, 피둥피둥 살찐 자기를 놀리면서 껄껄 웃기도 하였다.

그리고 놀랍게도 고산식물에 대해서 무척 박식하였다. 오솔길에서 좀 떨어진 곳에 핀 풀꽃을 발견하면 따러 가기도 하고 아내에게 따다주기도 했다. 그는 풀꽃을 사랑스러운 듯 바라보았다.

"아름답잖아요?" 그는 큰 소리로 말했다. 그의 침착하지 못한 회록색 눈은 순간 어린아이의 눈처럼 솔직담백하였다.

"마치 월터 새비지 랜더의 시 같지요."

"식물학은 저이가 가장 좋아하는 학문이에요. 어떤 때는 우스워지기까지 해요. 너무 꽃을 좋아해서요. 푸줏간에 밀린 외상값을 갚을 돈도 없어 쩔쩔매는 판인데, 호주머니 돈을 몽땅 털어서 장미꽃다발을 사다 주지 뭐예요." 케이퍼 부인이 말했다.

"정원에 꽃을 심는 자의 마음에도 꽃이 피리라." 케이퍼가 프랑스어로 말했다. 어셴덴은, 산책에서 돌아온 케이퍼가 유쾌한 듯, 지나치게 정중한 태도로 고산식물의 꽃다발을 피츠제럴드 부인에게 바치는 것을 한두 번 본 적이 있었는데, 방금 알게 된 사실로 보아서 그의 사소한 그 행동에는 어떤 의미가 있었던 모양이었다. 화초에 대한 그의 정열은 순수한 것이라, 아일랜드 노파에게 꽃다발을 줄 때도 그로서는 값진 것을 준 셈이다. 어셴덴은 식물학을 따분한 학문이라고 생각하고 있었으나, 걸어가며 힘차게 얘기해 주는 케이퍼 덕분에 식물학을 생기에 차고 흥미로운 것으로 여기게 되었다. 그는 꽤 연구를 많이 한 것 같았다.

케이퍼가 말했다. "책을 써낸 일은 없어요. 이미 책은 많이 나와 있는데다, 훨씬 빨리 돈이 생기고 또 금세 잊혀져 버리는 신문기사를 쓰는 것으로 뭔가 쓰고 싶은 욕망을 만족시킬 수 있으니까요. 그렇지만 이곳에 더 오래 있게 된다면 스위스의 들판에 피어 있는 꽃에 대해서 책을 쓰고 싶은 생각이 든답니다. 당신도 좀 일찍 오셨더라면 좋았을 텐데요. 정말 놀라울 정도였거든요. 사람들은 아마 그래서 시인이 되고 싶어하나 봐요. 헌데 전 고작 신문기자에 지나지 않아서."

 케이퍼가 참된 감정과 거짓된 사실을 섞어 얘기하는 모습을 보고 있으려니 이상한 기분이 들었다. 산과 호수가 바라다 보이는 호텔에 도착하여 그가 찬 맥주 한 병을 꿀꺽꿀꺽 마시는 모습엔 순수한 기쁨이 엿보여 보기에도 흐뭇했다. 그처럼 단순한 것에서 그처럼 기쁨을 느끼는 인간에겐 호감을 갖지 않을 수 없다. 그들은 스크램블드 에그와 산간지방에서 낚은 송어로 점심을 맛있게 먹었다. 케이퍼 부인마저 주위의 풍경에 감동해서인지 평소와는 달리 상냥하였다. 호텔은 쾌적한 전원 속에 파묻혀 있어 마치 19세기 초기의 여행서적 속에 나오는 스위스 산골집(châlet)의 삽화 같았다. 부인은 여느때의 적개심마저 없이 어센덴을 대해 주었다. 그곳에 도착했을 때, 케이퍼 부인은 독일 말로 경치가 아름답다고 탄성을 질렀다. 그리고 아마도 먹고 마시고 해서 마음이 누그러졌던지, 눈앞에 펼쳐진 장관을 하염없이 바라보고 있는데, 그 눈에는 눈물이 그득히 고여 있었다. 그녀는 손을 내밀었다.

 "무섭고 부당한 전쟁을 하는 중인데도 지금 이 순간 내 마음속엔 행복과 감사로 가득 차 있으니, 두렵기도 하고 부끄럽기도 해요."

 케이퍼는 그녀의 손을 잡고 꼭 쥐어 주면서 여느때와는 달리 독일 말로 그녀의 애칭을 불렀다. 우습긴 하나 감동적인 모습이었다. 두 부부의 감정일랑은 그네들에게 맡기고서, 어센덴은 정원을 거닐다가 관광객들을 위하여 만들어 놓은 벤치에 앉았다. 풍경은 물론 장관이었지만 다분히 유혹적이라, 마치 저속하고 속이 훤히 들여다보이지만 얼마 동안은 사랑의 자제심을 흔들어 놓는 종류의 음악과도 같았다. 어센덴은 근처를 서성거리며, 그랜틀리 케이퍼가 배신하게 된 연유를 곰곰이 생각해 보았다. 그는 괴팍한 사람을 좋아하긴 하지만 케이퍼는 생각 이상으로 괴팍한 점이 있었다. 그러나 케이퍼의 성미가 온순한 것만은 틀림없다. 쾌활한 것도 일부러 그런 척하는 것이 아니며 혈기왕성한 것 역시 가식적인 것이 아니다. 정말로 그는 사람이 좋다. 그는 언제나 친절하다. 호텔의 숙박객으로는 그들 외에도 아일랜드인 늙은 대령 부부가 있는데, 어센덴은 케이퍼가 이 노부부와 함께 있는 것을 종종 본 적이 있었다. 늙은 대령이 해주는 따분하기 짝이 없는 이집트 전쟁의 회고담을 재미있다는 듯이 경청하기도 하고 노부인을 유쾌하게 해주기도 한다. 어센덴은 케이퍼와 친근하게 지내다 보니, 반감보다는 호기심이 앞서게 되었다. 어센덴은 케이퍼가 단순히 돈 때문에 스파이가 되었다고는 생각되지 않았다. 그는 자기 수준에 맞는 취미를 가진 사람이고, 해운회사에서 받는 봉급은 케이퍼 부인 같은 훌륭한 살림꾼으로서는 충분했을 것이다. 게다가 전쟁 후는, 징병 연령을 넘은 자에게는 보수가 좋은 일자리가 얼마든지 있었다. 동료를 속임으로써 어떤 복잡한 쾌감 같은 걸 맛보려고 악랄한 짓을 즐겨 하는 자가 있는데, 그가 바로 그런 인물일지도 모른다. 그렇다면 그가 스파이가 된 것은, 자기를 투옥시켰던 조국을 원망해서도 아니며 아내를 사랑해서도 아니고, 그의 존재마저 모르는 한 거물급 인사를 비웃어 주려는 욕망 때문일 것이다. 그가 죄를 범하게 된 것은 허영심 때문일 수도 있고, 그의 재능이 정당한 평가를 받지 못하는 것에 대한 감정 때문일 수도 있으며, 아니면 그저 장난질을 치고 싶은 제멋대로의 개구쟁이 같은 욕망 때문일 수도 있다. 그러나 어떤 경우건 그는 악당인 것이다. 사실 불법행위는 단 두 번 드러났지만, 그가 두 번의 전과가 있다면 그것은 발각되지 않은 부정도 많이 저질렀다고 추측할 수 있는 것이다. 케이퍼 부인은 이것을 어떻게 생각하고 있을까? 그들 부부는 워낙 사이가 좋아 응당 알고 있을 것이다. 그토록 정직한 여자이니, 그의 행위가 수치스러웠을까? 아니면 사랑하는 남편의 어쩔 수 없는 변덕으로 받아들였을까? 그런 일을 못하게 하려고 애를 쓰긴 했을까? 또는 자기는 어쩔 도리가 없다고 눈감아 버렸을까?

인간이 모두 악인이거나 아니면 모두 선인이어서 거기에 따라 행동하게 된다면 인생은 얼마나 수월하고 단순할 것인가! 케이퍼는 악을 좋아하는 선인일까? 선을 좋아하는 악인일까? 도저히 합쳐질 수 없는 두 요소가 어떻게 한 마음속에서 조화를 이루며 공존할 수 있는 것일까? 한 가지 확실한 점은 케이퍼가 양심의 가책으로 괴로워하진 않는다는 것이다. 그는 취미생활을 하듯 그 비열하고 치사한 일을 하고 있다. 그는 배신 행위를 즐기면서 하는 매국노인 것이다. 어센덴은 일생 동안 인간성에 관해서 다소 의식적으로 연구해 왔으나, 중년에 이른 지금, 어린시절 알고 있었던 것만큼도 모른다는 생각이 든다. 물론 R대령이라면 이렇게 말할 것이다.

'바보같이 그 따위 공상으로 시간을 낭비하지 마시오. 그놈은 위험한 스파이오. 그자를 투옥시키는 것이 당신의 임무란 말이오.'

그것은 사실이다. 어센덴은 케이퍼와 어떤 타협을 보려 하더라도 허사가 되리라고 생각했다. 고용주를 배반하라면 서슴없이 그렇게 할 것은 뻔하지만, 바로 그래서 그를 신용할 수 없는 것이다. 아내의 영향력이 너무 큰데다가, 이따금 어센덴에게 하는 말과는 달리 마음속으로는 중앙제국이 전쟁에서 승리하리라 믿고 있었고 이기는 쪽에 붙으려고 마음먹고 있었다. 이러니, 케이퍼를 투옥시키기는 시켜야 할 터인데, 어떻게 해야 할지 어센덴은 아무런 생각도 나지 않았다. 별안간 말소리가 들려왔다.

"여기 계셨군요. 어디 숨으셨나 궁금해 했죠." 돌아다 보니 케이퍼 부부가 다가오고 있었다. 두 사람은 서로 손을 잡고 걸어왔다.

"아하, 이 경치 때문에 그렇게 꼼짝도 않으셨군요." 케이퍼는 그렇게 말하면서 사방을 바라보았다.

"어머나! 아름다워라." 케이퍼 부인은 두 손을 꼭 쥐었다.

"아, 정말 멋있어요." 그녀는 소리쳤다. "너무 멋있어요. 저 파란 호수와 눈이 덮힌 산을 보노라면, 괴테의 파우스트처럼 지나가는 시간에게 '멈춰라' 하고 외치고 싶어져요."

"영국에서 공습이랑 경계 경보를 당하며 살기보다는 훨씬 좋잖아요?" 케이퍼가 말했다.

"그야 물론이죠." 어셴덴이 대답했다.

"그런데 영국을 떠날 때, 아무런 문제도 없던가요?"

"아뇨, 전혀."

"요즘은 국경에서 까다롭게 군다던데요."

"제가 국경을 통과할 때는 아무렇지도 않았어요. 아마 영국 사람한테는 귀찮게 굴지 않는 모양이죠. 패스포트 검열도 그저 형식적이던걸요."

순간 케이퍼 부부의 시선이 마주쳤다. 대체 무슨 뜻인지 어셴덴은 몹시 궁금했다. 영국에서 산다는 것을 자기 스스로 비난해 놓고서는, 금세 케이퍼 자신이 영국으로 가려는 생각이라면 이상한 일이 아닌가. 얼마 후 케이퍼 부인이 돌아가는 것이 좋겠다고 해서, 그늘진 숲 아래 산길을 타고 내려왔다.

어셴덴은 단단히 경계를 하였다. 그는 장차 나타날지도 모를 기회를 잡으려면 눈을 크게 뜨고 기다릴 수밖에는 없었다(이런 소극적인 태도에 어셴덴은 싫증이 났지만).

하지만 며칠 후 어떤 일이 일어났고, 이 일로 해서 어셴덴은 무슨 일이 일어날 것 같다는 확신을 갖게 됐다. 오전에 레슨을 하면서 케이퍼 부인은 이렇게 말하였다.

"바깥양반은 오늘 제네바에 가셨어요. 거기서 볼일이 좀 있다나봐요."

"그래요? 오래 계실 건가요?" 어셴덴이 말했다.

"아뇨, 이틀쯤."

누구나 다 거짓말을 할 수 있는 건 아니다. 그래서 어셴덴은 그 까닭을 알 수는 없었으나 케이퍼 부인이 거짓말을 하고 있다는 느낌을 받았다. 어셴덴과 하등의 관계도 없는 이야기를 꺼내는데다 그녀의 태도 또한 너무나 부자연스러웠던 것이다. 케이퍼는 독일군 정보부의 저 가공할 보스를 만나러 베른으로 소환되어 간 것이 아닐까 하는 생각이 얼핏 스쳐 지나갔다. 어셴덴은 기회를 보아, 하녀에게 넌지시 말을 걸었다.

"일이 좀 덜어지겠군, 케이퍼 씨가 베른에 가셨다니."

"네, 하지만 내일은 돌아오실 거예요."

이것으로는 증거가 되지 않는다. 그러나 단서는 된다. 어셴덴은 루체른에 살고 있는 스위스 사람을 한 명 알고 있었다. 이 사람은 급할 때는 심부름까지 기꺼이 해주는 사람이라, 어셴덴은 그를 찾아가서, 베른에 편지를 가지고 가달라고 부탁했다. 어쩌면 케이퍼를 찾아내어 행적을 추적할 수 있을는지도 모르는 것이다.

다음날 케이퍼는 저녁 식사 시간에 아내와 함께 나타났지만 어셴덴에게 고개만 끄덕였을 뿐, 식사 후에는 곧장 위층으로 올라가 버렸다. 그들 부부에게 고민이 생긴 것 같았다. 평소엔 그렇게 쾌활하던 케이퍼가 어깨를 축 늘어뜨리고, 오른쪽으로도 왼쪽으로도 곁눈질조차 않은 채 식당을 나가 버린 것이다.

다음날 아침, 어셴덴은 그의 편지에 대한 회답을 받았다. 케이퍼는 폰 P. 소령을 만났다는 것이었다. 소령이 그에게 무슨 말을 했을지는 짐작할 수 있다. 소령이 무척 우악스럽다는 것은 어셴덴도 잘 안다. 무정하고 잔혹하며 머리가 좋고 파렴치한 친구여서 말을 조심스레 가려서 할 줄을 모르는 자였다. 케이퍼가 매달 봉급을 받으면서도 루체른에서 무위도식하는 것을 참을 수 없었을 것이다. 그를 영국으로 보내야 할 때가 온 것이리라. 단순한 추측이 아니냐고? 물론 추측이긴 하지만 이 일 자체가 거의 추측으로 이루어지는 것이다. 턱뼈만으로 그 동물을 알아 맞추어야만 한다. 어셴덴은 구스타프로부터, 독일 당국이 누군가를 영국으로 잠입시키려 한다는 것을 들어서 알고 있었다. 그는 한숨을 길게 내쉬었다. 케이퍼가 가게 되면 그도 바빠지게 될 터였던 것이다.

케이퍼 부인이 레슨을 하러 왔는데 멍청하고 침착하질 못했다. 피로한 것 같았고 입을 고집 세게 꾹 다물고 있었다. 지난밤을 거의 이야기하느라고 지새웠으리라. 어셴덴은 그들 부부가 이야기한 내용을 알고 싶었다. 그녀는 가라고 권했을까? 단념시키려고 애를 썼을까?

어셴덴은 점심 때 두 사람을 또 보았다. 평소에는 그처럼 말이 많던 두 사람이 서로 말을 걸지도 않는 것을 보니 뭔가 문제가 생긴 모양이었다. 부부는 일찍 식당을 나갔다. 그런데 어셴덴이 밖으로 나갔을 때는 케이퍼 혼자 홀에 앉아 있는 것이었다.

"안녕하시오." 케이퍼가 쾌활하게 말을 걸었다. 그러나 애써 그렇게 하려고 한다는 것을 빤히 알 수 있었다.

"좀 어떠세요? 전 제네바에 다녀 왔습니다."

"말씀은 들었습니다." 어셴덴이 말했다.

"이리 오셔서 커피나 같이 할까요? 집사람은 골치가 아프다고 해서 올라가 눕는 게 좋겠다고 했어요." 침착하지 못한 회록색 눈 속에 어셴덴으로선 도무지 알 길이 없는 표정이 어려 있었다. "사실은 집사람이 몹시 근심이 되는가 봐요, 가엾게도. 제가 영국으로 건너갈 생각을 하고 있거든요."

어셴덴의 심장이 갑자기 늑골 뒤에서 두근두근 뛰었지만 얼굴은 태연한 척하였다.

"오래 가 계실 건가요? 당신이 가시면 섭섭해서 어쩌지요?"
"솔직히 말해서, 아무 하는 일 없이 지내는 게 지겨워졌습니다. 전쟁은 한동안 계속 될 듯이 보이는데 막연하게 여기서 놀고만 있을 수도 없고, 게다가 경제적 여유가 없어져서 생활비도 벌어야겠고 해서 말입니다. 또 집사람이야 독일인이지만 저는 영국인이니까 모든 것을 영국에 걸고 미력한 힘이나마 다하고 싶은 거랍니다. 전쟁이 끝날 때까지 여기서 편안하고 안락한 생활만 하고 조국을 위한 일을 하지 않으면 친구들을 다시 볼 낯이 없으니까요. 집사람은 독일 편에 서서 생각을 하는데 좀 흥분하고 있어요. 아시겠지만 여자란 골칫거리거든요."

이제야 어센덴은 케이퍼의 눈 속에서 그가 보았던 표정이 무엇인지 알았다. 그것은 바로 공포였다. 그는 난처한 지경에 빠져 있었다. 케이퍼는 영국으로 가고 싶지 않고 스위스에서 안온하게 살고 싶은 것이다. 베른의 소령을 만나러 갔을 때 소령이 그에게 무슨 말을 했는지 이제 알 만했다. 영국으로 가든가 아니면 봉급을 타지 못하든가 하는 문제인 것이다. 그런 전후 사정을 아내에게 말했을 때 그녀는 뭐라고 하였을까? 케이퍼로서는 아내가 이곳에 있으라고 간청하기를 바랐을 테지만 그러지 않은 것이 분명한 모양이다. 아마도 그는 두렵다고는 말하지 못했을 것이다.

그녀의 눈에는, 남편이 언제나 명랑하고 대담하고 모험을 좋아하고 앞뒤 따위는 가리지 않는 사나이로 비쳐졌던 것이다. 그러나 지금에 와서, 자기의 거짓말 때문에 꼼짝없이 포로가 돼 버린 그는 자기도 모르게 스스로가 천하고 비열한 겁쟁이였음을 자인하고야 말았다.

"부인도 함께 가시나요?" 어센덴이 물었다.
"아뇨, 집사람은 여기 남습니다."
이미 교묘한 방법으로 준비를 다해 놓았다. 케이퍼 부인이 남편의 편지를 받아, 그 속의 정보를 베른으로 전송하기로 한 것이다.

"그런데 전 영국을 떠난 지 오래 돼서, 전쟁과 관련 있는 일을 구하려 해도 어떻게 해야 할지 모르겠습니다. 당신이 제 입장이라면 어떻게 하시겠어요?"

"글쎄요……. 어떤 일을 염두에 두고 계신지요?"

"저어 당신이 하는, 바로 그런 일을 하게 되었으면 하는데요. 그래서 검열부에 소개장을 써 주실 만한 분이라도 계신가 하고요."

어셴덴은 얼마나 놀랐던지, 숨 막히는 듯 소리를 꽥 지르거나 힘이 쑥 빠진 듯한 거동을 취하여서 눈치채일 뻔하였으나 가까스로 견뎌 내었다. 그러나 케이퍼의 부탁을 듣고 놀란 것이 아니라 비로소 깨닫게 된 바가 있었다. 이 얼마나 바보 멍청이였는가! 그는 루체른에서 하는 일 없이 시간만 허비하고 있다는 생각 때문에 불안해하였다. 사실, 결과적으로는 케이퍼가 영국으로 가기로 되었지만, 그것은 그가 능란하게 해내었기 때문은 아닌 것이다. 그로서는 이 성과가 하나도 명예롭지 않았다. 지금 생각하니, 실제로 일어난 이번 일을 일어날 수 있도록 하기 위하여 그가 루체른에 배치되고, 어떤 신분으로 가장할 것인지를 지시받고, 적당한 정보도 제공받았던 것이다. 독일군 정보부로서는 첩보원을 영국 검열부에 잠입시킨다는 것은 매우 유익하다. 그런데 다행히도 그 일에 적격자인 그랜틀리 케이퍼가 검열부에서 일한 적이 있는 사람과 친교를 맺게 된 것이다. 얼마나 다행한 일인가! 폰 P. 소령은 교양 있는 친구니까, 손을 쓱쓱 비비면서 '운명은 멸망하려는 자를 어리석게 한다'라고 라틴어로 중얼거렸으리라. 이것은 악마 같은 R이 만든 함정이며, 베른의 냉혹한 소령이 그 함정에 빠진 것이다. 케이퍼는 아무 일도 하지 않고 가만히 앉아서 임무를 달성한 셈이다. R이 그마저 속였다고 생각하니 저절로 웃음이 떠올랐다.

"전 저희 부서의 부장님과는 아주 친하답니다. 원하신다면 부장님 앞으로 몇 자 적어 드리지요."

"이것 참, 정말 감사합니다."

"그렇지만 사실대로 적어야 하니까 당신을 여기서 만났고 알게 된 건 2주일밖에 안 된다고 쓰겠습니다."

"좋습니다. 하지만 다른 것도 써 주실 수 있겠죠?"

"그럼요."

"비자를 받을 수 있을지 아직 모르겠어요. 더 성가시게 군다더군요."

"정말 영문을 모르겠다니까요. 돌아가고 싶을 때, 비자를 내주지 않으면 정말 속상할 거예요."

"이제 그만 가서 집사람이 좀 어떤지 봐야겠습니다." 케이퍼가 갑자기 일어서면서 말했다. "소개장은 언제 써 주시겠습니까?"

"언제든 좋으실 대로 해 드리죠. 곧 떠나시렵니까?"

"네, 될 수 있는 대로 빨리" 하고 케이퍼는 가버렸다. 어센덴은 서두르는 기미를 나타내지 않으려고 15분쯤 홀에 남아 있다가 위층으로 올라가서 통신문을 작성했다. 하나는 R에게 케이퍼가 영국으로 간다는 것을 보고하고, 또 하나는 케이퍼가 비자를 신청하면 즉시 교부해 주도록 베른에다 수배해 놓기 위한 것이었다. 다 쓰자, 그는 즉시 우송하였다. 그리고 저녁 식사를 하러 내려갔을 때 성의어린 소개장을 케이퍼에게 주었다.

이틀 후 케이퍼는 루체른을 떠났다.

어센덴은 기다렸다. 레슨은 종전대로 계속되고 있었는데, 케이퍼 부인의 양심적인 교습으로, 이제는 자유롭게 독일 말을 할 수 있게 되었다. 그들은 괴테랑 빙켈만을 논하고, 예술을, 인생을, 여행을 이야기했다. 프리츠는 부인이 앉은 의자 곁에 가만히 앉아 있었다.

"그이가 없어서 쓸쓸해요." 그녀는 개의 귀를 잡아당기며 말했다. "요놈도 사실은 케이퍼만 따르고, 저는 그이의 가족으로 허용할 뿐이에요."

아침마다 레슨이 끝나면 어센덴은 쿡 여행 안내소에 우편물이 와 있나 알아보러 갔다. 그에게 오는 우편물은 모두 이곳으로 오게 되어 있었다. 지시가 있을 때까지는 이곳을 뜰 수 없다. R은 그를 오래 놀게 하지는 않을 것이다. 하여튼 그가 할 일이란, 끈기를 갖는 것밖에는 아무것도 없는 것이다. 얼마 후, 제네바의 영사관에서, 케이퍼가 비자를 받고 프랑스로 떠났음을 전하는 편지를 보내 왔다. 편지를 읽고 난 후에 어센덴은 호반으로 산책을 나갔다. 그리고 돌아오는 길에 케이퍼 부인이 쿡 여행 안내소에서 나오는 것을 보았다. 그녀도 그곳에서 편지를 받고 있는 모양이었다. 그는 다가가서 말을 걸었다.

"케이퍼 씨한테서 소식이 있었나요?"

"아뇨, 아마 아직까지는 편지 기다리는 것이 무리인가 보지요." 그녀는 말했다. 그는 케이퍼 부인과 나란히 걸었다. 그녀는 실망하고는 있었지만 아직 근심하고 있지는 않았다. 당시에는 우편물이 정기적으로 배달되지 않는다는 것을 잘 알고 있었던 것이다. 그러나 이튿날 레슨 하는 동안 그녀가 빨리 끝내고 싶어 조바심친다는 것을 느낄 수 있었다. 우편물은 정오에 배달되는데 5분 전이 되자, 그녀는 시계와 어센덴을 번갈아 보는 것이었다. 그녀에게 편지가 올 리 없다는 것을 뻔히 알고는 있었지만, 그녀가 마음 졸이는 것을 더 볼 수가 없었다. 그래서,

"이만하면 충분히 했다고 생각지 않으세요? 쿡 여행 안내소에 가시고 싶을 텐데." 어센덴은 말하였다.

"감사합니다, 정말 감사합니다."

얼마 후 그도 안내소에 가보니, 그녀는 사무실 한가운데에 망연히

서 있었다. 미칠 듯한 표정이었다. 그녀는 어셴덴을 보더니 난폭한 태도로 말하였다.

"남편은 파리에서 편지를 쓰겠다고 약속했어요. 틀림없이 편지가 와 있을 텐데 이 멍청한 사람들이 없다잖아요. 이 사람들은 너무 태평스러워요. 너무들 해요."

어셴덴은 뭐라고 할 말이 없었다.

사무원이 어셴덴 앞으로 온 편지가 있는지 없는지, 편지뭉치를 조사하고 있는 동안, 그녀는 다시 데스크로 가서 물어보았다. "프랑스에서 오는 우편물은 다음엔 언제 오죠?"

"어떤 때는 5시경에 오기도 합니다."

"그럼 그때 오겠어요."

그녀는 몸을 돌려 재빨리 나가 버렸다. 그리고 프리츠는 꼬리를 다리 사이에 늘어뜨린 채 뒤쫓아 갔다. 일이 잘못되지 않았을까 하는 공포가 그녀의 마음을 사로잡고 있음이 분명했다. 이튿날 아침 그녀는 두려움에 떨고 있는 것 같았다. 온밤을 뜬눈으로 지새웠을 것이다. 그녀는 레슨을 하다 말고 벌떡 일어섰다.

"죄송합니다. 서머빌 씨, 오늘은 더 못하겠어요. 몸이 불편해서."

어셴덴이 뭐라고 말을 하기도 전에, 그녀는 정신없이 방을 뛰쳐나갔다. 그리고 어셴덴은 그날 밤, 그녀에게서 유감스럽지만 회화 레슨을 더 계속할 수 없다는 쪽지를 받았다. 이유는 씌어 있지 않았다. 그 다음부터는 통 그녀를 볼 수가 없었다. 식사 때도 내려오지 않았고, 오전과 오후, 쿡 여행 안내소에 갈 때 외에는 하루 종일 방 안에 틀어박혀 있는 모양이었다. 어셴덴은, 소름끼치는 공포에 마음을 시달리며 몇 시간이고 우두커니 앉아 있을 그녀를 생각해 보았다. 누구든 그녀를 동정해 마지않을 것이다. 어셴덴 역시 현재를 견뎌내기가 무척 힘이 들었다. 독서도 많이 했고, 글도 조금 썼고, 카누를 전세

내어 한가하게 호수를 노저어 가기도 하였다. 그리고 드디어 어느 날 아침 쿡 여행 안내소의 사무원이 편지 한 통을 건네주었다. R에게서 온 것이었다. 업무용 편지로 보이는 것이었으나 행간에서 어센덴은 많은 사실을 알게 되었다.

'삼가 아룁니다'로 시작되어 있었다. '귀하께서 루체른에서 발송하신 물품을 서한과 함께 수령하였습니다. 저희 지사사항을 신속하게 이행해 주신 점 감사드리는 바입니다.'

이런 투로 편지는 계속되고 있었다. R은 매우 기뻐하고 있는 것이다. 케이퍼는 체포되어 지금쯤은 죄 값을 치르고 있으리라. 그는 부르르 몸을 떨었다. 끔찍한 광경이 생각난 것이다. 새벽이다. 비가 부슬부슬 내리는 춥고 음산한 새벽이다. 눈이 가려진 사나이가 벽 앞에 서 있다. 얼굴이 파리한 장교가 명령한다. 일제사격, 총살대의 젊은 병사 하나가 돌아서서 총으로 몸을 지탱하면서 구역질한다. 장교는 더욱 창백해진다. 그는, 어센덴은 두려워졌다. 케이퍼는 얼마나 무서웠을까! 사형수의 얼굴에 눈물이 흐를 때는 장엄하다. 어센덴은 몸이 부르르 떨렸다. 그는 매표소로 가서, 명령대로 제네바행 차표를 샀다.

거스름돈을 기다리고 있는데 케이퍼 부인이 들어왔다. 그는 그녀의 모습을 보고 깜짝 놀랐다. 옷은 아무렇게나 입고 있고, 머리는 헝클어져 있었으며, 눈가장자리가 거무스레하고 얼굴은 송장처럼 창백하였다. 그녀는 비틀거리며 데스크에 다가가서 편지가 오지 않았느냐고 물었다. 사무원은 고개를 저었다.

"죄송합니다만, 부인, 아직 오지 않았는데요."

"하지만 잘 봐 주세요. 확실한가요? 제발 다시 한번만 봐 주세요." 그 비통한 목소리는 듣는 사람의 가슴을 아프게 하였다. 사무원은 어깨를 들썩이며, 정리함에서 편지 묶음을 꺼내 한 번 더 살펴보았다.

"없군요, 부인. 없습니다."

그녀는 절망어린 비명을 질렀고, 얼굴은 고통으로 일그러졌다.

"오오, 주여! 주여!" 그녀는 신음하였다. 그리고 돌아서서, 피로에 지친 두 눈에 눈물을 흘리며, 장님이 어느 길로 가야할지 몰라 더듬거리는 것 같은 모습으로 가만히 서 있었다. 그때 무시무시한 일이 일어났다. 불테리어종인 프리츠가 웅크리고 앉더니 고개를 뒤로 쳐들고, 길게 슬피 울었다. 케이퍼 부인은 공포에 질려 개를 보았다. 그녀의 눈은 정말 튀어 나올 것 같았다. 공포로 지새운 며칠 동안 그녀를 괴롭혀 왔던 의심이 이젠 단순한 의심이 아니라는 것을 그녀는 깨달았다. 그녀는 휘청거리며 거리를 걸어갔다.

## 11 무대 뒤

어셴덴이 X에 파견되어 주변을 살펴보았을 때 자기의 입장이 애매하다는 것을 깨닫지 않을 수 없었다. X란 어느 중요한 교전국의 수도였는데 그 나라는 내부적으로 분열되어 있었다. 전쟁에 반대하는 유력한 일파가 있었으며 절박한 것은 아니지만 혁명의 기운이 감돌고 있었다.

어셴덴은 이러한 상황에서 취할 수 있는 최선의 조치가 무엇인지를 알아내라는 지시를 받았다. 그는 이에 대한 대책을 제의하고 만일에 그것이 그를 파견한 고관들의 재가를 얻게 되면 즉시 실행에 옮겨야만 한다. 그의 손에는 거액의 돈이 맡겨져 있었다. 영미 양국의 대사들도 가능한 한 편의를 봐주라는 훈령을 받고 있었으나, 행동에 대해서는 혼자만의 비밀로 간직하라는 지시를 어셴덴은 이미 받았다. 양국의 공식적인 대표들에게 그다지 필요치 않는 사실을 누설하여 도리어 폐를 끼쳐서는 안 되기 때문이었다. 더욱이 경우에 따라서는 미국과 영국에 대해서 우호적인 입장을 표명하고 있는 이 나라 정부 여당과는 원수지간이나 다를 바 없는 반대당을 은밀히 지원할지도 모르기 때문에 자기 생각을 함부로 누설하는 것은 바람직하지 않았다. 고관들로서도 양국의 대사들이 그들의 의무와는 상반되는 목적으로 정체불명의 스파이가 파견되는 것을 알고서 모욕을 당하는 것을 원치 않았다. 또 한편으로는 반정부 진영의 내부에도 한 사람 정도의 대표자를 보내어서, 갑자기 혁명 소동이 생기는 경우 충분한 자금을 이용하여 그 나라의 새로운 지도자들의 신임을 받게 하는 것이 좋을 것이라는 생각도 있었다.

그렇지만 대사들은 체면을 지키는 것에는 집착이 강해서 그들의 권위에 대한 침해의 낌새를 채는 예리한 코를 가지고 있다.

어셴덴이 X에 도착해서 영국 대사인 허버트 위더스폰 경을 공식 방문하였을 때 그를 아주 정중하게 맞아들였다. 그러나 그는 북극곰이라도 등골을 약간 오싹하게 할 정도로 냉담한 태도였다. 허버트 경은 외교관으로서 오랜 경력을 지니고 있었기 때문에 보는 사람들로 하여금 경탄을 자아내게 할 정도의 외교적 매너를 터득하고 있었다. 그는 어셴덴의 사명에 대해서는 물어보지 않았다. 왜냐하면 어셴덴이 대답을 회피할 것이라는 것을 알기 때문이다. 그러나 그 사명이 완전히 어리석은 성질의 일이라는 것에는 동의했다. 그는 어셴덴을 X로 파견한 고관들에 대해 빈정거리면서도 관대하게 이야기했다. 대사는 어셴덴이 도움을 청하는 어떤 요구라도 들어주라는 지시를 받았다면서 어셴덴이 어느 때라도 자기를 만나기를 원한다면 말만 하면 된다고 했다.

"좀 이상한 의뢰를 받았습니다. 특별한 암호를 받으신 것으로 알고 있습니다만, 그 암호로 당신에게 전보를 치고, 또 도착하는 전보는 곧 당신에게 넘겨주라는 것입니다."

"그런 전보는 자주 오지 않기를 바랍니다, 각하. 암호문을 작성하고 해독하는 것만큼 지겨운 일은 없습니다." 어센덴은 대답했다.

허버트 경은 잠깐 동안 가만히 있었다. 아마 그것은 그가 기대하고 있던 대답이 아니었기 때문이리라. 대사는 일어섰다.

"만약 사무국에 와 주신다면 법무관과 서기관에게 소개해 드리겠습니다. 전보는 서기관에게 전하면 됩니다."

어센덴은 그를 따라 방을 나왔다. 대사는 참사관에게 그를 인계하고 나서 힘없이 손을 내밀었다.

"조만간 다시 만나 뵐 기회가 있기를 바랍니다." 그는 고개만 끄덕하고 나가 버렸다.

어센덴은 대사의 푸대접을 냉정한 기분으로 참았다. 남의 눈에 띄지 않는 것이 그의 당연한 관심사였고, 대사의 공식적인 관심을 끌어서 남의 시선을 끌기를 원치 않았다. 그러나 그날 오후에 미국 대사관을 방문했을 때 그는 왜 허버트 위더스폰 경이 그에게 그렇게 냉정한 태도를 보였는지 알게 되었다.

미국 대사는 윌버 셰이퍼 씨였다. 그는 캔자스 시 출신이었는데, 전쟁이 곧 발발할 낌새를 아무도 알아차리지 못하고 있을 때 남보다 먼저 그것을 알아낸 정치적인 업적에 대한 보상으로서 그에게 그 직책이 주어졌다. 그는 체격이 아주 컸으며 머리가 허옇게 세어 이미 젊은 나이는 아니었다. 그러나 풍채가 좋았고 아주 건강했다. 네모진 붉은 얼굴은 깨끗이 면도되었고, 코는 조그마한 들창코였으며, 단호한 턱을 가진 인물이었다. 그는 얼굴을 매우 잘 움직였는데 계속 얼굴을 비틀어서 기묘하고 재미있는 찡그린 표정을 지었다. 마치 그의 얼굴은 보온병을 만드는 붉은 고무로 만들어진 얼굴 같았다. 그는 성실한 사람으로 친절하게 어센덴을 맞이해 주었다.

"아마 허버트 경을 만나 보셨겠지요. 당신이 그를 화나게 했다고 생각됩니다. 당신에게 온 암호 전보를 내용도 모르는 채로 타전하라고 하다니 워싱턴이건 런던이건 무슨 심산일까요? 그들에게 그런 권한은 없을 텐데요."

"오, 각하. 그것은 단지 시간과 수고를 덜기 위한 것이었다고 생각됩니다." 어셴덴이 말했다.

"그렇다면 대체 당신의 사명은 무엇입니까?"

물론 이런 질문에 대답할 생각은 없었다. 그러나 그렇다고 딱 잘라서 말하는 것은 불손한 것 같아서 대사가 아무것도 알아낼 수 없는 성질의 대답을 하기로 마음먹었다. 그는 대사의 모습으로 보아 셰이퍼 씨는 여러 방면으로 대통령 선거를 좌우할 수 있는 실력자인 것 같았으나, 대사라는 현 직위가 요구하는 예리한 안목은 적어도 표면상으로 볼 때에는 갖추지 못했다는 점을 간파했다. 그는 떠들썩한 것을 좋아하는 솔직하고 싹싹한 사람이라는 인상을 주었다. 어셴덴은 그와 포커라도 한다면 신중을 기했을 것이지만 당면한 문제에 관한 한 마음을 놓아도 괜찮을 것 같았다. 어셴덴은 느슨하고 모호하게 세계정세에 관해서 얘기를 늘어놓기 시작했고, 기회를 보아서 일반 정세에 관한 대사의 의견을 물어볼 수 있었다. 그것은 군마의 진군 나팔이었다. 셰이퍼 씨는 25분간 쉴 새 없이 계속된 강연을 들려주었다. 그리고 마침내 기진맥진해서 말을 마쳤을 때 어셴덴은 그의 우호적인 접대에 따뜻한 감사의 말을 전하고 물러날 수가 있었다.

어셴덴은 양국 대사를 멀리 할 것을 작정하고 일에 착수하여 곧 활동 계획을 세웠다. 그러나 우연히도 허버트 위더스푼 경에게 친절을 베풀 수 있게 되어 그와 다시 접촉하게 되었다. 이미 언급한 바와 같이 셰이퍼 씨는 외교관이라기보다는 정치가에 가까운 인물이었고, 사실 그의 의견에 비중을 더한 것은 당자의 인격보다는 직위 덕택이었다.

그는 출세해서 달성한 높은 직위를 인생의 즐거움을 향락하는 좋은 기회로 삼고 도저히 체력이 지탱할 수 없을 정도로 방탕한 생활에 빠졌다. 본래 외교 문제에는 어두웠기 때문에 그의 판단 따위는 문제가 되지 않았겠지만, 연합국 대사의 회합에서 그는 자주 정신을 잃을 정도로 취해 버려서 도저히 적절한 판단을 내릴 수 있을 것 같지 않았다. 풍문에 의하면 그는 어떤 아름다운 스웨덴 부인의 매력에 사로잡혀 있는 모양이었고, 더구나 그 여자는 첩보 기관 사람이 볼 때 의심스러운 여자였다. 더욱이 독일 측과 상당히 깊은 교섭을 하고 있는 것 같았고, 그녀의 연합국 측에 대한 동조마저도 의심스러웠다. 셰이퍼 씨는 매일 이 부인을 만났고, 그녀의 영향을 많이 받고 있는 것이 명백했다. 그런데 최근에 극비 정보가 때때로 적측에서 누설되고 있어서, 혹시나 셰이퍼 씨가 매일 만날 때 부주의하게 얘기하는 것이 적측의 사령부에 신속히 전달되는 것이 아닌가 하는 의혹이 생겼다. 셰이퍼 씨의 성실과 애국심은 누구도 의심치 않았으나 신중함이 모자란다는 말을 충분히 들을 만도 했다. 이는 다루기 어려운 문제였으나 런던, 파리뿐 아니라 워싱턴에서도 심히 우려되는 문제여서 결국 어센덴이 지령을 받고 일의 처리에 나서게 되었다. 그가 X에 파견되면서 그를 도와줄 조수가 딸렸다. 그는 허버투스라는 이름의, 민완하면서도 강력하고 결단성 있는 프랑스계 폴란드인이었다. 이 남자와 협의한 후, 우연하게도(첩보활동을 하는 중에 흔히 이런 우연에 부닥치지만) 마침 그 스웨덴 부인의 하녀가 병들어서, 운 좋게도 그 대신에 백작 부인으로 하여금 (그녀는 백작 부인이었다) 크라카우 근교 출신인 매우 훌륭한 여자를 고용하게 할 수 있었다. 전쟁 전엔 저명한 과학자의 비서로 근무한 여자였으나 하녀로서도 그에 못지않게 유능했다.

이 결과로 어센덴은 그 아름다운 백작 부인 댁에서 일어나는 일에 대해서 2, 3일마다 정리된 보고를 받게 되었다. 그녀에 대한 막연한 의혹을 뒷받침할 사실은 아무것도 나타나지 않았으나 적지 않게 중요한 다른 사실이 드러났다. 백작 부인이 셰이퍼 대사를 초대한 둘만의 만찬석상의 대화로 미루어 보건대, 이 대사 각하는 동료인 영국 대사에 대해서 심히 불만을 품고 있는 것 같았다. 그는 허버트 경이 공식적인 접촉만으로 그치고 전혀 터놓고 대하지 않는다고 투덜거렸던 것이다. 대단치도 않은 그 영국 녀석이 취하는 허식에는 진저리가 난다고 퉁명스럽게 말하는 것이었다.

그러나 "나는 사나이다운 백 퍼센트 미국인이다. 의정서라든지 에티켓 따위는 지옥의 불길 속에 내던진 눈덩이처럼 아무런 소용이 없다. 무엇 때문에 사나이답게 한자리에 모여서 정다운 농담 한마디를 나누지 못하는가. 피는 물보다 진하다는 속담도 있지만, 외교니 뭐니 하면서 와이트 스패스니 어쩌니 하느니보다는, 웃도리를 벗고 호밀 위스키라도 마시면서 대화를 나누는 편이 얼마나 전쟁 수행에 도움이 될지 그는 몰라."

그런데 이 양국 대사 사이에 따뜻한 우정이 없다는 것은 확실히 바람직스럽지 못한 일이었다. 그래서 어셴덴은 허버트 경에게 회견을 요청해 보기로 했다.

그는 허버트 경의 서재에 안내를 받았다.

"자, 어셴덴 씨, 무슨 용무이십니까? 만사가 순조로웠기를 바랍니다. 덕택에 전신선(電信線)이 분주했다고 알고 있습니다만."

어셴덴은 자리에 앉으면서 대사를 한번 흘끗 보았다. 호리호리한 체구에 꼭 맞는, 완전무결하게 재단된 연미복을 아름답게 차려 입고, 검은 실크 타이에는 멋진 진주를 달고, 차분하고 두드러진 줄무늬가 든 회색 바지에 단정한 주름을 세웠고, 깔끔한 뾰족 구두는 갓 신은 새 것인 것 같았다. 웃도리를 벗고 하이볼을 마시고 있는 모습은 상상도 할 수 없을 것이다. 그는 키가 크고 야윈 남자여서 현대식 복장을 한층 돋보이게 하는 몸매였다. 등을 곧게 펴고 정색하여 의자에 앉아 있는 모습은 초상 사진을 찍기 위해서 앉아 있는 것 같았다. 냉담하고 초연한 인상을 주는 비상한 미남자였다. 단정한 백발에 옆가르마를 탔고 창백한 얼굴은 깨끗이 면도질이 되어 있었다. 잘생긴 콧날은 곧았고 회색 눈썹 밑에 회색의 눈이 번득이고 있었다. 젊었을 때는 육감적이고 정연했을 그의 입은 지금은 냉소적인 결의의 표정을 짓고 있었고 입술에는 혈기가 없었다. 수세기에 걸친 좋은 혈통을 느끼게 하는 얼굴이었으나 도저히 인간다운 감정을 나타낼 수 있을 것 같지 않았다. 통쾌하게 한바탕 크게 웃는다거나, 웃음으로 얼굴이 일그러지는 전경은 그의 얼굴에서는 상상도 할 수 없었다. 기껏해야 아이러니컬한 미소로 차갑게 움직일 정도일 것이다.

어셴덴은 평소와 다르게 매우 조마조마했다.

"쓸데없는 일에 참견한다고 생각하실지 모르겠습니다. 각하, 남의 일에 간섭하지 말라는 소리를 들을 각오는 돼 있습니다."

"어디 들어 봅시다. 어서 말씀해 보세요."

어셴덴은 얘기를 꺼냈고 대사는 주의 깊게 귀를 기울였다. 그는 어셴덴의 얼굴에서 차가운 회색 눈을 떼지 않으나 당황하는 기색은 역력히 알 수 있었다.

"그런 것을 어떻게 알았습니까?"

"때때로 쓸모 있는 정보를 조금씩 수집하는 방법은 있습니다."

"그렇군요."

허버트 경은 꾸준히 시선을 돌리고 있었으나 어셴덴은 갑자기 그 강철 같은 두 눈 속에서 미소의 그림자가 스치는 것을 보고 놀랐다. 그 냉담하고 거만한 얼굴이 일순간 아주 매력적으로 보였다.

"또 한 가지 조그마한 정보를 가르쳐 주지 않겠습니까? 어떻게 하면 정상적인 남자가 될 수 있을까요?"

"각하, 그 점만은 어떻게 할 도리가 없을 것 같습니다."

어셴덴은 엄숙하게 말했다. "그것은 하느님이 주시는 것일 겁니다."

허버트 경의 눈에는 빛이 사라졌다. 그러나 그의 태도는 어셴덴이 이 방으로 안내받아 들어왔을 때보다 약간 정중해진 것 같았다. 허버트 경은 일어서서 오른손을 내밀었다.

"어셴덴 씨 정말 잘 말해 주었습니다. 내가 매우 부주의했습니다. 그 악의 없는 노신사를 화나게 한 것은 나로선 변명의 여지가 없습니다. 최선을 다해서 내 잘못을 고칠 생각입니다. 오늘 오후라도 미국 대사관을 방문하겠습니다."

"그러나 너무 격식을 차리지 않으시길 부탁드립니다. 건방진 말씀 같습니다만."

대사의 눈은 번뜩 빛났다. 그때 어셴덴은 대사가 상당히 인간미가 있다는 생각을 떠올렸다.

"어셴덴 씨, 나는 격식을 차리지 않고는 아무것도 못합니다. 내 성질에서 나오는 한 가지 불행입니다만."

그러고는 어셴덴이 떠나려고 할 때 그는 이렇게 덧붙여 말했다.

"그런데 내일 밤에 만찬을 같이 하지 않겠습니까? 검은 타이를 매고 8시 15분에."

그는 어셴덴의 응답을 기다리지 않고 당연히 동의한 것으로 생각하고 작별의 목례를 하고 나서 다시금 큰 테이블 앞에 앉았다.

## 12 각하

어셴덴은 허버트 위더스폰 경이 초대한 만찬을 불안한 기분으로 기다렸다. 검은 넥타이란 말은 오붓한 파티를 의미하는 것 같았다. 아마 아직 만나 보지는 못했으나 대사 부인인 앤 여사뿐이거나 아니면 젊은 비서 한두 명을 초대하는 정도일 것이다. 여하튼 유쾌한 저녁이 될 것 같지는 않았다. 식후에는 브리지 게임이나 하게 될지도 모른다. 그러나 그는 직업 외교관의 솜씨가 별게 아니라는 것을 잘 알고 있었다. 하찮은 실내놀이에 위대한 두뇌를 썩힐 가치가 없다고 생각하는 것인지도 모른다.

한편 어셴덴은 비공식적인 모임에서 대사를 조금은 바라보고 싶은 생각이 들었다. 허버트 위더스폰 경이 보통 인물이 아니라는 것은 명백했기 때문이다. 그의 풍모를 보나 태도를 보나 경은 그 계급의 완전무결한 표본이었고, 또한 흔히 알려진 타입의 좋은 본보기를 만나는 것은 항상 흥미로운 일이다. 그는 정히 대사의 표본이라고 할 만한 인간이었다. 그러나 그의 특징 중 어느 하나가 조금이라도 과장되면 곧 웃음거리가 됐을 것이다. 단 종이 한 장 차이로 우스꽝스런 꼴을 면했다는 느낌으로, 바라보면 아찔할 정도의 높이에서 위험한 묘기를 하는 사람을 지켜볼 때와 같이 사람들은 숨을 죽이고 그를 지켜보았다.

그는 확실히 훌륭한 인물이었다. 외교관으로서 그의 출세는 아주 빨랐는데, 그가 좋은 가문의 부인을 맞이한 것도 다행스런 일이었지만 그의 출세의 대부분은 그의 실력에 의한 것이었다. 그는 또한 결단력이 필요할 때는 단호하게 하고, 회유가 적절할 때에는 회유적으로 나오는 방법을 알고 있었다. 그의 예의범절은 완벽했으며 6개국어를 용이하고 정확하게 구사했다. 게다가 명석하고 논리적인 두뇌의 소유자였다. 무슨 일이든지 두려움 없이 끝까지 밀고 나가지만 일단 행동에 이르러서는 그때그때 정세에 적응시킬 정도로 현명했다. 그는 쉰셋이라는 젊은 나이로 X에서의 현재의 지위에 이르러서, 전쟁과 X국내의 시로 대치허는 정당들이 야기하는 비상한 난국을 재치와 자신을 가지고 적어도 용감하게 극복해왔다. 한때는 폭동이 일어나서 혁명당원 한 무리가 영국 대사관을 난입해 온 적이 있었는데, 그때 허버트 경은 계단 위에서 그들에게 열변을 토했다. 그를 향하여 휘두르는 권총들을 무릅쓰고 그네들이 돌아가도록 설득을 했다. 그는 끝내는 파리 대사직으로 그 경력을 끝마칠 것이 명백했다. 그는 존경하지 않을 수 없는 남자였으나 호감을 사기에는 어려운 인물이었다. 다시 말해서 그는 어떤 대사직이라도 안심하고 맡길 수 있고 그 독립독행(獨立獨行)의 정신은 때로는 존경심을 불러일으키지만 뛰어난 업적 덕택에 정당화될 수 있는 저 빅토리아 시대풍의 대사였다.

어셴덴이 대사관 입구에 차를 세웠을 때 대사관 문이 활짝 열리며, 체구가 훤칠하고 엄숙한 영국인 집사와 세 사람의 하인이 그를 맞이했다. 허버트 경이 열변을 토했던 극적인 사건 현장인 그 장려한 계단을 올라 어셴덴은 커다란 방으로 안내되었다. 갓을 씌운 전등 빛으로 방은 희미한 불빛이었으나, 첫눈에 띈 것은 육중한 큰 가구들과 벽난로 위의 벽에 걸린, 대관식의 예복 차림이 훌륭한 조지 4세의 큰 초상화였다. 벽난로에는 불이 벌겋게 타고 있었고 그의 이름이 전해지자 그 곁에 있던 푹신한 소파에서 대사가 천천히 일어섰다. 그에게 다가오고 있는 허버트 경은 매우 우아했다. 남자의 복장 중에서 가장 잘 입기 어려운 디너 재킷을 믿기 어려울 정도로 훌륭하게 차려입고 있었다.

"집사람은 음악회에 갔는데 곧 돌아올 겁니다. 당신을 만나고 싶어 하니까요. 나는 다른 사람은 아무도 초대하지 않았습니다. 당신과 단둘이서만 얘기를 나누고 즐길까 합니다."

어셴덴은 정중하고 나지막한 음성으로 대답했으나 마음이 철렁했다. 그는 솔직히 말해서 자기를 극히 조심스럽게 만들었던 남자와 단둘이서만, 적어도 두 시간을 어떻게 보내야 할까 하는 걱정이 들었다.
 문이 다시 열리더니 집사와 시동이 매우 무거워 보이는 은쟁반을 들고 들어왔다.
 "나는 만찬 전에 셰리주 한 잔을 합니다만, 당신이 칵테일을 마시는 야만스런 습관을 들였다면 소위 드라이 마티니라는 것을 한 잔 드릴 수는 있습니다." 대사가 말했다.
 어센덴이 아무리 조심스럽다고는 하나 이런 일에 완전히 순응할 수는 없었다.
 "나는 시대에 맞추어서 행동하는 사람입니다. 드라이 마티니를 할 수 있다는데 셰리를 마신다는 건 마치 오리엔트 급행으로 여행할 수 있는데도 역마차를 타는 것과 같지요."
 이런 식의 종작없는 대화를 나누고 있는데 두 개의 큰 문이 활짝 열리고 집사가 만찬 준비가 다 되었다고 알려 왔다.
 두 사람은 식당으로 들어갔다. 60명이 편안히 만찬을 나눌 수 있는 방이었으나 거기에는 조그마한 둥근 테이블이 있을 뿐이어서 허버트 경과 어센덴은 사이좋게 앉았다. 굉장히 큰 마호가니 찬장이 있었고 그 위에 육중한 황금 접시들이 놓여 있었다. 그리고 어센덴 맞은편 위쪽에는 카날레토(18세기 베니스의 화가)의 훌륭한 그림이 걸려 있었다. 벽난로 위에 조그맣고 새침한 머리 위에 작은 금관을 쓴, 소녀 시절의 빅토리아 여왕의 7부 초상화가 걸려 있었다. 만찬은 비대한 집사와 몹시 키가 큰 세 명의 영국인 시종이 시중을 들었다. 대사는 자기를 둘러싼 화려함을 무시하는 기분을 품위 있게 즐기고 있는 것 같은 인상을 주었다. 그들은 마치 영국 시골에 있는 장려한 대지주의 저택에서 식사를 하는 기분이었다. 말하자면 그것은 허세를 부리지 않은 화려한 의식이었다. 전통이 있음으로 해서 겨우 우스꽝스러움을 면했다. 그러니 이렇게 하고 있는 동안에도, 담 하나 너머에서는 언제 피비린내 나는 혁명을 일으킬지도 모를 들뜬 군중들의 소란스러움과, 또 2백 마일 떨어진 전선의 참호에서 병사들이 모진 추위와 무자비한 포탄을 피하여 참호 속에 웅크리고 있다는 것을 생각하니 어셴덴은 기묘한 감개를 느꼈다.

대화의 진행이 힘들 것이라는 의구심도 필요 없는 것이었고, 또 이렇게 초대받은 것은 극비의 사명들을 탐지할 목적이 아닌가 하는 걱정도 곧 사라졌다. 대사는 마치 소개장을 갖고 온 여행객을 정중히 대접하고 있는 것 같은 태도였다. 이렇게 대화를 나누고 있으니 전쟁이 휩쓰는 세상에 대한 생각은 거의 떠오르지 않았다. 대사는 고의적으로 불쾌한 화제를 피하는 것은 아니라는 것을 나타내는 정도로밖에는 전쟁을 언급하지 않았기 때문이다.

대사는 미술이나 문학에 관해서 이야기하였다. 또 취미가 다양하고 상당한 독서가임을 보여 주었다. 허버트 경이 작품을 통해서밖에는 알지 못하는 작가들에 관한 이야기를 어셴덴이 개인적인 교제면에서 이야기를 했을 때, 경은 세상의 위인들이 예술가에게 취할 만한 친절하고 겸허한 태도로 귀를 기울였다. 때로는 이런 위인들이 그림을 그리거나 책을 쓰는 일이 있는데 그럴 때에 예술가는 조금이나마 면목을 세운다. 경은 어셴덴이 흔한 소설에 나오는 등장인물을 이야기하는 김에 언급했을 뿐 자기 손님이 작가라는 사실에 대해서는 전혀 말하지 않았다.

그의 세련된 태도에 어셴덴은 감탄했다.

어셴덴은 본래 자기가 쓴 책이 화제에 오르는 것을 싫어했다. 사실 작품은 일단 써 버리면 별로 흥미가 없었다. 게다가 면전에서 칭찬받거나 비난받은 것을 꺼려했다. 허버트 위더스폰 경은 어셴덴의 작품을 읽었다는 것을 나타냄으로써 그의 자존심을 만족시켜 주었으나 읽은 작품에 대한 자기의 의견을 삼가함으로써 언짢음을 덜어 주었다.

경은 외교관으로서 그가 주재했던 여러 나라들과 런던과 그 밖의 두 사람이 함께 알고 있는 사람들에 대해서 이야기를 했다. 그는 유머에 가까운 유쾌한 조롱을 섞어가며 지적인 이야기를 계속했다.

어셴덴에게 저녁 만찬은 지루한 것도 아니었으나 그렇다고 아주 즐거운 것도 아니었다. 만약 대사가 모든 화제에 대해서 이처럼 현명하고 자세하게 분별하여 의견을 털어놓지 않았다면 좀더 재미있었을지 모른다. 실은 이렇게 두뇌가 명석한 사람과 같이 보조를 맞춰 나간다는 것은 어셴덴에게 약간 거북한 노릇이었다. 그는 될 수 있다면 와이셔츠 바람으로 발을 책상 위에 올려놓은 것 같은 평이한 기분으로 이야기하고 싶었다. 그러나 그런 기회는 있을 턱이 없었으며, 식사가 끝난 후 얼마쯤 지나면 자리를 떠나도 실례가 되지 않을까에 정신이 사로잡혔다. 11시에는 헤르바르스와 파리 호텔에서 만날 약속이 있었다.

식사가 끝난 후 커피가 들어 왔다. 허버트 경은 훌륭한 음식이나 좋은 술을 알고 있었으며 저녁 만찬도 굉장한 대접이란 것을 어셴덴도 인정하지 않을 수 없었다. 커피와 함께 리큐어가 나와서 어셴덴은 브랜디 잔을 들었다.

"아주 오래된 베네딕틴(향이 강한 프랑스산 리큐어)이 있는데 마시겠습니까?" 대사가 말했다.

"솔직히 말씀드려 당신 리큐어 중 마실 가치가 있는 건 브랜디뿐이라고 생각합니다."

"나하곤 취미가 다르군요. 그렇지만 브랜디를 마시겠다면 좋은 걸 드려야지요."

대사가 집사에게 말을 하자 거미줄이 쳐져 있는 병과 큼직한 술잔 둘을 곧 가지고 왔다.

대사는 집사가 어셴덴의 잔에 금빛 나는 술을 붓는 것을 지켜보며 말했다. "자랑이 아니라, 당신이 브랜디를 좋아하신다면 이게 맘에 드실 겁니다. 파리에서 얼마동안 참사관으로 있을 때 사 두었던 겁니다."

"최근에 대사님의 후임인 분과 여러 가지로 교제를 했습니다."

"바이어링 말입니까?"

"네, 그렇습니다."

"브랜디 맛이 어떻습니까?"

"훌륭합니다."

"바이어링은 어떻습니까?"

질문이 하도 이상하게 덧붙여 나와서 조금은 우습게 들렸다.

"네, 어리석은 친구라고 생각합니다."

허버트 경은 의자에 몸을 기대고 앉아 향기를 모으기 위해 두 손으로 큰 잔을 잡고 기품 있게 넓은 방을 천천히 둘러봤다. 테이블 위에는 필요 없는 물건들이 잘 정돈돼 있었으며, 어센덴과 대사 사이에는 장미 화병 하나가 놓여 있었다. 하인들이 마지막 전등을 끄고 나갔기 때문에 테이블 위의 촛불과 난롯불만 비쳤다. 방이 넓은데도 불구하고 분위기는 아늑하고 편안했다. 대사의 눈길은 난로 위의 벽에 걸려 있는, 정말 멋있는 빅토리아 여왕의 초상화에 쏠려 있었다.

이윽고 대사는 말했다. "어떨까요, 그는 조만간 외교관을 그만 두지 않으면 안 되겠지요?"

"안됐지만 그렇게 되겠지요."

어센덴은 의아심에서 그를 재빨리 흘끗 바라보았다. 이 사람이 바이어링에게 동정을 하리라고는 꿈에도 생각지 못했기 때문이다.

"네, 그런 경우에는, 그만 두지 않으면 안 되겠지요. 안됐습니다. 유능한 사람이었는데 섭섭하군요. 장차 출세할 인재였는데요."

"네, 나 역시 그렇게 들었습니다. 외무성에서는 상당히 높게 평가

하고 있었던 모양인데요."

"그는 외교관이라는 따분한 직업에 유용한 재능을 많이 가지고 있지요. 미남자이고 신사인데다 또한 매너도 세련되었으며, 불어도 유창하고 게다가 머리도 좋지요. 얼마든지 출세했을 텐데." 대사는 약간 미소를 띠며 냉담하게 비판적인 어조로 말했다.

"그렇게 훌륭한 기회를 망치다니 참으로 안타깝습니다."

"전쟁이 끝나면 술장사라도 해 보겠다고 합니다. 우연한 일이지만 바로 이 브랜디는 그가 들어가게 될 회사의 술이지요."

허버트 경은 술잔을 코로 가져가서 향기를 들이켰다. 그러고는 어센덴을 바라보았다. 경은 무슨 딴 일을 생각할 때면 상대방을 약간 기이한, 아주 징그러운 벌레로 생각하는 것 같은 눈초리로 바라보는 습관이 있었다.

"그 여자를 본 일이 있습니까?" 경은 물었다.

"라류에서 그녀와 바이어링과 함께 식사를 했지요."

"그것 참으로 재미있는 일이군요. 어떤 여자던가요?"

"꽤 매력적이었습니다."

어센덴은 대사에게 그녀의 모습을 설명하려고 하는데 그의 마음 한 구석에는 바이어링이 레스토랑에서 그녀에게 소개했을 때 그녀가 짓던 인상을 회상하고 있었다. 몇 년 전부터 소문이 자자하던 문제의 여성을 만났기에 그는 적잖이 호기심을 느꼈다.

그녀는 자기 이름이 로즈 오번이라고 말했으나 본명을 알고 있는 이는 거의 없었다. 그녀는 원래 글래드 걸스라고 불리는 무용단 일원으로서, 파리에 나오자마자 물랭 루주에 출연했을 때 경탄할 만한 미모가 삽시간에 사람들의 눈을 끌어서 어느 돈많은 프랑스인 공장주의 마음에 들게 되었다. 그는 그녀에게 집을 사 주고 보석을 잔뜩 주었으나 오래지 않아 여자가 바라는 요구를 감당할 수 없었다. 이때부터 그녀의 남성 편력이 급속도로 시작되었다. 얼마가지 않아 그녀는 프랑스에서 제일 유명한 고급 창부가 되었다. 그녀는 돈을 물 쓰듯 하며 그녀에게 접근하는 남자들을 차갑고 무정하게 파산시켰다. 유명한 부호라도 그녀의 낭비벽을 감당할 수 없었다. 어셴덴은 전쟁 전에 한 번 그녀가 몬테카를로에서 18만 프랑을 단숨에 내버리는 것을 본 일이 있었다. 그 당시 그 돈은 막대한 액수였다. 호기심 많은 구경꾼들이 둘러싼 가운데 그녀는 큰 테이블에 앉아서 천 프랑의 지폐 꾸러미를 태연하게 집어던졌다. 만약 그 돈이 자신의 돈이었다면 그 태도는 경탄할 만했다.

어셴덴이 만났을 무렵의 그녀는 방탕한 생활을 하고 있었다. 밤에는 온통 춤과 도박으로 보내고, 오후에는 대개 경마를 즐기는 생활을 12, 3년 동안이나 계속하고 있었다. 벌써 나이가 젊지도 않았다. 그런데도 놀라운 것은 아름다운 이마에는 주름살 하나 없었으며, 반짝이는 눈 주위에 작은 주름살 역시 보이진 않았다. 더욱 놀라운 것은 이와 같이 무분별한 방탕한 생활을 계속하고 있음에도 불구하고 젊은 처녀와 같은 모습을 간직하고 있는 점이었다. 물론 그녀 자신이 그렇게 보이기 위해 노력했다. 그녀의 몸매는 날씬하고 아름다웠으며, 셀 수 없이 많은 의상은 간결하고 청초하게 만들어져 있었다. 그리고 갈색머리는 수수하게 손질되어 있었다. 갸르스름한 얼굴에 귀여운 조그만 코, 반짝이는 푸른 눈, 온통 안토니 트롤로프의 소설에 등장하는 미녀 주인공처럼 생각되었다. 책 삽화에나 있을 듯한 타입인데 보는 이로 하여금 저절로 감탄하게 했다. 하얗고 연한 분홍빛이 도는 피부에 화장을 한다고 하면, 꼭 필요해서가 아니라 그저 내키면 할 따름이었다. 그녀는 이슬처럼 밝은 청순함을 발했으며 또한 그것이 예기치 못한 것이어서 더욱 매력적이었다.

어셴덴은 바이어링이 1년 혹은 그 이상 그녀의 애인이라는 소문은 물론 들어서 알고 있었다. 그녀의 악명은 널리 알려져 있어서, 그녀와 관계를 가진 모든 남자들까지도 세상 사람들의 주목을 받을 정도였다. 그러나 이번의 경우에는 두 사람에 대한 이야깃거리가 다른 어느 때보다도 더욱 자자했다. 왜냐하면 바이어링은 이렇다할 재산이 없었으며, 또한 로즈 오번은 어떻든 거액의 돈을 주지 않는 사람에게는 절대로 호의를 베푼 적이 없다고 알려졌기 때문이었다. 과연 그녀가 그에게 반했을까? 믿을 수 없는 일이었지만 달리 설명할 수 없었다.

바이어링은 어떤 여자라도 매혹시킬 만한 젊은이였다. 나이는 서른 정도였고 키가 훤칠하고 잘생겼으며, 길 가던 사람들도 쳐다볼 만큼 뛰어난 매력적인 매너와 우아한 외모의 소유자였다. 그러나 대개의 잘생긴 남자들과는 달리 그는 자기가 풍기는 매력에는 거의 무관심한 듯했다. 바이어링이 유명한 창부의 진실한 아망드쾨르(진실한 연인)라는 것이 알려지자 많은 여성들이 그녀를 찬양했으며 남자들은 선망의 눈으로 보게 되었다. 그가 이 여자와 결혼할 것이라는 소문이 퍼지자 친구들은 깜짝 놀랐으며 어떤 이는 상스럽게 웃어댔다. 풍문에는 바이어링의 상관이 결혼 사실 여부를 물었는데, 그는 똑똑히 사실을 인정했다 한다. 비극의 결말이 눈앞에 보이는 그 결혼 계획을 취소하라는 압력이 그에게 가해졌다. 로즈 오번이 이행할 수 없는 사회적인 의무를 외교관의 아내로서 짊어져야 한다는 점까지 그에게 지적하였다. 바이어링은 물의를 일으키지 않겠다고 함으로써 언제든지 그가 그의 지위에서 물러설 용의가 있다고 대답했다. 그는 모든 충고와 논쟁을 물리치고 결혼하기로 결심했다.

어센덴은 처음 바이어링과 만났을 때 별로 호감을 가지지 않았다. 그에게는 어딘가 침범할 수 없는 남자다움이 있었다. 그런데 무슨 일로 자주 만나게 되자 그가 사람을 멀리하는 것은 내성적인 그의 성격 때문임을 알았다. 그와 더욱 깊이 사귀어 볼수록 그의 특별한 상냥스런 성격에 매력을 느꼈다. 그렇지만 두 사람의 관계는 단지 공적인 관계였는데, 어느 날 바이어링이 저녁 초대의 자리에서 그녀를 만나 보지 않겠느냐고 했을 때 전혀 예기치 못한 기분이 들었다. 이미 사람들이 차갑게 등을 돌리기 시작하고 있었기 때문이 아닌가 하고 의아심을 가질 수밖에 없었다. 그러나 막상 가 보니 그의 초대는 그녀의 호기심 때문에 마련되었다는 것을 알게 되었다. 더욱이 그녀가 시간을 내어 그의 소설 두세 권을 읽어 왔다는 것을 알고 매우 놀랐다. 그러나 그날 밤 그가 놀란 것은 그것뿐이 아니었다. 대체로 조용하고 학구적인 생활을 해온 그는 고급 창부의 세계를 엿볼 기회도 없었고, 그 당시의 유명한 창부들도 이름만 들어서 알고 있을 뿐이었다. 작품 때문에 친밀히 알고 있던 메이페어 거리의 귀족 부인들과 로즈 오번의 태도나 몸가짐이 조금도 다른 점이 없다는 것을 발견한 것은 약간 놀라운 일이었다.

그녀는 다른 사람을 기쁘게 하는 일에 조금 지나치게 신경쓰는 점은 있으나, 자신의 대화 상대라면 누구에게나 흥미를 갖는 것이 그녀의 사랑스러운 성격 중 하나였다. 확실히 이야기를 일부러 꾸미는데가 없는데도 대화는 지성적인 것이었다. 더구나 최근 사교계에 널리 퍼져 있는 야비하고 조잡한 풍은 그녀에게는 없었다. 본능적으로 아름다운 입술을 야비한 언행으로 더럽히지 않겠다는 생각 때문인지 모른다. 단지 마음속에는 아직도 약간의 편협한 과거의 잔재가 남아 있는 것 같았다. 여하튼 그녀와 바이어링은 서로 열렬히 사랑하고 있는 것만은 명백했다.

사랑으로 결합한 두 사람을 보는 것은 정말 감동적이었다.

어센덴이 그들과 헤어지려고 그녀와 악수를 했을 때, 그녀는 잠시 그의 손을 잡고 별같이 반짝이는 푸른 눈으로 그의 눈을 들여다보며 이렇게 말했다.

"언젠가 런던에 자리를 잡게 되면 찾아와 주시겠어요? 아시다시피 우리들은 결혼하게 될 거예요."

"진심으로 축하드립니다." 어센덴은 말했다.

"어머 이분에게는요?"

그렇게 말하고 웃었다. 그것은 천사 같은 미소였다. 그것은 새벽의 신선함과 남국의 봄 같은 부드러운 환희에 넘쳐 있었다.

"거울을 보시면 당신들이 얼마나 행복한지를 아시게 될 겁니다."

허버트 경은 어센덴이 얼마간의 유머를 섞어가며 그 디너파티를 설명하는 동안 그를 뚫어지게 바라보았다. 그 차가운 눈에는 웃음의 빛조차 떠오르지 않았다.

"그들의 결혼이 성사되리라 생각합니까?" 대사가 물었다.

"아니오."

"왜요?"

어센덴은 이 질문에 깜짝 놀랐다.

"남자는 아내와 결혼하는 것만이 아니고 아내의 친구들과도 결혼하게 되는 것입니다. 바이어링이 결혼한 후 어떤 부류들과 교제하지 않으면 안 되는지 아십니까? 평판이 더러운, 짙은 화장을 한 여자들, 사회 계급의 밑바닥에서 꿈틀거리는 기생충들, 사기꾼들입니다. 물론 두 사람은 돈 걱정은 않겠지요. 그녀가 갖고 있는 진주만도 십만 파운드는 될 거니까요. 틀림없이 런던의 화려한 보헤미안들 틈에서 허세를 부릴 수도 있겠지요. 사회에는 황금의 경계선 같은 것이 있지 않습니까? 질이 나쁜 여자가 결혼하면 동료들에게 찬사를 얻지요. 남자를 속여서 결혼하여 당당하게 되니까요. 그렇지만 남자는 웃음거리가 될 뿐이지요. 그녀 친구들조차도, 상인에세 창녀들과 시골서 온 여자들을 소개해 주고 10퍼센트의 소개료를 받아 비참하게 생활비를 버는 뚜쟁이 남자들이나 그 여자의 옛날 친구들도 그를 경멸합니다. 바보라는 겁니다. 그런 처지에 있어서 품위 있게 행동하려면 의연하게, 낯가죽을 두껍게 하지 않으면 허사입니다. 그러니 그들의 사이가 오래 계속되리라 생각합니까? 난잡한 생활을 하던 여자가 가정생활에 정착할 수 있을까요? 오래지 않아 지루해지고 마음이 들뜰 것이 틀림없을 겁니다. 그런데 얼마만큼 사랑이 지속될까요? 바이어링도 여자에게 애정이 식어가고 현재의 그와 출세할 가망성이 있던 때를 비교해 본다고 생각해 보면 그가 괴로운 기분을 맛보리라고 생각지 않습니까?"

위더스폰 경은 자기의 잔에 오래된 브랜디를 따르고 기묘한 표정으로 어센덴을 올려보았다.

"그가 하고 싶은 대로 하고 그 결과가 저절로 되도록 내버려 두는 것이 저는 현명하다는 생각이 드는군요."

"대사가 되는 것도 아주 유쾌한 일임에는 틀림이 없는데요." 어센덴이 말했다.

허버트 경은 엷은 웃음을 띠었다.

"바이어링을 보면 내가 외무성에서 하급 서기관으로 있었을 때 알던 친구가 생각납니다. 지금은 상당히 잘 알려져 있고 꽤 존경도 받고 있기 때문에 그의 이름은 밝히지 않겠습니다. 꽤 출세를 했지요. 그러나 항상 출세라는 것은 대체적으로 시시한 데가 있지요."

어센덴은 허버트 위더스폰 경이 이런 말을 할 줄은 몰랐기 때문에 이 말을 듣고 눈썹을 치켜 올렸다. 그러나 아무 말도 하지 않았다.

"그 사람은 나의 동료인 사무관이었지요. 실로 영리한 사람으로 누구라도 인정했지요. 저 사람은 출세할 것이라는 평판이 있었습니다. 외교관으로서 자격은 충분히 갖추었다고 해도 과언은 아니었습니다. 대대로 육해군인을 배출한 집안으로 대단한 명문가는 아니지만 꽤 훌륭한 가문의 출신이었습니다. 게다가 그는 날뛰지도 않고 소심하지도 않으면서 처세술도 잘 알고 있었습니다. 대단한 독서가로서 그림에도 흥미를 가지고 있었습니다. 사실 좀 우습게 보이기도 했지만, 시대흐름에 뒤지지 않으려고 첨단유행에도 굉장한 관심을 보였습니다. 그 즈음엔 별로 알려지지도 않았던 고갱이며 세잔의 그림을 걸핏하면 칭찬한 적도 있었고요. 그의 태도는 얼마쯤 속물적인 데가 있었으며, 인습에 젖어 있는 사람들의 보수적인 생각을 뿌리 뽑겠다는 욕망도 가지고 있었으나, 그의 마음 가운데는 예술에 대한 진지한 동경심을 가지고 있었습니다. 그는 파리를 좋아해서 기회만 있으면 가서 라틴 구역의 작은 호텔에 숙박하고 화가나 작가들과 사귀었습니다. 그런 부류의 사람들이 흔히 그렇듯이 일개 외교관에 지나지 않는 그를 돌봐 주며 또 때로는 꽤 신사인 척한다고 비웃기도 했습니다. 그래도 항상 그들의 말은 즐겨 들었으며, 그들의 작품을 칭찬할 때도 그가 비록 문외한이지만 진짜 작품을 분간하는 눈을 가지고 있는 사람이란 것을 인정받았습니다."

어센덴은 조롱 섞인 것을 깨닫고 자기의 직업에 대한 조소의 웃음을 지었다. 이 장황한 설명은 도대체 무엇을 의미하는 것일까? 이와 같이 장황하게 이야기를 늘어놓는 것은 대사 자신이 이야기를 재미있게 생각하는 것 같이 보이기도 하지만, 또 무언가 이유가 있어서 본론을 끄집어내는 것을 망설이는 것 같기도 했다.

"그러나 나의 친구는 검소했지요. 그는 젊은 화가나 무명의 작가들이 기성의 대가를 깎아 내리기도 하고, 다우닝 거리(영국 정부의 수상 관저, 외무성 등이 늘어서 있다)에서 일하는 교양 있는 근엄한 비서관들이 듣지도 못한 무명의 작가들을 입에 침이 마르도록 말하는 것을 듣고 있었습니다. 그러나 그의 속마음에는 이런 무리들이 변변치 못한 이류의 무리임을 알고 있었지요. 런던의 일자리로 돌아왔을 때에도 서운하게 생각지 않았고 어떤 기묘한 연극을 보고 온 기분이었지요. 막이 내리면 집으로 돌아가는 정도였지요. 그는 야심가였습니다. 친구들이 그가 큰일을 할 거라고 기대하고 있다는 것도 알고 있었고, 그들을 실망시킬 생각도 없었습니다. 그는 자기 재능을 확신하고 있었으며 꼭 출세하리라 마음먹었지요. 불행히도 그는 재산이 없었으며 1년에 겨우 2, 3백 파운드밖에 수입이 되지 않았지만 양친은 이미 죽었고, 형제자매도 없었습니다. 그는 아무 곳에도 속박 받지 않는 것이 그의 재산이라는 것을 알고 있었습니다. 그에게 도움이 될 사람과 접촉할 기회가 얼마든지 있었지요. 당신은 이런 젊은이를 좋지 않게 생각하십니까?"

"아니요." 어셴덴은 갑작스런 물음에 대답했다. "대부분의 영리한 젊은이들은 자기의 영리함을 알고 있지요. 또 그들의 장래에 대한 계획을 세울 때도 어느 정도 시니컬한 데가 있지요. 청년들이 야심에 불타는 것은 당연하겠지요."

"그런데 이 친구는 파리에 자주 여행을 하던 어느 날 오말리라고 하는 젊고 재능 있는 아일랜드 화가를 사귀게 되었어요. 그 화가도 지금은 왕실 미술원 회원으로서 대법관이나 장관들의 초상화를 그려서 거액의 돈을 받고 있습니다. 2년쯤 전에 내 아내의 초상화를 그린 것이 전람회에 전시되었는데 보신 일이 있습니까?"

"아니요, 하지만 그 화가의 이름은 알고 있지요."

"아내는 그 그림이 대단히 마음에 든 모양입니다. 그의 그림은 매우 세련되고 마음에 드는 것이라고 나도 생각합니다. 여인들의 특징을 놀랄 만큼 정확하게 캔버스에 옮겨 놓을 수 있지요. 양가의 규수를 그린 것을 보면 그 그림이 양가의 규수이지 타락한 여자가 아니라는 것을 금방 봐도 알 수 있지요."

"그것은 대단한 재능인데요. 그렇다면 천한 여자를 그리면 천한 여자로 보이겠군요?" 어센덴은 말했다.

"물론이지요. 지금은 틀림없이 그런 그림을 그리기를 원하지 않을 겁니다. 그는 그 당시 셰리셰 미디 거리의 좁고 지저분한 화실에서 당신이 말한 그런 천하고 키가 작은 프랑스 여자와 함께 살고 있었지요. 또한 그녀를 모델로 한 그림을 몇 장 그렸겠지요."

어센덴은 허버트 경이 지나칠 정도로 세밀하게 이야기하는 것 같아 혹시 지금까지 이야기한 그의 친구라는 사람이 바로 대사 자신이 아닐까 하는 의심이 들었다. 그는 더욱 이야기에 귀를 기울였다.

"내 친구는 오말리를 좋아했습니다. 오말리는 좋은 대화 친구로서 유쾌하게 떠드는 타입이라고 할까 어쨌든 아일랜드인 특유의 화술을 가졌습니다. 그는 쉴 새 없이 재잘대는데 그것이 매우 재치가 넘치는 것 같았습니다. 오말리가 그림을 그리는 동안 옆에 앉아서 그가 자기의 그림 기법에 대하여 이러쿵저러쿵 설명하는 데 귀를 기울였습니다. 오말리는 항상 내 친구의 초상화를 그려 주겠다고 했는데 그것이 그의 기분을 만족시켜 주었습니다. 오말리는 그를 보통사람이 아니라고 생각해서 적어도 신사로 보일 인물의 초상화를 전람회에 출품하겠다고 말했지요."

"그런데 그것은 대체 언제적 이야깁니까?" 어센덴은 물었다.

"아, 벌써 30년 전이지요……. 두 사람은 곧잘 자기들 장래에 관한 이야기를 하곤 했는데 오말리가, 자기가 그리는 그의 초상화가 국립미술관에 전시되면 꽤 두드러지게 보일 거라고 말했을 때, 내 친구는 입으로는 겸손한 말을 했으나 마음 한구석에는 꼭 자신의 초상화가 거기에 전시될 것이라고 확신하고 있었습니다. 어느 날 저녁 때 내 친구는, 그를 브라운이라고 해 두죠, 화실에 앉아 있었고, 오말리는 그날의 마지막 햇살을 이용하여 살롱에 출품할——지금 테드 화랑에 가면 볼 수 있는——정부의 초상화를 마치려고 필사적으로 애쓰고 있었는데, 갑자기 오늘 저녁 식사를 같이 하지 않겠느냐고 내 친구를 꾀었습니다. 그는 그의 정부의 여자 친구도 올 것이므로 브라운이 와 주면 네 사람이 된다고 말했습니다.

이본느의 친구는 곡예사였는데 오말리는 그 여자를 모델로 하여 나체화를 그리고 싶어했습니다. 이본느는 그 여자의 몸매가 멋지다고 말한 적이 있었습니다. 그 여자도 오말리의 그림을 보고 기꺼이 모델이 되겠다고 하여 그 문제를 의논하려고 만찬을 하게 되었습니다. 그 무렵 여자는 쉬고 있었는데 얼마 있지 않으면 괴테 몽파르나스 극장에 출연하게 돼 있어서 낮에 한가한 틈을 이용하여 친구의 부탁도 들어 주는 한편 용돈도 좀 벌려고 했습니다. 곡예사의 여자들과 한 번도 만나본 적이 없는 브라운은 흥미를 느끼고 오말리의 초대를 수락했습니다. 이본느는 '어쩌면 그녀가 마음에 들지 모르니 만약 마음에 들거든 구슬러 보세요, 그다지 어렵진 않을 거예요'라고 했습니다. 그는 풍채도 당당하고 전형적인 영국인의 외모이기 때문에 그녀가 그를 귀족으로 착각할지도 모른다고 추어올렸습니다. 내 친구는 웃으면서 그냥 듣고 흘려 버렸습니다. '어떤 사람인가요?'라고 물으니 이본느는 장난기 어린 눈길로 그를 바라보기만 했습니다. 내 친구는 앉아 있었습니다. 쌀쌀한 부활절이었으나 아틀리에만은 따뜻했습니다. 비좁은 방은 어지럽게 흩어져 있고 창틀에는 먼지가 뿌옇게 앉아 있었으나 그래도 분위기는 평화롭고 아늑했습니다. 브라운은 런던의 웨이버튼 거리의 조그만 아파트를 세내어 살고 있었습니다. 벽에는 훌륭한 동판 조각도 걸려 있고 여기저기 고대 중국의 도자기를 놓아 두기도 해서 취미가 많을 것 같은 자기 거실에서는 오말리의 어지러운 아틀리에에서 느끼는 아늑한 분위기와 로맨스가 없지 않을까 하는 생각이 들었습니다.

얼마 후 문간에서 벨이 울리고 이본느가 그녀의 친구를 데리고 들어 왔습니다. 그녀의 이름은 알렉시라고 하는 것 같았는데, 브라운과 악수를 하고 나서 마치 담뱃가게 뚱보 할머니 같이 조심스러운 듯 정중하게 인사말을 했습니다. 여자는 기다란 가짜 밍크 오버코트를 입고 크고 새빨간 모자를 쓰고 있었습니다. 그렇게 천하게 보이는 편도 아니지만 그렇다고 아름답지도 않았습니다. 큼직하고 넙적한 얼굴에 입은 크고 코는 들창코였으며 게다가 숱이 풍부한 금발머리는 분명히 염색한 것이 틀림없었습니다. 큰 두 눈은 청자색이었고 짙은 화장을 하고 있더군요."

어셴덴은 이것은 분명히 허버트 경이 그 자신의 경험을 이야기하고 있는 거라고 확신했다. 그렇지 않다면 30년이 지난 오늘까지 여자가 무슨 모자를 쓰고 무슨 코트를 입었는지 등을 기억하고 있을 리가 만무했다. 이런 얄팍한 거짓말로 진실을 위장하려는 대사의 단순한 성격이 우스웠다. 어셴덴은 이야기의 결말을 추측해 볼 수밖에 없었다. 이 냉정하고 고상한 사람에게도 이런 모험적인 경험이 있었는가 생각하니 유쾌해졌다.

"이 여자와 이본느는 재잘거리기 시작했는데 내 친구는 이상하게도 이 여자에게서 매력적인 점이 하나 있다는 것을 발견했습니다. 여자는 감기가 나으려고 할 때의 목소리처럼 허스키 보이스를 가졌는데 그 소리가 어쩐지 마음에 들었습니다. 그가 오말리에게 여자의 목소리가 본래 저런가하고 물어보았더니 오말리는 그가 그녀를 처음 보았을 때부터 그랬다고 했습니다. 오말리는 그것을 위스키 보이스라 불렀습니다. 브라운이 그렇게 물었다고 오말리가 그녀에게 전하니 그녀는 큼직한 입가에 미소를 띠며, 그것은 위스키 보이스가 아니고 직업상 거꾸로 서기만 했기 때문이라고 했습니다. 그러고 나서 그들 넷은 생 미셸 거리의 변두리에 있는 조그마한 레스토랑에 가서 포도주를 곁들여 2프랑 반으로 사보이나 클라리지 등등

일류 음식점에서도 먹어본 적이 없는 것 같은 훌륭한 저녁 식사를 했습니다.

알렉시는 아주 잘 지껄이는 여자였는데, 굵직한 허스키 보이스로 그날 생긴 일을 이야기하는 동안 브라운은 놀란 눈빛으로 그녀의 이야기를 흥미 있게 듣고 있었습니다. 그녀는 함부로 속어를 써서 그는 이야기의 반 정도도 알아듣지 못했으나 그 생생한 비속성에 마음이 끌렸습니다. 그녀의 말은 여름철 아스팔트나 값싼 선술집의 양철로 된 카운터의 냄새를 풍기며, 파리 빈민가의 숨결을 그대로 느끼게 했습니다. 그 적절하고 생생한 비유는 열기가 넘쳐서 그의 혼탁해진 머리가 샴페인을 부은 것과 같이 상쾌해졌습니다. 그녀는 빈민가 출신이지요 네, 참 그렇지만 타오르는 불꽃같이 남의 마음을 따뜻하게 해주는 생명력을 가졌습니다.

이본느는 그가 돈 많은 영국인 독신자라고 말하는 것 같았습니다. 그녀는 저울질 하는 눈초리로 바라보았으나 그는 모르는 체했습니다. '그러면 어때요? 그다지 나쁘진 않아요' 하는 말이 들렸습니다. 그는 조금 유쾌해졌습니다. 그 자신도 그다지 나쁘지 않다고 생각하고 있었으니까요. 그들의 이야기는 때로 매우 거북한 점까지 말하고 있었습니다. 여자는 그에게 별로 신경을 쓰지 않았습니다. 여자들끼리는 그가 모르는 이야기를 지껄이지만 그는 그것을 흥미 있게 듣고 있다는 것을 보이는 정도가 고작이었습니다. 때로 그녀는 그를 주시하며 재빨리 혀로 입술을 핥았는데, 그가 원하기만 하면 '이쪽은 O.K예요'라고 말하는 것 같았습니다. 그는 마음속으로 어깨를 으쓱했습니다. 건강하고 젊으며 쾌활한 여자지만 허스키한 목소리 외에는 별로 남을 끄는 매력은 없었습니다. 그러나 파리에서 가벼운 정사를 가져 보는 것도 재미있으리라고 생각했습니다. 이게 바로 인생이라고 생각할 수 있으며 게다가 상대가 뮤직홀의 연예인이라는 점에 꽤 마음이 쏠렸습니다. 중년이 되어서 옛날에 곡예사였던 여자와 정사를 가졌다는 것을 생각해 보는 것도 즐거운 것 같았습니다. 노년기에 후회할 거리를 장만하기 위해서라도 젊을 때 실수를 저질러 봐야 한다고 한 이는 라 로시코프든가 오스카 와일드든가요? 식사가 끝난 후 그들은 커피와 브랜디를 마시며 늦게까지 앉아 있었습니다.

  그들이 거리로 나오자 이본느가 나의 친구에게 알렉시를 집까지 바래다 줄 것을 부탁했습니다. 그는 기꺼이 모셔다 드리겠다고 말했습니다. 알렉시가 집까지 그리 멀지 않다고 해서 그들은 걸어서 갔습니다. 그녀의 말로는 조그만 아파트를 빌려 산다고 했는데, 대개의 경우는 순회공연으로 비울 때가 많지만 자기의 집이 필요하다고 했으며, 여자들은 가구를 갖춘 데서 살지 않으면 누구도 상대해 주지 않는다고 했습니다. 곧 그들은 캄캄하고 더러운 골목에 있는 집 앞에 도착했습니다. 그녀는 관리인에게 문을 열게 하려고 벨을 울렸습니다. 그녀는 그에게 같이 들어가자고 하지 않았습니다. 그는 여자가 그가 당연히 들어오리라고 생각하고 있는지 어떤지를 몰랐습니다. 그는 갑자기 겁이 났습니다. 머리를 쥐어짜고 생각했으나 어떤 말을 해야 할지 몰랐습니다. 두 사람 사이에는 침묵이 흘렀습니다. 얼빠진 짓이었습니다. 철컥 하는 소리가 나고 문이 열렸습니다. 그녀는 기대하는 눈초리로 그를 보았습니다. 그녀는 당황한 모양이었습니다. 부끄러움이 파도치듯 엄습해 왔습니다. 잠시 후 여자는 손을 내밀며 바래다 줘서 고맙다고 말하고 안녕 하고 인사를 했습니다. 그의 가슴은 초조하게 뛰었습니다. 만약 여자가 들어오라고 했다면 그는 가버렸을 것입니다. 그는 여자가 들어오라는 눈치라도 보이길 원했습니다. 그는 여자와 악수를 하고 잘 자라고 말한 다음 모자를 들고 고개를 약간 숙여 보이고 떠나 버렸습니다.

자신을 바보 같은 녀석이라고 생각했습니다. 그날 밤 잠을 이룰 수 없었습니다. 여자가 그를 맹추 같은 녀석이라고 여길 것이라 생각을 하며 침대에서 뒤척거렸습니다. 날이 새면 여자에게 주었던 면목 없는 인상을 씻어 버릴 수단을 생각하며 아침이 오기를 지루하게 기다리고 있었습니다. 그는 자존심이 몹시 상했습니다.

이튿날 아침 그는 재빨리 점심에 초대하려고 2시에 그녀의 집으로 갔으나 여자는 없었습니다. 그는 꽃을 보내고 오후에 다시 찾아갔습니다. 그녀는 들어왔다가 또 나갔다는 것이었습니다. 그는 혹시 그녀를 만날 수 있을까 해서 오말리한테 갔으나 거기에도 없었습니다. 어찌된 영문이냐고 오말리는 익살맞게 물었습니다. 그는 면목이 없어서, '그다지 대단치 않은 여자 같아서 신사답게 그냥 돌아왔어'라고 말했으나, 아무래도 오말리에게 사실을 들킨 것 같아 불안했습니다. 그는 다음날 같이 식사를 하자고 속달로 편지를 부쳤으나 여자에게서는 답장이 없었습니다. 그는 호텔 문지기에게 편지나 무엇이 온 것이 없느냐고 몇 번이나 묻다가 마침내 절망한 나머지 그녀의 집으로 찾아갔습니다. 관리인이 그녀가 집에 있다고 해서 계단을 올라갔습니다. 그는 여자가 모처럼의 그의 초청을 무시한데 대해서 화가 났으나 그와 동시에 아무렇지도 않은 것 같은 태도를 보이려고 애썼습니다. 어둡고 퀴퀴한 냄새가 나는 4층 계단을 올라가서 관리인이 가르쳐 준 방 앞에서 벨을 눌렀습니다. 조금 기다렸더니 안에서 무슨 소리가 들렸습니다. 그는 다시 벨을 눌렀습니다. 곧 여자가 문을 열고 나왔습니다. 그러나 무슨 사정인지 여자는 그가 누구인지 전혀 본 적도 없는 것 같은 표정을 지었습니다. 그는 깜짝 놀랐습니다. 그는 매우 낙담했지만 겉으로는 유쾌한 웃음을 지으며 말했습니다.

'오늘 저녁 식사를 같이 할까 하고 찾아왔습니다. 속달편지도 냈

는데요!'

그러자 여자는 그를 겨우 알아보았습니다. 그러나 여자는 문 앞에 선 채 들어오라고 하지 않았습니다.

'아유, 오늘 밤은 틀렸어요. 머리가 몹시 아파서 그만 자야겠어요. 속달 편지를 잃어버려 답장을 할 수 없었어요. 또 당신 이름도 생각나지 않았고요. 꽃을 보내줘서 대단히 고마워요.'

'그렇다면 내일 저녁은 어떨까요?'

'글쎄요. 내일 밤에는 약속이 있어서요, 미안해요.'

더 이상 할 말이 없었습니다. 계속 청할 용기도 없어서 그냥 잘 자라고 하고 돌아왔습니다. 여자는 그를 귀찮아하는 인상은 아니었으나 완전히 그를 잊고 있었던 것 같았습니다. 그에겐 굴욕적이었습니다. 그가 런던으로 돌아갈 때는 그녀를 다시 만나지 못한 채였는데 이상하게도 불만스러운 느낌은 어쩔 수 없었습니다. 결코 그녀를 사랑한 것도 아니었는데 여자 때문에 화가 났습니다. 그러나 그의 머릿속에서 여자를 완전히 몰아낼 수가 없었습니다. 결국 자존심에 상처를 받은 것이 괴로운 것이라고 시인했습니다.

언젠가 밤에 미셸 거리 변두리에 있는 작은 식당에서 식사를 했을 때 그녀의 단원들이 봄에 런던으로 공연하러 간다고 말했습니다. 그는 오말리에게 쓴 편지에 만약 그의 친구 알렉시가 런던에 오게 될 때 그에게 알려 주면, 그가 그녀를 만나러 가겠다는 취지의 말을 슬쩍 끼워 넣었습니다. 그는 오말리가 그린 나체화를 그녀가 어떻게 생각하고 있는지 솔직히 듣고 싶었습니다. 그로부터 얼마 후 화가가 그에게 편지를 보내서 그녀가 일주일 후에 에지웨어 거리의 메트로 폴리탄 극장에 출연한다는 것을 알려 주었을 때 그는 갑자기 피가 머리끝까지 끓어오르는 것 같았습니다. 그는 여자의 공연을 보러 갔습니다. 그날 미리 가서 프로그램을 확인하지 않앉더라면 그녀를 놓칠 뻔했습니다. 그녀의 출연은 맨 처음이었기 때문입니다. 검고 커다란 수염을 붙인 뚱뚱한 사나이와 여윈 사나이와 함께 알렉시가 무대 위에 나타났습니다. 세 사람 모두 녹색의 새틴으로 된 팬티와 몸에 맞지 않는 핑크색 타이츠를 입고 있었습니다. 두 사나이가 한 쌍의 그네를 타고 여러 가지 곡예를 하는 동안, 알렉시는 무대를 뛰어다니며 손을 닦는 수건을 주기도 하고 때때로 공중회전을 하기도 했습니다. 뚱뚱한 사나이가 여윈 사나이를 어깨 위에 올려놓자 그녀는 위에 있는 남자의 어깨에 올라가서 관객들에게 키스를 보냈습니다. 자전거를 타는 곡예도 있었습니다. 훌륭한 곡예사의 연기는 때로는 우아하고 아름답기도 한 법인데 이번 곡예는 몹시 서투르고 천박해서 보고 있던 내 친구는 당황했습니다. 두 사나이가 대중 앞에서 바보 흉내를 내어 웃음거리가 되는 모양을 보자니 창피스러웠습니다. 가련한 알렉시는 억지 웃음을 입가에 띠며 핑크색 타이츠에다가 녹색 새틴 팬티를 입은 모습이 너무도 그로테스크해서, 그가 그녀의 아파트를 찾아 갔을 때 그를 알아보지 못한 것에 대해 그가 잠시라도 기분을 잡쳤던 것이 이상하게 생각되어졌습니다. 막이 내리자 그는 모처럼 온 것이니 어깨를 쭈그리고 무대 입구를 돌아서 문지기에게 1실링을 주고 그녀에게 명함을 보냈습니다. 몇 분 후 그녀는 나왔습니다. 그녀는 그를 보자 기뻐하는 것 같았습니다.

그녀는 말했습니다.

'이 외로운 도시에서 아는 사람을 만나서 정말 즐거워요. 참 파리에서 청한 저녁 식사를 지금 할 수 있겠네요. 배가 고파 죽을 지경이에요. 출연 전에는 결코 음식을 먹을 수 없어요. 그런데 프로그램 중에서 제일 나쁜 자리에 우리를 출연시키다니 그것은 모욕적이지요. 내일 흥행사를 만나 항의하겠어요. 우리들을 그들 마음대로 할 수 있다고 생각하는 것은 크게 잘못이지요. 아, 싫어. 정말 싫어. 게다가 관중은 대체 어떻게 된 게 환성도 없고 박수도 없으니 허무해요.'

내 친구는 어리둥절했습니다. 이 여자는 자기의 연기가 멋지다고 생각하는 것일까? 그는 웃음이 터져 나올 뻔했습니다. 그러나 여자는 여전히 쉰 목소리로 지껄였습니다. 그 소리를 들으니 마음속에 이상한 반응이 일어났습니다. 그녀는 새빨간 드레스를 입고 있었고 처음 만났을 때와 같은 빨간 모자를 쓰고 있었습니다. 그녀의 옷차림이 너무 요란스러워서 남의 눈에 뜨일 장소에 데리고 갈 마음이 내키지 않아, 소호 거리로 가는 것이 어떠냐고 말했습니다. 그 당시에는 2인승 마차가 있었는데 그것은 지금 택시보다는 훨씬 사랑을 속삭이는데 알맞은 것이었습니다. 나의 친구는 알렉시의 허리에 팔을 감고 키스했습니다. 여자는 보통으로 여겼으나 그도 또한 크게 흥분하지는 않았습니다. 늦은 저녁을 먹고 있는 동안 그는 아주 친절하게 대했고 여자도 그의 기분을 잘 맞추어 주었습니다. 그들이 음식점을 나오려고 할 때 그는 웨이버튼 거리에 있는 자기 방에 오지 않겠느냐고 했더니, 여자는 파리에서 같이 온 남자 친구와 11시에 만날 약속이 있다고 했습니다. 그러나 그녀의 친구가 일이 있어서 외출을 했기 때문에 브라운과 저녁 식사를 함께 할 수 있었다고 말했습니다. 브라운은 화가 났지만 그것을 내색하지 않았습니다. 여자가 카페 모니크에 가고 싶다고 해서 둘은 워도우 거리를 걸어갔습니다. 도중에 보석 가게 앞에 서서 전시해 놓은 보석들을 지켜보았습니다. 그녀는 사파이어와 다이아몬드로 된 팔찌에 홀려 정신이 없었습니다. 브라운의 눈에는 매우 천하게 보였으나 가지고 싶냐고 물어보았습니다.

'그러나 15파운드라고 씌어져 있는데요'라고 그녀가 말했습니다.

그는 가게 안으로 들어가서 그것을 여자에게 사 주었습니다.

피커딜리 광장 근처에 왔을 때 여자는 그에게, '돌아가세요'라고 말했습니다. '내 친구 때문에 런던에서는 당신을 만날 수 없어요. 그는 늑대처럼 질투심이 많아서 오늘은 여기서 돌아가 주셨으면 해요. 그러나 다음주에는 불로뉴의 무대에 서게 되니 그쪽으로 오시지 않겠어요? 거기서는 혼자 있게 돼요. 내 친구는 고향인 네덜란드로 돌아가야 하니까요.'

'좋소, 그리로 가지요'라고 브라운은 말했습니다.

그가 불로뉴에 2일간의 휴가를 얻어 간 것은 그의 상처받은 자존심을 회복하자는 생각 때문이었습니다. 그가 그따위 일에 집착한다는 것은 우스운 일입니다. 그 이유를 일일이 설명할 정도도 아니라는 생각이 들지 모릅니다. 다만 그로서는 알렉시에게 바보 취급당하는 것이 도저히 참을 수가 없었기 때문입니다. 일단 그녀로부터 그런 인상을 지워 버린다면 두 번 다시 그런 여자의 일로 마음 쓰지 않을 거라고 생각했습니다. 그는 오말리와 이본느의 일도 생각했습니다. 이 여자는 분명히 그들에게 이야기했을 것이 틀림없었습니다. 자기가 마음속으로 경멸하고 있는 사람들이 등 뒤에서 자기 일을 비웃을 것을 생각하니 가슴이 답답하여 견딜 수 없었습니다. 꽤 쓸모없는 인간이라고 생각하겠지요?"

어센덴은 대답했다. "천만에요. 모든 현명한 사람들이라면 인간의 영혼을 괴롭히는 여러 가지 감정 중에서 허영심이 제일 파괴적인데도 제일 보편적이며 뿌리 깊은 것이라는 것을 알고 있으며, 허영심의 힘을 부정하는 자체가 단지 허영심에 지나지 않습니다. 그것은 사랑보다도 사람을 괴롭힙니다. 다행스럽게도 사람들은 나이를 먹어감에 따라서 사랑의 공포와 고역은 멸시할 수 있지만, 아무리 나이를 먹어도 허영심의 속박에서 구출되지는 않습니다. 사랑의 고민은 시간이 해결

할 수 있지만 상처받은 허영심에서 벗어날 수 있는 것은 단지 죽음뿐입니다. 사랑은 단순하며 아무 구실도 필요하지 않으나, 허영심은 수없이 위장함으로써 우리를 속입니다. 또 허영심은 모든 미덕의 중요 부분으로서, 용기의 근원이기도 하고, 야심을 지탱하는 일이기도 하고, 사랑하는 이에게는 정절을, 금욕주의자에게는 인내를 주고, 예술가의 명예욕에 기름을 부어 주기도 하고, 동시에 정직한 사람의 성실성에 대해서는 버팀목이 되기도 하고 보수를 받기도 합니다. 허영심은 심지어 성자의 겸손에도 냉소적인 추파를 던집니다. 도저히 그것을 피할 수 없습니다. 허영심을 억제하려고 애를 쓴다 할지라도 그 애쓰는 것을 역이용하여 당신을 낚아챌 것입니다. 허영심이 당신의 어떤 빈틈으로 공격해 올지 모르기 때문에 그 습격에는 별 도리가 없습니다. 성실성도 허영심의 유혹을 받으며 헤어날 수 없으며 유머도 그 조소를 막을 수는 없습니다."

어센덴은 말을 멈추었다. 할 말을 다했기 때문이 아니라 숨이 찼기 때문이다. 정신을 차려보니 대사는 남의 말을 듣는 것보다 도리어 이야기를 하고 싶어서 예의상 그의 말을 듣고 있는 것 같았다. 어센덴도 대사를 가르치기보다는 오히려 자기 흥에 겨워서 이야기하는 것 같은 느낌이었다.

"인간의 이 역겨운 운명을 견디어 가는 것도 허영심 때문이지요."

잠깐 동안 허버트 경은 말이 없었다. 마치 먼 기억의 지평선에서 아픈 생각을 더듬는 것 같이 그의 앞을 똑바로 응시하고 있었다.

"불로뉴에서 돌아온 친구는 알렉시에게 흠뻑 빠져 버린 것을 알았습니다. 그리고 그 주에 던커크에서 그녀가 무대에 설 때 또 한 번 만날 약속을 했습니다. 그는 계속해서 다른 일은 아무것도 생각하지 않았습니다. 이번에는 36시간밖에 휴가를 얻지 못했지만 출발히기 전날 밤은 타는 듯한 열정에 잠을 이룰 수 없었습니다. 그 다음 번에는 하룻밤의 밀회를 위해 파리에 간 일도 있었습니다. 또 한번은 그녀가 일주일 동안 출연이 없을 때 그녀를 런던으로 끌어오기도 했습니다. 그는 여자가 자기를 사랑하지 않는다는 것도 알고 있었습니다. 그녀에겐 그가 수많은 다른 사내들 중의 한 사람에 불과하다는 것을 여자 쪽에서 숨기지 않았습니다. 그는 질투심으로 괴로움을 겪었지만 그것을 내색하면 여자의 비웃음을 받거나 노여움을 살 뿐이라는 것을 알고 있었습니다. 그녀가 그를 좋아하는 것은 단지 그가 신사이고 옷을 잘 입고 다닌다는 것뿐입니다. 그녀는 그가 지나치게 귀찮은 요구를 하지 않는 한 그의 정부가 되어도 좋을 정도라는 마음이었습니다. 그 정도였습니다. 그의 수입으로는 그녀를 만족시킬 수 없으며 비록 재력이 있다고 하더라도 그녀의 자유분방한 성품이 그를 거절했을 테지요."

"그런데 그 네덜란드 사람은 어떻게 되었습니까?" 어셴덴은 물었다.

"네덜란드 사람? 그건 새빨간 거짓말이었습니다. 무슨 이유에선지는 알 수 없지만 그때엔 브라운이 쫓아다니는 것이 싫었기 때문에 즉석에서 그런 인물을 만들어 낸 거죠. 원래 거짓말 한두 번쯤은 예사로 해치우는 여자니까요. 브라운도 물론 정열을 억제하려고 노력은 했습니다. 너무나 미친 짓이라는 것을 자신도 알고 있었으며 그녀와의 관계를 그냥 계속한다면 자기 자신이 파멸한다는 것도 알고 있었습니다. 그는 여자에게 현혹된 것은 아닙니다. 세상에 흔히 있는 천한 여자라는 것도 잘 압니다. 그녀는 그가 흥미를 느끼는 일에 관해서는 한마디도 하지 않았으며 또 노력하려고 하지도 않는 여자였습니다. 그녀는 그가 당연히 자기 신상에 관심을 가지고 있다고 여겨서 그녀의 동료 곡예사와 싸운 이야기, 매니저와의 싸움, 호텔 주인과의 말다툼에 관한 지루한 이야기만 들려주었습니다. 그에게는 죽을 지경으로 따분한 이야기였지만 그 목쉰 소리를 들으면 가슴이 뛰었습니다. 때로는 질식할 것만 같았습니다."

어센덴은 거북하게 의자에 앉아 있었다. 보기에는 아주 좋은 셰라톤식 (18세기 후반 T. 셰라톤이 고안한 우아한 가구의 형태) 의자였으나 딱딱하고 꼿꼿했다. 어쩌면 허버트 경이 앉기에 편한 소파가 있는 별실로 옮길 생각이 나기를 어센덴은 바라고 있었다. 대사가 하는 이야기가 그 자신의 이야기라는 것은 이미 명백해졌다. 어센덴은 남 앞에서 자기의 영혼을 이처럼 숨김없이 드러내 보이는 것은 약간 무례함이 지나친 것 같다고 생각했다. 그는 이런 내밀한 말을 억지로 듣고 싶진 않았다. 이렇게 비밀을 털어 밝히는 이야기를 억지로 듣는 것은 견딜 수 없었다. 허버트 경도 그와는 아무런 관계가 없었다. 갓을 씌운 촛불 빛에 보이는 허버트 경의 얼굴은 창백했으며 눈엔 냉정한 것 같으나 걷잡을 수 없는 격렬함이 떠돌았다. 경은 손수 잔에 물을 따랐다. 목이 말라 소리가 나오지 않는 것이다. 그러나 그는 개의치 않고 이야기를 계속했다.

"마침내 내 친구는 겨우 정신을 차렸습니다. 그는 이 추한 정사에 지긋지긋함을 느꼈습니다. 아름다운 점이라고는 하나도 없고 부끄럽기만 했으니까요. 결국 아무런 결실도 없었습니다. 그의 정열은 상대방 여자와 같이 천한 것이었습니다. 알렉시가 단원들과 함께 북아프리카에서 6개월이나 체류하게 되어 적어도 그동안은 만날 수 없게 되었습니다. 그는 지금 꼭 이 기회를 타서 그녀와의 관계를 깨끗이 청산하지 않으면 안 되겠다고 결심했습니다. 그런데 분하게도 그것이 여자 쪽에서는 아무렇지도 않을 것을 알았습니다. 3주일만 지나면 그의 일들은 깨끗이 잊어버릴 것이 틀림없었습니다. 그때 또 다른 일이 있었습니다. 그것은 사교계와 정계에 아주 중요한 관계가 있는 유력한 선을 잡은 겁니다. 그는 어떤 부부와 매우 친밀하게 되었습니다. 그들에게 딸이 하나 있었는데 그녀가 왠지 모르지만 그를 좋아했습니다. 모든 면에서 알렉시와는 정반대의 여자였습니다. 그녀는 영국풍의 미인이었습니다. 푸른 눈과 앵두빛 볼, 큰 키와 금발은 〈펀치〉지에 실린 듀 모리에의 그림에서 빠져 나온 듯했습니다. 총명하고 독서도 많이 했으며, 어릴 때부터 정치적 분위기에서 자라왔기 때문에 그에게 관심이 있는 일들을 재치 있게 이야기할 줄 알았습니다. 그가 결혼을 신청하면 여자 쪽에서는 승낙하리라는 것을 알고 있었습니다. 이미 말했듯이 그는 야심가였습니다. 자기가 우수한 재능을 가지고 있다는 것을 알고 있었으며, 그 재능을 발휘할 기회가 오기를 원했습니다. 그녀는 영국 명문가와 친척이었기 때문에 바보가 아닌 이상 이런 상대와 결혼하면 쉽게 출세할 수 있다는 것을 뻔히 알고 있었습니다. 이것이야말로 천재일우의 좋은 기회였습니다. 게다가 알렉시와 있었던 추악한 관계가 이것으로 청산되리라고 생각하니 실로 이제 살았다는 기분이었습니다.

알렉시에 대한 정열이 헛되게 계속 머리만 부딪치고, 즐거운 무관심과 단순히 좋은 인간성이라는 벽으로 그친 데 비해서, 자기 자신이 다른 인간에게 정말 중요하고 훌륭한 존재임을 느낀다는 것은 얼마나 큰 행복이었던가! 그가 방으로 들어서면 아가씨의 얼굴은 갑자기 명랑해집니다. 상당히 우쭐해지는 기분이 드는 것도 당연한 일이 아닙니까? 그녀를 사랑한 것은 아니었으나 매력적인 여자라고 생각했습니다.

그는 무엇보다도 알렉시와 함께 끌려든 속물적인 생활을 잊고 싶었습니다. 마침내 그는 결심했습니다. 그는 그녀에게 구혼하여 승낙을 받았습니다. 그녀의 양친도 대단히 기뻐했습니다. 결혼식은 그해 가을에 올리기로 했습니다. 그녀의 부친이 정치적인 일로 아프리카에 가게 되어 그의 아내와 딸도 함께 데리고 가게 되었기 때문입니다. 그들은 여름 내내 떠나 있게 된 것입니다. 내 친구 브라운도 외무성에서 외관직으로 전속되어 리스본에 주재하게 되어서 곧 거기로 가게 되었습니다. 그는 약혼자를 전송했습니다. 그런데 우연히 브라운이 가게 될 자리의 전임자가 무슨 사정으로 3개월 더 리스본에 머물게 되어 그동안 내 친구는 허송세월을 하게 되었습니다.

무엇을 할까 하고 생각하는 동안에 알렉시로부터 편지가 왔습니다. 그녀는 프랑스로 돌아가게 되었다고 하고 또 여러 곳에서 공연하게 되어 있는 모양이었습니다. 공연할 지명들도 기다랗게 늘어놓았습니다. 여전히 마음을 끌게 하는 친밀한 문구로 만약 그가 하루 이틀 여가를 얻어서 와 준다면 재미있을 거라고 씌어 있었습니다. 미친 듯이 죄를 범하는 듯한 생각이 그를 사로잡았습니다. 그녀의 편지에 꼭 만나자고 했다면 그는 거절했을지도 모릅니다. 여자가 가식적이든 비열하든 아무 문제가 아니었습니다. 벌써 그녀는 그의 뼛속까지 사무치게 되었습니다. 이것이 그에겐 마지막 기회였습니다. 얼마 후면 정식 결혼을 하게 되어 있었습니다. 지금 그렇게 하지 않으면 영원히 두 번 다시 만나지도 못할 것입니다. 그는 마르세유로 가서, 튀니스에서 타고 온 배에서 내리는 그녀를 만났습니다. 그를 만나서 기뻐하는 그녀의 모습에 그는 갑자기 가슴이 뛰는 것을 깨달았습니다. 이 여자를 미친 듯이 사랑하고 있다는 것을 알았습니다.

그는 3개월 후에 결혼한다는 것을 말하고 나서, 이 마지막 자유로운 시간을 함께 보내자고 말했습니다. 그런데 여자는 순회공연을 포기할 수 없다고 거절했습니다. 동료들을 어떻게 저버릴 수 있냐고 말했습니다. 그는 그들에게 보상을 하겠다고 했으나 여자는 들으려고 하지 않았습니다. 갑자기 그녀의 대역을 구할 수도 없으며,

지금 이 계약을 이행하면 앞으로 계속해서 좋은 일거리가 생길지도 모르고, 단원들도 이번 순회공연을 물리칠 수 없으며, 단원들은 정직하고 약속을 잘 지키며 매니저에 대해서나 관객들에 대해서도 책임을 진다는 것입니다. 그는 화가 치밀었습니다. 자기의 행복 전부가 이런 시시한 순회공연 때문에 희생되는 것은 어리석기 짝이 없는 일이었습니다. 그러나 3개월 후면 이 여자는 어떻게 될까? 아니 그렇게 생각하니 그는 무리한 요구를 한 것 같은 기분이 들었습니다. 그는 여자에게 너를 사랑하기 때문이라고 말했습니다. 그는 그때 비로소 여자를 미칠 듯이 사랑하고 있다는 것을 깨달았던 겁니다. 그러자 여자는 자기와 함께 순회공연을 하지 않겠느냐고 말했습니다. 그녀는 그와 같이 가게 되면 즐겁고 좋은 일이 있을 것이며, 3개월 후에 돌아와 약혼녀와 결혼하면 되니까, 두 사람 다 손해 볼 것 없지 않느냐고 말했습니다. 그는 잠시 망설였으나 그녀를 오랜만에 만나서 곧 헤어진다는 것은 참을 수 없었습니다. 그래서 그는 승낙했습니다. 그러자 여자는 이렇게 말했습니다.

'그렇지만 어리석게 행동하면 안 돼요. 내가 너무 놀아나면 매니저는 별로 좋아하지 않을 거예요. 내 장래도 생각해야 되니까요. 오래된 단골손님의 환심을 사지 않으면 미움을 받을지도 몰라요. 종종 있는 일은 아니지만요. 때로는 내가 누군가의 마음에 들어서 몸을 맡긴다 해도 야단해서는 안 돼요. 그건 아무것도 아니에요. 사업상 일이니까요. 당신만이 진실한 애인이에요.'

그는 이상하게 가슴에 참을 수 없는 고통을 느꼈습니다. 그가 너무 창백해지자 그녀는 그가 혹시 기절하는 것이나 아닌가 하고 생각했을 것이 틀림없었습니다. 여자는 이상한 듯이 그를 바라보았습니다.

'이것은 조건이에요. 하든지 말든지 마음대로 하세요.'

그는 그 조건을 승낙했습니다."

허버트 경은 의자에서 몸을 앞으로 기울였다. 그의 창백한 얼굴을 보고 어셴덴은 그가 졸도하지 않을까 하고 생각했다. 피부가 머리 위로 팽팽하게 당겨진 경의 얼굴은 해골 같았다. 그의 이마에는 핏줄이 섰다. 언제나 말이 없던 경의 태도는 사라졌다. 이 정도에서 이야기를 그만 두기를 어셴덴은 마음속으로 바랐다. 남의 숨김없는 진실을 보는 것은 부끄럽기도 하고 역정이 났다. 누구든지 자기 자신을 이렇게 적나라하게 남에게 보일 수는 없을 것이다. 그는 부지중 소리치고 싶어졌다.

"아니 그만 두세요. 이 이상 더 얘기해서는 안 됩니다. 뒤에 부끄럽게 될 뿐입니다."

그러나 상대편은 완전히 수치심을 잃고 있었다.

"3개월 동안 두 사람은 퀴퀴한 냄새가 나는 더럽고 작은 침대에서 지냈습니다. 몸서리치는 시골을 돌아다녔습니다. 좋은 호텔에 데리고 가려 해도 알렉시는 듣지 않았습니다. 그녀는 좋은 호텔에 입고 갈 만한 옷도 없으며 또한 익숙해진 이런 값싼 호텔이 마음 편하다고 했습니다. 그녀는 동료 단원들로부터 비싼 곳에 숙박한다는 말도 듣고 싶지 않았습니다. 그는 초라하고 불결한 카페에서 몇 시간이고 지루하게 앉아 있었습니다. 단원들도 그를 동료처럼 대접을 했고 그의 이름을 마구 불렀습니다. 함부로 농담도 하고 등을 툭 치기도 했습니다. 일이 바쁠 때에는 심부름도 해 주었습니다. 그는 지배인의 눈에서 유쾌하지만 경멸하는 듯한 빛을 보았습니다. 또한 단원들의 무례한 태도도 참아내지 않을 수 없었습니다. 그들은 3등 열차를 타고 시골로 돌아다녔습니다. 그들이 짐을 옮기는 것을 도와주었습니다. 독서를 매우 좋아하는 그가 책을 한 번도 펴 본 적이 없었습니다. 알렉시가 책 읽는 것을 지겹게 여겼기 때문입니다.

그녀는 독서하는 사람은 누구든지 잘난 체한다고 생각하고 있었습니다. 매일 밤 그는 뮤직홀에서 가서 그녀의 추악하고 천박한 곡예를 지켜보았습니다. 자신의 연기를 예술적이라고 생각하는 그녀의 가련한 망상에 동조하지 않을 수 없었습니다. 연기가 잘 되었을 때는 칭찬을 하고, 곡예에 실패를 했을 때는 위로를 해주어야 했습니다. 그녀의 차례가 끝나면 그는 미리 카페로 가서 그녀가 옷을 갈아입는 동안 기다립니다. 때로 그녀는 급히 들어와서 이렇게 말하곤 했습니다.

'오늘 밤 나를 기다리지 마세요, 바빠요.'

그럴 때는 그는 질투로 인한 고뇌 속에 휘말려 들었습니다. 인간이 이토록 괴로울 수 있는지 생각조차 할 수 없는 괴로움을 맛봤습니다. 여자는 새벽 3시나 4시경이 되어서 호텔에 돌아왔습니다. 그가 자지 않는 것을 보고 어찌된 일이냐고 물었습니다. 잠을 자다니! 비참하게 가슴을 뜯으며 어떻게 잠을 잘 수 있단 말인가? 그는 그 여자의 일에 간섭하지 않을 것을 약속했으나 도저히 그 약속을 이행할 수 없었습니다. 그는 역정이 나서 소리치기도 하고 때로는 때리기까지 했습니다. 그러면 여자도 자제심을 잃고 그에게 싫증이 났다고 말하면서 짐을 싸가지고 가겠다고 협박했습니다. 그러면 그는 여자에게 슬슬 기면서, 어떤 약속도 지킬 것이며 어떤 명령도 따를 것이며 어떤 오욕도 달게 받겠으니 아무쪼록 버리지 말아 달라고 간청합니다. 지긋지긋하도록 비열한 짓이었지만 그는 비참했습니다. 비참? 아니, 그는 그의 일생 중에서 어느 때보다 행복했습니다. 비록 시궁창에 빠져 있었지만 거기에서 기쁨을 느꼈습니다. 지금까지 그의 생활은 너무도 따분했기 때문에 이 새로운 생활은 황홀하고 로맨틱한 것이라 생각되었습니다. 이것이야말로 사는 것 같았습니다. 현실이었습니다. 위스키 보이스의 천하고 추한

이 여자는 넘치는 생명력과 인생에 대한 정열을 가지고 있었습니다. 그것이 그 자신의 생활을 생기 넘치는 수준까지 끌어 올려 주는 것 같았습니다. 이 생활만이 보석 같은 불꽃을 뿜으며 타오르는 듯했습니다. 요즈음도 페이터를 읽습니까?"
"모르겠습니다. 나는 읽지 않았습니다." 어셴덴은 대답했다.
"그 생활은 단지 3개월이었습니다. 얼마나 짧게 여겼든지! 한 주, 또 한 주, 시간이 얼마나 빨리 흘러가 버렸는지! 때로 그는 모든 것을 팽개치고 곡예사의 세계로 몸을 던져 버릴까 하는 엉뚱한 꿈도 꾼 적이 있었습니다. 단원들도 그에게 호의를 가지게 되었으며, 조금만 훈련을 받으면 무대에 나설 수 있게 될 것이라고 권하기도 했습니다. 물론 농담이란 것을 알면서도 막연히 그렇게 하려고도 생각해 보았습니다. 그러나 이것은 단지 꿈에 지나지 않았으며 아무것도 실현되지 않으리라는 것도 알았습니다.

3개월이 끝난 뒤, 맡은 임무로 돌아가지 않겠다고는 결코 생각해 본 적이 없었습니다. 냉정하고 논리적인 두뇌를 가진 그는 알렉시 같은 여자 때문에 모든 것을 희생한다는 것은 어리석은 일이라는 것을 알고 있었습니다. 그는 야심에 불타서 권세를 동경했습니다. 게다가 그를 사랑하고 믿고 있는 처녀의 마음에 상처를 입힐 수는 없었습니다. 그녀는 일주일에 한 번씩 편지를 보냈습니다. 그녀는 빨리 돌아가고 싶으며 시간이 무한히 길게 느껴진다고 썼습니다. 그는 마음속으로 무슨 일이 일어나서 그녀가 늦게 도착하기를 빌었습니다. 그에게 조금만 더 시간이 있었으면! 적어도 6개월만 더 있었으면 미궁에 헤매는 마음을 이겨낼 수 있을 텐데. 그때 알렉시에게 미운 생각이 일어나기 시작했습니다.

마지막 날이 왔습니다. 서로 별로 할 말이 없었습니다. 둘 다 말이 없었습니다. 그런데 그는 알렉시가 단지 그가 없어서 심심할까

봐 슬퍼한다는 것을 알고 있었습니다. 24시간이 지나면 그녀는 그와 아무런 관계가 없었던 것처럼, 만나는 남자들과 어울려 즐겁고 명랑하게 될 것입니다. 그 자신도 내일이면 파리에 가서 약혼녀와 그 가족을 만나게 될 것이라는 생각만 했습니다. 두 사람은 마지막 밤을 꼭 부둥켜안고 눈물로 지새웠습니다. 만약 그때 여자가 그에게 떠나지 말라고 했으면 그는 거기에 머물러 있었을는지 알 수 없었습니다. 그러나 여자는 그렇게 하지 않았습니다. 그럴 생각조차 떠오르지 않았을 터이니까요. 그가 떠나는 것은 기정사실로 받아들였으며 그녀가 눈물을 흘린 것은 그를 사랑해서가 아니라 그가 슬퍼하는 것을 보고 따라 운 것입니다.

다음날 아침 그녀가 너무도 편안하게 자고 있었으므로 그녀를 깨워서 작별 인사를 하고 싶지 않았습니다. 그는 살며시 가방을 들고 빠져나와 파리행 기차를 탔습니다."

어셴덴은 위더스폰 경의 눈에 눈물이 맺히더니 뺨으로 흘러내리는 것을 보고 고개를 돌려 버렸다. 경은 눈물을 감추려고도 하지 않았다. 어셴덴은 또 담배 하나에 불을 붙였다.

"파리에서 약혼녀와 그녀의 가족들이 그를 보고 소리쳤습니다. 마치 유령처럼 보인다고 했습니다. 그는 병을 앓고 있었으나 걱정을 끼치지 않으려고 아무것도 알리지 않았다고 했습니다. 그들은 그에게 아주 친절했습니다. 한 달 뒤에 그는 결혼식을 올렸습니다. 그는 여러 가지 일을 잘 처리했으며 유명해질 기회도 얻게 되어 유명해졌습니다. 놀랄 만한 출세였습니다. 그의 모든 소망이 이루어져 그는 훌륭한 지위에 올랐습니다. 바라던 권력도 얻게 되었습니다. 명예도 쌓였습니다. 아, 이것을 출세라고 하지 않으면 무엇일까요? 많은 사람들이 그를 부러워했습니다.

거의 모든 것이 허망했습니다. 그는 따분해져서 미칠 것만 같았습니다. 아름다운 자기 부인에게도 싫증이 났으며 어쩔 수 없이 같이 지내는 사람들에게도 염증을 느꼈습니다. 그것은 그가 행하는 코미디였습니다. 언제까지나 가면에 가려져 살아가는 것이 견디기 어려운 때도 있었습니다. 때로는 아무리 해도 더 이상 참을 수 없을 것 같았습니다. 그러나 그는 그것을 참았습니다. 때로는 알렉시를 그리워하는 괴로움에 빠져서 이런 고통을 맛보느니 차라리 자살하는 것이 낫지 않을까 하는 생각도 들었습니다. 그는 그 여자를 다시 만나지 못했습니다. 단 한 번도 말입니다. 오말리로부터 그녀가 결혼하여 단원들과 헤어졌다는 소식을 들었습니다. 지금쯤은 뚱뚱한 노파가 되었겠지만 더 이상 상관없는 일입니다. 그러나 그는 그의 인생을 낭비해 버렸던 것입니다. 그리고 역시 가련한 아내를 행복하게 해주지 못했습니다. 그가 아내에게 줄 수 있는 것은 연민뿐이라는 것을 몇 년이나 숨길 수가 있겠습니까? 결국 어느 때 그는 괴로움을 견디지 못하여 알렉시에 관한 이야기를 아내에게 말해 버렸는데, 그때부터 아내는 질투심으로 그를 괴롭혔습니다. 애초에 지금 아내와 결혼하지 말았어야 했던 것을 깨달았습니다. 만약 그가 결혼할 수 없다고 말했더라면 좋았을 것입니다. 그녀도 6개월쯤 지나면 마음의 아픔을 이겨내고 다른 사람과 행복한 결혼을 했을 것이 틀림없습니다. 아내에 관계되는 한 그의 희생은 무의미한 것이었습니다. 자기에게는 단 한번밖에 없는 인생이란 것을 깨달았으며 단 한번의 인생을 낭비했다고 생각하니 더욱 슬퍼졌습니다. 끝없는 후회를 결코 극복할 수 없었습니다. 사람들이 그를 의지가 강한 사람이라고 하면 그는 웃었습니다. 그의 마음은 흐르는 물처럼 약하고 불안정했습니다. 내가 바이런이 옳다고 생각하는 것은 이런 때문입니다. 가령 그들의 결혼이 단 5년도 계속되지 못한다고 할지라도 그 때문에 출세의 길이 막힌다 해도, 또 그 결혼이 불행하게 끝난다고 하더라도 그렇게 해볼 만한 가치가 있다고 생각하지요. 여하튼 그는 자기가 원하는 것을 성취했음에 만족할 것입니다."

그때 문이 열리며 한 부인이 방으로 들어왔다. 대사가 그녀를 힐끗 쳐다보는 순간 차가운 증오의 표정이 그의 얼굴을 스쳤다. 그 표정은 순간이었다. 그리고 테이블에서 일어나 일그러졌던 얼굴을 가다듬어 좋은 표정을 지었다. 그는 들어온 부인을 향해 어색한 웃음을 보냈다.

"제 아내입니다. 이분은 어셴덴 씨요."

"이런 곳에 계셨어요? 서재로 옮기지 않으시고요? 어셴덴 씨가 정말 불편하셨겠어요."

그녀는 후리후리하고 야윈 50대 여인으로서 늙어서 일그러졌으나 그래도 젊었을 때는 대단히 아름다웠던 것 같았다. 그녀가 좋은 가문에서 자랐다는 것은 분명했다. 그녀는 온실에서 자란 이방의 식물이 꽃피는 한창때를 넘기기 시작하는 느낌이었다. 그녀는 검은 옷을 입고 있었다.

"음악회는 어땠소?" 허버트 경은 물었다.

"글쎄요, 그다지 나쁘진 않았어요. 브람스의 협주곡과 〈발키리〉 가운데 불의 음악과 드보르작의 헝가리 무곡도 몇 곡 연주했는데, 좀 화려한 것 같았어요." 그러고는 어셴덴 쪽을 향해 말했다.

"남편하고만 계셔서 대단히 지루하셨지요? 무슨 이야기를 하셨습니까? 역시 예술이나 문학이었겠지요?"

"아니요, 그 소재였습니다." 어셴덴은 대답했다.

그는 작별을 고했다.

### 13 동전던지기

슬슬 시간이 되었다. 아침에는 눈이 내렸는데 지금은 완전히 맑게

개어 있었다. 어셴덴은 얼어붙을 듯한 하늘의 별을 바라보며 서둘러 밖으로 나왔다. 헤르바르토스가 그를 기다리다 지쳐서 돌아가 버리진 않을까 걱정됐다. 이 회견으로 그는 어느 문제에 대해 거절해야만 했는데, 그것에 대한 망설임이 그날 저녁 계속 그의 마음 저 밑바닥에 가라앉아 있었다. 조금만 더 분명히 하자면, 아픔으로도 느껴지는 뭐라 말할 수 없는 불쾌한 기분처럼 그것은 그를 고민하게 했다. 불요불굴로 결단력이 풍부한 헤르바르토스는 오스트리아의 어느 군수공장을 폭발하려는 계획을 세우고 있었다. 여기서 그 계획을 상세히 서술하지는 않겠지만, 그것은 꽤나 교묘하며 효과적인 것이었다. 그러나 거기에도 난점은 있었다. 문제의 공장에서 일하고 있는 그와 같은 나라 사람인 많은 갈릴레아계 폴란드 인을 죽이거나 상처를 입혀야만 하기 때문이다. 그 날 아침, 그는 어셴덴에게 완전히 준비가 되어 있으며 단지 어셴덴의 명령만을 기다릴 뿐이라고 말했다.

"그렇지만, 정말 필요한 게 아니라면 명령을 내리지 말아주세요." 그는 정확한, 조금은 쉰 목소리의 영어로 말했다. "물론 필요하다면 주저하지 않습니다. 그러나 나로서도 같은 나라 사람들을 개죽음 당하게 하고 싶진 않아요."

"답변은 언제하면 좋을까?"

"오늘밤에 들려주세요. 내일 아침 프라하로 가는 자가 있으니."

어셴덴이 지금 서두르고 있는 것은 그때 했던 약속을 완수하기 위해서였다.

"시간은 꼭 지켜주세요." 헤르바르토스가 말했다. "한밤중을 넘기면 심부름꾼을 붙잡을 수 없게 됩니다."

어셴덴은 마음이 안정되지 않았다. 호텔에 가봐서 헤르바르토스가 가버린 뒤라면 차라리 한숨 돌릴 수 있을 거라 생각했다. 그렇게 된다면 결정을 늦출 수 있다. 독일인들은 연합국내의 공장을 벌써 몇 번이나 폭파시켰기 때문에, 그 답례를 받는다해서 나쁠 것은 없다. 전시이기에 이것도 합법적이다. 그 결과는 무기나 군수물자 생산을 막기 위해서 뿐만 아니라, 비 전투인의 사기에도 크게 영향을 끼치기 때문이다. 물론 정부고관들은 그런 일들을 간섭하려고 하지 않는다. 그들은 존재조차 몰랐던 정보기관의 은혜를 입는 것은 그만두지 않지만, 비열한 일에는 눈을 감는다. 명예를 중시하는 인간으로서 양심에 부끄러운 일은 하나도 하지 않았다며 잘난 체하고 싶어서다. 어셴덴은 얄궂은 기분으로, R과 교섭했던 어느 때의 일을 생각했다. 그는 어떤 제의를 받았는데, 그것을 상사에게 전해야 할 필요가 있다고 생각했다.

"가끔, 5천 파운드를 주면 기꺼이 B왕을 암살하겠다는 남자가 있습니다만." 그는 될 수 있는 한 아무렇지 않은 듯 말을 꺼냈다.

B왕이라 함은 발칸의 어느 나라의 왕으로, 그 나라는 그의 영향으로 지금까지도 연합국 측에 전쟁선언을 포고하려 하고 있다. 그렇기 때문에 B왕을 암살하면 지금 상황에서 매우 유리한 일이다. 그의 후계자는 아직 태도를 결정하지 못하고 있기에, 어쩌면 그를 설득해 중립을 지키게 하는 것도 가능할지 모른다. 어셴덴에게는 R의 기민하며 열심인 눈빛에서 R이 사태를 충분히 이해하고 있다는 것을 알았다. 그러나 그는 불쾌한 듯 얼굴을 찌푸렸다.

"흥, 그래서 어떻게 했지?"

"그의 제안을 전해주겠다고 말해줬습니다. 그 사람은 진짜라고 생각합니다. 그는 연합국으로, 만약 자신의 나라가 독일 쪽에 붙게되면 끝이라고 생각하고 있어요."

"그러면 왜 5천 파운드를 내라고 말하는 건가?"

"그거야 목숨을 걸고 있으니까요. 연합국 측을 위한 일을 하고 보수를 받으면 안 된다는 법은 없다고 녀석도 생각하고 있겠지요."

R은 단호히 고개를 흔들었다.

"그런 것은 우리와 관계없는 일이다. 전쟁 또한 그런 수단을 사용하는 것이 아니야. 그런 건 독일 측에 맡겨둬. 뭐라 해도 우리들은 신사니까."

어셴덴은 대답 없이 R을 지그시 바라보았다. 그의 눈은, 그가 가끔 보이는 붉은 빛이 나타나 의외로 인상이 나쁘게 보였다. 항상 가벼운 곁눈을 사용하는 버릇이 있었으나 지금은 완전히 사시였다.

"그런 제안을 나에게 들고 오다니. 자네는 조금 현명하다고 생각했는데 말이야. 왜 그때 그 녀석을 때려눕히지 않았나?"

"때려눕히는 건 생각 못했습니다." 어셴덴이 말했다. "뭐랄까 저보다 훨씬 커다란 녀석인데다, 그런 것은 생각도 하지 않았습니다. 그는 매우 정중하고 인상이 좋았지요."

"그거야 왕이 없어지면, 연합국 측에 그처럼 좋은 일은 없지. 그것은 나 또한 인정하네. 그러나 암살시키는 것은 얘기가 달라. 만약 그 남자가 정말 애국자라면 여러 말할 것 없이 바로 해치웠을 거야."

"뒤에 남겨질 아내라도 생각했겠지요." 어셴덴이 말했다.

"어쨌건 이런 일로 의논해봤자 아무것도 안 돼. 사람이 달라지면 생각할 일도 달라지겠지만. 혹시 자신이 전부 책임지고 연합국 측을 도와주려는 녀석이 있다면, 그거야 물론 그 녀석 마음이고."

어셴덴은 이 상사가 어떤 생각으로 이런 말을 하는지 바로 알지 못했다. 겨우 그는 살며시 웃음을 띠었다.

"설마 제가 자신의 호주머니에서 5천 파운드를 낼 거라고 생각하시는 것은 아니겠지요. 누가 그런 일을 하겠습니까."

"내가 그런 것을 생각하진 않을 거라는 것 정도는 자네도 알고 있을 테지. 어설픈 농담은 그만두게나."

그때 어센덴은 어깨를 움츠렸지만, 지금도 그 일을 생각하며 또 어깨를 움츠렸다. 높으신 양반들은 전부 이렇다. 결과만을 바라고 있다. 그러나 그 수단이 되면 두 다리를 밟는다. 다른 사람이 한 일은 기뻐하며 이용하지만, 그것을 한 책임은 누군가에게 전가하는 것이다.

어센덴이 파리호텔의 카페에 들어가자 헤르바르토스가 입구 쪽을 향해 앉아 있는 것이 보였다. 그는 무심결에 신음했다. 물 속에 뛰어들고보니, 그 물이 생각보다 차가웠을 때 하는 것처럼. 이제 도망갈 수 없다. 어느 쪽이든 결정하지 않으면 안 된다. 헤르바르토스는 홍차를 마시고 있었다. 어센덴을 보자 그는 깨끗이 수염을 깎은 얼굴을 빛내며, 털북숭이인 손을 내밀었다. 그는 커다랗고 거무스름한 남자로, 얼굴 생김은 견고하며 검고 예리한 눈을 하고 있다. 몸 안에 힘이 넘치는 것 같았다. 조심성 없이 사욕이 없는 것만으로 인정사정 없는 부분이 있었다.

"만찬은 어떠했습니까?" 어센덴이 자리에 앉자 헤르바르토스가 물었다. "대사에게 우리의 계획에 대해 얘기했습니까?"

"아니."

"그 편이 현명해요. 중대한 일은 그런 사람들에게 알리지 않는 편이 좋지요."

어센덴은 잠시 헤르바르토스를 쳐다보았다. 그는 아무 말 하지 않고 기묘한 표정으로, 마치 당장이라도 포획물에게 뛰어들 것만 같은 호랑이처럼 가만히 주시하면서 앉아 있었다.

"발자크의 《고리오 영감》을 읽은 적이 있나?" 어센덴은 느닷없이 물었다.

"20년 전에 읽었습니다. 아직 학생이었을 때요."

"그 내용 중 라스띠냐과 보트랭이 의논하는 부분을 기억하고 있는

가? 한번 끄덕이기만 하면, 중국의 어느 대관을 죽이게 되어, 그 결과 당신에게 막대한 재산이 굴러 들어온다면, 당신은 끄덕일 것인가? 라는 문제였지. 루소의 생각이긴 하지만."
헤르바르토스의 커다란 얼굴이 무너지며 히죽 웃었다.
"그런 얘기는 이번 문제와 아무런 관계도 없습니다. 당신은 많은 사람들을 죽이게 되는 명령을 내려야 하기에 망설이고 있어요. 대체 이번 일이 당신의 이익 때문입니까? 장군이 명령을 내릴 때에는 여러 사람이 죽는다는 것 정도는 이미 확실히 알고 있습니다. 그것이 전쟁이지요."
"전쟁이란 건 사실 바보 같은 짓이지."
"그래도 그 전쟁덕분에 내 나라가 자유를 찾았으니까요."
"자유를 얻으면 당신의 나라는 그것으로 어떻게 하려는 것인가?"
헤르바르토스는 대답하지 않고 단지 어깨를 움츠렸을 뿐이다.
"만약을 위해 말해두겠지만, 만약 이번 기회를 놓치면 이렇게 곧 기회는 오지 않습니다. 국경을 넘어가는 심부름꾼을 매일 보낸다는 것은 굉장히 하기 힘든 상담이니까요."
"폭발로 한순간에 가루가 돼버린 사람들의 일을 생각하면 싫은 생각이 안 드나? 모두가 죽는다면 차라리 다행이지만, 불구가 되는 일도 많지."
"저도 싫습니다. 그러니 당신께도 말씀드렸습니다, 희생되는 불쌍한 사람들을 생각해서 해야 할 가치가 없는 일이라면 하지 않는 쪽이 낫다고요. 그 사람들이 죽임 당하기를 원하지는 않습니다. 그러나 그들이 죽었다고 해서 편히 잠을 못 잔다거나 식욕이 없어진다거나 하지는 않을 겁니다. 당신이라면 어떻습니까?"
"그건 나도 마찬가지겠지."
"그렇겠죠. 그렇다면 어떻게 하시겠습니까?"

어셴덴은 추운 밤 공기 속을 걸어가다가, 그가 문득 눈을 멈췄던 뾰족했던 별이 갑자기 생각났다. 그가 대사관의 넓은 식당에 앉아 허버트 위더스픈 경의, 출세는 했지만 무의미했던 자신의 이야기에 귀를 기울이고 있던 일이 아주 먼 옛날 이야기처럼 느껴졌다. 쉐퍼 씨가 감정을 상했던 일, 그에 대한 사소한 음모, 바이어링과 로즈 오번의 사랑, 이것도 저것도 얼마나 하찮은 것인가. 인간은 요람에서 무덤까지 극히 짧은 시간밖에 살지 못하면서, 참으로 어리석은 일을 하며 보내버린다. 재미없는 동물이다. 구름 한 점 없는 하늘에 별이 반짝반짝 빛나고 있었다.

"나는 흐리멍덩해서 말이야, 도대체가 확실한 것은 생각이 나지 않아."

"저는 지금 바로 가지 않으면 안됩니다만."

"알았네, 그렇다면 동전을 던져 결정하지. 어떤가?"

"동전을 던져서?"

"그렇지. 이것을 던져서 겉이 나오면 심부름꾼에게 가주게, 만약 뒤가 나온다면 아무것도 하지 않는 것이고."

포켓에서 작은 동전 하나를 꺼내며 어셴덴은 말했다.

"그렇게 하지요."

어셴덴은 엄지손가락의 손톱에 작은 동전을 올리고, 솜씨 좋게 하늘로 퉁겨 올렸다. 두 사람은 동전이 빙글빙글 도는 것을 바라보았다. 동전이 책상 위로 떨어지자 어셴덴은 그 위를 손바닥으로 덮었다. 어셴덴이 천천히 손을 여는 순간 두 사람은 그것을 보기 위해 몸을 구부렸다. 헤르바르토스는 깊이 한숨을 쉬었다.

"자, 보는 대로다."

어셴덴이 말했다.

### 14 여행동반자

어셴덴은 갑판에 나와, 낮게 이어져 있는 언덕과 새하얀 거리풍경을 바라봤을 때 느꼈던 가슴 두근거림을 기억한다. 아직 이른 아침으로 태양이 뜬 지 얼마 안 되었으나, 바다는 거울처럼 조용하고 하늘은 푸르렀다. 벌써 온도가 꽤 높아 그 날도 무더울 것 같았다. 블라디보스토크다. 지구 저편에 온 것 같은 느낌이다. 긴 여행이었다. 뉴욕에서 샌프란시스코로, 그곳에서 일본 배로 태평양을 건너 요코하마로, 그리고 츠루가에서 러시아 배를 타고, 단 한 명의 영국인으로서 동해를 북상해온 것이다. 블라디보스토크에서부터는 시베리아 철도로 페트로그라드에 가기로 되어 있다.

이번 임무는 지금까지와는 달리 매우 중요했으나, 그는 자신의 책임이 중대하다고 느껴져 기뻤다. 누구에게 명령받는 것도 아니었고, 자금은 쓰고도 남을 정도였다. (생각하는 것만으로도 현기증이 날 정도의 환어음을 갖고 있다) 인간의 힘으로는 불가능한 일을 하려는 것이나, 그는 그 정도라고는 생각하지 않았고 자신감을 갖고 해내려고 했다. 그는 스스로의 기민함을 알고 있었다. 인간의 감수성에 대해서는 그 가치도 인정하고 있으며, 감탄도 하고 있으나 지능에는 전혀 믿음을 두지 못했다. 인간에게는 많은 표를 기억하는 것보다 자신의 생명을 희생하는 편이 훨씬 쉬운 일이었다.

어셴덴은 러시아에서의 10일간의 기차여행을 그다지 기뻐하지 않았다. 철교가 한두 군대 폭파되어, 선이 불통되었다는 소문을 요코하마에서 들었다. 규율도 무엇도 없는 병사들이 몸에 지닌 것을 전부 빼앗고는 맘대로 시베리아 대초원에 내팽개친다고도 들었다. 그다지 탐탁하지 않은 이야기다. 그러나 기차는 확실히 움직이고 있고, 예를 들어 나중에 뭔가 일어난다고 해도 (거기다 어셴덴은 언제나 모든 일은 미리 예상한 것만큼 나빠질 리 없다고 생각하고 있다) 일단은 그 기차에 타자고 결심했다. 상륙해서 바로 영국대사관으로 가, 그를 위해 얼마만큼의 채비가 갖추어져 있는지 확인해보기로 했다. 그렇지만 언덕에 다다라 뒤죽박죽 더렵혀지지 않은 거리가 보이기 시작하자 마음이 쓸쓸해졌다. 러시아어는 대부분 알지 못했다. 배에서 영어를 할 수 있었던 사람은 사무장 뿐으로 그는 어셴덴을 위해 될 수 있는 한의 일을 하겠다고 약속했으나, 그다지 의지가 되지 않았다. 그래서 배가 도착했을 때, 작은 체구에 덥수룩한 머리를 한, 유대인 같아 보이는 젊은 남자가 다가와 그의 이름이 어셴덴인지 물어왔을 때는 그도 한숨 돌렸다.

"저는 베네딕트입니다. 영국 영사관의 통역입니다만, 당신을 도와주도록 분부 받았습니다. 오늘밤 기차의 좌석을 잡아놨습니다."

그 순간 어셴셴은 기운이 났다. 상륙하자 그 작은 유대인 남자는 그의 짐을 옮기고, 여권을 살펴보고 대기시켜놓은 자동차를 타고 영사관으로 향했다.

"될 수 있는 한 편의를 돌보아주도록 명령받았습니다. 원하시는 일이 있으시면 무엇이든 말씀해 주십시오. 기차 쪽도 수배해 두었지만, 페트로그라드에 무사히 도착하실지 어떨지. 아, 그래그래. 동행을 찾아두었습니다. 해린튼이란 미국인으로 필라델피아에 있는 회사 일로 페트로그라드에 간다고 합니다. 임시정부와 뭔가 거래를 한다고 하더군요." 영사가 말했다.

"어떤 남자입니까?" 어셴덴이 물었다.

"단정한 사람입니다. 미국 영사와 함께 점심때 부르려고 했습니다만, 그들이 어딘가 시골 쪽으로 가버려서요. 그리고 역에는 기차출발 2시간 전에 가주세요. 역에는 항상 정해진 듯이 자리를 차지하는 사람이 있어서, 일찍 가지 않으면 다른 사람에게 빼앗겨 버리게 됩니다."

기차는 밤중에 출발하기로 되어 있어 어센덴은 베네딕트와 역내 식당에서 식사를 했다. 부아가 날 정도로 서비스가 늦었다. 식사를 끝내고 플랫폼으로 가니, 기차가 오려면 아직 2시간이나 남았는데도 그곳은 굉장히 혼잡했다. 짐을 쌓아올리고 그 위에 앉아 있는 가족들의 모습은 마치 캠프에서의 모습 같았다. 사람들은 부산하게 우왕좌왕하거나, 작은 무리를 만들어 소리 높여 언쟁을 벌였다. 여자들은 쇳소리로 소리지르거나 가만히 울고 있었다. 한쪽에서는 2명의 남자가 큰 싸움을 벌이고 있었다. 도저히 형언하기 어려울 정도의 대혼잡이었다. 역의 전등은 어둑어둑 살풍경한 모습이었다. 사람들의 얼굴은 최후의 심판의 날을 기다리는 죽은 사람처럼, 참을성 있게, 혹은 벌벌 떨면서, 고민하거나 후회하며 창백해져 있었다. 들어온 기차는 대부분의 차량이 전부 넘칠 듯이 붐비고 있었다. 베네딕트가 겨우 어센덴을 위해 잡아놓은 자리를 찾아내자 한 남자가 뛰어 들어왔다.

"빨리 와서 앉아요. 당신 자리를 확보해 놓으려고 고생하는 중이었어요. 어떤 남자가 아내와 두 아이를 데리고 여기로 오고 싶어해서, 지금 우리나라 영사가 그 사람과 역장을 만나러 갔습니다." 그가 말했다.

"해린튼 씨예요." 베네딕트가 소개했다.

어센덴은 객실로 들어갔다. 안에는 침대가 두 개 있었다. 빨간 모자가 그의 짐을 정리했다. 그는 여행동료인 남자와 악수했다.

존 퀸시 해린튼은 키가 작고 굉장히 마른 남자로, 노랗고 말라서 뼈가 앙상한 얼굴로 커다랗고 엷은 푸른 눈을 하고 있었다. 땀이 밴 이마를 닦으려고 모자를 벗자, 크게 벗겨진 대머리가 보였다. 울퉁불퉁한 머리였다. 중산모자를 쓰고, 검은 상의와 조끼, 거기에 줄무늬 바지를 입고 있고, 새하얀 높은 칼라와 깔끔하게 두드러지지 않는 넥타이를 매고 있었다. 어센덴은 10일간의 시베리아 횡단 여행을 위해 어떤 옷차림을 해야 하는지 잘 몰랐지만, 해린튼 씨의 복장은 참으로 색다른 모양이 아닐 수 없었다. 그는 높은 어조의 목소리로 정확히, 그러나 뉴잉글랜드 사투리 같은 발음으로 말했다.

 잠시 후 역장이 두 아이를 데리고 있는, 매우 심하게 흥분한 수염 얼굴의 러시아인과 함께 다가왔다. 그 러시아인은 눈물을 흘리며 떨리는 목소리로 역장에게 뭔가를 호소하고 있었고, 그의 아내는 훌쩍훌쩍 울면서 필시 신상에 관한 이야기를 하고 있는 듯했다. 그들이 객실까지 오니 말싸움은 점점 심해지고 베네딕트도 유창한 러시아어로 싸움에 가담했다. 해린튼 씨는 러시아어를 전혀 모르나 흥분하기 쉬운 성질로 수다스러운 영어로 싸움에 끼어들었다. 이 두 자리는 각각 영국 영사와 미합중국 영사가 예약한 것으로, 영국 왕은 잘 모르겠지만 미합중국 대통령은 미국 국민이 정당하게 돈을 낸 기차의 자리를 빼앗기는 것은 절대 용서하지 않음을 알아주길 바랐다. 힘으로는 굴복할 수밖에 없으나 그 이외의 어떤 것에도 굴복할 수 없으며, 만일 그에게 손 하나 까닥하면 그 즉시 영사에게 호소할 것이라고 말했다. 그는 이 얘기를, 아니 더욱 더 많은 말들을 역장을 향해 마구 지껄여댔다. 물론 역장은 무슨 소리인지 알지 못했지만 해린튼 씨의 말투나 과장된 몸짓으로 대강 알아차린 것으로 보여, 그 대답으로 거침없이 연설을 피로했다. 그러나 이것은 해린튼 씨의 노여움에 기름을 붓는 격으로, 그는 역장의 눈앞에 주먹을 휘두르면서 노여움에 창백해진 얼굴로 소리쳤다.

 "나는 녀석이 하는 말은 하나도 모르고, 또 알고 싶은 생각도 없다고 말해 줘. 만약 러시아인이 우리들처럼 문명인으로 대우받고 싶다면, 왜 문명국의 말을 사용하지 않지? 나는 존 퀸시 해린튼이며, 필라델피아의 크루 앤드 애덤스 상회의 대리로 여행중이고, 케렌스키 씨 서명의 특별 소개장도 갖고 있다. 만약 내가 이 기차에 무사히 자리잡지 못하게 된다면, 크루 씨는 워싱턴 정부에 이 일을 문제화할 것이라고 말해주게."

해린튼 씨의 태도는 난폭하고 몸짓도 상당히 위협적이어서 역장도 그만 단념하고 그 이상 한마디도 하지 않고 뒤돌아, 신경질적인 얼굴을 하고 나가버렸다. 격양돼서 그와 논쟁 중이었던 수염얼굴의 러시아인과 그의 아내, 멍하니 있던 두 아이도 그 뒤를 따라 나갔다. 해린튼 씨는 객실로 뛰어 들어왔다.

"두 아이를 데리고 있는 부인께 자리를 양보할 수 없어서 안타깝군요. 부인과 모친께 경의를 표하는 마음은 남에게 뒤떨어지지 않는다고 저도 자부합니다만 중요한 계약이 있어서 이 기차로 페트로그라드에 가지 않으면 안 됩니다. 거기다, 러시아의 어머니들을 위해서 10일간 복도에서 내내 서서갈 수만도 없고요."

"그렇지요." 어센덴은 말했다.

"저도 결혼해서 아이가 둘 있습니다. 가족과 함께 여행하는 건 아주 번거로운 일이라는 것을 알고 있지만, 그렇다고 꼭 여행을 해야 한다는 법은 없지 않겠습니까?"

같은 객실에서 남자 한 명과 10일간이나 함께 갇혀 있게 되면 동행자에 관해 알아야 할 일은 대충 알게 된다. 그것도 어센덴은 그 10일간(정확히는 11일이지만) 해린튼 씨와 하루 24시간을 함께 있었다. 물론 하루에 3번 식당차에 가긴 했으나 그때도 언제나 마주보고 앉았다. 승객이 플랫폼을 왔다갔다 산책할 수 있도록 기차가 아침저녁 1시간씩 멈춘 것도 사실이나, 그때도 그들은 나란히 산보를 했다. 어센덴은 기차 안의 여러 사람들과 친해져 가끔 그들이 이쪽 객실로 떠들려고 왔다. 그러나 그들이 프랑스어나 독일어밖에 말하지 않으면 해린튼 씨는 잔뜩 찌푸린 얼굴로 바라보았고, 영어를 하면 다른 사람들에게는 말도 안 시키고 그 한 사람과 계속 떠들었다. 뭐랄까, 해린튼 씨는 엄청난 수다쟁이였으니까. 마치 말하는 것이 숨을 쉬거나 음식을 소화시키는 것처럼 선천적으로 타고난 기능의 하나라는 듯 계속해서 떠들었다. 말하고 싶은 게 있어서 말하는 게 아니라 말하지 않고는 있을 수 없어 그 새된 콧소리로 한결같이 말하는 것이었다. 정확하고 풍부한 어휘를 사용해 신중하게 문장을 만들어 말했다. 긴 말을 사용해야 할 때는 절대 짧은 말을 사용하지 않았고, 중간에 숨 한 번 쉬지 않고 계속해서 말했다. 그의 말투는 성급한 부분이 없기 때문에, 급류라기보다는 오히려 화산의 경사면을 콸콸 흘러 내려오는 용암의 흐름같았다. 그것은 나아가는 방향에 있는 모든 것을 내리 누르는, 온화하지만 단호한 힘을 가지고 흘러갔다.

어셴덴은 자신 이외에 해린튼 씨에 대해 꽤나 많은 것을 알아버린 사람은 달리 없을 것이라 생각했다. 여러 가지 의견이라던가 습관, 환경 등 그에 관한 얘기뿐만 아니라, 그의 아내와 가족의 일, 그의 아들들과 그 학교 친구들에 대한 일까지, 그의 고용주들을 비롯해 필라델피아의 상류계급 사람들과의 3세대, 4세대를 넘는 친족관계에 이르기까지 알게 되었다. 그 자신의 가족은 18세기 초 영국의 데번셔에서 건너왔기에, 선조의 무덤이 아직 교회묘지에 남아 있어 그 마을을 방문한 적이 있다고 한다. 그의 선조가 영국인이라는 것을 자랑스러워했고, 또 자신이 미국에 태어났다는 것도 자랑스러워했다. 무엇보다 그에게 있어 미국이라는 것은 대서양연안의 일련의 가늘고 긴 토지고, 미국인이란 외국인과의 혼혈에 의해 상처입지 않은, 영국 또는 네덜란드의 혈통을 잇는 소수의 사람들을 말하는 것이었다. 그는 과거 백년간 합중국에 찾아온 독일인, 스웨덴인, 아일랜드인, 그 외에 중부 동부 유럽인들을 방해꾼으로 보고 있다. 마치 마을에서 동떨어진 저택에 숨어사는 마흔의 귀부인이 자신의 평화를 유형하기 시작한 고장의 연기에서 얼굴을 돌리는 것처럼 한 번도 그들을 뒤돌아봐

주지 않았다.
　어셴덴이 언젠가 미국에서 제일 훌륭한 그림을 몇 장인가 소유하고 있는 큰 부자에 대해 말했을 때 해린튼 씨는 이렇게 대꾸했다.
　"저는 그와 만난 적은 없습니다만, 제 큰 백모인 마리아 펜 워밍턴은 그의 조모가 솜씨 좋은 요리사였다고 언제나 말씀하셨지요. 마리아 큰 백모는 그녀가 결혼으로 휴가를 얻었을 때 매우 아쉬웠다더군요. 그녀는 사과가 들어간 팬케이크가 특기라던가 했었는데."
　해린튼 씨는 아내에게 홀딱 반해서, 그녀가 얼마나 교양이 있는지, 얼마나 이상적인 어머니인지를 장황하게 들려주었다. 그녀는 허약해서 몇 번인가 수술을 받았는데, 각각의 수술에 대해서도 자세히 얘기해주었다. 그 자신도 편도선과 맹장수술을 한 적이 있다면서 말해준 외과에 관한 그의 지식은 백과사전과 같은 정도였다. 그에겐 아들이 2명 있는데 두 아이 모두 학교에 다니고 있으나, 그 아이들에게 어떻게 수술을 받게 하는가는 그에게 매우 큰 문제였다. 한 아이는 편도선 확대로, 다른 한 아이는 맹장이 의심스럽다는 것도 걸작이었다. 이렇게 사이가 좋은 형제도 그리 없을 것이라 말해서, 그의 친한 친구인 필라델피아 제일이라는 외과의사는 두 아이가 떨어지지 않고 함께 수술하자고 말했단다. 그는 어셴덴에게 아들들과 아내의 사진을 보여줬다. 이 러시아에서의 여행으로 처음 가족들과 떨어지게 되어서, 매일아침 아내에게 그날그날 생겼던 일이라던가, 그가 어떤 것을 말했는지를 길게 편지로 써서 알리고 있었다. 어셴덴은 그가 읽기 쉬운 정돈된 글자로 몇 장이나 편지지를 메워 가는 것을 자주 보았다.
　해린튼 씨는 회화에 대한 책은 전부 읽고 있어서, 회화 테크닉에 대해 이것부터 저것까지 전부 알고 있었다. 또, 지금까지 들었던 이야기를 적어놓은 수첩도 들고 있었는데, 식사하러 갈 때 이야깃거리에 난처한 일이 없도록 ㄱ 안의 5, 6개를 눈으로 훑어본다고 어셴덴에게 말했다. 수첩 안의 얘기들에는 어떤 자리에서도 이야기할 수 있는 것은 '일반', 남자들만의 자리에서 밖에 이야기할 수 없는 상스러운 이야기에는 '남자'라는 식으로 하나하나 표시가 붙어 있었다. 부지런하고 착실하게 사정을 자세히 이야기해나가다 최후에 뻔한 결말이 오는 예의 일화 같은 류가 특기였다. 완전히 이야기가 끝날 때까지 절대로 놓아주지 않기 때문에 이야기 중간에서 결말을 알아채면, 초조해 하는 것을 보이지 않으려고 최후에 마지못해 꾸민 웃음을 지을 때까지 주먹을 쥐거나 눈살을 찌푸리거나 하며 노력을 했다. 혹시 도중에 누군가가 그들의 방에 들어오면 해린튼 씨는 기뻐하며 정중히 환영했다.

"어서 들어와 앉으세요. 지금 막 이분께 이야기를 해드리던 참이었어요. 정말 유쾌한 이야기니 당신도 꼭 들어주세요."

그러고는 다시 처음부터, 아주 간단한 단어하나 바꾸지 않고 뻔한 결말에 이를 때까지 한마디 한마디 반복했다. 어센덴은 심심풀이로 브리지를 하고 싶어서 트럼프를 할 줄 아는 두 사람을 차 안에서 찾아보겠다고 제안한 적이 있었으나, 해린튼 씨는 트럼프는 손댄 적이 없다면서 거절했다. 어센덴이 화가 나서 혼자서 놀고 있자 그는 이상한 얼굴을 했다.

"지식계급 사람들이 트럼프를 하며 시간을 낭비하는 건 정말 보기 안타깝군요. 지성 없는 놀이 중에서도 특히 나쁜 것이 혼자놀이지요. 대화에 방해가 되니까요. 인간은 사회적 동물로 사회와 섞이며 처음으로 자기 최고의 기능을 움직이게 하는 것이지요."

"시간을 낭비하는 것도 꽤 멋진 일입니다." 어센덴이 말했다. "어떤 바보라도 돈을 쓸 줄 알지만, 시간의 경우 돈으로 살 수 없는 것을 낭비하기 때문이지요. 거기다 얘기를 들으면서도 가능하거든요." 그는 빈정거림을 덧붙여 말했다.

"빨간 8위에 올리는 검은 7이 나올지 안 나올지 당신이 푹 빠져 있을 때, 어떻게 내가 이야기할 수 있겠습니까. 회화는 최고의 지성을 필요로 하기 때문에 그것을 시도할 때에는 상대가 가능한 한 주의해 줄 것을 요구할 권리가 있습니다."

그는 이 말을 신랄한 빈정거림으로 말한 게 아니라 이 일로 고민하며 찾아온 사람에게 들려주듯 싹싹하고 인내심이 강한 태도로 말했다. 그는 단지 사실을 말하고 있는 것으로 어셴덴이 그것을 받아들일지 아닐지는 문제가 아니었다. 그것은, 자신의 일을 착실히 인정받으려는 예술가의 당연한 주장이었다.

해린튼 씨는 근면한 독서가였다. 그는 연필을 한 손에 들고 이거다라고 생각되는 부분에 줄을 긋고, 예의 정돈된 글자로 여백에 감상을 써넣으며 읽었다. 그는 자신의 비평에 관해 논쟁하는 것을 좋아해서, 어셴덴 자신도 책을 읽고 있을 때, 한 손에 책과 연필을 든 해린튼 씨가 커다랗고 엷은 푸른 눈으로 자신을 쳐다보고 있는 것을 느끼면 가슴이 두근두근해졌다. 눈을 올리는 것은 물론 책장을 넘기는 일조차 할 수 없었다. 해린튼 씨가 논쟁에 끌어들일 좋은 기회를 잡으리란 것을 알고 있기 때문이다. 분필로 그은 선 위를 부리로 쪼아먹는 닭처럼, 필사적으로 단 하나의 글자 위에 시선을 고정시키고, 해린튼 씨가 논쟁을 겨우 포기하고 다시 독서를 시작하는 것을 확인하면 안도의 한숨을 쉬는 것이다. 그는 그때 두 권 짜리 미국헌법사에 몰두하다가 숨돌릴 때는 세계의 대연설을 모은 두꺼운 분량의 책을 읽었다. 해린튼 씨는 탁상연설을 좋아해서 연설에 관한 유명한 책은 대부분 읽었다. 청중을 감명 시키기 위해 어떻게 해야 하는지 제대로 인식하고 있었다. 언제 그들의 마음에 호소하는 진지한 문구를 끼워 넣고, 그들의 주위를 끌어당기기 위해서는 어떤 이야기를 어떻게 하면 좋은가, 최후에는 어느 정도 웅변으로 그 장소에 알맞은 결론을 말해야 하는지 충분히 알고 있었다.

해린튼 씨는 낭독을 대단히 좋아했다. 어셴덴은 낭독을 좋아하는 미국인의 나쁜 버릇에 몇 번인가 부딪힌 적이 있다. 저녁식사 후의 한때, 호텔 응접실의 한편에서 한 아버지가 부인과 두 아들과 딸에 둘러싸여 그들에게 낭독해주고 있는 것을 보았다. 대서양 항로의 배 안에서는 훌륭한 생김새의 마른 신사가 그보다는 젊지 않은 15명의 부인들의 한가운데에서 잘 울리는 음성으로 미술사를 읽고 있는 것을 외경의 마음을 갖고 바라본 일도 있었다. 갑판을 산책하며, 갑판 의자에 누워있는 신혼부부 옆을 지나거나 하면 신부가 대중소설을 천천히 남편에게 읽어주는 것이 들려왔다. 그런 것을 볼 때마다 기묘한 애정표현도 있구나 하고 생각했다. 그에게도 낭독해주겠다던 친구들이 있었고, 낭독 듣는 것을 매우 좋아한다는 부인들도 있었으나, 그러한 주문은 정중히 사양했고 넌지시 비출 때에는 단호하게 무시했다. 그는 소리를 내서 읽는 것도 읽어주는 것도 싫었다. 이런 것을 좋아하는 경향은 달리 어디에도 있는 근심 없는 미국인의 성질 중 옥의 티라고 마음속에서 은근히 생각했었다. 그러나 하늘의 신들은 선량한 인간을 웃음거리로 즐기기에, 도망도 숨는 것도 할 수 없는 그를, 나이프 한끝에서 준비하고 기다리는 고승의 희생과 같이했다. 해린튼 씨는 낭독의 명인으로서 스스로를 인정하고 있는 듯, 이 예술의 이론과 실제를 몸소 가르쳐주었다. 낭독은 극적으로 하는 것과 기교를 부리지 않고 자연 그대로 하는 것, 이 두 파가 있다는 것을 어셴덴은 알게 되었다. 전자에는 작중인물의 대사를 흉내내어 읽는 것으로(소설을 읽고 있다고 할 때), 여주인공이 한탄하며 슬퍼하면 읽는 쪽도 한탄하며 슬퍼하고, 감정이 높아져 가슴이 꽉 메어오면, 역시 가슴을 꽉 죄어 읽는 것이다. 그러나 후자는 시카고 통신판매점의 가격표라도 읽는 것처럼 전혀 감정을 넣지 않고 읽는 것이다. 해린튼 씨는 후자에 속했다. 지금까지 17년의 결혼생활을 보내며 아내를 향해, 아이가 커가면서 아이들에게도 서 월터 스콧, 제인 오스킨, 디킨스, 브론테 자매, 새커리, 조지 엘리엇, 나다니엘 호손, W.D. 하우얼스 등의 소설을 읽어주었다. 낭독은 해린튼 씨의 제2의 천성과도 같은 것이라 그것을 그만두게 하는 것은 골초에게 담배를 피지 못하게 하는 것으로, 그를 초조하게 할 뿐이라는 결론에 달했다. 그는 또 가끔 불의의 습격을 했다.

"잠깐 애기 좀 들어주시겠습니까? 이것은 꼭 들려드리지 않으면" 하고 마치 뛰어난 격언이나 마음에 든 문구에 감격한 듯한 상태로 말하는 것이다. "이건 정말 잘 되었다고 생각하지 않으세요? 단 3행이지요."

그는 읽기 시작한다. 어센덴도 조금이라면 기꺼이 귀를 기울이지만, 그것이 끝나면 숨도 쉬지 않고 바로 다음을 계속한다. 그러나 그게 끝이 아닐 때도 있다. 예의 높은 목소리로 한결같이 한쪽한쪽 읽어나간다. 어센덴은 초조해져 다리를 꼬아보거나 다시 바꿔보거나 담배에 불을 붙이거나, 다시 앉는 위치를 바꿔보거나 한다. 그러나 해린튼 씨는 그런 일에는 전혀 상관하지 않고 계속해서 읽는다. 기차는 끝도 없이 시베리아의 대초원을 천천히 나아간다. 쇠퇴한 마을을 지나, 몇 개의 강을 건너 달려간다. 그래도 해린튼 씨의 낭독은 끝나지 않는다. 겨우 에드먼드 버크의 대연설을 다 읽고 득의양양 책을 내려놓았다.

"영어연설로는 무엇보다 탁월한 것 중 하나지요. 우리들이 마음에 서부터 뽐낼 수 있는, 우리 모두의 유산의 일부라 해도 좋지 않을까 싶습니다."

"에드먼드 버크가 그 연설을 했던 때의 청중이 모두 죽어버렸다는 것을 생각하면 싫은 느낌이 들지 않으시는지?" 어센덴은 퉁명스럽게 말했다.
 해린튼 씨는 이 연설이 18세기의 것이니 당연한 게 아니겠습니까라고 말하고는 어센덴이(편견 없는 인간이라면 누구라도 인정할 수밖에 없을 고난을 훌륭하게 참고 견디면서) 농담을 하고 있다는 것을 뒤늦게 알아채고 무릎을 두드리며 크게 웃었다.
 "이것 참 좋군요, 수첩에 꼭 적어놓지 않으면. 점심식사 때 반드시 사용하겠습니다." 그가 말했다.
 해린튼 씨는 '지식인'이었다. 지식인에 대한 서민의 반감에서 만들어진 이 호칭을 그는, 예를 들어 성 로렌스를 화형에 처한 석쇠나, 성 캐서린을 거열(車裂)의 형에 처한 수레바퀴를 말하는 것과 같이 순교의 도구인 듯 받아들였다. "롱펠로도 지식인(high brow)이었지요. 올리버 웬들 홈스도, 제임스 러셀 로웰도 하이브라우였지요."
 그의 미국문학에 대한 조예는 탁월하며 극히 성실했던 작가들이 활약했던 시대이후에는 계속되지 않았다.
 해린튼 씨는 완전히 지루하기 짝이 없는 사람이었다. 그는 어센덴을 분개시키고, 격노하게 했다. 신경에 거스르고 끝내는 너무 흥분해 자신을 잊게 만들 정도였다. 그럼에도 불구하고 어센덴은 그를 혐오할 수 없었다. 그의 자기만족에는 경탄할 수밖에 없었지만, 뭐랄까 천진하기 짝이 없어서 비난할 기분도 들지 않았다. 그의 자부심은 완전히 어린애와 같아 저절로 미소가 떠올라 버리는 것이다. 정말 사람을 좋아하고 동정심이 있고, 공손하며 예의바르고 정중했기 때문에, 기꺼이 그를 죽이고 싶은 한편, 이 짧은 동안 그에게 애정을 갖게 된 것도 부정할 수는 없다. 그의 작법은 완벽하며 예의바르고, 정중함이 좀 지나치기는 하나(그렇다해도 그것은 별로 해가 될 정도는 아니었다. 사실 예의라는 것은 인위적인 것이라 머리카락에 가루를 뿌린 가발이라든가 옷에 레이스 주름 장식이 조금밖에 없는 것 따위는 별로 신경 쓰지 않는다) 그것은 그가 잘 자랐다는 것을 나타냄과 함께, 선량함을 증명하는 것이므로 조금 즐거운 기분이었다.

그는 언제라도, 누구에게라도 친절하며 친구를 위해서라면 어떤 번거로움도 싫어하지 않았다. 정말 '돌봐주기 좋아하는(serviable)' 사람이었다. 이 프랑스어에 맞는 영어는 눈에 띄지 않는다. 어떤 일에나 실제적인 우리들 영국민 사이에서는 이 언어가 나타내는 기분 좋은 성질이 흔치않기 때문이다. 어센덴이 병에 걸려 2, 3일 누워있던 때, 해린튼 씨는 헌신적으로 간병해 두었다. 그의 간호에는 어센덴도 겸연쩍을 정도였다. 괴로워서 견딜 수 없을 때조차 해린튼 씨가 수선스럽게 열을 잴 때나 꽉 차 있는 여행가방에서 많은 알약을 꺼내 어마어마한 양의 약을 주었을 때는 웃지 않고는 있을 수 없었다. 그가 식당차에서 어센덴이 먹을만한 음식을 일부러 가지고 왔을 때에는 정말 송구스런 기분이었다. 실제로 그는 말을 그만두는 것 이외에 그가 할 수 있는 일은 뭐든지 해주었다.

해린튼 씨가 가만히 있을 때는 옷 갈아입을 때뿐이다. 그때만은 그의 조심스러운 마음은 어떻게 하면 어센덴의 앞에서 예의를 잃지 않고 옷을 갈아입을지 열심히 생각하기 때문이다. 그는 극단적으로 내성적이었다. 매일 속옷을 갈아입었다. 슈트케이스에서 깨끗한 옷을 솜씨 좋게 꺼냈고 더러워진 옷은 깔끔히 집어넣었다. 속옷을 갈아입을 때 맨살이 조금이라도 보이지 않도록 하는 기적을 멋지게 이뤄냈다. 어센덴은 기차를 타고 1, 2일이 지나자 세면장이 한 곳밖에 없는 이 기차 안에서 깔끔히 청결을 유지하려는 노력은 그만두었다. 그래서 곧 다른 승객들처럼 구지레하게 되었다. 그러나 해린튼 씨는 그런 일에는 가담하지 않았다. 그는 기다리기 지루해져 손잡이를 달각달각 돌리는 사람들을 무시하고 매일아침 신중하게 몸치장을 했기 때문에, 깨끗이 씻겨져 눈부시게 된 몸에 비누냄새를 풍기며 세면장에서 돌아왔다. 검은 상의에 줄무늬바지를 입고, 번쩍번쩍 빛나는 구두를 신고 단정한 몸가짐을 가지런히 갖추면, 마치 필라델피아의 정결한 붉은 벽돌집에서 나와 아랫마을 사무소에 가기 위해 시내전철을 타려하는 바로 그때 그대로의 깔끔한 모습이 되는 것이다.

여행중의 어느 때, 다리 하나가 폭파되어 그 강을 건넌 곳에 있는 다음 역에서 불온한 움직임이 있다는 정보가 들려왔다. 기차가 세워지고 여행객들은 내쫓기거나 사로잡힐지 모른다는 것이다. 어셴덴은 만일의 경우 여행가방이 없는 상태에서 보내야 할 시베리아의 겨울에 대비해 제일 두꺼운 양복으로 갈아입었다. 그러나 해린튼 씨는 그런 말은 듣는 척도 하지 않았다. 그는 일어날지도 모르는 위험에 대해 어떤 준비도 하지 않았다. 만약 그가 러시아의 감옥에서 3개월을 보내게 된다고 해도 분명 깔끔히 정돈된 복장을 흩트리지 않을 것이 확실하다. 코사크 기병대 1사단이 들어와 탄환을 잰 총구를 세우고 각 객차의 트랩에 섰다. 기차는 조심스럽게 망가진 다리를 건너, 드디어 위험하다던 역에 도착하자 전속력으로 그곳을 빠져나갔다. 어셴덴이 다시 얇은 양복으로 갈아입는 것을 보고 해린튼 씨는 약간 빈정대는 듯한 얼굴로 바라보았다.

해린튼 씨는 유능한 비즈니스맨이었다. 그의 허점을 노리는 것은 꽤나 지혜로운 사람이 아니고서는 무리일 것 같다. 그의 고용주들이 이 일로 그를 파견한 것은 확실히 잘한 일이다. 그는 전력을 다해 그들의 이익을 지킬 것이며, 러시아와의 이번 계약이 성공한다면 그것도 이만저만한 일이 아니다. 회사에 대한 충성이 그를 그렇게 만드는 것이다. 해린튼 씨는 회사 대표자들에 대해 존경과 애정을 갖고 말한다. 그들을 사랑하며 명예롭게 생각하고 있었다. 그러나 그들이 큰부자라고 해서 부러워하지는 않았다. 그는 급료를 받아 일하는 것에 만족하고 있었고, 능력상당의 급료를 받고 있다고 생각했다. 아들들의 교육이 가능하고, 자신이 죽은 후 아내에게 충분한 유산을 남겨줄 수만 있다면 돈 따위가 뭐냐? 부자라는 것은 시시한 거라고 생각했다. 그에게는 교양 쪽이 돈보다 훨씬 소중했다. 물론 돈에 관해서도 확실해서, 식사를 할 때마다 얼마를 사용했는지 수첩에 적어 넣고 있었다. 회사는, 그가 사용한 이상의 금액을 요구하는 일은 없다고 신용해주었다. 기차가 멈출 때마다 가난한 사람들이 구걸하러 오는 것, 전쟁이 그들을 궁핍하게 만드는 것을 안 후에는 기차가 멈추기 전에 언제나 작은 동전을 충분히 준비하도록 신경 쓰면서, 아무래도 부끄러운 듯 이런 이야기에 말려드는 자신을 비웃으며 포켓에 있는 만큼 동전을 나눠주었다.

"그들은 이렇게 해주어도 값어치가 없다는 것을 잘 알고 있지요. 거기다 저는 그들을 위해 하는 게 아니라 내 자신에게 위안삼아 하는 겁니다. 만일 정말 굶주리고 있는 사람에게 한끼 값이라도 주지 않았다고 생각하면 정말 견딜 수 없을 테니까요."

해린튼 씨는 바보 같지만 사랑할 수밖에 없는 인간이었다. 그에게 무례하게 구는 건 생각할 수 없다. 어린이를 세게 때리는 것과 같은 일이기 때문이다. 그래서 어셴덴은 속에서는 발작을 일으키면서도 겉으로는 친절하게 참된 크리스쳔 정신을 발동시켜, 이 온화하지만 무자비한 인간과의 사귐을 견뎌왔다. 그 당시 블라디보스토크에서 페트로그라드까지 11일 걸렸는데, 어셴덴은 그 이상은 하루라도 참을 수 없을 거라고 생각했다. 만약 12일이 된다면 해린튼 씨를 죽였을지도 모른다.

간신히 마지막 날에(어셴덴은 지쳐서 구지레해지고, 해린튼 씨는 깔끔하면서 확실히 조금 거드름을 피우고) 페트로그라드의 교외까지 마침내 도착했을 때, 창가에 서서 시내의 뒤죽박죽한 거리를 바라보고 있던 해린튼 씨는 뒤돌아서 어셴덴에게 말했다.

"10일간의 기차여행이 이렇게 빨리 지나갈 줄은 생각도 못했습니다. 덕분에 즐겁게 보냈어요. 당신과 어울리며 매우 유쾌했어요. 당신도 그렇게 생각하시겠지요. 저는 제가 말을 잘한다는 것을 모른다고는 말씀드리지 않습니다. 어쨌든 간에 이렇게 함께 해온 이상, 지금부터도 가능한 한 함께 하도록 하죠. 페트로그라드 체재 중에는 서로 열심히 일해야만 하겠지요."

"해야할 일이 산더미 같아서 제 시간조차 있을지 어떨는지." 어센덴이 말했다.

"그렇겠지요. 저도 꽤 바쁠 거라 생각합니다. 그래도 매일아침 함께 식사를 할 수 있으니, 밤에는 만나서 의견을 교환합시다. 이것으로 따로따로 헤어지는 것은 너무 허무하니까요." 해린튼 씨는 정중히 대답했다.

"정말 그렇군요." 어센덴은 그렇게 대답하며 한숨을 쉬었다.

### 15 사랑과 러시아 문학

어센덴은 호텔침실에서 겨우 혼자가 되자, 느긋하게 허리를 내리고 주위를 둘러보았다. 꽤 긴 여행이었다. 당장은 짐을 풀 기력도 없었다. 전쟁이 시작된 이후, 이 나라 저 땅을 떠돌아다니며 얼마나 많은 호텔에 머물렀던가. 훌륭한 곳도 있었고, 구지레한 곳도 있었다. 수화물에 둘러싸인 생활 이외는 생각나지 않을 정도로 이런 생활이 계속되고 있었다. 나른했다. 이곳에서의 일을 어디부터 손대야 할지 생각해보았다. 광대한 러시아에서 미아가 된 것 같아 견딜 수 없이 고독했다. 이 일에 선택되었을 때 자신에게는 너무 무리한 일이라고 생각해 반대했지만 무시당했다. 그가 선택된 것은 당국이 그를 최적임자로 생각하기 때문이 아니라, 달리 적당한 사람이 발견되지 않았기 때문이다. 문을 노크하는 소리가 들렸다. 어센덴은 조금 알고 있는 러시아어를 사용하는 게 기뻐서 러시아어로 대꾸했다. 문이 열리자 그는 기뻐하며 뛰어 들었다.

"어서 들어오세요! 뵙고 싶었습니다." 그가 외쳤다.

3명의 남자가 들어왔다. 샌프란시스코에서 요코하마까지 같은 배였기에 그들의 얼굴은 알고 있었으나, 지령에 따라 그들과 어셴덴 사이에는 어떤 교류도 없었다. 그들은 혁명운동 때문에 고국에서 추방된 체코인으로 오랜 시간 미국에 살고 있었다. 이번, 어셴덴의 임무단행을 도와 러시아에 있는 체코인 사이에서 거대한 권력을 가진 두 교수에게 그를 소개시켜주기 위해 러시아에 파견되었다. 그들 중 우두머리격인 에곤 오르츠 박사는 마르고 키가 큰 남자로 작은 잿빛머리를 하고 있었다. 그는 중부 어딘가의 교회 목사로 신학박사였으나, 고국의 해방에 희생적으로 앞장서기 위해 목사의 일을 아낌없이 내놓았다. 어셴덴은 그가 신앙문제들을 툭 털어놓고 말하는, 이해심 깊은 남자라는 인상을 받았다. 고정관념을 가진 목사는, 예를 들어 어떤 일을 하더라도 신의 용서를 얻을 수 있다고 믿는 점에서 보통의 일반적인 인간보다 유리한 입장에 있는 것이다. 오르츠 박사는 반짝반짝 유쾌하게 빛나는 눈을 하고, 점잔뺀 얼굴로 재치 있게 우스갯소리를 했다.

어셴덴은 요코하마에서 2회 정도 그와 비밀리에 회담을 했다. 그 때, Z교수는 고국을 오스트리아의 통치에서 해방시키는 일을 갈망하고 있으나, 그것은 중심세력이 몰락하지 않으면 안 되기에, 본심은 연합측에 붙고 싶지만 아직 결심이 서지 않았다는 얘기를 들었다. 그는 양심에 어긋나는 일은 절대하지 않으려 하며, 모든 것을 정직하고 공명정대하게 하지 않으면 이해 못하는 사람이라 한다. 그래서 무슨 일이 있어도 하지 않으면 안될 일도, 그에게는 알리지 않고 할 때가 있었다. 그의 영향은 절대적이라 그의 희망을 무시할 수도 없었으나,

때로는 무엇을 하고 있는지 알리지 않는 편이 낫다고 생각되는 때도 있는 것이다.

오르츠 박사는 어셴덴보다 1주일 빨리 페트로그라드에 도착해, 그 사이 모은 정보를 지금 들고 왔다. 어셴덴 쪽에서 보면 정세는 매우 절박해서 손을 쓰려면 서둘러야 한다고 생각됐다. 군대는 불만의 색이 짙어져 반항적이 되었고, 무력한 케렌스키에게 이끌렸던 정부는 무너지기 직전의 상태로, 단지 대신할 자가 나오지 않아서 억지로 계속되고 있는 것이다. 시골에서는 흉작이 계속되고 있었고, 독일군이 페트로그라드에 진격해올 가능성도 있었다. 대영제국 대사도, 미합중국 대사도 어셴덴이 온다는 것을 알고 있었지만, 그의 사명은 그들에게도 새어나가지 않았다. 거기다 그들의 원조를 기대하면 안 되는 특별한 이유도 있었다. 그는 오르츠 박사와 Z교수의 계획을 성립시켰다. 교수의 의견을 알기 위해, 또 연합국 측이 두려워하는 러시아의 단독 강화라는 파국을 막기 위해서 필요하다고 생각되는 어떠한 계획에도 충분한 경제상의 원조를 할 용의가 있다는 것을, 교수에게 설명하기 위해서였다. 그 이외에도 온갖 계급의 권력자들과 긴밀한 관계를 갖지 않으면 안 됐다. 해린튼 씨는 사업상의 제안과 각 대신 앞의 소개장을 들고 왔기에, 정부의 요인들과 교류를 갖게 되었으나 그 때문에 통역을 구하고 있었다. 오르츠 박사는 러시아를 모국어처럼 말하기 때문에 그 역할에 안성맞춤이라고 생각한 어셴덴은 박사에게 사정을 설명했다. 그래서 어셴덴이 해린튼 씨와 점심식사를 하고 있을 때 오르츠 박사가 찾아와 마치 처음 만난 것 같은 얼굴로 어셴덴에게 인사를 하면, 그때 해린튼 씨에게 소개한다는 계획을 정했다. 그러면 어셴덴이 이야기를 그럴싸하게 꺼내서 오르츠 박사야말로 그의 목적에 딱 맞는 사람이라고 해린튼 씨에게 제안하기로 했다.

그러나 어셴덴이, 아마 그에게도 자신에게도 도움이 될 거라 예상

되는 사람이 또 한 명 있다고 해서 그는 물어보았다.

"아나스타샤 알렉산드로브나 레오니도프라는 여자에 대해 들어본 적 없으십니까? 알렉산더 데니셰프의 딸입니다."

"아버지라면 잘 알고 있습니다만."

"그녀는 아마도 페트로그라드에 있지 않을까 생각됩니다. 지금 어디에 살고 있고, 무엇을 하고 있는지 알아봐주지 않겠습니까?"

"알겠습니다."

오르츠 박사는 함께 와 있던 남자 한 명에게 체코어로 무언가 속삭였다. 두 사람 모두 빈틈없어 보이는 남자로 한 사람은 키가 크고 금발, 또 한 사람은 땅딸막한 검은머리로 둘 다 박사보다 젊었다. 박사의 명령대로 일하기 위해 이곳까지 따라온 것을 어센덴도 알고 있었다. 그 남자는 고개를 끄덕이며 일어나, 어센덴과 악수를 하고 나갔다.

"정보가 모아지면, 오늘 오후에 전해드리지요."

"그렇군요. 지금으로서는 대체로 그 정도뿐으로, 달리 할 일도 없다고 생각됩니다만." 어센덴이 말했다. "사실대로 얘기하자면 11일간 목욕하지 않아서 빨리 들어가고 싶습니다."

어센덴은 차분히 생각을 가다듬기에는 과연 기차 안이 좋을지, 목욕하는 쪽이 좋을지 결정하기 어려웠다. 새롭게 무언가를 생각해 낼 때는 조용하게 적당한 스피드로 달리는 기차 안이 좋지 않을까 생각했다. 사실은, 그의 아이디어 대부분이 그가 그렇게 프랑스 평원을 여행했던 때에 떠올랐던 것들이다. 그러나 회상하는 때라던가 머릿속에 전부 들어있는 생각들에 윤색을 입힐 때에는 뜨거운 목욕물보다 좋은 곳은 없다고 확신했다. 흙탕물 안에서 뒹구는 물소처럼 비눗물 안에 잠겨, 그는 아나스타샤 알렉산드로브나 레오니도프와의 괴로운 그러나 유쾌한 관계를 떠올리고 있었다.

지금까지의 상황으로는, 어센덴은 얄궂지만 상냥한 애정 등으로 불리는 정열에 때때로 몸을 불태웠던 적이 있었다는 상상은 하지도 못했다고 생각했다. 이 방면의 전문가들, 다시 말해 철학자가 기분전환이라 부르고 있는 것을 업으로 삼고 있는 인간들의 말에 따르면, 작가, 화가, 음악가, 즉 예술과 관계 있는 사람들은 연애문제에서 그다지 눈에 띄는 역할을 해내는 일은 일단 없다. 커다랗게 떠들어대긴 하나 대단한 일은 없다는 것이다. 그들은 고함치던가 탄식하던가 연문을 적어보던가, 혹은 로맨틱한 분위기의 태도를 보인다. 그렇지만 결국에는 예술과 자기 자신을(그들에게는 그 두 가지는 동일한 것이지만) 그 감정의 대상보다 더 사랑하고 있어서, 그 대상이 성의 일반 상식에 따르는 실질을 요구할 때는 그림자밖에 줄 수 없게 된다. 이것은 필시 사실일 것이다. 부인네들이 예술에 대해 심하게 증오를 나타내는(지금까지 이런 이야기는 없었다고 생각하나) 것도, 이런 부분에서 원인이 있는 것일지도 모른다. 여담은 이 정도로 하고, 어센덴은 과거 20년 동안 계속해서 아름다운 여성에게 가슴 두근거리면서 지내왔다. 그에게는 대단히 즐거운 추억도 있었고 또 그 때문에 비참한 생각도 해왔으나, 예를 들어 보상받지 못한 사랑의 괴로움에 고민하던 때조차 얼굴을 일그러뜨리면서 이것은 자기 때문에 생긴 일이다라고 자신에게 들려주게 되었다.

아나스타샤 알렉산드로브나 레오니도프는, 종신형을 받은 후 시베리아에서 도망쳐 영국에 정착한 혁명가의 딸이었다. 그는 유능한 남자로 30년 간 쉬는 일없이 계속 글을 써오면서 생활을 지탱했고, 곧 영국문단에서 이채를 띠는 존재로 뻗어 올랐다. 아나스타샤 알렉산드로브나는 적령기가 되자 역시 고국에서 추방된 블라디미르 세묘노비치 레오니도프와 결혼했다. 어센덴이 그녀를 알게 된 것은 그녀가 결혼한 지 수년이 지난 후였다. 때마침 유럽의 여러 나라들이 러시아를 새롭게 인식하기 시작했다. 누구라도 앞다투어 러시아 소설을 읽고, 러시아의 발레리나가 문명사회를 매혹시키고, 바그너에서의 전환을 갈구하던 감각풍부한 사람들의 혼을 러시아 작곡가들이 사로잡았다. 러시아 예술은 마치 인플루엔자처럼 유럽에 만연했다. 새로운 문구와 새로운 색채, 새로운 감정이 유행하고 하이브라우들은 조금의 주저함도 없이 자신들을 인텔리겐치아라고 칭했다. 이 말은 철자는 어려웠으나 발음은 부드러웠다. 어센덴도 이 유행에 휩쓸려 거실 쿠션을 바꿔보고 아이콘(러시아의 그리스도교, 그리스정교의 성상)을 벽에 늘어뜨리거나 체호프를 읽거나, 러시아 발레를 보러 외출하거나 했다.

아나스타샤 알렉산드로브나는 태생도, 환경도 또 받은 교육도 좋아 어떤 점에서 보아도 인텔리겐치아였다. 그녀는 남편과 둘이서 리젠트 공원 가까이의 깨끗한 집에 살고 있어, 여기에서는 하루 휴가를 받아 쉬고 있는 여상(女像)기둥처럼, 얼굴색이 나쁜 수염이 덥수룩한 거인들이 벽에 기대어 있는 것을 런던의 문인들은 조심스럽게 외경심을 갖고 바라보았다. 이 커다란 남자들은 한사람 남기지 않고 전부 혁명가들로, 지금 그들이 시베리아의 광산에서 노역에 종사하지 않는 것은 기적이었다. 여류작가들은 보드카 글라스에 흔들리는 입술을 붙였다. 운만 좋으면 때때로 디아길레프와 악수할 수도 있었고, 미풍에 날려 모여든 복숭아꽃처럼 그 파블로바가 출입하는 일도 있었다. 그때 어센덴은 아직 하이브라우 무리를 분개하게 하는데 성공하지 못했다. 그 자신이 젊었을 적에는 하이브라우 중에서도 눈에 띄는 존재였기 때문에 슬슬 좋지 않은 눈으로 보는 사람들도 있었으나, 또 다른 사람들(인간 성선설을 받드는 축하 받을 녀석들)은 아직 그에게 희망을 품고 있었다. 아나스타샤 알렉산드로브나는 어센덴을 향해 인텔리겐치아라고 말했는데, 그는 기꺼이 그것을 믿으려 했다. 뭐라도 기꺼이 믿으려던 상태였던 그는 그 말에 덩실거리며 흥분했다. 그렇게도 오랜 시간 추구했던, 얻기 어려운 로맨스의 정신을 겨우 붙잡았다고 생각했다.

아나스타샤 알렉산드로브나는 아름다운 눈을 가졌고, 그때는 너무 육감적일 정도로 용모가 좋았다. 쇄골은 높고, 사자코(이것은 아무래도 타타르족스럽다)로, 입에는 사각의 커다란 이가 늘어서고 청백색 피부를 하고 있었다. 옷차림은 지나치게 화려했다. 어셴덴은 그녀의 검은 눈 안에서 제한 없이 계속되는 러시아의 대초원과 크렘린궁과 그 종의 울림, 성 아이작 사원에서의 장엄한 부활절 미사, 은색 너도밤나무 숲, 프로스펙트 거리를 본 듯한 느낌이 들었다. 그녀의 눈에서 얼마나 많은 것을 그가 읽어냈는가 놀라울 정도였다. 그녀의 눈은 동그랗게 빛났으며 북경인의 눈처럼 조금 튀어나와 있었다. 두 사람은 '카라마조프의 형제'의 알료샤, '전쟁과 평화'의 나타샤와, 안나 카레리나의 얘기와 '아버지와 아들'의 얘기 등을 같이 이야기했다.

잠시 후 어셴덴은 그녀의 남편이 그녀에게는 가치가 없다는 것을 발견했고, 드디어 그녀 자신도 그와 같은 의견이라는 것을 알았다. 블라디미르 세묘노비치는 빼내어진 감초의 한 조각 같은 커다랗고 긴 머리를 하고, 러시아 사람답게 덥수룩한 머리를 한 작은 남자였다. 그는 온후하고 조심성이 많은 인물로, 러시아 황제하의 정부가 그의 혁명활동을 정말 두려워했다는 것은 조금 믿기 어려웠다. 그는 러시아어를 가르치고 모스코의 신문에 글을 썼다. 인상 좋고 친절한 사람이었다. 그는 이런 성격이 아니면 안 되었다. 왜냐하면 아나스타샤 알렉산드로브나가 대단한 인물이기 때문이다. 그녀가 이가 아파 괴로워하면 블라디미르 세묘노비치도 지옥에 떨어지는 괴로움을 맛보고, 그녀가 불행한 고국을 생각하며 가슴아파하면 블라디미르 세묘노비치도 살 마음조차 들지 않을 정도로 괴로워했다. 어셴덴은 그가 시시한 인간이라는 것을 인정하면서도, 별로 해가 없는 인간이기에 꽤나 호의를 갖게 되었다. 그런데 그가 아나스타샤 알렉산드로브나에 대한 생각을 숨김없이 털어놔, 다행하게도 그 사랑이 보답 받게 된 것을 알았을 때도, 블라디미르 세묘노비치를 어떻게 해야만 하는가 갑자기 곤혹스러워졌다. 아나스타샤 알렉산드로브나도 그도 이 이상 한시도 떨어져 살 수 없는 지경이었으나 어셴덴은 모든 점에서 혁명적인 생각을 갖고 행동하는 그녀가 결혼에는 동의하지 않는 게 아닐까 두려웠다. 그러나 그의 예상과는 달리 그녀는 그의 희망을 매우 간단하게 받아들인 것이다.

"블라디미르 세묘노비치는 이혼에 동의할까?" 그는 소파에 앉으며 썩어 가는 고기 같은 색을 한 쿠션에 기대면서 그녀의 손을 잡고 물어보았다.

"블라디미르는 나를 숭배하고 있어요. 아마 가슴이 찢어질 정도로 한탄하며 슬퍼하겠지요." 그녀가 말했다.

"정말 좋은 사람이라서 그다지 불행하게 하고 싶지 않아. 어떻게든 깊은 상처를 잊어주면 좋으련만."

"절대로 잊지 못할걸요. 그게 러시아 혼이죠. 내가 그에게서 멀어져버리면 반드시 살아갈 의욕을 잃어버릴 거예요. 그가 나에게 하는 만큼 여자에게 푹 빠진 남자를 본 적이 없어요. 물론 그는 내 행복을 방해하지는 않을 거라 생각해요. 그런 점에서는 매우 훌륭한 사람이니까. 내가 자신의 성장이란 문제에 대해서 절대로 주저하지 않는다는 것을 그도 인정해주고 있죠. 블라디미르는 반드시 나를 자유롭게 해줄 거예요."

당시의 영국에서는 지금보다 이혼절차가 훨씬 더 복잡했다. 어셴덴은 아나스타샤 알렉산드로브나가 그 특색을 모른다고 생각해 그 귀찮은 점을 잘 설명해줬다. 그러나 그녀는 상냥하게 그의 손 위에 자신의 손을 겹쳤다.

"블라디미르는 내가 이혼재판을 했다는 등의 평판을 얻게 되는 것이 싫을 거예요. 당신과 결혼하기로 결정했다고 얘기하면 자살해버리겠죠."

"그렇게 되면 큰일인데." 어셴덴이 대답했다.

그는 몹시 놀랐다. 그러나 가슴이 두근두근했던 것도 사실이다. 그렇다면 마치 러시아소설 그대로가 아닌가. 도스토예프스키가 그 정경을 묘사한, 사람의 마음을 두드리는 대단한 장면의 한 페이지 한 페이지가 눈에 보일 듯했다. 등장인물들의 고뇌, 빈 샴페인 병 파편, 집시를 방문하는 부부, 보드카, 기절, 몸의 강직, 그 외에 사람들의 길고 긴 연설 등 손에 잡힐 듯이 보였다. 이것도 저것도 전부 대단하고 훌륭한, 거기다 오싹오싹한 것들 천지였다.

"그거야, 우리들은 비참하고 불행해지겠죠." 아나스타샤 알렉산드로브나가 말했다. "그래도 달리 어쩔 수 없겠죠. 내가 없어져도 살아달라고는 부탁 못해요. 그는 키가 없는 배라던가, 기화기가 없는 자동차같이 얼이 빠져버리겠죠. 블라디미르란 사람은 그런 남자죠. 반드시 자살할 거예요."

"어떤 식으로?" 매우 실제적인 흥미가 있는 어셴덴이 물었다.

"머리를 쏘는 거예요."

어셴덴은 입센의 '로스메르 저택'을 생각했다. 어렸을 적에는 그도 열렬한 입센의 팬이었다. 입센을 원문으로 읽어 그의 본질을 잡고싶어서 노르웨이어를 공부하려 했었다. 일찍이 입센이 뮌헨 맥주 한잔을 마시고 있는 것을 실제로 본 적도 있었다.

"우리들의 마음속에 그 남자가 죽었다는 사실이 남아 있는 한, 냉정하게 1시간이라도 보낼 수 있다고 생각하나?" 그는 물었다. "나는, 언제나 그가 두 사람 사이에 서있는 듯한 기분일 것 같아."

"그거야 물론 우리들은 괴로운 생각을 하게 될지도 몰라요. 굉장히 고통스럽겠죠." 아나스타샤 알렉산드로브나는 말했다. "그렇다면 어떻게 하면 좋죠? 블라디미르의 일은 생각해주지 않으면 안 돼요, 그의 행복도. 하지만, 역시 그는 자살을 선택할 거예요."

그녀는 얼굴을 반대쪽으로 돌렸다. 그 볼에서 굵은 눈물방울이 뚝뚝 떨어지는 것을 어셴덴은 보았다. 그는 마음이 심하게 움직였다. 원래 마음이 상냥한 남자였기에 가여운 블라디미르가 머리를 쏘고 쓰러지는 생각만으로도 오싹했다.

러시아인은 왜 이다지도 보통과는 다른 것인가?

그러나 아나스타샤 알렉산드로브나는 침착해져서 엄숙한 얼굴로 돌아서서, 동그랗고 조금 튀어나온 눈을 글썽거리며 그를 바라보았다.

"우리들이 올바른 일을 하고 있다는 확신을 갖지 않으면 안 돼요." 그녀가 말했다.

"만약 블라디미르를 자살하게 만든 후에 자신이 틀린 것을 깨닫게 되면, 절대로 내 자신을 용서하지 못할 거예요. 우리들이 정말로 서로 사랑하고 있는지 어떤지 확실히 하지 않으면 안 돼요."

"당신은 그것을 모르는 건가? 나는 알고 있어." 어셴덴은 긴장한 낮은 목소리로 말했다.

"1주일쯤 함께 파리에 가봐요. 그러면 알 수 있어요."

어셴덴은 머리가 약간 낡았기 때문에 그 제안에 조금 머뭇거렸다. 그러나 그것도 한순간이었다. 뭐라 해도 아나스타샤는 멋진 여자다. 그녀는 재빨리 그 한순간의 주저를 간파했다.

"당신에게 부르주아적인 편견 따윈 없겠죠?" 그녀가 말했다.

"물론 없지." 그는 크게 당황하며 보증했다. 부르주아적이라 생각될 정도라면 차라리 악한으로 보이는 편이 나았다. "그것은 훌륭한 착상인데."

"여자란 왜 한번 승부로 자신의 운명을 결정하지 않으면 안 되는 걸까? 함께 살아보지 않으면 남자가 어떤 것인지 알지 못하는 것인데……. 돌이킬 수 없기 전에 생각을 고칠 기회를 주지 않는다는 것은 불평등해요."

"정말 그렇군." 어셴덴은 말했다.

아나스타샤 알렉산드로브나는 우물쭈물하는 것을 싫어해서, 시간을 옮기지 않고 준비를 마친 두 사람은 그 다음주 토요일에 파리를 향해 출발했다

"블라디미르에게 당신과 함께 라는 건 말하지 않았어요. 그 사람을 슬프게 만들 뿐인걸요." 그녀가 말했다.

"말하지 않는 쪽이 좋아, 불쌍하니까." 어셴덴이 말했다.

"1주일 동안 있어보고, 만약 우리들이 틀렸다는 결론에 이르면 그 사람은 아무것도 알 필요가 없어요."

"그거야 그렇지." 어셴덴이 말했다.

두 사람은 빅토리아 역에서 만났다.

"몇 등칸으로 했어요?"

"1등칸으로 했어."

"기뻐요. 아버지도 블라디미르도 3등칸으로 여행하는 주의예요. 난 언제나 기차에 타면 기분이 나빠져서 누군가의 어깨에 머리를 맡기고 싶어져요. 그러려면 1등칸 쪽이 좋아요."

기차가 역을 나오자 바로, 아나스타샤 알렉산드로브나는 현기증이 난다면서 모자를 벗고 어셴덴의 어깨에 머리를 맡겼다. 그는 그녀의 허리에 팔을 돌렸다.

"가만히 있어줘요, 부탁이에요." 그녀가 말했다.

배에 타자 그녀는 부인용 선실에 내려가 버렸으나 카레에 도착할 때쯤에는 잔뜩 식사를 할 정도로 건강해졌다. 그러나 다시 기차에 타

자 또 모자를 벗고 머리를 어센덴의 어깨에 기댔다. 그는 뭔가 읽으려 책을 꺼내들었다.

"책 읽지 말아줄래요? 확실히 안아주지 않으면 안 돼요. 저는 거기다 당신이 페이지를 넘길 때마다 기분이 나빠져요." 그녀가 말했다.

겨우 그들은 파리에 도착, 아나스타샤 알렉산드로브나가 알고 있는 센 강 왼쪽 물가에 있는 작은 호텔로 갔다. 분위기가 좋으니까 라며 그녀는 말했다. 강 건너의 훌륭한 호텔은 견디기 힘들다는 것이다. 그런 호텔은 참을 수 없이 상스럽고 부르주아적이라고 한다.

"어디라도 당신이 좋은 곳으로 갑시다. 목욕탕만 있다면 어디라도 상관없어." 어센덴은 말했다.

그녀는 웃으며 그의 볼을 꼬집었다.

"당신은 정말 사랑할 수밖에 없는 영국인이군요. 1주일 정도 목욕물에 들어가지 않고 있을 수 없어요? 당신은 아직 여러 가지를 배우지 않으면 안 돼요."

두 사람은 밤늦게까지 막심 고리키와 칼 마르크스에 대해, 인간의 운명과 사랑, 인류의 문제 등에 대해 얘기했다. 러시아 차를 몇 잔이나 마시면서. 그래서 어센덴은 아침식사를 침대 안에서 들고, 점심식사 때 일어났으면 했다. 그러나 아나스타샤 알렉산드로브나는 일찍 일어나, 아침식사가 8시 반에서 1분이라도 늦어진다는 건 심한 죄라는 것이다. 그들은 1개월 가까이 창문을 연 적도 없는 듯한 지저분한 식당에 앉았다. 정말 엉뚱한 분위기였다. 어센덴은 아나스타샤 알렉산드로브나에게 무엇을 먹고싶은지 물었다.

"지진달걀이 좋아요." 그녀가 말했다.

그녀는 달걀을 배불리 먹었다. 어센덴은 이전부터 그녀가 꽤 대식가라는 걸 알았다. 그것이 러시아인의 특성이구나 하고 그는 생각했다. 안나 카레리나가 바스 빵(온천장특산 과자빵)과 커피 한 잔으로 점심을 난다는 것은 상상조차 되지 않는다.

아침식사 후 두 사람은 루브르 미술관을 구경하고 오후에는 룩상부르 공원에 갔다. 코메디프랑세즈에 가기 위해 저녁을 빨리 먹고 그 뒤에 러시아 풍 카바레에 가서 춤을 췄다.

다음날 아침 8시 반에 식당에 앉아 어셴덴은 아나스타샤 알렉산드로브나에게 무엇을 먹을지 물었다. 그녀의 대답은 역시 어제와 같았다.

"지진달걀을 먹을래요."
"어제도 지진달걀이었지 않소." 그는 주의를 줘 봤다.
"오늘도 그걸로 해요." 그녀가 미소지으며 말했다.
"그럼 그렇게 할까."

그날은 루브르 대신에 카르나발레 박물관, 룩상부르 공원대신 기메 박물관에 간 것 이외에는 전날과 거의 비슷하게 보냈다. 그러나 다음 날 아침 어셴덴의 물음에 아나스타샤 알렉산드로브나가 지진달걀이라고 대답했을 때, 그는 맥이 풀려버렸다.

"어제도 그제도 지진달걀이었지." 그가 말했다.
"어제도 그제도 먹었으니까, 오늘도 먹는 게 괜찮잖아요?"
"그렇게는 생각 안 해."
"오늘아침은 기분이 별로인가 봐요? 나는 매일아침 지진달걀을 먹어요. 하지만 밖에서 먹는 방식이 싫은걸요."
"그런가, 그럼 좋아. 그렇다면 지진달걀로 하지."
그러나 다음날 아침, 그는 아무래도 참을 수가 없었다.
"역시나 지진달걀로 할건가?" 그가 물었다.
"네, 물론." 그녀는 커다란 사각의 이를 내보이며 방긋 미소지었다.

"좋아, 그럼 당신은 그걸로 해. 나는 달걀반숙으로 할게."

그녀의 입술에서 미소가 사라졌다.

"뭐라고요?" 그녀가 말을 끊었다. "동정심이 없다고 생각 안 해요? 요리사에게 불필요한 일을 하게 하다니, 좋은 일은 아니잖아요? 당신들 영국인은 전부 똑같군요. 하인을 기계라고 생각하고 있어요. 그 사람들도 당신들과 같은 마음을 갖고 있다는 것을, 같은 감각과 감정을 갖고 있는 인간이라는 것을 생각해보신 적 있어요? 당신들 같은 부르주아가 놀랍게도 어리광쟁이라서 프롤레타리아들이 불만으로 소란을 일으키는 거예요. 당연한 일이잖아요?"

"내가 파리에서 지진달걀을 먹지 않고 달걀반숙을 먹으면, 영국에서 혁명이 일어난다고 정말로 생각하는 거야?"

그녀는 분연히 그 사랑스러운 머리를 흔들었다.

"당신은 전혀 모르세요. 그것이 사물의 원리예요. 당신은 농담이라고 생각하고 계세요. 당신은 놀리고 계신 거예요. 나도, 다른 사람들처럼 농담으로 들으면 재밌을 거라 생각해요. 체호프는 러시아에서 유머리스트로 유명했고요. 그렇지만 과연 거기에 어떤 의미가 담겨 있는지 당신은 아실까요? 당신 태도는 하나에서 열까지 모두 잘못되었어요. 감정이 들어있지 않다고요. 만약 당신이 1905년 그 사건 때 페트로그라드에 있어서 그것을 보셨다면, 설마 그런 말투는 하시지 않았겠지요. 겨울궁전 앞에서, 눈 속에서 무릎을 꿇고서 기병에게 총격을 받은 군중을 생각하면 —여자와 아이들도요— 아, 싫어, 싫어. 이젠 충분해."

그녀의 눈에는 눈물이 넘치고 얼굴은 괴로움으로 흔들렸다. 그녀는 어셴덴의 손을 잡았다.

"당신이 좋은 분이라는 건 잘 알고 있어요. 단지 조금 동정심이 부족해요. 그러니까 이 이상 이 이야기는 그만두기로 해요. 당신은 상상력이 풍부하고 감수성이 강하죠. 당신도 저와 똑같은 달걀로 해주시는 거죠?"

"물론." 어셴덴이 말했다.

그날 이후, 매일아침 그는 지진달걀을 먹었다. 종업원은 "남편분은 지진달걀을 좋아하시네요"라고 말했다. 1주일이 지나고 두 사람은 런던으로 돌아왔다. 파리에서 카레까지, 도버에서 런던까지 기차를 타고 있는 동안 어셴덴은 아나스타샤 알렉산드로브나를 팔로 안고 머리를 어깨에 기대게 했다. 뉴욕에서 샌프란시스코까지는 5일 걸렸었지 하고 그는 생각했다. 두 사람이 빅토리아 역에 도착해 승강장에서 택시를 기다리면서, 그녀는 그 동그랗고 반짝반짝 빛나는 조금 튀어나온 눈으로 그를 바라봤다.

"정말 즐거웠어요." 그녀가 말했다.

"훌륭했어."

"저 완전히 결심했어요. 이번 실험으로 잘 알게됐죠. 언제라도 당신이 좋을 때 결혼해요."

그러나 어셴덴은 지금부터 평생동안 매일 아침 지진달걀을 먹어야 하는 자신이 눈에 보이는 듯했다. 그녀를 택시에 태우고 자신도 한 대 불러 큐나드 기선회사의 사무소로 달려가, 가장 빠른 미국 행 배편을 예약했다. 자유와 신생활을 찾아 신대륙으로 건너간 이주민들 중에서도, 태양이 빛나는 아침 뉴욕의 부두에 배가 들어갔을 때 어셴덴 만큼 슬픈 마음으로 감동을 갖고 자유의 여신상을 올려다 본 사람은 없었을 것이다.

### 16 해린튼 씨의 세탁물

그로부터 몇 년이 지났으나, 그날 이후 어셴덴은 아나스타샤 알렉산드로브나와 만나지 않았다. 3월에 혁명이 일어남과 동시에 그녀와 블라디미르 세묘노비치가 러시아에 갔다는 얘기를 들었다. 어쩌면 그들의 원조를 기대할 수 있을지 모른다. 어떤 의미에서 그가 블라디미르 세묘노비치의 생명을 구해줬다고도 말할 수 있으니까. 아나스타샤 알렉산드로브나에게 편지를 써서 만나러가도 될지 물어보자고 결심했다.

점심식사를 하러 내려갈 때쯤에는 건강도 거의 회복된 느낌이었다. 해린튼 씨가 그를 기다리고 있어서 두 사람은 바로 자리에 앉아 나온 음식을 먹었다.

"종업원에게 빵을 좀 가져오라고 말해주시지 않으시겠어요?" 해린튼 씨가 말했다.

"빵이요? 빵 같은 게 있을 리 없지요."

"빵이 없으면 먹을 수 없어요." 해린튼 씨가 말했다.

"먹지 않으면 안 됩니다. 빵 같은 건 없어요. 버터도, 설탕도, 달걀도, 감자도 아무것도 없지요. 생선과 고기와 야채, 있는 것은 그것뿐입니다."

해린튼 씨는 놀라서 입이 벌어졌다.

"마치 전쟁 중 같군요." 그가 말했다.

"뭐, 그런 셈이지요."

해린튼 씨는 잠시동안 말하지 않고 있다가 겨우 말을 꺼냈다. "저는 서둘러서 일을 정리하고 바로 이 나라를 떠나겠어요. 아내는 내가 설탕도 버터도 없이 보내는 것을 기뻐하지 않을 겁니다. 위가 매우 약해요. 회사에서도 좋은 음식을 전혀 먹지 못한다는 걸 알았으면 저를 보내지는 않았을 겁니다."

조금 지나 에곤 오르츠 박사가 들어와 어셴덴에게 한 통의 봉투를 건넸다. 거기에는 아나스타샤 알렉산드로브나의 주소가 적혀 있었다. 그는 해린튼 씨에게 박사를 소개했다. 해린튼 씨가 에곤 오르츠 박사에게 호의를 갖는 듯해서, 별다른 수고 없이 당신을 위해 안성맞춤인 통역이 여기에 있다고 말해봤다.

"그는 러시아인처럼 유창하게 러시아어를 합니다. 거기다 미국인이라 당신께 나쁠 일은 없을 겁니다. 저와는 오래된 사이라 절대적으로 신용할 수 있다고 보증합니다."

해린튼 씨는 그 얘길 듣고 크게 기뻐했다. 그래서 어셴덴은 점심을 마치고, 그후의 일은 당사자들에게 맡기고 자리를 떴다. 그는 아나스타샤 알렉산드로브나에게 편지를 쓰고, 지금은 모임에 나가봐야 해서 만날 수 없지만, 7시쯤 호텔을 방문하겠다는 답장을 받았다. 그는 걱정스럽게 그녀를 기다렸다. 지금 생각해보면 그가 사랑했던 것은 그녀가 아니라 톨스토이와 도스토예프스키, 림스키 코르사코프와 스트라빈스키, 바크스트 등이었다는 사실을 지금의 그는 알고 있었다. 과연 그녀도 그것을 알았는지 어쩐지 거기에는 자신이 없었다. 7시 반에서 8시 사이에 그녀가 찾아오자 해린튼 씨와 함께 저녁 식사하지 않겠냐고 물어보았다. 제3자가 있는 편이, 두 사람의 만남이 야기할지 모르는 거북함에서 구해줄 것이라 생각해서다. 그러나 걱정할 일은 없었다. 앉아서 수프를 마시기 시작한 지 5분쯤 지나자, 아나스타샤 알렉산드로브나의 감정도 어셴덴이 그녀를 생각하는 것과 같은 정도로 냉정하다는 것을 알았다. 그에게는 조금 쇼크였다. 예를 들어 어떠한 겸손한 남자라도, 옛날에 자신을 사랑했던 여자가 더 이상 자신을 사랑하지 않는다는 것을 인정하는 것은 매우 견디기 힘든 일이다. 그로써도 아나스타샤 알렉산드로브나가 희망 없는 사랑을 5년 간이나 품고 있었다고는 생각하지 않지만, 얼굴을 붉히거나, 눈썹이 흔들리거나, 입술이 떨린다거나 하는 동작으로 그가 아직 그녀의 마음 속에서 많은 자리를 차지하고 있다는 증거를 보이기를 기대했다. 하지만 그런 모습은 털끝만큼도 보이지 않았다. 그녀는 4, 5일쯤 못 만났던 친구를 만난 것처럼 기뻐했으나, 단지 사교상의 친구일 뿐이라는 느낌으로 말했다. 어셴덴은 블라디미르 세묘노비치에 대해 물었다.

"그 사람에게는 정말 실망했어요. 현명하진 않아도 정직한 사람이라고 생각했는데, 그에게 아이가 생긴 거예요."

생선 한 조각을 입에 넣으려던 해린튼 씨는 손을 멈추고 포크를 공중에 든 채, 깜짝 놀라 아나스타샤 알렉산드로브나의 얼굴을 쳐다봤다. 그 모습으로 짐작하건대, 아무래도 그는 러시아 소설을 읽은 적이 없는 것 같다. 어셴덴도 조금 당혹해서 그녀의 얼굴을 바라봤다.

"아이의 엄마는 제가 아니에요." 그녀는 웃으며 말했다. "난 그런 일에는 전혀 흥미가 없는걸요. 엄마인 사람은 내 친구인데, 경제학에 대한 글 등을 자주 쓰는 유명한 여성이에요. 그녀의 견해는 건전하진 않지만 고려할 만한 가치가 있어요. 머리가 좋은 사람이지요. 정말 머리가 잘 돌아가는 사람이에요." 그녀는 해린튼 씨 쪽을 향해 말했다.

"경제학에 흥미 있으세요?"

해린튼 씨는 이번에도 말하지 못했다. 아나스타샤 알렉산드로브나는 경제학에 관한 자신의 의견을 말한 후, 러시아의 사정에 대해 말했다. 그녀는 여러 정당의 지도자들과 친교가 있는 듯해서 어셴덴은 그녀에게 함께 일할 의사가 있는지 없는지 속을 떠보자고 결심했다. 한번은 열중했던 사이였다고 그녀가 매우 지적인 여자라는 것까지 잊어버린 것은 아니다. 식사를 마치고 해린튼 씨에게 아나스타샤 알렉산드로브나와 일 문제로 얘기하고 싶다며 양해를 구하고, 그녀를 넓은 홀 한편으로 데리고 갔다. 필요하다고 생각되는 만큼을 전부 얘기하니 그녀도 흥미를 갖고, 돕고 싶다는 태도를 보였다. 그녀는 음모를 세우는 것을 좋아했었고, 권력욕도 있었다. 그가 많은 금액의 돈을 자유롭게 사용하는 거라고 넌지시 비추자, 그를 통해 그녀가 러시아의 사정을 일변시킬 수 있을지 모른다고 즉시 간파했다. 그것은 그녀의 허영심을 부추겼다. 아나스타샤 알렉산드로브나는 대단한 애국자이자, 다른 애국자들과 함께 힘을 모아, 고국을 위해 일하는 벅찬 감격을 기억하는 인간이었기 때문이다.

"그녀는 굉장한 사람이군요." 다음날 아침 식당에서 만났을 때 해린튼 씨가 말했다.

"반하면 안됩니다." 어셴덴은 웃었다.

"저는 아내와 결혼한 뒤로, 다른 여성은 돌아보지도 않았어요." 그가 말했다. "그 사람의 남편은 아주 나쁜 사람이군요."

"지금이라면 지진달걀도 참을 수 있지만." 어셴덴은 딴소리를 했다. 그들의 아침식사는 우유 없는 홍차에 설탕대신 잼이 있을 뿐이었기에.

아나스타샤 알렉산드로브나의 원조와 오르츠 박사의 후원을 얻어 그는 일에 착수했다. 러시아 국내사정은 점점 악화되고 있었다. 임시정부의 수뇌 케렌스키는 허영심이 많아 자신의 위치를 위협하는 실력을 가진 대신은 한쪽 끝에서 잘라버렸다. 그리고 특기인 긴 연설만 계속했다. 독일군은 지금이라도 페트로그라드에 돌입하려는 듯했다. 그러나 케렌스키는 단지 연설만 할 뿐이었다. 배후에는 과격파가 암약해 있었다. 레닌은 페트로그라드에 잠적해 있고, 케렌스키는 그의 거처를 알고 있으나 체포되지 않고 있다는 게 한결같은 소문이다. 그는 그저 연설을 할 뿐이었다.

어셴덴은 해린튼 씨가 이 대혼란의 한가운데에서 있으면서도, 그것에 전혀 무관심하게 행동하는 것이 재미있었다. 역사가 만들어지고 있는데도 해린튼 씨는 자신의 일밖에 안중에 없었던 것이다. 그러나 그것도 고생스러운 일이었다. 수뇌부 사람들이 그의 희망대로 처리해

주겠다고 속여서 비서라던가 말단관리에게 뇌물을 지불하게 했다. 대기실에서 몇 시간이나 기다리게 하고는, 결국에는 한마디 인사도 없이 내쫓아버리기도 했다. 겨우 윗사람을 만나도 그들은 무책임한 일밖에 말하지 않았다. 약속은 하지만 2, 3일 지나보면 그게 공수표였다는 식이다. 어센덴은 차마 보고있을 수 없어, 적당히 포기하고 미국에 돌아가면 어떠냐고 충고해보았지만 해린튼 씨는 들으려고도 하지 않았다. 특히 이 일을 위해 회사가 그를 파견한 것이라 기필코 이 일을 완수하던가, 아니면 죽음이 있을 뿐이라고 말했다.

그러던 때에 아나스타샤 알렉산드로브나가 그를 도와주게 되었다. 두 사람 사이에는 묘한 우정이 싹트기 시작했다. 해린튼 씨는 그녀를 우수하나 부당한 취급을 당한 여자라고 생각했다. 그는 그녀에게 부인과 두 아들의 이야기며 미국헌법사 등을 전부 얘기해주었다. 그녀쪽에서도 블라디미르 세묘비치에 대한 이야기를 남김없이 들려주거나, 톨스토이, 투르게네프, 도스토예프스키 등에 대해 얘기했다. 두 사람 모두 크게 기뻐했다. 그는 그녀를 아나스타샤 알렉산드로브나라고 한숨에 말하기에는 너무 길다고 했다. 그래서 그녀를 '데릴라'라고 불렀다. 이제는 그녀가 그를 도와 그 절대적인 정력을 기울여, 그에게 도움이 되는 사람들을 방문했다. 그러나 사태는 긴급하게 돌아갔다. 이곳저곳에서 폭동이 일어나 길을 걷는 것도 위험했다. 때때로 재향군인 불평분자들을 가득 태운 장갑차가 넵스키 대로를 미친 듯이 질주하고, 자신들의 불만을 시위하기 위해 통행인을 겨냥해 발포하기도 했다. 해린튼 씨가 아나스타샤 알렉산드로브나와 함께 전차를 타고 있던 때, 탄환이 유리창을 가루로 만들어버려 몸을 지키기 위해 바닥에 엎드려야만했다. 해린튼 씨는 크게 분개했다.

"뚱뚱한 노파가 내 몸 위에 떡 하니 올라앉아 있어서, 도망가려고 몸부림쳤더니 데릴라가 제 머리카락을 잡으면서 '조용히 하세요,

바보 같네'라고 하더군요. 당신들 러시아식 방식은 도저히 맘에 들지 않아요, 데릴라."

"어쨌건 당신은 잘 참았어요." 그녀는 쿡쿡 웃었다.

"이 나라에서 필요로 하는 건 예술이 아니라 문명이지."

"당신은 부르주아로군요, 해린튼 씨. 당신은 조금도 인텔리겐치아의 동료가 아니에요."

"그런 말을 한 것은 당신이 처음이에요, 데릴라. 제가 인텔리겐치아가 아니라면 도대체 누가 그렇다는 겁니까?" 해린튼 씨는 거드름을 피우며 역습했다.

얼마 지난 어느 날, 어셴덴이 방에서 일을 하고 있는데 아나스타샤 알렉산드로브나가 문을 노크하고 조용히 들어왔다. 그 뒤를 해린튼 씨가 약간 쑥스러운 듯이 따라왔다. 어셴덴은 그녀가 흥분해 있는 것을 알아챘다.

"무슨 일입니까?"

"미국에 돌아가지 않으면 이 사람 죽게 될 거예요. 당신이 잘 좀 말해줘요. 만약 내가 그 자리에 없었다면 이 사람에게 엄청난 일이 일어났을지도 몰라요."

"그런 일 없습니다, 데릴라." 해린튼 씨는 울컥했다. "저도 제 몸 하나 지키는 것 정도는 할 수 있어요. 거기다 조금도 위험한 일은 없었지 않습니까."

"도대체 어떻게 된 겁니까?" 어셴덴이 물었다.

"도스토예프스키의 묘를 보여주고 싶어 해린튼 씨를 알렉산드라 넵스키 수도원으로 데리고 갔어요. 거기서 돌아오는 길에 병사 한 명이 나이든 노파에게 조금 난폭하게 구는 걸 봤어요." 아나스타샤 알렉산드로브나가 말했다.

"조금 난폭하게라고!" 해린튼 씨가 소리쳤다. "식료품 바구니 든 노부인이 포장도로를 걸어가고 있었어요. 그때 두 명의 병사가 다가왔는데, 그중 한 사람이 바구니를 빼앗아 그대로 가버리더군요. 노파는 울면서 뭔가 고함을 쳤는데, 무슨 말인지 저로선 알 수 없었어요. 대략 상상은 됐지만. 그러자 다른 한 녀석이 총을 고쳐 쥐고, 총대로 노파의 머리를 쳤어요. 그대로죠, 데릴라?"

"그래요." 그녀는 웃음을 참지 못하고 맞장구를 쳤다. "그래서 해린튼 씨는 순식간에 차에서 뛰어내려 바구니를 든 병사에게 달려가, 마치 소매치기라도 하는 듯 위세 좋게 바구니를 빼앗았어요. 처음에는 두 사람 다 아연해서 도대체 무슨 일이 벌어진 건지 어안이 벙벙하더니, 상태를 깨닫고는 굉장히 화가 났더군요. 그래서 내가 황급히 달려가 이 사람은 외국인이고 술에 취해 있으니까 좀 봐달라고 했어요."

"술에 취한 사람이라고?" 해린튼 씨는 소리쳤다.

"그래요, 술 취한 사람. 구경꾼들이 모여들고 도무지 형편이 나빴으니까요."

해린튼 씨의 그 커다랗고 엷은 푸른 눈이 웃음을 지었다.

"저에겐 당신이 녀석들을 혼내주고 있는 것처럼 들렸어요. 연극을 구경하는 것 같아 재밌었어요."

"바보 같은 소리 말아요, 해린튼 씨." 아나스타샤는 갑자기 화를 내고 발을 구르며 소리쳤다. "그 병사들은 간단히 당신을 죽일 수도 있었어요, 나까지도 말이에요. 그걸 모르겠어요? 구경하는 누구 한 사람 우리들을 도와주려 하지 않았어요."

"나를 말입니까? 데릴라, 나는 미국인이에요. 내 머리카락 한 올이라도 만지게 하지 않습니다."

"당신한테 머리카락 같은 건 있지도 않잖아요?" 아나스타샤 알렉산드로브나는 말했다. 화가 났을 때는 예의도 뭐도 없는 여자였다.

"당신은 미국인이라 러시아 병사에게 죽지 않는다고 생각한다면, 머지않아 큰일 날 거예요."

"그래서 그 노파를 어떻게 했지?" 어셴덴이 물었다.

"병사들이 바로 가버려서 우리들은 그녀에게 가 보았죠."

"바구니는 갖고 있었나?"

"그럼요. 네에, 헤링턴 씨가 소중한 보물처럼 꼬옥 끌어안고 있었어요. 노파는 피를 철철 흘리며 땅바닥에 쓰러져 있었고요. 우리는 그녀를 차에 앉히고 어디에 살고 있는지를 겨우 알아내서 집에 데려다 줬어요. 피가 철철 나와서 멈추게 하는 게 큰일이었어요."

아나스타샤 알렉산드로브나가 해린튼 씨를 사연 있는 눈빛으로 바라보았더니, 놀랍게도 그는 새빨갛게 됐다.

"아직 뭔가 있는가?"

"저기, 우리는 붕대로 쓸만한 것은 하나도 갖고 있지 않았죠? 해린튼 씨의 손수건은 흠뻑 젖어 있었고요. 내가 몸에 걸치고 있는 것 중 사용할 만한 게 딱 하나 있어서, 그래서 내가……."

그녀가 말을 끝내기도 전에 해린튼 씨가 당황하며 방해를 했다.

"당신이 무엇을 벗었는지 어셴덴 씨께 말 안 해도 되잖아요. 저도 결혼했기 때문에 여성이 그것을 몸에 하고 있다는 것쯤은 알고 있어요. 하지만 사람 앞에서 그런 얘기는 안 해도 괜찮지 않습니까."

아나스타샤 알렉산드로브나는 소리 없이 웃었다.

"해린튼 씨, 그러면 나에게 키스해줘요. 안 그러면 말할 거예요."

그녀는 그의 목에 양손을 두르고 그의 양쪽 뺨에 키스했다. 이윽고 예고도 없이 순식간에 눈물을 글썽였다.

"당신은 용감한 분이네요. 해린튼 씨. 사실 바보 같긴 했지만 당신은 훌륭해요." 그녀는 흐느껴 울었다.

해린튼 씨는 어셴덴이 예상한 만큼 놀라지는 않았다. 그는 기묘한 웃음을 띠고 아나스타샤를 쳐다보며, 상냥하게 등을 두드렸다.

"자, 자. 데릴라, 기운 내요. 그런 일해서 뒷맛이 썼죠? 당신은 아직 흥분해 있는 겁니다. 당신이 눈물을 그치지 않으면 제 어깨가 류머티스에 걸릴 거예요."

그 광경은 바보스럽긴 했으나 감동적이기도 했다. 어센덴은 웃었다. 그러나 그의 목에서도 뭔가 뜨거운 것이 복받쳐 올라왔다.

아나스타샤 알렉산드로브나가 돌아간 후 해린튼 씨는 어둑어둑한 서재에 앉았다.

"러시아 사람은 참 기묘한 인종이군요. 데릴라가 뭘 했는지 아시겠습니까?" 그는 갑자기 말을 꺼냈다. "그녀는 거리 한가운데를 달리는 차 속에 서서, 좌우로 사람들이 왕래하는 그 속에서 속바지를 벗었어요. 그리고는 2개로 찢어 하나를 붕대로 쓰는 동안 나머지 한쪽을 저에게 들게 했어요. 그렇게 당황스런 일은 또 없을 거예요."

"그녀를 어째서 '데릴라'라고 부르나요?" 어센덴은 웃으면서 물어 보았다.

해린튼 씨는 얼굴이 조금 빨개졌다.

"그 사람은 정말 매력적이에요, 어센덴 씨. 그녀는 남편에게 심한 취급을 받았죠. 그래서 저는 크게 동정하고 있어요. 러시아인은 대단히 감정적이라 저의 동정을 잘못 오해하면 난처해질 것 같아서, 아내를 사랑하고 있다고 제대로 그녀에게 얘기했지요."

"당신은 설마 데릴라가 포티파의 처였다고 생각하시는 것 아닌가요?" 어센덴이 물었다.

"당신이 무슨 말을 하시려는지 잘 모르겠지만, 어센덴 씨. 아내는 항상 내가 여성들에게 매력이 있다고 말했어요. 그래서 혹시 내가 그 사람을 데릴라라고 부르면 내 입장을 확실히 알 거라고 생각했죠."

"러시아는 당신이 있어야 할 장소가 아니에요, 해린튼 씨." 어센덴은 미소지으며 말했다. "내가 당신이었다면 가능한 한 빨리 여기서 도망쳤을 겁니다."

"지금 돌아갈 수는 없습니다. 어쨌건 이곳의 조건을 수용시키는 부분까지는 도달했으니까요. 다음주에 사인하기로 되어 있으니 그것이 끝나면 짐을 싸서 나가야지요."

"그 사인이, 사인한 종이만큼 가치가 있을지 어떨지 의심스럽군요." 어센덴은 말했다.

어센덴은 가까스로 앞으로의 활동 계획을 짰다. 그를 페트로그라드에 보낸 인물에게 그 계획을 전보로 알려야만 하기 때문에, 암호로 고치는데 24시간 고심참담했다. 그 계획은 인정을 받아 필요한 만큼의 자금을 받을 수 있게 되었다. 어센덴은 임시정부가 앞으로 석달을 견디지 못하는 한 아무것도 되지 않는다는 걸 알고 있었다. 그러나 겨울이 코앞으로 닥쳐왔고, 식량은 날이 갈수록 줄어들었다. 군대는 반항적이었고, 사람들은 평화를 구하느라 소란스러웠다. 어센덴은 거의 매일 밤 Z교수와 찻집 유럽에서 한 잔의 코코아를 마시면서 그 체코인의 숭배자들을 어떻게 움직여야 하는가 상의했다. 아나스타샤 알렉산드로브나는 사람 눈에 띠지 않는 곳에 방을 빌렸기 때문에, 거기서 그는 온갖 종류의 인간과 만났다. 여러 가지 계획이 세워지고 갖가지 수단이 사용되었다. 어센덴은 의논하고, 설득하고 다시 약속했다. 그는 우유부단한 인간을 설득해야만 했고, 운명론자와 맞붙어 싸워야 했다. 긴요한 문제 이외에 뭐라고 계속 떠들어대는 인간에게도 붙임성이 있어야 했고, 폭언도 호언장담도 어른스럽게 들어줘야만 했다. 더군다나 배신을 경계해야만 한다. 바보 같은 녀석들의 허영심도 부추기고, 야심가의 탐욕은 슬쩍 피해야 한다. 한시도 시간 낭비를 할 수는 없다. 볼셰비키가 상당히 활발해졌다는 목소리도 들려오기 시작했다. 케렌스키는 겁먹은 암탉처럼 우왕좌왕하기만 했다.

그리하여 마침내 예상했던 일이 일어났다. 1911년 11월 7일 저녁, 볼셰비키가 봉기하여 케렌스키 내각 대신들은 체포되고, 겨울궁전은 폭도에게 약탈당했다. 시대의 권력은 레닌과 트로츠키의 수중에 넘어갔다.

아나스타샤 알렉산드로브나는 아침 일찍 호텔 방으로 어센덴을 방문했다. 어센덴은 철야로 암호기호에 몰두하고 있었다. 처음에는 스모르니에 대해, 나중에는 겨울궁전에 대해서였다. 그는 매우 피곤했고, 그녀 또한 혈색 나쁜 얼굴에 반짝거리며 빛나는 눈이 애처로웠다.

"들으셨어요?" 그녀는 어센덴에게 물었다.

그는 고개를 끄덕였다.

"모조리 전부 끝나버렸어요. 케렌스키는 도망갔다더군요. 싸울 의지도 없었대요." 그녀는 노여움으로 몸을 떨었다. "그 어릿광대녀석!" 그녀는 날카로운 소리로 외쳤다.

그 순간 문밖에서 노크하는 소리가 들렸다. 아나스타샤 알렉산드로브나는 깜짝 놀라 문을 바라봤다.

"볼셰비키는 처형자 리스트를 갖고 있대요. 내 이름도 그 안에 있어요. 당신도 들어 있을지 몰라요."

"만약 저게 그들이고 안으로 들어올 셈이라면 노크 같은 건 안 해." 어센덴은 말했지만 명치 부근이 지끈지끈했다. "들어오세요."

문이 열리고 해린튼 씨가 안으로 들어왔다. 그는 짧은 검은색 상의에 줄무늬바지를 입고, 신발은 반짝반짝 빛나고, 대머리에는 중산모자를 쓴 모습으로 언제나처럼 말끔했다. 그는 아나스타샤 알렉산드로브나를 보고 모자를 벗었다.

"이렇게 일찍 당신을 뵙게 될 줄은 생각도 못했습니다. 나가는 길에 잠깐 들른 겁니다. 당신께 알려드릴 일이 있어서요. 어젯밤에 당신을 찾아도 보이지 않으셨고, 저녁식사 때도 안 계시고."

"집회가 있어서요."

"두 분께 축하를 받고 싶어서요. 어제 드디어 사인을 받았습니다. 이것으로 제 일도 겨우 끝났습니다."

해린튼 씨는 그들에게 방긋 웃어 보였다. 매우 만족한 모습이었다. 경쟁상대를 전부 날려버린 챔피언처럼 의기양양하게 등을 구부렸다. 아나스타샤 알렉산드로브나는 갑자기 히스테릭하게 웃었다. 그는 어리둥절해서 그녀를 쳐다보았다.

"데릴라, 도대체 어떻게 된 겁니까?" 그가 물었다.

아나스타샤는 눈물이 흐를 정도로 웃고는, 얼마 지나자 흐느껴 울기 시작했다. 어셴덴이 대신 설명을 떠맡았다.

"볼셰비키가 정부를 뒤엎어 놓았어요. 케렌스키의 대신들은 전부 감옥에 들어갔고요. 볼셰비키가 닥치는 대로 붙잡아 죽이려하고 있어요. 데릴라의 말로는, 그녀의 이름도 처형 리스트에 올라가 있다고 합니다. 그 대신은 이제 뭘 해도 상관없다고 생각해서 당신의 서류에 사인한 겁니다. 당신의 계약서는 종이조각과 같아요. 볼셰비키는 서둘러 독일과 강화를 맺겠지요."

아나스타샤 알렉산드로브나는 이성을 잃고 흐트러지는 것도 빨랐지만, 다시 침착함을 찾는 것도 빨랐다.

"가능한 한 빨리 러시아에서 도망가세요, 해린튼 씨. 이렇게 된 이상 이곳은 외국인이 있을 곳이 아니에요. 거기가 다시 2, 3일 지나면 나가려해도 나갈 수 없게 될 테니."

해린튼 씨는 두 사람을 번갈아 쳐다보았다.

"그건 큰일인데요," 그가 말했다. 이곳과는 어울리지 않는 느낌이었다. "그 러시아대신이 저를 우롱했다는 말씀이십니까?"

어셴덴은 어깨를 으쓱했다.

"그가 무엇을 생각하고 있는지 누가 알겠습니까. 유머러스한 남자로 다음날은 십중팔구 벽 앞에 세워져 총살당한다고 했을 때, 5천만 달러의 계약서에 사인하는 것도 멋진 일이라 생각했을지도 모르지요. 아나스타샤 알렉산드로브나가 말한 대로입니다, 해린튼 씨. 스웨덴 행 첫차를 타고 가는 편이 좋을 겁니다."

"그럼, 당신은 어떻게 하실 겁니까?"

"저도 더 이상 이곳에 있어봤자 별 소용없어서, 지시를 요청하는 전보를 쳤습니다. 답장이 오는데로 뜰 겁니다. 정말 볼셰비키에게 한발 늦었어요. 우리들과 함께 일했던 동료들은 목숨을 지키기 위해 일을 그만두지 않으면 안 돼요."

"보리스 페트로비치는 오늘 아침 총살당했어요." 아나스타샤 알렉산드로브나는 눈살을 찌푸리며 말했다.

두 사람은 문득 해린튼 씨를 바라봤다. 그는 고개를 숙이고 있었다. 큰일을 완수했다고 말하던 그의 자랑은 산산이 부서져, 바람 빠진 풍선처럼 오므라들었다. 그러나 그는 바로 얼굴을 들고 아나스타샤 알렉산드로브나에게 미소를 보냈다. 어셴덴은 그의 미소가 이토록 매력적이고 상냥하다는 것을 처음으로 알았다. 개방적인 사람의 좋은 점이 전부 드러났다.

"데릴라, 만약 볼셰비키가 당신을 체포하려 한다면 나와 함께 도망가지 않겠습니까? 당신은 내가 책임지겠습니다. 만약 미국에 계시게 된다면 아내도 기꺼이 도와줄 겁니다."

"당신이 러시아의 망명자를 데리고 필라델피아에 도착했을 때, 당신 부인이 지을 표정이 눈에 선해요." 아나스타샤 알렉산드로브나는 웃었다. "이런 설명만으로는 잘 모르시겠죠. 아니, 저는 이곳에 머물 거예요."

"하지만 생명이 위험하잖습니까?"

"나는 러시아인이고 내 나라는 여기예요. 조국이 지금 무엇보다 나를 필요로 하고 있는데 도망칠 수는 없어요."

"바보 같은 소리 말아요, 데릴라." 해린튼 씨는 조금도 당황하지 않고 침착했다.

아나스타샤 알렉산드로브나는 굉장히 감동해서 이야기를 하다가 이 소리를 듣고 깜짝 놀라더니 조롱하는 눈길로 그를 바라보았다.

"네, 알고 있어요, 삼손 씨." 그녀가 대답했다. "솔직히 말씀드리면 앞으로의 일이 걱정스러워요. 무슨 일이 생길지 상상도 안 돼요. 하지만 저는 제 눈으로 그것을 지켜보고 싶어요. 아무리 사소한 일이라도 놓치지 않고 말이예요."

해린튼 씨는 고개를 저었다.

"호기심은 여성이 갖고 있는 최대의 악덕이요." 그가 말했다.

"자, 가서 짐을 꾸리세요 해린튼 씨." 어센덴이 웃으며 말했다. "가능하면 저희들이 역까지 모셔다드리지요. 우물쭈물하다간 기차도 포위되어 버려요."

"그렇습니까. 그러면 저는 가겠습니다. 기꺼이 도망가겠어요. 여기에 온 이후 제대로 된 식사를 한 적이 없으니까요. 일생 할 생각도 못했을 일을 했어요. 커피는 설탕 없이 마시고, 어쩌다 빵을 먹어도 버터가 없고, 제가 이런 경험을 했다고 말하면 아내는 절대 믿지 못하겠죠. 이 나라에는 조직이 없으니까요."

그가 가 버리자 어센덴과 아나스타샤 알렉산드로브나는 종종 정세에 관해 토의했다. 어센덴은 그의 세밀한 계획이 쓸모 없어져버려 낙심하고 있었다. 그러나 아나스타샤 알렉산드로브나는 무섭게 흥분해서 이번 혁명의 결과에 대해 이리저리 두루 상상하고 있었다. 그녀는 진지한 듯 꾸몄지만 마음속에서는 스릴 있는 연극을 구경하며 즐거워

할 생각이었다. 좀더 여러 가지 일이 일어나면 좋겠다고 생각했다. 다시 노크 소리가 들렸다. 어센덴이 대답할 겨를도 없이 해린튼 씨가 뛰어들어왔다.

"정말 이 호텔 서비스는 형편없어." 그는 씩씩대며 화를 냈다. "15분간 계속 벨을 울렸는데도 누구 하나 나한테 오는 사람이 없어요."

"서비스라고요?" 아나스타샤 알렉산드로브나는 무심결에 큰소리로 말했다. "이 호텔에는 더 이상 고용인 한 사람도 남아 있지 않아요."

"하지만 제 세탁물이 아직 오지 않았어요. 어젯밤에 가져왔어야 하는데."

"세탁물 같은 건 이제 돌아오지 않을지도 모릅니다." 어센덴이 말했다.

"저는 세탁물을 되찾지 못하는 한 이곳을 뜰 수 없어요. 와이셔츠 4장에 콤비네이션 2장, 파자마 1벌, 거기에 칼라가 4개나 가 있어요. 손수건과 양말은 방에서 빨았으니 괜찮지만, 그것을 되찾을 때까지 호텔에서 한 발자국도 못나가요."

"바보 같은 소리 마세요." 어센덴은 소리쳤다. "당신은 사태가 악화되기 전에 가지 않으면 안 돼요. 세탁물을 가지러 갈 하인이 없다면 그런 물건은 놔두고 가야만 해."

"말씀드리지만, 저에게는 그런 거 절대 불가능합니다. 제가 가지러 가겠습니다. 이 나라에서 참혹한 꼴을 실컷 당했는데, 아직 쓸만한 셔츠를 놔두고 가서 볼셰비키 녀석들에게 입혀지는 것만은 절대 안 돼. 절대 그런 일 하게 하지 않을 겁니다. 세탁물을 손에 넣을 때까지 절대로 러시아에서 나가지 않을 거요."

아나스타샤 알렉산드로브나는 잠시 고개를 숙이고 있었으나, 겨우 미소지으며 얼굴을 들었다. 해린튼 씨의 언어도단의 완고함이 그녀의 마음 깊은 곳을 울릴 것을 어셴덴은 알고 있었다. 러시아 사람인 그녀는 해린튼 씨가 그의 세탁물을 놔두고는 절대 페트로그라드를 떠나지 않으리란 것을 알았다. 그의 집착은 세탁물에 상징적 의미를 부여했다.

"아래로 가서 세탁소의 소재지를 알 만한 사람을 찾아보죠. 혹시 알게 되면 함께 가서 가져오면 좋겠지요."

해린튼 씨는 깜짝 놀란 듯했다. 그는 그 환한 미소를 보이며 대답했다.

"데릴라, 당신은 정말 친절하군요. 세탁하지 않았으면 그대로 갖고 오겠습니다."

아나스타샤 알렉산드로브나는 복도로 나갔다.

"저, 당신은 러시아와 러시아 사람들을 어떻게 생각하고 계시나요?" 해린튼 씨는 어셴덴에게 물었다.

"저는 이제 충분합니다. 톨스토이도, 트루게네프나 도스토예프스키, 체호프도 이제 충분해요. 인텔리겐치아는 진저리가 나요. 그때그때 자신의 마음을 잘 알고, 1시간 전에 말한 대로의 일을 지금도 생각하고 있는 그런 사람을 만나보고 싶군요. 그런 사람이 신용하는 인간입니다. 미사여구와 연설, 잘난 체하는데는 질려버렸어요."

어셴덴이 고열로 정신이 혼미한 듯 연설을 시작하려던 때, 콩이 큰 북 위를 굴러가는 듯한 소리가 들렸다. 기척도 없이 조용해진 거리 안에서 그 소리는 불안하고 수상쩍었다.

"저건 뭡니까?" 해린튼 씨가 물었다.

"총 소리예요. 강 저쪽일 거라 생각됩니다만."

해린튼 씨는 아무 말도 않고 기묘한 얼굴이 되었다. 웃고 있었지만 얼굴색은 나빴다. 어셴덴은 그게 마음에 안 들었으나, 그를 비난할 생각도 없었다.

"지금이야말로 도망가야 할 때로군요. 제 자신은 상관없지만 처자가 있으니까요. 아내한테 제법 오랫동안 편지가 오지 않아서 조금 걱정입니다." 그는 한숨을 내쉬었다. "아내를 만나주셨으면 합니다. 훌륭한 여성이에요. 아마 아내로서도 최상일 겁니다. 결혼한 후 이곳에 오기 전까지는 3일도 떨어진 일이 없었어요."

아나스타샤 알렉산드로브나가 돌아와 세탁소의 소재지를 알았다고 알려주었다.

"걸어서 40분쯤 걸리지만 지금 가실 거라면 동행할게요." 그녀가 말했다.

"그럼, 바로 갑시다."

"조심해서 다녀오세요. 오늘은 길이 안전하지 못하니까요." 어셴덴은 주의를 주었다.

아나스타샤 알렉산드로브나는 해린튼 씨의 얼굴을 보았다.

"데릴라, 저는 그 세탁물이 필요해요. 그것을 남겨둔다면 도저히 침착해질 수 없어요. 게다가 아내 또한 그 일로 푸념만 늘어놓을 겁니다." 그가 말했다.

"그럼 가요."

두 사람이 나가자 어셴덴은 보고해야만 하는 이 대사건의 뉴스를 암호로 고치는, 우울한 작업을 계속했다. 긴 전문이었다. 거기다 그 자신의 진퇴에 관한 지령도 신청하지 않으면 안 된다. 기계적인 일이지만 주의를 집중하지 않으면 안 되는 일이었다. 단 한 글자의 오류라도 전문의 해독을 불가능하게 만들기 때문에.

갑자기 문이 탁 열리며 아나스타샤 알렉산드로브나가 방 안으로 뛰어들어왔다. 모자는 어딘가 날아갔고, 머리카락은 흩뜨려져 숨을 헐떡이고 있었다. 눈동자가 튀어나올 듯한 얼굴로 매우 흥분한 모습이었다.
"해린튼 씨는? 그 사람 여기 없어?" 그녀는 소리쳤다.
"없는데."
"침실에 있을까?"
"잘 모르겠지만, 대체 무슨 일이지? 보러 갔다올까? 근데 왜 함께 오지 않은 거지?"
두 사람은 복도를 걸어가 해린튼 씨의 방문을 노크했다. 대답이 없어 손잡이를 돌려보니 열쇠가 걸려 있었다.
"여기에는 없는 것 같은데."
그들은 다시 어센덴의 방으로 돌아왔다. 아나스타샤 알렉산드로브나는 의자 위에 쓰러졌다.
"물 한잔 줄래요? 숨이 차서…… 계속 달려왔어요."
그녀는 어센덴이 내민 물을 한번에 다 들이키더니 갑자기 울기 시작했다.
"그 사람 괜찮을까. 만약 무슨 일이 생기면 절대 나 자신을 용서 못해요. 그가 먼저 돌아라 있어달라고 부탁했는데. 세탁소는 바로 발견해서 세탁물도 제대로 찾았어요. 노파 한 사람이 가게를 지키고 있었는데 건네주지 않으려는 것을 힘을 써서 무리하게 받아왔어요. 손도 대지 않았다면서 해린튼 씨가 몹시 화를 냈어요. 줬을 때 그대로였거든요. 어젯밤까지 될 거라고 약속했는데 해린튼 씨가 모아준 그대로였어요. 그게 러시아라고 설명했지만, 해린튼 씨는 흑인 쪽이 훨씬 괜찮았대요. 우리들은 옆길을 통해갔는데, 그편이 안전할거 같았어요. 그래서 되찾아오긴 했는데, 어느 길에서 다리를 건널 때 건너편 다리에 사람들이 모여 있었어요. 한 남자가 모여든 무리에게 소리치고 있었죠.
'저 사람이 무슨 말하고 있는지 가서 들어보지 않을래요?'라고 내가 말했어요.

 그들이 뭔가 의논하는 게 보였거든요. 정말 재미있어 보였죠. 그래서 무슨 일이 일어났는지 알고 싶었어요.

 '그럼 가보죠, 데릴라.' 그가 말했어요. '사람일 따위 어찌돼도 좋지 않아요?'

 '당신은 호텔로 돌아가 짐을 꾸리세요. 재미있어 보이니 난 보고 갈래요' 하고 내가 말했지요.

 그리고 내가 달려가니 그도 따라 왔어요. 2, 3백 명이 모여 있었고, 학생 하나가 연설하고 있었어요. 노동자도 몇 명 있었는데 학생에게 야유를 보내고 있었죠. 나는 싸움을 좋아해서 모인 사람들 안에 들어갔는데, 그 순간 총소리가 들리며 뭐가 뭔지도 모르는 사이에 2대의 장갑차가 거리를 질주해 왔어요. 병사들이 타고 있었는데 달리면서 발포하는 거예요. 왜 그랬는지 이유도 모르겠어요. 아마 재미 반으로 했겠죠. 그렇지 않다면 술에 취했다거나. 우리들은 거미 새끼를 흩어놓은 것처럼 도망쳐 목숨걸고 달렸어요. 그때 해린튼 씨와 어긋나 버린 거예요. 그 사람 왜 돌아오지 않았을까. 무슨 일이 생긴 걸까."

어셴덴은 잠시 가만히 있었다.

"찾으러 가는 편이 좋겠군." 그가 말했다. "도대체 왜 세탁물 따위 그냥 내버려두지 못했던 거지?"

"난 알아요. 잘 알고말고요."

"그건 이제 충분해." 어셴덴은 초조하게 말했다. "그럼, 갑시다."

 그는 모자를 쓰고 외투를 입었다. 두 사람이 내려가니 호텔은 불가사의할 정도로 쥐 죽은 듯 고요했다. 그들은 거리로 나왔다. 아무도 없는 길을 두 사람은 걸어갔다. 이 대도시는 어쩐지 으슥하고 기분 나쁠 정도로 조용했다. 가게도 문을 내리고 있었다. 자동차가 굉장한 기세로 질주해오자 오싹했다. 스쳐 지나가는 사람들은 두려움에 몸을 떠는 것 같았다. 큰길을 지나게 되자 두 사람은 바삐 걸어갔다. 그곳에는 여러 사람들이 어떻게 해야 할지 결심이 서지 않는 듯, 선뜻 단념하지 못하고 서 있었다. 재향군인이 지저분한 군복을 입고, 몇 명씩 짝을 지어 길 한가운데를 걷고 있었다. 그들은 마치 목동을 찾는 양처럼 묵묵히 걷고 있었다. 겨우 두 사람은 아나스타샤 알렉산드로브나가 뛰어갔던 거리에 도착했다. 그 때와는 반대로 모퉁이에서 들어가 보니, 무차별한 총격 탓에 여기저기 유리창이 깨져 있었다. 고양이 새끼 한 마리 없었다. 그러나 사람들이 도망친 흔적은 바로 알 수 있었다. 서둘러 달리던 사람들이 떨어뜨린 책이나, 모자, 바구니 등이 흩어져 있었다. 아나스타샤 알렉산드로브나는 어셴덴의 팔을 가볍게 여러 번 찔러 재촉했다. 포장도로에 앉아 머리를 무릎 사이에 넣고 있는 여자가 있다. 죽어 있었다. 조금 떨어진 곳에 두 명의 남자가 나란히 쓰러져 있었다. 그들도 죽어 있었다. 부상당한 사람들은 간신히 무릎걸음으로 조금씩 가던가, 친구가 옮겨가던가 했다. 다음으로 그들은 해린튼 씨를 발견했다. 중산모자는 시궁창 속에 굴러 떨어져 있고, 피로 물들은 머리를 아래로 숙이고 쓰러져 있었다. 뼈가 앙상한 대머리 진 머리는 새하얗다. 아름다웠던 검은 상의는 피에 물들어 진흙투성이가 되어 있었다. 그러나 그의 손은 4장의 와이셔츠와 2장의 콤비네이션과 잠옷 한 벌과 4개의 칼라를 넣은 꾸러미를 단단히 쥐고 있었다. 해린튼 씨는 끝까지 세탁물을 손에서 놓지 않았다.

## 어셴덴의 첩보 모험

 미스터리소설의 명작고전이라 하면, 일반적으로 선택의 범위가 한정되어 있지만 이 책은 그 점에서 무엇보다 색다르다. 하나는 후에 미스터리소설이란 한 분야를 일으킨 스파이소설의 효시가 된 것이며, 또 하나는 일반문학 작가의 체험을 바탕으로 한 작품이라는 점이다.
 스파이소설은 제1차 세계대전 당시 대단히 번성하였으나, 오펜하임과 르쾨로 대표되는 파란만장한 모험소설이 주류로 문학적으로 뛰어난 것은 없었다. 전후 10년 정도 지나(1928년) 발표된 몸의 이 작품은 이전의 형식을 파괴한 특이한 것이었으나, 성격상의 유사함을 지닌 작품이 나타나지 않아; 새로운 풍조를 일으키지는 못했다.
 제2차 세계대전이 일어나면서, 에릭 앰블러를 선구자로 하는 문학적으로 뛰어난 많은 스파이소설이 출현했다. 1937년 그의 《공포의 배경》은 인간의 성격을 묘사해 리얼리즘 스파이소설문학을 세웠으며, 그의 작품은 예전 몸의 스파이 문학처럼 고립적인 것이 아닌, 에셀 번스, 헬렌 매키네스, 매닝 콜스 등 같은 경향의 작가를 탄생시켰다. 게다가 그레이엄 그린의 《밀사》를 시작으로 미스터리소설작가 안에서

앨링엄, 이네스, 블레이크, 체이니, 클로브트 등이 대전 중 이들 계통의 작품을 발표, 전후 심리적 스릴러와 서스펜스소설을 주류로 하는 시대를 형성하는 도화선 역할을 했다. 이 경향은 조금 늦게 미국에서도 휴스, 키스, 록리지, 매클로이 등이 스파이소설에 착수했다.

현대 미스터리소설의 조류를 나눈 심리적 스릴러 계열을 거슬러 올라가면, 이 작품은 소위 미스터리소설의 범주에는 물론 속하지 않다 하더라고, 그 원천을 이끈 작품으로 높이 평가받아야만 한다. 그렇지 않더라도 몸의 특이한 체험을 소재로 한 소설로서, 불가사의한 생생함이 보통과는 다른 감명을 줄 것이다.

윌리엄 서머싯 몸(William Somerset Maugham)은 1874년 1월 25일 파리에서 태어났다. 집안의 이름에서 나타나는 대로, 원래는 켈트계로 생각된다. 그의 집안은 백년 이상을 법률에 종사하였고, 조부는 법률협회창립자의 한 명으로 저서도 많았다. 아버지 로버트 아먼드는 저명한 변호사로, 변호사협회를 창설하고, 주불 영국대사관 고문을 역임했다. 그 당시로는 굉장한 여행가로, 터키, 그리스, 소아시아, 모로코 그 외에도 여러 곳을 다녀 여행기의 상당한 장서가 있었고, 집에는 여행지에서 들고 돌아온 타나그라의 작은 상, 로즈의 도기, 터키의 단검 등으로 넘쳐났다. "아버지는 로맨틱한 성격을 가진 사람이었다"라고 그는 회상했다. 그의 방랑벽과 새로운 경험을 요구하는 열렬한 혼은, 아버지의 피를 통해 나타나지 않을 수 없었다.

어머니는 아버지보다 20세 이상 연하였고, 덧붙여 어머니는 굉장한 미인에 아버지는 굉장한 추남이었다. 그 당시 파리에서 두 사람은 〈미녀와 야수〉로 알려졌다고 한다. 어머니는 대단한 소설 독서가였는데, 폐결핵으로 그가 8세 때 세상을 떠났으며, 이어 아버지도 10세 때 세상을 떠났다.

9세 때, 대사관부속교회 목사의 집에서 매일 수업을 받았다. 목사가 영어를 가르치는 방법은 〈스탠더드〉지의 법정기사를 소리내어 읽게 하는 것으로, 파리에서 카레 사이의 열차 안에서 일어난 살인사건의 상세한 설명을 읽었을 때의 무서움을 60세가 될 때까지 기억하고 있을 정도였다.

고아가 된 후, 영국 켄트 주의 목사였던 백부에게 맡겨져, 13세 때 캔터베리의 킹스 스쿨에 입학했다. 백부는 전부터 그가 케임브리지에 진학해 목사가 되기를 희망했다. 그의 백부는 속물로, 당시의 그의 생활이 얼마나 불유쾌한 것이었는지는 《인간의 굴레》에 자세히 나타나 있다. 덧붙여 학교에서는 교사가 심술궂어 친구도 없었고, 말더듬이였다. 어머니와 누나가 폐병에 걸려 죽고, 그도 폐병에 걸려 있었던 것을 알았으나 운이 좋게 독일의 하이델베르크에서 유학하며, 그는 태어나서 처음으로 자유를 맛보고 행복해했다.

영국에 돌아온 그는 1892년 세인트토머스병원부속 의학교에 입학했다. 의사란 직업에는 흥미가 없어서, 하숙집에서 글을 읽거나 쓰거나 하면서 보냈다. 2년이 지나 외래환자 담당이 되고, 병실에서 일하며 램버스의 빈민굴에 가는 일에 깊은 흥미를 가졌다. 왜냐하면 "무엇보다 원하고 있던 벌거숭이 인생을 접했기 때문이다". "이 3년간 인간이 가지고 있는 모든 감정을 제법 잘 볼 수 있었다"고 했으며, 그것은 그의 극작가로서의 본능에 호소하여, 그의 안에 있는 소설가를 자극했다.

그는 18세 때부터 음악가의 평전과 단막극을 적었지만 빛을 보지 못했다. 학업의 한편으로 램버스 진찰 체험에 기초한 장편 《램버스의 라이자》를 집필, 97년 출판되었다. 이것은 신기한 소재로도 꽤나 호평을 받아, 의사 면허를 받고 작가로서도 자신을 굳혀, 졸업한 뒤 바로 동경하던 스페인으로 갔다.

그후 10년간은 주로 파리의 예술가 지망 청소년들과 함께, 빈곤과

싸우면서 인생과 문학수업에 몰두했다. 그 사이 장편소설의 하나인
《크래독 부인》으로, 착실하고 장래성 있는 작가로 주목받기 시작했
고, 몇 번이나 실패했던 희곡은, 《프레드릭 부인》을 시작으로 계속해
서 각광을 받아 부와 명성을 얻었다.

극작가로 그의 이름이 오르내리는 한편, 최대걸작이라 일컬어지는
자전적 소설 《인간의 굴레》를 써내면서 그는 새로운 출발을 하기 위
해 마음의 준비를 했다. 극작가로서 성공이 가져온 사치스러운 생활
과 교제와 우정은 그를 질식시켰다. 그는 40세였으나 결혼하고픈 상
대도 없었다. 다른 생활양식과 새로운 경험을 동경하며 방황하던 그
의 마음은 전쟁의 발발로 해결되었다. 즉 "새로운 장이 시작되었다."

처음에는 내각에 있는 친구에게 일을 찾아달라고 부탁했는데, 의사
면허가 있는 덕분에 육군성에서 일하며 부상병이동부대에 참가했다.
그후에 정보부에 들어갔으나, "이 일은 나의 로맨스에 대한 센스와
바보 같음에 대한 센스, 양쪽에 호소했다. 나를 미행하는 사람을 떼
어내기 위해 사용한 다양한 방법, 상상도 할 수 없는 장소에서의 밀
정과 비밀 회견, 신비한 방법에 의한 통신 전달, 국경을 넘어 몰래
갖고 들어온 정보. 그것은 모두 의심할 것 없이 필요한 것이었으나,
당시 산문소설로써 알려진 것을 연상시키기 때문에, 나로서는 전쟁에
서의 현실감을 대부분 상실해 언젠가 도움이 될지 모르는 소설의 소
재로밖에 보이지 않았다"(《요약하면》)라고 회상하고 있다.

그가 비밀첩보부원이 된 것은 제1장에 있는 것처럼 수개국어에 능
통했고, 작가라는 직업이 비밀요원에 꼭 맞는 것도 큰 원인이나, 그
의 치열한 탐구욕과 인생관에서 유래한 일종의 냉정과 침착함 역시
그를 비밀첩보부원의 길로 이끌었음에 틀림없다.

몸은 1915년 초 로마에서 걸작이라 불려지는 희곡 《높은 사람들》
을 쓰고, 가을에는 제네바에서 소극을 집필했다. 거기에 관해 각본집

의 서문에서 이렇게 말하고 있다.

"나는《The Unattainble》을 1915년 가을에 제네바에서 써냈다. 나는 정보국 일에 종사했지만, 그것은 스위스 관청이 원하지 않는 일이었다. 실제로 내 전임자는 나보다도 민감한 기질이었기 때문인지, 법률을 어기지 못해 마음고생을 해서 신경쇠약으로 쓰러지고, 또 로잔에 있던 내 동료는 그 당시 2년간의 금고형에 처해졌다. 나는 정치범인이 어떤 취급을 받는지 몰랐다. 만약 그런 고맙지 않은 운명이 나에게 내려졌다면 펜과 원고지가 나에게 허락될지도 알지 못했다. 나는 이 희곡을 미완성으로 끝내고 싶지 않았다. 긴 간격을 두고 계속 쓰는 것이 어렵다는 것도 알고 있어서, 최후의 1행을 다 쓰고 정말 안심했다"라는 것은 제2장에서의 어셴덴의 심경과 똑같았다.

임무의 사정상 집 밖에서 보내는 일이 많았고, 1년 동안 심하게 건강이 상했기 때문에 일을 그만두고 미국에 건너갔다. 타히티 섬에서 고갱의 자취를 조사하고,《달과 6펜스》의 표제를 얻은 것도 이때였다.

그리고 14장 이후는 러시아에서의 이야기인데, 이것에 관해 몸은 이렇게 회상하고 있다.

"미국에서 돌아와, 그후 바로 페트로그라드에 파견되었다. 나는 이 임무를 책임질 자신이 없었다. 자신에게 없는 능력을 필요로 하는 느낌이 들었다. 그러나 그때는 나 이외에 다른 적임자가 없었고, 나에게 요구된 일에는 작가라는 것이 꽤나 좋은 '구실'이 되었다. (생략) 자유롭게 사용할 수 있는 무제한의 돈을 지급받아 마사리크 교수와 나 사이에서 연락책으로 행동하는 4명의 충실한 체코인과 함께 기세 좋게 출발했다. 교수는, 당시 러시아의 여러 장소에 있는 6만 명 정도의 자국인을 지배 하에 두고 있었다. 나는 그 책임 있는 지위를 부여받아 너무 좋고 기뻤다. 나는, 필요하면 언제라도 정부가 내 존재를 부인할 수 있는 밀사로 갔다. 내 사명은 반정부당과 접촉해 러시아에 전쟁을 연장시켜 '중간파'로 지지받고 있는 볼셰비키가 권력을 잡는 것을 막는 방법을 찾는 것이었다."

이 책을 읽으면 이 계획이 실패한 경위가 엿보이나, 본문의 내용은 그 자신의 경험을 토대로 한 것과 동시에 소설로서의 각색이 첨가되어 있다.

이 책은 그 자신의 분신이라고도 할 수 있는 어셴덴을 중심으로 한 연속단편이면서, 또 연관되는 부분도 있어 장편으로도 볼 수 있다. 어셴덴은 비밀정보의 수집연락이란 임무를 해나가면서, 한발 두발 나아가 아슬아슬한 곡예를 하거나, 혹은 연애에서 결혼까지 발전시키려 하기도 한다. 그러나 그는 모든 것에 따뜻한 눈을 쏟으며, 결국은 자신에게밖에 의존하지 않는다.

다소의 꾸밈이 있다고 해도, 주인공이 우연히 만난 많은 위기는 사실에 가까운 것이 있을 것이며, 신출귀몰하지 않는 점에서 오히려 굉장한 박력이 느껴진다. 조국애에 불타는 영웅적 인물을 가공으로 묘사하는 것과 달리 체험에 따른 예리한 눈에 의한 치밀한 묘사가, 도저히 다른 작가에 의한 아류 제작의도를 저지시켜버렸고, 추종을 허락하지 않는 고고하며 독특한 존재를 가리키게 되었다.

몸은 그후에도 중국, 말레이시아, 인도, 남태평양제도 등을 여행하며 단편과 각본을 썼으나, 48년의 《카타리나》로 일단 종지부를 찍고 프랑스의 리비에라에서 유유자적한 생활을 보냈다. 《요약하면》의 1절에서, 그가 미스터리소설에 대해 말하고 있는 것을 덧붙여 두겠다.

"이야기를 듣는 기쁨은, 인간의 본성에서 연극의 기원인 춤과 흉내내기를 보는 기쁨과 같이 자연스런 것이다. 그것은 그대로 남아 미스터리소설의 유행에 나타나고 있다. 지성을 지닌 많은 독자가 미스터리소설을 읽고 있다."